Melissa Foster

Alles für die Liebe

Die Bradens & Montgomerys
(Pleasant Hill – Oak Falls)

DIE AUTORIN

Melissa Foster ist eine preisgekrönte *New-York-Times-* und *USA-Today*-Bestsellerautorin. Ihre Bücher werden vom *USA-Today*-Bücherblog, vom *Hagerstown Magazin*, von *The Patriot* und vielen anderen Printmedien empfohlen. Melissa hat mehrere Wandgemälde für das *Hospital for Sick Children*, eine Kinderklinik in Washington, D. C., gemalt.

Besuchen Sie Melissa auf ihrer Website oder chatten Sie mit ihr in den sozialen Netzwerken. Sie diskutiert gern mit Lesezirkeln und Bücherclubs über ihre Romane und freut sich über Einladungen. Melissas Bücher sind bei den meisten Online-Buchhändlern als Taschenbuch und E-Book erhältlich.

www.MelissaFoster.com

Melissa Foster

Alles für die Liebe

Die Bradens & Montgomerys

LOVE IN BLOOM – HERZEN IM AUFBRUCH

Aus dem Amerikanischen von Anna Wichmann

Die Originalausgabe erschien erstmals 2018 unter dem Titel
»Anything for Love – The Bradens & Montgomerys« bei World Literary Press, MD,
USA.

Deutsche Erstveröffentlichung
2020 bei World Literary Press, MD, USA
© 2018 der Originalausgabe: Melissa Foster
© 2020 der deutschsprachigen Ausgabe: Melissa Foster
Lektorat: Judith Zimmer, Hamburg
Umschlaggestaltung: Natasha Brown
V.1.7.3.20

ISBN: 1948868539

Vorwort

Ich freue mich sehr, Ihnen die Liebesgeschichte zwischen Beau Braden und Charlotte Sterling zu erzählen! Über Charlotte wollte ich bereits schreiben, seitdem sie in *Happy End für die Liebe* (Kurzroman über die Hochzeit von Josh und Riley) zum ersten Mal auftauchte. Als ich Beau in *Sieg für die Liebe* (Tys und Aiylas Geschichte) kennenlernte, wusste ich sofort, dass er und Charlotte füreinander bestimmt waren. Ich hoffe sehr, dass die beiden Ihnen ebenso ans Herz wachsen wie mir. Sollte dies Ihr erstes Buch aus der Reihe »Love in Bloom – Herzen im Aufbruch« sein, so kann ich Ihnen versichern, dass Sie keine Vorkenntnisse benötigen – lesen Sie einfach drauflos, und viel Spaß mit der witzigen, heißen Story!

Abonnieren Sie meinen Newsletter und bleiben Sie immer auf dem Laufenden über alle Neuerscheinungen: www.MelissaFoster.com/Newsletter_German

Aus zwei »Love in Bloom – Herzen im Aufbruch«-Serien wird eine!
Die Bradens & Montgomerys
(Pleasant Hill und Oak Falls)

Ich freue mich sehr, Ihnen diese Neuigkeit mitteilen zu können: Die Bradens aus Pleasant Hill und die Montgomerys wachsen zu einer großen Serie zusammen! Im dritten Band, *Pfade der Liebe*, entsteht eine enge Verbindung zwischen den Montgomerys und den Bradens. Aus diesem Grund habe ich die Serien verknüpft, um den Leserinnen den Überblick über

Figuren, Hochzeiten, Babys usw. zu erleichtern. Das bedeutet, dass Sie nach den ersten beiden Romanen (*Von der Liebe umarmt* und *Alles für die Liebe*) in den meisten Büchern beiden Welten begegnen. In manchen Geschichten mag das Hauptaugenmerk auf einem der Orte liegen, aber sie werden sich alle überschneiden. Im ersten Buch, *Von der Liebe umarmt*, haben Sie die Montgomerys kennengelernt und in diesem Roman treffen Sie die Bradens. Ich hoffe, dass Sie diese beiden eng zusammengewachsenen, liebevollen und loyalen Familien ebenso lieben werden, wie ich es tue!

Über die Reihe »Love in Bloom – Herzen im Aufbruch«

Die Serie über die Bradens und die Montgomerys ist nur ein Teil der Reihe »Love in Bloom – Herzen im Aufbruch«, meiner großen Sammlung von Liebesromanen, in denen die Mitglieder weitverzweigter Familien die Hauptrollen spielen. Alle Geschichten können als Einzelroman oder Teil der Reihe gelesen werden. Und darauf können Sie sich verlassen: Am Schluss eines Romans bleibt keine Frage offen und kein Problem ungelöst. Figuren aus den einzelnen Serien tauchen auch in späteren Büchern wieder auf, sodass Sie keine Verlobung, Hochzeit oder Geburt verpassen. Eine vollständige Liste aller Serientitel sowie eine Vorschau auf kommende Veröffentlichungen finden Sie am Ende dieses Buches und noch mehr Informationen gibt es unter: www.MelissaFoster.com/Herzen-im-Aufbruch

Besuchen Sie auch Melissas Seite mit »Reader Goodies«! Dort gibt es Serienübersichten, Checklisten, Stammbäume und mehr (in englischer Sprache): www.MelissaFoster.com/RG

Eine besondere Überraschung für Fans!

Falls Sie es noch nicht wissen: Ich gehöre einer fantastischen Gruppe von Autorinnen von Liebesromanen an, die sich »Ladies Who Write« (LWW) nennt, und wir haben eigens für Sie eine ganze Welt geschaffen! In *Alles für die Liebe* werden Ihnen mehrere fiktionale Mitglieder der »Schreibenden Ladys« von LWW begegnen und jedes einzelne von ihnen wird ihren eigenen Roman bekommen – geschrieben von uns LWW-Autorinnen. Mehr Informationen über unsere Gruppe und die aktuellen Veröffentlichungstermine der LWW-Titel bekommen Sie auf www.LadiesWhoWrite.com, wo Sie auch unseren Newsletter abonnieren können (in englischer Sprache).

Eins

Beau Braden lenkte den Mietwagen um Schlaglöcher und wild auf der Straße wachsende Büsche herum zum Sterling House, einem rustikalen Gasthof in den Bergen von Colorado. Er hatte vor, dort in den kommenden vier Wochen alles auf Vordermann zu bringen, um seinen Verwandten Hal und Josh Braden einen Gefallen zu tun. Das Blätterdach über ihm wurde dichter und nur hin und wieder gelangte noch ein Sonnenstrahl hindurch, bis es schließlich undurchdringlich wurde und er das Gefühl hatte, durch einen Tunnel zu fahren. Es kam ihm vor, als würde er in eine Szene aus *Wo die wilden Kerle wohnen* versetzt. Beau hatte diese Reise monatelang verschoben und in seiner Heimatstadt darauf gewartet, dass die Geister der Vergangenheit ihn erneut heimsuchten, wie sie es jedes Jahr zu dieser Zeit taten. Es war Jahre her, seit Sterling House zuletzt als Gasthof genutzt worden war, und der Besitzerin Charlotte Sterling schien die Verzögerung nichts auszumachen. Allerdings hatte sie auch immer eine Ewigkeit gebraucht, um auf Anrufe, Nachrichten und E-Mails zu reagieren. Er wusste nicht viel über sie, abgesehen davon, dass sie Autorin war. Beim Anblick der überwucherten Straße fragte er sich jedoch langsam, ob sie wirklich dort wohnte oder ob er das ganze Haus für sich allein haben würde.

Ihm hätte es nicht einmal etwas ausgemacht, unter Grizzlys leben zu müssen. Immerhin hatte der Job ihm die Gelegenheit verschafft, aus Pleasant Hill in Maryland zu verschwinden.

Der Baumtunnel führte zu einem wahren Paradies. Beau trat auf die Bremse, als er eine lange Auffahrt erreichte, und nahm den Anblick der saftigen Wiesen und malerischen Berge in sich auf. Überall standen üppige grüne Bäume, die aussahen wie gemalt. Am anderen Ende der Auffahrt ragte ein dreistöckiges Gebäude aus Glas, Stein und Zedernholz am Ufer eines herzförmigen Sees auf. Es musste atemberaubende Ausblicke in alle Richtungen bieten. Große Terrassen luden zum Verweilen ein.

Er fuhr die leere Auffahrt entlang und hoffte darauf, das luxuriöse Haus tatsächlich ganz für sich allein zu haben. Das wäre perfekt. Früher einmal hatte er seine kleine Heimatstadt für die ideale Mischung aus Stadtleben und ländlicher Umgebung gehalten. Doch damit war es schon seit langer Zeit vorbei. Aber das hier? Das war der *Himmel*. Jede Menge Arbeit, keine Angehörigen in der Nähe, die einem auf die Nerven gingen, und er musste auch nicht die gequälten Blicke seiner Freunde aushalten. Und in vier Wochen würde er auf dem Weg nach Los Angeles sein und eine Stelle weit weg von seiner unerfreulichen Vergangenheit antreten.

Beim Aussteigen zog er sein Handy aus der Tasche und warf einen Blick auf die eingetroffenen Textnachrichten von seiner Familie. Er war nicht überrascht, mehrere von Jillian und Jax zu sehen, den Zwillingen, die emotionaler als die anderen waren. Seine fünf jüngeren Geschwister waren alle sehr unterschiedlich, von den Zwillingen und vom peniblen, gründlichen Graham über den viel zu machomäßigen Nick bis hin zum Freigeist Zev.

Als Ältester hatte Beau immer auf die anderen aufgepasst, aber zu dieser Jahreszeit meinten sie es stets gut mit aufmunternden Worten und Ablenkungsvorschlägen – *zu gut*. Er liebte sie, aber es gab schlichtweg nichts, das die Schuldgefühle lindern konnte, die er wegen Tory Raznicks Tod verspürte.

Er rief Charlottes Nachricht auf und las sich die kryptischen Anweisungen durch, während er sein Gepäck aus dem Wagen nahm. *Komm, wann immer es dir passt. Ich bereite ein Zimmer für dich vor. Mein Büro ist im Erdgeschoss links. Klopf vorher an.* Sie hatte ein Zwinker-Emoji angehängt, und er fragte sich, was für eine Frau sie wohl war, dass sie das extra betonen musste. Auch wenn er sich nicht gerade als Heiligen bezeichnen konnte, hatte er doch gute Manieren.

Er klingelte, und als niemand reagierte, versuchte er, die Tür zu öffnen. Erstaunlicherweise war nicht abgeschlossen, daher drückte er die Tür auf und klingelte ein weiteres Mal. Als nur Stille zu hören war, setzte er die Klingel auf seine mentale Reparaturliste und betrat das geräumige Haus. Gleich zu seiner Rechten befand sich eine Treppe, die in ein Untergeschoss führte. Er stellte sein Gepäck ab und schaute sich erst einmal um. Elegante Stein- und Glaswände, freiliegende Deckenbalken, Kronleuchter aus Eisen und Geweihen und ein wunderschöner gemauerter Kamin, der dem Raum Charakter verlieh. Seine Schritte durchbrachen die Stille, als er an einer Bibliothek und einem Speisezimmer vorbeiging, die beide mit herrlichem dunklem Holz getäfelt waren. Er bewunderte eine mit rotem Teppich ausgelegte Treppe, die in den ersten Stock führte. Das verzierte Treppengeländer hatte an Glanz verloren, und er nahm sich vor, es wieder erstrahlen zu lassen. Er durchquerte den Raum, schaute durch die gläserne Terrassentür und testete den Türknauf. *Nicht abgeschlossen.* Es fiel ihm leicht, sich vorzustellen, wie es im Gasthof vor Leben wimmelte, wie Kinder auf der Wildblumenwiese spielten, während ihre Eltern es sich in der Nähe gut gehen ließen. Er schlenderte in die riesige Küche, die eindeutig Modernisierungsbedarf hatte. Eine weitere nicht verriegelte Tür führte zu einer Terrasse auf der anderen Seite des Anwesens. Er trat ins Freie und rüttelte am Geländer, das ohnehin schon auf der Reparaturliste stand, die er von seinen Verwandten erhalten hatte.

Allein an einem derart friedlichen Ort und nur die Arbeit machen, die er am meisten liebte? *Oh ja, das ist in der Tat der reinste Himmel.*

Beau ging wieder hinein und schloss die Tür hinter sich. Was die Sicherheit betraf, würde er mit Charlotte ein ernstes Wörtchen reden müssen. Er machte sich auf den Weg in den Bereich, den sie ihm beschrieben hatte, um nachzusehen, ob dort möglicherweise eine Nachricht auf ihn wartete. Überrascht stellte er fest, dass leise Geräusche zu hören waren. Als er vor der Tür stand, hinter der er ihr Büro vermutete, und schon anklopfen wollte, zögerte er mit einem Mal. Die Geräusche waren nun lauter und deutlicher zu vernehmen. Und es handelte sich um die Art von Geräuschen, bei denen ein Mann eine Erektion bekam.

Leise fluchend erinnerte sich Beau an ihre Warnung. *Klopf vorher an.*

Mit so etwas hatte er definitiv nicht gerechnet. Und dafür hatte er seinen Hund – und treuen Gefährten – Bandit zu Hause gelassen?

Er rieb sich den verspannten Nacken und beschloss, die Sache einfach durchzuziehen. Schließlich wollte er die Arbeit als Gefallen für seine Verwandten erledigen, und er hatte nicht vor, sie im Stich zu lassen. Außerdem war das Haus groß.

Vermutlich konnte er Charlotte die meiste Zeit aus dem Weg gehen. Wenn er an ihre verspäteten Antworten auf seine Nachrichten dachte, konnte er sich durchaus vorstellen, dass sie seine Anwesenheit erst nach einiger Zeit bemerken würde.

Daher drehte er sich um und wollte den Weg zurückgehen, den er gekommen war, um seine Sachen auszuladen und sich einzurichten.

Hinter ihm flog die Tür auf. »Verdammt noch mal, Chris!« Eine zierliche Brünette in einem Männerhemd mit hochgekrempelten Ärmeln stürmte aus dem Raum. Das Hemd war so lang, dass Beau sich fragte, ob sie darunter noch etwas anhatte. Ihre zerzauste Mähne fiel ihr auf die Schultern, als sie barfuß auf ihn zugeeilt kam. Ihre Wangen waren gerötet, ihre Augen eine faszinierende Mischung aus Grün- und Brauntönen und deutlich heller, als er nach den lustvollen Geräuschen, die durch die Tür gedrungen waren, erwartet hatte. Sie besaß rosige Lippen, die leicht geschwungen waren, sodass es ihm schwerfiel, den Blick abzuwenden.

Dann verzog sie diesen perfekten Mund zu einem strahlenden Lächeln und fragte: »Beau?« Mit einem Mal klang sie sehr fröhlich, obwohl sie eben noch wütend aus dem Zimmer gestürzt war.

Er starrte ihren Mund an, doch sein Gehirn war noch so mit dem beschäftigt, was sie wohl unter diesem Hemd trug – oder auch nicht –, dass er nur ein »Ja« herausbrachte.

»Ich bin Charlotte. Freut mich, dich kennenzulernen.« Sie nahm seinen Arm und zog ihn in einen anderen Raum. »Schön, dass du herkommen konntest.« Sie öffnete eine Schranktür und schnaufte, als sie dahinter nur Leere vorfand.

Beau lugte um die Ecke in den Flur und rechnete damit, einen Mann zu sehen, der sich auf die Suche nach ihr machte.

»Ist alles in Ordnung?«

»Alles bestens.« Wieder nahm sie seinen Arm und zog ihn mit sich in den Flur. »Ich suche Chris. Übrigens wurde das Material geliefert, das du bestellt hast. Ich habe alles in die Werkstatt im Wald bringen lassen. Nachher zeichne ich dir eine Karte.«

Sie riss die nächste Tür auf, ging in den Raum und spähte in den Schrank. Mehrere Gummipuppen fielen heraus.

Was zum …? Beau versuchte, sich sein Erstaunen nicht anmerken zu lassen, während Charlotte jeder Puppe ins Gesicht sah und sie dann aufs Bett warf.

»Nein. Nein. *Nein.*«

»Ich … ähm …« *Verdammt.* So etwas hatte er noch nie erlebt. Wurde ein Mensch verrückt, wenn er zu lange allein in einem weitläufigen alten Haus wie diesem wohnte? Hal und Josh würden ihm für diesen Gefallen einiges schuldig sein. Er deutete mit dem Daumen den Flur entlang. »Dann werde ich mal meine Sachen aus dem Pick-up holen. Wenn du mir zeigst, wo ich mein Zimmer finde, lasse ich dich auch schon wieder in Ruhe.«

»Dein Zimmer!« Sie verdrehte die Augen. »Aber natürlich! Da habe ich ihn liegen gelassen. Chris Pine bleibt irgendwie immer zurück. Wenigstens ist er diesmal wohl allein und nicht bei den anderen. Ich lasse diese ungezogenen Kerle nur ungern zu lange allein.«

Grundgütiger, wo bin ich denn hier gelandet? »Chris *Pine*?« *Der Schauspieler?* »Lass ihn ruhig, wo er ist. Hier gibt es ja noch genug andere Zimmer, in denen ich schlafen kann.« Vielleicht wäre es auch besser, einfach im Wagen zu übernachten. Was für ein Gasthof war das hier eigentlich? Und wer hätte gedacht, dass Chris Pine auf Männer stand?

Sie winkte jedoch ab und ging durch den Flur zur nächsten Tür. »Sei doch nicht albern. Ich muss nur die Schlüssel für die Handschellen finden.«

Beau blieb wie angewurzelt stehen. Mit einem Mal hatte er Bilder aus *Shining* vor Augen.

»Das ist es.« Charlotte stand vor der Tür zu Beaus Zimmer und bemerkte erst jetzt, dass er nicht mitgekommen war. Sie blickte durch den Flur und sah ihn vor ihrem Spielzeugzimmer stehen.

»Beau?« Als sie zu ihm zurückging, fielen ihr einige Dinge ins Auge, die sie noch gar nicht bemerkt hatte. Ihr neuer Hausgast hatte sonnengebräunte Haut, kurzes braunes Haar und einen gut gepflegten Dreitagebart, der nicht zu seiner eher schroffen Art zu passen schien und sie vielmehr an die Helden erinnerte, die sie sich ausdachte. Sie wusste ja, dass die Bradens den Genpool für heiße Männer für sich gepachtet hatten, aber der attraktive, finstere Beau musste gleich die doppelte Dosis abbekommen haben. Mit seinen unfassbar breiten Schultern, den stämmigen Beinen und den Armen, mit denen er einen Mann vermutlich zerquetschen konnte, sah er einfach umwerfend aus.

Seine Miene wurde noch ernster, als sie näher trat. Himmel, was stimmte denn nicht mit ihm? Sie war doch diejenige, die beinahe durchdrehte, weil sie zum ersten Mal in ihrem Leben eine Schreibblockade hatte. Inzwischen hatte sie bereits ihren Abgabetermin verpasst, und alles, was sie schrieb, kam ihr irgendwie platt und unbeholfen vor. Er hingegen musste doch nur ein paar Nägel in die Wand schlagen.

»Komm schon, Braden.« Sie nahm seine Hand, wobei ihr nicht entging, wie rau und groß sie war, und zerrte ihn durch den Flur. Rasch versuchte sie, sich das Gefühl zu merken, wie ihre Hand in der seinen verschwand, um es später beim Schreiben zu verwenden. In seiner Gegenwart fühlte sie sich so feminin und klein. *Unterwürfig?*, schoss es ihr durch den Kopf und eine Idee nahm Gestalt an. Das Wort gefiel ihr und sie schrieb gern über unterwürfige Frauen. Manchmal fragte sie sich, wie es wohl sein mochte, sich jemandem auf diese Weise zu unterwerfen, allerdings ging sie davon aus, dass es ihr keinen Spaß machen würde. Doch darüber konnte sie später nachdenken. Für so etwas brauchte sie nämlich einen Partner aus Fleisch und Blut, mit dem sie die Szenen proben konnte, und sie hatte momentan andere Sorgen, als sich einen Mann zu suchen. *Zum Beispiel endlich mein Manuskript fertigzustellen.*

Doch solange sie nicht über die ersten Kapitel hinauskam, standen die Chancen darauf schlecht. In jedem der Bücher ihrer Reihe *Wicked Boys After Dark* ging es um einen von vier Brüdern, Alphamänner mit geheimen sexuellen Neigungen. Die Geschichten waren ihr nur so aus den Fingern geflossen, und die erotischen Romane hatten derart viele begeisterte Leser gefunden, dass ihr nichts anderes übrig geblieben war, als eine persönliche Assistentin einzustellen, die für ihre E-Mails und ihren Social-Media-Auftritt verantwortlich war, sowie eine PR-Managerin, die sich um Medienanfragen kümmerte. Charlotte war heilfroh, dass sie jetzt Becca und Luce hatte. Ohne die beiden hätte sie endlose Stunden mit anderen Dingen als dem Schreiben verbringen müssen. Sie hatte keine Ahnung, warum ihr auf einmal nur noch Unsinn anstelle von eloquenten, sündigen Worten einfiel. Doch mit dem ersten Buch ihrer neuen Reihe *Nice Girls After Dark* kam sie einfach nicht voran.

Die Serie handelte von vier Schwestern, die alle Geschäftsführerinnen in verschiedenen Unternehmen waren, zu denen auch ein Sexclub gehörte.

Oh! Vielleicht sollte ich über eine Frau schreiben, die keine Ahnung hat, wie man sich unterwirft!

»Das ist eine tolle Idee«, murmelte sie geistesabwesend.

»Was denn?« Er spannte die Kiefermuskeln an.

»Hast du vielleicht …?« Sie schnappte sich den Stift, der aus seiner Brusttasche ragte, und schrieb sich *unterwürfig* auf den Arm. Danach steckte sie sich den Stift hinters Ohr und öffnete die Tür zu seinem Zimmer. Sofort fiel ihr Blick auf das Bett, auf dem ihre Gummipuppe lag – mit Handschellen an die Bettpfosten gefesselt.

»Da steckst du also!« Sie setzte sich rittlings auf die Puppe und suchte das Bettzeug nach dem Schlüssel ab. »Der arme Chris. Ich vergesse einfach ständig, wo ich ihn liegen gelassen habe.«

»*Das* ist Chris?« Beau zog die dunklen Augenbrauen hoch. »Du hast eine Gummipuppe mit Handschellen ans Bett gefesselt?«

»Ja. Chris Pine. Ich muss meinen Forschungsobjekten doch anständige Namen geben. Ohne die richtige Inspiration kann ich nun mal keine Erotikromane schreiben.« Schließlich galt es, eine Million Fans glücklich zu machen, und sie spürte den Druck, dass jede Figur einzigartig und jedes Buch besser sein sollte als das letzte. Also musste sie sich entsprechend inspirieren lassen. Erst recht jetzt.

»Ach du Sch…«

»Ich muss bloß den Schlüssel finden, dann gehört das Zimmer ganz dir.« Sie blickte auf und bemerkte, dass er sie verwirrt dabei beobachtete, wie sie vom Bett krabbelte. »Was ist?«

Beau deutete den Flur entlang. »Ist da denn kein echter Mann in deinem Büro oder was das da vorn auch immer für ein Zimmer ist, mit dem du das Ganze durchspielen kannst?«

»Ein echter Mann? Nein, natürlich nicht.« Sie stemmte die Hände in die Hüften. »Ich kann den Schlüssel nicht finden und werde dir ein anderes Zimmer geben müssen.«

Er beäugte sie skeptisch, als hätte sie den Verstand verloren. »Du weißt schon, dass man deinem … *Freund* auch die Luft rauslassen kann?«

»Er ist nicht *mein Freund*.« Dieser Kerl nahm alles viel zu wörtlich, aber er sah echt heiß und wunderbar verwirrt aus. Möglicherweise konnte sie ihm die eine oder andere Gefühlsregung abluchsen und die dann als Hilfestellung fürs Schreiben verwenden. Er war ebenso groß wie ihr Freund Cutter, der ihr alle paar Wochen Lebensmittel brachte und auch manchmal beim Nachstellen der Szenen half. Allerdings war Cutter für sie wie ein Bruder, was bedeutete, dass sie zwar Positionen und dergleichen mit ihm durchspielen konnte, aber nicht die entsprechenden Emotionen. Sie trat näher an Beau heran und berührte seine Brust, speicherte ab, wie seine Muskeln auf die Berührung reagierten, und beobachtete sein Gesicht.

Hm. Wie er den Kiefer anspannt, ist irgendwie heiß.

»Du musst mal ein bisschen lockerer werden, Beau. Du bist ja ganz verkrampft«, stellte sie fest. »Die Puppen sind nur zu Forschungszwecken da. Sie dienen mir als vollständig bekleidete Forschungsobjekte für mechanische Analysezwecke. So wie du vermutlich manchmal erst herausfinden musst, wie genau du etwas bauen kannst, muss ich Stellungen für meine Bücher austesten. Aber ich verschaffe mir mit ihnen keine Befriedigung. Verstanden? So armselig bin ich nicht.« Dummerweise war sie sogar noch armseliger. Doch sie hatte nicht vor, ihm von der Schublade voller Sexspielzeug zu erzählen oder dass es mal eine Zeit gegeben hatte, in der diese regelmäßig in Gebrauch gewesen waren. Aber wie schon die Männer hatte auch das Spielzeug sie enttäuscht und letzten Endes war sie zu ausschließlich fiktivem Sex übergegangen.

»Du hast vorhin nur gehört, wie ich im Büro eine Szene nachgespielt habe, damit ich sie auch richtig schreiben kann.«

Er verzog amüsiert die Lippen. »Allein?«

»*Nein*, nicht allein. Mit Hugh Jackman.« Sie ging auf die Knie und spähte unter das Bett in der Hoffnung, dort den Schlüssel für die Handschellen zu entdecken.

»Grundgütiger«, murmelte er und zerrte sie am Hemd wieder hoch.

»Was ist denn?«

»Du kennst mich überhaupt nicht und reckst derart den Hintern vor mir in die Höhe? Was wenn ich irgendein Widerling wäre?«

Sie verschränkte grinsend die Arme vor der Brust. »Hal und Josh Braden haben dich gebeten, hierherzukommen, und sie würden mir nie irgendeinen Widerling ins Haus schicken.«

Beau nahm ihren Arm und half ihr beim Aufstehen. Dann kletterte er aufs Bett und griff sich eine Handschelle. »Darum geht es doch gar nicht.« Er quetschte die Hand der Puppe zusammen und zwängte sie durch den Ring aus Metall.

»Sei vorsichtig«, bat sie. »Diese Puppen sind sehr teuer.«

Er warf ihr einen entgeisterten Blick zu. »Keine Sorge, ich bin sehr geschickt mit den Händen.«

»Das kann ich mir vorstellen«, sagte sie leise, was ihr einen weiteren entrüsteten Blick einbrachte, bei dem sie sich fühlte wie eine Zwölfjährige, die fürs Fluchen gerügt wurde. Dieser

Mann musste wirklich lockerer werden. Sie hüstelte, um ihre Belustigung zu verbergen, während er die andere Hand durch die Handschelle schob.

»Fertig.« Er stand wieder auf.

»Aber die Handschellen hängen immer noch an deinem Bett.«

Beau mahlte mit dem Kiefer und seine Augen schienen zu lodern. Eine Sekunde später hatte er sich wieder im Griff. Das war ungemein faszinierend – und *heiß* –, und sie versuchte, sich jedes einzelne Detail für ihr Buch zu merken.

Vielleicht hatte sie mit ihm ja doch den perfekten Partner für ihre Recherche gefunden. Er war attraktiv, gut gebaut und vor allem: nur vorübergehend da.

Zwei

Später an diesem Nachmittag starrte Charlotte auf ihren Computerbildschirm und war sich nicht sicher, ob sie dankbar für ihre neue Muse sein oder sich eher über sie ärgern sollte. Normalerweise schrieb sie etwa fünftausend Wörter am Tag, an vielen Tagen sogar noch mehr. Aber in den letzten *Wochen* hatte sie gerade mal zwölftausend Wörter geschafft, wobei sie viertausend davon erst nach der Begegnung mit dem überaus ernsten und unfassbar heißen Beau verfasst hatte. Bisher war sie noch nie auf jemand anderen angewiesen gewesen, der ihre kreative Ader belebte, und die Tatsache, dass er das, was immer ihren Schreibfluss blockiert hatte, einfach so zu beseitigen vermochte, gab ihr zu denken.

Sie lehnte sich zurück, stützte die Zehen gegen die Schreibtischkante und drehte ihren Stuhl von einer Seite auf die andere, während sie versuchte, die Lage zu analysieren. Sobald sich Chris Pine wieder in ihrem Spielzeugzimmer befand, hatte Charlotte Beau auf dem Grundstück herumgeführt. Er war die ganze Zeit sehr professionell geblieben und hatte sich seitenweise Notizen gemacht. Sie konnte sich gar nicht vorstellen, was seiner Meinung nach alles repariert werden musste. Ihr Umgang miteinander war nicht einmal ansatzweise sexueller

Natur gewesen, wenngleich sie zugeben musste, dass sie seinen scharfen Körper beschämend oft in Augenschein genommen hatte. *Selbstverständlich rein aus Forschungszwecken.* Und es hatte sie zu viertausend Wörtern inspiriert.

Während sie die untergehende Sonne durch das Fenster betrachtete, kam Beau in ihr Sichtfeld. Er trug eine Leiter aus dem Schuppen heraus. *Mit nacktem Oberkörper.*

»Grundgütiger.«

Ihre Füße kamen lautstark auf dem Holzfußboden auf, da sie gar nicht schnell genug zum Fenster kommen konnte. Sie ließ den Blick über sein kantiges Kinn, die immer so ernst dreinblickenden Augen, die er auf den Weg vor sich richtete, und – *du liebe Güte* – die himmlische Pracht der sonnengebräunten Haut seines muskulösen Oberkörpers wandern. Jeder seiner entschlossenen Schritte ließ sie schneller atmen. Als er sich der Hausecke näherte, presste sie die Wange an die Fensterscheibe, um diesen Anblick bis zum letzten Moment auszukosten, bevor er schließlich um die Ecke verschwand.

Danach drehte sie sich mit dem Rücken zum Fenster, presste eine Hand auf die Stelle, unter der ihr Herz raste, und schloss die Augen. Es war *Jahre* her, dass ein Mann eine derartige Wirkung auf sie ausgeübt hatte. Zwar bekam sie nur selten Besuch, aber es hatten schon einige Hochzeiten und Wohltätigkeitsveranstaltungen im Gasthof stattgefunden. Bei diesen Ereignissen wimmelte es hier nur so von Athleten, Schauspielern und anderen wohlhabenden, gut gekleideten Männern. Keiner von ihnen hatte ihre Konzentration länger gestört, als man für einen flüchtigen bewundernden Blick brauchte, doch der Anblick von Beau ließ sie nicht mehr los – die zuckenden Muskeln an seinem Kiefer, der schwere, durchdringende Blick und dieses knappe Nicken, das sie eigentlich abturnen sollte, ihr Interesse aber nur umso mehr weckte.

Lag es an ihm, dass sie derart durcheinander war, oder an der Tatsache, dass er ihr die fehlende Inspiration für ihr Buch bot? Das Schreiben war nicht nur ihr Beruf, sondern ihr emotionaler Rettungsanker. Es hatte ihr geholfen, die schlimmsten Zeiten ihres Lebens zu überstehen.

Gewiss raste ihr Herz nur, weil ihre Muse zu ihr zurückgekehrt war. Was sollte es auch anderes sein? Diese Schreibblockade hatte ihr so zugesetzt, dass ihr Körper nun feierte, weil es damit endlich vorbei war. Das ergab durchaus Sinn, nur konnte sie jetzt dummerweise an nichts anderes mehr denken als an ihn und daran, wie männlich er mit dieser dummen Leiter ausgesehen hatte.

Das musste sie unbedingt ausnutzen.

Sie wechselte in ihren Schreibmodus, setzte sich vor die Tastatur und machte sich daran, eine Szene zu erschaffen, in der die Leiter – und dieser Mann – eine entscheidende Rolle spielten. Beim Tippen befürchtete sie schon, ihre Muse würde wieder verschwinden, und ihr Herz schlug schneller.

Okay. Es ist eindeutig die Muse und nicht er.

Sie konnte es sich nicht erlauben, diese Inspiration wieder zu verlieren. Ihre Muse musste gefüttert werden, damit sie die verlorene Zeit aufholte und dieses Buch beendete. Die Idee für diese viertausend Wörter, die sie geschrieben hatte, war wie ein sinnlicher Klaps auf den Po über sie gekommen, als sie diese Bemerkung über die Handschellen und sein Bett gemacht hatte. Ihre Finger verharrten über der Tastatur, während die Idee Gestalt annahm. *Ein harmloser kleiner Flirt könnte zu einer großartigen Story führen.*

Schnell schnappte sie sich Stift und Papier und notierte sich die Titel, die ihr durch den Kopf schossen. *Nagel mich. Hammerzeit. Besteig mich, Baby.*

Na gut, ihre Muse war möglicherweise noch nicht ganz auf der Höhe, aber sie kehrte eindeutig zurück! Da sie nun einen Plan hatte, wie sie ihre Muse am Leben erhalten konnte, konzentrierte sie sich darauf, die Geschichte über den scharfen Handwerker und seine enormen *Werkzeuge* zu entwickeln.

Beau drückte sich das Handy ans Ohr und lief in der Lobby auf und ab, während er seiner Schwester Jillian zuhörte, die ihn anflehte, ihr ein Autogramm von Charlotte mitzubringen. Dabei plapperte Jillian wie ein Wasserfall, was ihn an seine heiße Gastgeberin erinnerte.

»Ich habe gehört, dass Charlotte bald eine neue Reihe veröffentlicht. Tempest hat gesagt, Riley hätte ihr erzählt, Charlotte würde den Gasthof nie verlassen …« Tempest war ihre Cousine aus Peaceful Harbor, Maryland, und Riley war mit ihrem Cousin Josh verheiratet.

Beau schaltete auf Durchzug, da Jillians Geplapper von Thema zu Thema wechselte wie ein Kolibri, der auf Nektarsuche von Blüte zu Blüte flatterte.

»Jilly«, unterbrach er sie.

»Was ist? Du bist doch so ein Frischluftfanatiker. Vielleicht kannst du Charlotte ja davon überzeugen, mal vor die Tür zu gehen …«

Er stopfte sich sein schmutziges Hemd in die Gesäßtasche und wartete darauf, dass seine Schwester eine Atempause einlegte. Gerade schlug sie ihm vor, wohin er mit Charlotte gehen sollte. Seitdem Charlotte ihn vor einigen Stunden herumgeführt hatte, war sie nicht wieder aufgetaucht, und er fragte sich langsam, ob sie nur ein Produkt seiner Fantasie gewesen war. In der Küche gab es rein gar nichts zu essen, was ihn nicht weiter wunderte, denn Charlotte hatte schließlich die Figur einer Elfe und lebte vermutlich von nichts als Luft und Liebe.

»Sag mir die Wahrheit, Bruderherz«, verlangte Jillian und riss ihn aus seinen Gedanken. »Wie geht es dir? Ist alles in Ordnung?«

Verdammt. Er hatte geglaubt, dem Verhör entgehen zu können. Wenn sie ihn mit diesem Kosenamen ansprach, den sie als kleines Mädchen benutzt hatte, fiel es ihm unsagbar schwer, ihren Fragen auszuweichen. Dies war somit sein Stichwort, das Gespräch zu beenden.

»Denn ich setze mich gleich morgen in den Flieger und komme zu dir, wenn …«

»Nein, Jilly«, unterbrach er sie entschieden. »Mir geht es gut, und ich muss jetzt wirklich aufhören, aber es war schön, mit dir zu sprechen. Und ich werde sie um ein Autogramm bitten.« Auch wenn er sich dabei unglaublich dämlich vorkommen würde.

»Hast du Jax angerufen?«

Er seufzte. »Ja. Jax, Mom, Dad …« Er liebte seine Familie, aber zu dieser Jahreszeit bedeutete *eng verbunden* im Grunde genommen eher *erdrückend.*

»Ich werde heute Abend mit Zev skypen. Soll ich ihn bitten, dich anzurufen?«

»Nein.« Schuldgefühle machten sich in ihm breit. »Ich meine, klar kann er das machen, wenn er mit mir reden will, aber bitte ihn nicht, mich anzurufen, weil … es einen anderen

Grund dafür geben könnte.« Dass sich Torys Tod zum zehnten Mal jährte, musste er ja nicht unbedingt erwähnen. Die ganze verdammte Stadt wurde schließlich davon beeinflusst.

»Ist gut«, erwiderte sie leicht schnippisch. »Willst du wirklich nach Los Angeles, wenn du da fertig bist, und kommst monatelang nicht nach Hause?«

Beau hatte einen Zweijahresvertrag als Moderator einer Realityshow mit dem Titel *Shack to Chic – Aus Alt mach Neu* angeboten bekommen, für die er durch die Vereinigten Staaten reisen und einzigartige Gebäude renovieren würde. Er hatte vor, nach der Mad-Prix-Feier aufzubrechen, einem jährlichen Wildnis-Sportevent, an dem sein Bruder Graham, ein Extremsportfanatiker, und ihr Cousin Ty, ein weltbekannter Bergsteiger, teilnehmen würden. Die Ziellinie lag auf dem Grundstück des Gasthofs und die Siegesfeier sollte Samstag in drei Wochen stattfinden. In der Woche darauf wollte Beau nach Los Angeles fliegen, um den Vertrag zu unterschreiben und die Filmcrew kennenzulernen. Wenn alles gut ging, würde er sehr lange Zeit nicht nach Hause kommen.

»Denn du solltest wieder herkommen«, drängte ihn Jillian. »Duncan wird in der Stadt sein und er fragt immer nach dir.«

Der bekannte Schauspieler Duncan Raznick, von seinen Fans »Raz« genannt, war Torys älterer Bruder und vor Torys Tod Beaus bester Freund gewesen. Beau hatte ihn seit der Beerdigung nicht mehr gesehen, aber er wusste, dass Duncan immer zum Jahrestag von Torys Tod nach Pleasant Hill zurückkehrte, um Zeit mit seiner Familie zu verbringen, während Beau genau aus diesem Grund aus der Stadt floh.

»Das geht nicht, Jilly. Ich werde in Los Angeles erwartet.«

»Wie praktisch«, spottete sie. »Ach, verdammt! Ich muss auflegen! Ich habe ein Date.«

»Ich dachte, du skypst heute Abend mit Zev? Mit wem gehst du denn aus?« Obwohl Jillian schon Mitte zwanzig war, musste Beau weiterhin ihren Beschützer spielen.

»Ich skype um Mitternacht mit Zev, wegen des Zeitunterschieds, verstehst du? Der Typ, mit dem ich ausgehe, ist einer von Tempes Freunden. Wir sehen uns Nicks Show an, du musst dir also keine Sorgen machen. Wenn er ein Mistkerl ist, werde ich ihm das schon zu verstehen geben, und danach kann Nicky sich um ihn kümmern.«

Beau musste lachen. *Nicky.* Nick war ein Jahr jünger als Beau, über eins achtzig groß und ein wahrer Muskelprotz. Abgesehen von Jillian nannte ihn seit seiner Kindheit keiner mehr Nicky.

»Gut. Ich hab dich lieb, Schwesterherz, aber ich muss jetzt Charlotte suchen und herausfinden, wo es hier was zu essen gibt.«

»Führ sie zum Essen aus!«, schlug Jillian vor. »Jede Frau liebt es, wenn man mit ihr essen geht. Hast du ein paar schicke Klamotten eingepackt?«

»Ich bin zum Arbeiten hier, nicht zum Feiern, Jillian.« Allerdings konnte er nicht leugnen, dass Charlotte ihn faszinierte, auch wenn sie die erste Frau war, die ihm gegenüber offen zugegeben hatte, aufblasbare Puppen zu besitzen. Und das lag nicht nur daran, dass sein Körper wider Erwarten auf sie reagierte. Er hatte den ganzen Tag über nicht aufhören können, an sie zu denken, und sich gefragt, warum sich eine wunderschöne, erfolgreiche Frau auf diesem Berg fernab der Zivilisation versteckte. *Und warum zum Teufel braucht sie aufblasbare Puppen?* Diese Frau musste doch nur in eine Bar gehen und hätte mehr als genug Freiwillige für ihre Forschungszwecke.

»Weißt du denn nicht, dass Arbeit allein auch nicht glücklich macht? Man muss sich auch vergnügen«, sagte Jillian und holte ihn abermals in die Realität zurück. »Sonst bekommt man nur dicke Eier.«

»Großer Gott, Jilly.« Er schüttelte den Kopf, während sie sich totlachte. »Was für Worte aus dem Mund meiner kleinen Schwester.«

»Ich habe gehört, wie Nicky das zu Jace gesagt hat«, meinte sie noch immer kichernd. Jace Stone war ein Freund der Familie und ein harter Biker, dem eine Werkstatt für spezialangefertigte Motorräder gehörte. »Versuch wenigstens, dich ein bisschen zu amüsieren, okay? Ich mache mir Sorgen um dich.«

»Danke. Und, Schwesterherz?«

»Ja?«

»Amüsier du dich heute nicht zu sehr. Und nimm bei deinem Date bloß nicht solche Worte in den Mund.«

Sie lachte noch immer, als sie sich voneinander verabschiedeten.

Beau steckte sich das Handy in die Hosentasche und holte zur Beruhigung tief Luft. Jillian gab ihm immer das Gefühl, mit knapper Not einen Hurrikan überlebt zu haben und trotz allem guter Dinge zu sein.

Er ging auf der Suche nach Charlotte nach unten und wurde immer langsamer, je näher er der Tür ihres Arbeitszimmers kam. Es brannte kein Licht, und er lauschte gebannt, ob er ein Stöhnen oder andere erotische Geräusche hörte, wobei er sich große Mühe gab, sie sich nicht mit einer der aufblasbaren Puppen vorzustellen. *Grundgütiger!* Was hatte er sich da nur eingebrockt? Und warum war er derart fasziniert von ihr?

Das Klappern einer Tastatur drang an seine Ohren und er atmete erleichtert aus. *Warum habe ich schweißnasse Hände?* Er wischte sie an seiner Jeans ab und betrat das Arbeitszimmer.

»Hey.«

Charlotte zuckte mit erschrockenem Aufkeuchen zusammen. »Du liebe Güte! Beau!«

»Entschuldige. Aber, ähm, bist du etwa ein Vampir? Es ist ja stockdunkel hier drin.« Er legte den Lichtschalter um, aber es wurde nicht heller.

»Du hast mich zu Tode erschreckt.« Charlotte beugte sich über ihre Tastatur, sodass er ihre schmalen Hüften und die superkurze, abgeschnittene Jeans, die ihm zuvor entgangen war, bewundern konnte. Sie trug noch immer das Männerhemd, und er fragte sich, wem es wohl gehören mochte.

»Tut mir wirklich leid. Ich wollte dich nicht erschrecken.« Er betätigte den Lichtschalter noch mehrmals. »Warum geht das Licht nicht?«

»Die Glühbirne ist Weihnachten durchgebrannt«, antwortete sie geistesabwesend und wandte ihm den Rücken zu, während sie weitertippte.

»Du hast hier *seit fünf Monaten* kein Licht?« Er sah sich im Zimmer um und stellte fest, dass die kaputte Glühbirne nur die Spitze des Eisbergs darstellte. Mehrere ihrer Buchcover, auf denen stets »*New York Times*-Bestseller« prangte, hingen gerahmt und schief an den Wänden. Eines der Cover zierte den Titel des *Literary Focus*-Magazins. Der Bilderrahmen baumelte an einem dünnen Faden von einer großen Reißzwecke herunter. In den Bücherregalen stapelten sich Papier, Bücher und Fotos, und dazwischen erspähte er Handschellen, einen Ballknebel und eine Seidenkrawatte. Diverse Stapel aus Notizbüchern und einzelnen Papieren bedeckten den Boden zwischen der Couch und den Regalen. Zwei anatomisch korrekte aufblasbare Puppen lagen auf der Couch.

Er schnaufte. Sie waren nicht besser bestückt als er.

»Nein, nicht seit fünf Monaten.« *Tipp, tipp, tipp.*

Er warf einen Blick auf ihren Schreibtisch, auf dem mehrere leere Wasserflaschen, ein halb verspeister Proteinriegel, Bonbonpapier und unzählige Haftnotizzettel und Notizbücher fast sämtlichen Platz einnahmen. Ihr Mülleimer quoll über, und eine halb leere Wasserflasche, aus der ein lilafarbener Strohhalm ragte, stand gefährlich nah am Rand der Kommode hinter ihr.

Charlotte steckte den Rücken durch, warf ihr langes dunkles Haar über die Schulter und sagte, noch immer dem Bildschirm zugewandt: »Sie ist schon das Weihnachten davor durchgebrannt.«

»Hast du hier Probleme mit der Verkabelung?«, erkundigte er sich und vermutete, dass Nagetiere etwas angeknabbert hatten.

Sie zuckte mit den Achseln und drehte sich zu ihm um. Ihr Hemd war nicht zugeknöpft, und er konnte das eng anliegende T-Shirt darunter erkennen. Charlottes Blick fiel auf seine Brust und rief ihm in Erinnerung, dass er mit nacktem Oberkörper vor ihr stand. Sie riss leicht die Augen auf, als wäre ihr erst jetzt bewusst geworden, dass er eine lebendige Person und keine Puppe war.

»Ich sehe mir die Sache mal an«, sagte er, um sich von der Tatsache abzulenken, wie unfassbar schön sie war.

»Die Glühbirne ist durchgebrannt«, wiederholte sie leicht atemlos.

Sie war nicht in der Lage, eine Glühbirne zu wechseln? Vielleicht bewahrte sie die Glühbirnen ja zusammen mit dem Schlüssel für die Handschellen auf.

Ihr Blick wanderte an seinem Körper herunter zu seiner Leistenbeuge und noch tiefer. Dabei bekam sie große Augen und verzog die Lippen zu einem verführerischen Lächeln. Jeglicher Gedanke an die Glühbirnen war vergessen. Ganz langsam ließ sie den Blick wieder an seinem Körper nach oben wandern, woraufhin er an den Stellen ein heißes Prickeln spürte. Sie trat auf ihn zu und sah ihn mit ihren Rehaugen an. Ihm wurde immer wärmer, je näher sie kam, bis sie schließlich wenige Zentimeter vor ihm stehenblieb. Sie war mindestens dreißig Zentimeter kleiner als er, und als sie den Kopf in den Nacken legte und ihn ansah, schimmerte Leidenschaft in ihren Augen.

Verdaaaammt.

»Wirst du dafür deine *große Leiter* brauchen?«, fragte sie mit sinnlicher Stimme und betonte die beiden Worte auf verführerische Art.

Was für ein verflixtes Spiel war das jetzt wieder?

Sie berührte seine Wange. Ihre Finger fühlten sich warm und weich an. Etwas Warmes, Weiches hatte ihm so sehr gefehlt. Dabei sah sie ihm gebannt ins Gesicht, als wollte sie keine Gefühlsregung verpassen.

Guck wieder nach unten, Süße. Da regt sich auch was.

»Und?«, fragte sie mit Unschuldsmiene. »Bist du mit deiner *Leiter* so gut wie mit den Händen?«

Er wandelte auf einem gefährlich schmalen Grat und hätte ihren heißen Körper am liebsten auf die Couch geworfen und ihr gezeigt, wie gut sie sich bei einem echten Mann fühlen würde. Aber er war nicht hier, um sich mit einer Frau einzulassen, die mit Puppen ebenso wie mit Männern spielte. Nicht, wenn sie mit seinen Verwandten befreundet war. Und ganz bestimmt nicht, wenn ihn die schmerzhaften Erinnerungen im Laufe der nächsten Wochen in ein tobendes Ekel verwandeln konnten. Zwar nur vorübergehend, aber das machte die Sache ja nicht besser.

Jillians Kommentar über das Vergnügen und was sonst passierte, fiel ihm wieder ein. So ganz unrecht hatte sie ja nicht.

Charlotte strich mit den Fingern über seinen Hals und seine Brust und ihm wurde ganz warm um die Lenden. Er umfing ihr Handgelenk, woraufhin ihre Augen vor Lust oder Belustigung funkelten. Er wusste nicht, was von beiden es war, und das ärgerte ihn noch mehr. Wenn er eins nicht leiden konnte, dann war es, zum Narren gehalten zu werden.

»Ich bin nur hergekommen, weil ich vorschlagen wollte, uns Abendessen zu machen«, sagte er eher als Ermahnung an sich als zu ihrer Information.

Sie kniff verführerisch die Augen zusammen, beugte sich vor und murmelte leise, dass es wie ein Flüstern durch den schwach beleuchteten Raum hallte: »Ich hätte jetzt Appetit auf etwas Bestimmtes …«

Du liebe Güte … Allein bei der Vorstellung, ihre Rosen-knospenlippen würden an seinem Körper nach unten wandern, bekam er schon eine Erektion. Er zwang sich, etwas zu erwidern, bevor er noch auf dumme Gedanken kam. »Ich habe vergessen, auf dem Weg hierher etwas einzukaufen. Du hast einen großartigen Grill auf der Terrasse stehen, der aussieht, als wäre er eine Weile nicht angefacht worden.« Verdammt, dasselbe hätte er auch über sie sagen können. Diese Mischung aus Unschuld und Wildheit, die sie gerade darstellte, machte ihn völlig fertig. »Hast du vielleicht ein paar Steaks oder etwas in der Art, was ich da draufwerfen kann?«

»So etwas in der Art«, antwortete sie mit keckem Grinsen.

Sie ließ den Blick langsam über sein Gesicht wandern und musterte ihn ganz offen. Dabei legte sie ihm eine Hand auf die Stelle über seinem Herzen und zog konzentriert die

Augenbrauen zusammen. Als ihm gerade bewusst wurde, dass er noch immer ihr Handgelenk festhielt, entwand sie sich aus seinem Griff und eilte zurück an ihren Schreibtisch. Sie tippte schon drauflos, bevor sie überhaupt auf dem Stuhl saß, und ließ ihn erhitzt, erregt und durch und durch verwirrt stehen.

Ohne sich umzudrehen, wedelte sie mit einer Hand in der Luft herum. »In meinem Gefrierschrank findest du was zu essen. Ich dachte mir, wir teilen uns meine Küche.«

Die Leidenschaft und die verführerische Stimme waren verschwunden. Sie hatte sich in eine Tippmaschine verwandelt und ihre Finger flogen nur so über die Tasten.

Was zum Teufel war hier passiert?

»Wir teilen uns deine Küche?«, wiederholte er irritiert. »Ich werde anklopfen, bevor ich reinkomme.«

»Die Mühe musst du dir nicht machen«, sagte sie, ohne beim Tippen innezuhalten. »Da drin passiert nie was Spannendes. Du musst nur anklopfen, wenn ich die Tür zu meinem Arbeitszimmer geschlossen habe. Ach ja, ein Steak oder etwas in der Art wirst du dort nicht finden. Aber vielleicht habe ich noch eine Dosensuppe und ein paar Cracker. Aber vergiss nicht, auf das Verfallsdatum zu achten. Ich werde Steaks auf den Einkaufszettel schreiben. Jetzt muss ich weiterschreiben, du kannst gehen.«

Sie warf ihm über die Schulter einen Blick zu, während sie weitertippte, und Aufregung spiegelte sich in ihren Augen wider. »Du bist viel besser als eine aufblasbare Puppe.«

Drei

Die Sonne wanderte so langsam über den Himmel wie ein Faultier, das auf einen Baum kletterte, ganz gemächlich und entschlossen. Das morgendliche Grau wurde verdrängt, je höher der helle Feuerball emporstieg. Gelbe Streifen zierten die Berge und ergossen sich auf die Felder. Licht breitete sich auf der Terrasse aus, auf der Beau ans Geländer gelehnt stand und über Charlotte nachdachte. Sie war ihm ein Rätsel, wie ein Satz Bauzeichnungen, den man zerrissen und in eine Schachtel geworfen hatte, wo er jetzt darauf wartete, wieder sortiert zu werden. Ihr Flügel erinnerte eher an ein karg eingerichtetes Apartment. Vom Eingang gelangte man direkt ins Wohnzimmer, in dem die in Gasthöfen üblichen Möbelstücke standen. Es fühlte sich für ihn nicht wie ein Zuhause an oder als ob sie sich regelmäßig dort aufhielt. Ein schneller Blick ließ keine abgenutzten Stellen oder Kuhlen in den Kissen erkennen, die auf Lieblingsstellen zum Ausruhen hingedeutet hätten. Auf gewisse Weise erinnerte ihn das an sein Zuhause, in dem er nur Dinge aufbewahrte und wenig Zeit verbrachte.

Ihre Küche – wenn man es denn so nennen konnte – befand sich direkt links hinter der Tür zu ihrer Suite. Sie war ebenso karg eingerichtet, wie Charlottes Antworten gewesen waren.

Darin befanden sich eine Herdplatte, eine Mikrowelle, eine Kaffeemaschine und ein kleiner Kühlschrank, in dem außer einigen Wasserflaschen, Unmengen an *Luscious Leanna's Sweet Treat*-Marmelade, mehreren Joghurts und einer Schüssel voller Eier nichts stand. Er kramte in den Küchenschränken herum und entdeckte darin eine Packung löslichen Kaffee, mehrere Zuckerpäckchen, genug Proteinriegel, um eine fünfköpfige Familie durchzufüttern, eine Schachtel Pfannkuchen-Backmischung – aber keinen Sirup! –, einige Dosensuppen und eine halb volle Packung Cracker. Zum Abendessen wärmte er zwei der Suppen auf dem steinernen Grill auf, aber als er Charlotte eine anbot, lehnte sie ab und sagte, sie müsse weiterarbeiten, während sie auf ihre Tastatur einhämmerte. Danach drehte er eine Runde durch den Gasthof und schloss dabei nicht weniger als neun Türen ab.

Die Frau brauchte dringend eine Alarmanlage. Oder einen Hund.

Oder einen Mann.

Er nippte an dem säuerlichen Kaffee. Wenn es je eine Frau gegeben hatte, die einen Mann brauchte, dann war das Charlotte. Jemanden wie sie hatte er noch nie zuvor kennengelernt. Am Vorabend hatte sie ihn entweder eiskalt für ihre Zwecke missbraucht oder einfach nur auf den Arm genommen. Beides gefiel ihm nicht im Geringsten, doch das war ein Spiel, bei dem er mithalten konnte. Vielleicht wäre es sogar eine gute Ablenkung von den Erinnerungen, denen er zu entfliehen versuchte. Genau diese Erinnerungen hatten ihn auch letzte Nacht heimgesucht, ebenso wie Fantasien von Charlotte, die rittlings auf dieser verdammten Gummipuppe saß. Nur, dass *er* unter ihr gelegen hatte und sie beide nackt gewesen waren. Im Dunkel der Nacht hatte sich eine Collage aus Entsetzen und lustvollen Bildern in seinem Kopf vermengt. Torys liebreizendes Gesicht blitzte kurz vor dem Schauplatz des Unfalls auf, bei dem sie ums Leben gekommen war, nur um von Charlotte abgelöst zu werden, die über eine Wiese tollte. Was in aller Welt das zu bedeuten hatte, konnte er beim besten Willen nicht sagen, aber er war bei Tagesanbruch schweißgebadet aufgewacht.

Seine Gedanken kehrten zu seiner To-do-Liste zurück, auf der an erster Stelle die Reparatur des Schadens stand, den die Frauen seiner Cousins am Wochenende von Joshs Hochzeit hier im Gasthof in der Suite im ersten Stock angerichtet hatten. Nach allem, was man Beau erzählt hatte, waren einige von Joshs Schwägerinnen und seine Schwiegermutter betrunken gewesen und hatten versehentlich mit Marihuana versetzte Brownies gegessen. Danach hatten die Frauen versucht, in einem der Zimmer im ersten Stock, in dem es vermeintlich spukte, einen Exorzismus durchzuführen, während die Männer schliefen. Für ihn hörte sich das ganz nach etwas an, das Jillian und ihre Freunde auch ohne Gras tun würden.

Rasch ging er weitere Punkte auf der Liste durch, zu denen das Aufräumen in der Hauptküche des Gasthauses gehörte, damit er dort vernünftig kochen konnte, und eine Einkaufstour in die Stadt am Fuß des Berges. Aber zuerst musste er einen klaren Kopf bekommen. Normalerweise reichte ein Spaziergang dafür aus und konnte die Geister beruhigen, die ihm wie Schatten folgten.

Er stellte seine Kaffeetasse in die Küche, um sie später abzuwaschen, und ging die Terrassenstufen hinunter in den Garten. Als Charlotte ihm gestern die Werkstatt in einem der Schuppen gezeigt hatte, waren ihm mehrere andere Wege aufgefallen, die er sich nun genauer ansehen wollte.

Sobald er um die Ecke des Gebäudes bog, entdeckte er Charlotte, die in einiger Entfernung auf den Wald zustrebte. Sie trug kniehohe rote Gummistiefel und einen viel zu großen grauen Pullover, der ihr von einer Schulter herunterhing und nur bis zur Mitte des Hinterns reichte, sodass ihr rostfarbenes Höschen und ihre sexy Pobacken zu sehen waren. Der Großteil ihres Haars war hochgesteckt und mit einer Spange befestigt worden, aber einige Strähnen hatten sich wie Schlangen, die ihrem Nest entkommen wollten, herausgewunden und standen in alle Richtungen ab, während ihr andere über den Rücken fielen. In der rechten Hand trug sie einen Korb, den sie im Gehen durchs hohe Gras schwang. Sie verschwand zwischen den Bäumen, und er ging schneller und fragte sich, wohin in aller Welt sie in diesem Aufzug wollte.

Er folgte ihr über den schmalen, mit trockenem Laub und abgebrochenen Ästen bedeckten Pfad und hörte, wie sie laut und schief »Like a Prayer« sang. Sie trällerte etwas darüber, dass das Leben ein Mysterium war, und er fand, dass man den Text durchaus mit *Charlotte ist ein Mysterium* austauschen konnte. Schmunzelnd fragte er sich, was für ein alternatives Universum wohl in ihrem Kopf existierte, weil sie so frei und unbeschwert, aber auch ein bisschen zerstreut wirkte. Da sie allerdings Stunden am Stück schrieb, konnte sie eigentlich nicht so unglaublich zerstreut sein.

Sie betrat eine Lichtung, und Beau verharrte und beobachtete, wie sie herumtanzte und aus vollem Hals sang. Als sie die Arme gen Himmel streckte, zog sie den Pullover dabei hoch und entblößte mehrere Zentimeter verlockend nackte Haut über ihrem eng anliegenden Höschen. Beim Refrain ging sie zu einer Art gestampftem Breakdance über.

Möglicherweise war sie aber auch einfach vom Teufel

besessen.

Sie reckte das Kinn in die Luft und sang kreischend davon, wie sie ihn kniend nehmen wollte. Beau stand wie erstarrt zwischen den Bäumen und war fasziniert von ihren wilden, ausladenden, unbeschwerten Bewegungen.

Auf einmal wurde sie ganz still. Er spitzte die Ohren. Sie summte und wackelte mit den Schultern und Hüften, um dann zwischen einigen Büschen zu verschwinden.

»Charlotte?« Er lief ihr hinterher, weil er wissen wollte, wie es weiterging.

Als er sich einen Weg durch die Büsche bahnte, prallte sie mit lautem »Ups!« gegen ihn. Er schlang ihr die Arme um die Taille, und ihre Blicke begegneten sich mit einer Intensität, die sie aufkeuchen ließ. Das war das erotischste Geräusch, das er jemals gehört hatte. Trotz der kühlen Morgenluft fühlte sich ihr Körper ganz heiß an. Sie öffnete leicht die Lippen, sagte jedoch kein Wort. Dann wurde ihr Blick leidenschaftlich, und er nahm umso deutlicher wahr, wie weich und warm sie sich anfühlte und wie süß und weiblich sie duftete. Plötzlich verspürte er den überwältigenden Drang, sie zu küssen. Sie verzog die verlockenden Lippen zu demselben sündigen Lächeln, mit dem sie ihn auch am Vorabend bedacht hatte – nur um ihn danach völlig durcheinanderzubringen. *Nicht diesmal, Shortcake.* Er zog sie noch enger an sich.

Sie machte ein erschrockenes Gesicht und presste die Lippen aufeinander.

»Wo willst du denn so knapp bekleidet hin?«

Bei diesen Worten kniff sie die Augen zusammen. »Wo willst *du* denn hin, so …«, ihr Blick wanderte an seinem T-Shirt herunter zu seinen Jeans, »übertrieben bekleidet?«

Sie war gut, das musste er ihr lassen, aber er war besser.

Während er sie durchdringend ansah, legte er ihr eine Hand flach auf den Rücken und presste sie an sich, bis sie sich von den Beinen bis zur Brust berührten. Ihre Augen umwölkten sich.

»Ich hatte ganz vergessen, dass du nackte Männer vorziehst.« Er griff sich mit einer Hand in den Nacken und zog sich das T-Shirt aus, woraufhin sie einen lustvollen Seufzer ausstieß. Dann ließ er das T-Shirt auf einen Busch fallen und genoss es, wie sich ihre weichen Kurven an seine muskulöse Brust pressten. »Wie nennst du das, womit du deine Lustknaben aufpustest?« Er senkte den Kopf, bis sich ihre Lippen beinahe berührten und Charlotte merklich der Atem stockte. »Ach ja. Deinen *Mund*.«

Sie schluckte schwer und bohrte die Finger in seine Haut. Dann blinzelte sie mehrmals und kniff die wunderschönen Augen zusammen. »Gut zu wissen, dass du auf meinen Mund stehst.«

Er war sich ziemlich sicher, dass sie gerade mit ihm spielte, aber sein Körper reagierte trotzdem, ebenso erregt durch ihre Laszivität wie durch ihre Frechheit und Selbstsicherheit. Sie hatte den heißesten Mund, den er je gesehen hatte, aber das hier war für sie nur ein Spiel, daher würde er ihr beweisen, wer das Sagen hatte. Er fuhr mit den Fingern durch ihr Haar, strich mit den Lippen über ihre Wange und erhaschte erneut ihren femininen Duft.

»Ich wüsste zu gern, ob du so gut schmeckst, wie du riechst.« Er spürte, wie sie in seinen Armen erschauderte, und ließ eine Hand zu ihrem Hintern hinabgleiten, was ihr ein leises erschrockenes Quieken entlockte. »Ich stehe auf Seiden-höschen«, knurrte er ihr direkt ins Ohr, und sie bohrte ihm die Fingernägel in die Haut. »Aber du solltest dir gut überlegen, welche Signale du sendest. Ich könnte dich auf der Stelle ausziehen.«

Er ließ die Worte sacken, legte die Arme fester um sie, obwohl sie gar keine Anstalten machte, sich ihm zu entwinden, und fuhr mit seinem quälenden Spiel fort, um ihr zu verstehen zu geben, dass sie sich besser nicht mit ihm anlegte. »Ich könnte deine Hände festhalten und so tief in dich eindringen, dass du mich morgen noch spüren könntest. Ist es das, was du willst?«

Bei diesen Worten zog er sanft an ihrem Haar, damit sie ihn mit ihren glasigen Augen ansah. Sie wirkte auf ihn wie eine Frau, die geküsst werden wollte. Die genommen werden wollte. Er verspürte den Drang, die Finger zwischen ihre Beine zu schieben, um herauszufinden, wie sehr sie ihn begehrte. Doch er war davon überzeugt, dass das alles für sie nur ein Spiel war, und Beau konnte solche Spielchen nicht leiden.

Also suchte er ihren Blick und sagte: »Ich bin kein Mann, mit dem du dich anlegen solltest.«

Widerstrebend ließ er sie los und sie stieß die Luft aus. Dann taumelte sie einige Schritte zurück und ließ die Arme hängen.

»Ich verliere nicht«, erklärte er ernst. »*Niemals.*«

Doch das stimmte nicht ganz. *Einmal* hatte er verloren. Schuldgefühle durchzuckten ihn wie eine zum Zubeißen bereite Viper.

Er zwang sich, diese hässlichen Gefühle tief in seinem Inneren zu vergraben. »Wir müssen uns über die Sicherheitsvorkehrungen unterhalten.«

Ihr Blick zuckte zur Seite. »Channing«, hauchte sie.

»Keine Spielchen mehr, Charlotte. Wenn du meine Aufmerksamkeit willst, musst du mich schon mit Beau ansprechen.«

»Nein!« Sie deutete zwischen den Büschen hindurch zu

einem grasbewachsenen Bereich, auf dem ein großes weißes Huhn am Boden pickte. »Channing ist ausgebrochen! Ich muss sie wieder einfangen!«

Drei weitere Hühner rannten an ihnen vorbei und Charlotte lief ihnen hinterher. »Oh nein! All meine Chickendales sind ausgebrochen!«

Leise fluchend folgte Beau ihr. »*Chickendales?*«

Charlotte jagte mehrere Hühner vor einem kleinen gemauerten Stall mit zu niedriger mintfarbener Tür. Ein rustikales Hühnergehege grenzte seitlich und hinten an den Stall und war mit grobem Holz und Maschendraht eingezäunt. Zwischen den einzelnen Rahmen waren krumm und schief Äste befestigt worden, um den Maschendraht aufrecht zu halten. Über der Gehegetür aus Maschendraht und Holz befand sich ein Geflecht aus Ästen und Zweigen. Beau stellte mit einem schnellen Blick fest, dass sich in der unteren linken Ecke ein Loch befand. Es machte den Anschein, als hätte Charlotte versucht, es mit einigen blättrigen Zweigen zu stopfen.

»Steh nicht einfach nur rum!«, flehte Charlotte. »Ich will Channing, Matt und Joe nicht verlieren!«

»Du weißt aber, dass das alles Hühner und keine Hähne sind?«, fragte er und ging auf sie zu.

»Natürlich weiß ich das! Ich habe sie nach den Schauspielern aus *Magic Mike* benannt.«

Ein Hahn krähte irgendwo weiter links, und auf Charlottes Miene spiegelte sich ehrliche Traurigkeit wider. Bei diesem Anblick zog sich Beaus Brustkorb zusammen.

»Oh nein! Jason Momoa ist auch ausgebrochen?« Sie wollte schon in die Richtung loslaufen, aus der das Geräusch gekommen war.

Beau konnte ihr gerade noch einen Arm um die Taille legen

und sie hochheben, bis ihre Füße nicht mehr den Boden berührten. »Nicht so schnell, Shortcake.«

»Ich muss sie wieder einfangen, bevor sie von einem Tier gerissen werden!«

»Je mehr du hier rumrennst, desto weiter laufen sie weg. Beruhige dich.«

Charlotte bedachte ihn mit einem erbitterten Blick. »Sag niemals einer Frau, dass sie sich beruhigen soll, wenn du nicht kastriert werden willst.« Sie zerrte an seinem Arm. »Lass mich los!«

»Großer Gott. Könntest du dich nicht mal beruhigen – äh, entspannen?«

Schnaubend verschränkte sie die Arme, während ihre Beine in der Luft baumelten.

»Wir brauchen einen Plan, wie wir sie nacheinander in die Enge treiben und wieder einfangen können.«

Sie verdrehte die Augen. »Hosenträger schmieden keine Pläne.«

»Was haben denn Hosen damit zu tun? Wenn du meine Hilfe willst, bekommst du sie nur, wenn wir die Sache richtig angehen. Ich werde dich jetzt absetzen, aber du musst still stehenbleiben, sonst verjagst du sie nur. Sind sie denn noch nie zuvor ausgebrochen?«

»Doch! Darum muss ich sie ja wieder einfangen. Beim letzten Mal bin ich ihnen stundenlang hinterhergerannt, bis ich irgendwann aufgeben musste, und sie …« Sie sprach nicht weiter.

»Sie …?«

Charlotte wandte den Blick ab. »Sie kamen nicht mal so nah an mich ran, dass ich sie hochheben konnte«, murmelte sie verlegen.

Er kicherte leise, als ein großes braunes Huhn seitlich neben dem Gehege hervorspaziert kam.

»Oh nein! Nicht auch noch Duncan!«

Beaus Brustkorb zog sich zusammen. »Duncan«, wiederholte er unwillkürlich.

»Duncan Raz!« Sie stemmte sich gegen seinen Arm, der noch immer um ihre Taille lag. »Du hältst mich zu fest. Ich kriege keine Luft!«

Beau wurde kreidebleich, und er ließ Charlotte wie eine heiße Kartoffel fallen und bei Weitem nicht so widerwillig, wie er sie in den Büschen losgelassen hatte. Dort hatte er beinahe so ausgesehen, als wollte er all die ungezogenen Dinge, die er ihr beschrieb, auch in die Realität umsetzen. Jeder Zentimeter seines Körpers war zum Zerreißen gespannt gewesen. Sie hatte vollkommen vergessen, dass sie sich alles, was er tat und sagte, bis ins Detail merken wollte, um es später für ihr Buch zu verwenden. Jetzt sah er jedoch eher so aus, als hätte sie ihm einen Tritt in die Magengrube verpasst, und ihr Buch war nun ganz und gar vergessen.

Sie berührte seinen Arm und er zuckte zusammen. »Alles in Ordnung?«

»Ja. Lass uns die Hühner wieder einfangen.«

»Die *Chickendales*«, korrigierte sie ihn in dem Versuch, ihm ein Lächeln zu entlocken, aber er mahlte bloß mit dem Kiefer.

Nach einer gefühlten Ewigkeit, bei der es sich vermutlich nur um ein paar Minuten handelte, hatte Beau sich geräuspert, sich mit seinen dunklen Augen berechnend umgesehen und die

Position jedes Huhns und des Hahns bestimmt. Charlotte beobachtete erstaunt, wie er einen absolut simplen Plan schmiedete und in die Tat umsetzte: Er warf etwas Futter auf den Boden und hob jedes einzelne Huhn beim Fressen hoch, um es im Gehege abzusetzen. Danach kam er mit nacktem Oberkörper und autoritärer Miene auf sie zu.

»Danke«, sagte sie und sah sich nach ihrem Korb um. »Ich kann es nicht fassen, dass sie schon wieder ausgebüxt sind.«

»Dachtest du wirklich, die Zweige könnten sie zurückhalten? Oder verhindern, dass ein Raubtier ins Gehege kommt?«

Sie stemmte die Hände in die Hüften und begehrte bei seinem tadelnden Tonfall auf. »Es war nur eine vorübergehende Lösung, aber ja. Ich habe mal gesehen, wie mein Großvater das gemacht hat, aber bei ihm hat es funktioniert.«

Er nickte. »Hat er auch diesen Stall gebaut?«

»Nein. Der steinerne Stall stammt von meinem Urgroßvater. Mein Großvater hat das Gehege angebaut.«

»Er ist einzigartig, das muss ich ihm lassen.« Er betrachtete das Bauwerk.

»Er passt perfekt zu Schneewittchens Hütte und das finde ich ganz wunderbar.«

Beau zog eine Augenbraue hoch. »Schneewittchens Hütte?«

»So nenne ich sie jedenfalls. Meine Urgroßmutter liebte Märchen, daher hat mein Urgroßvater die Hütte renoviert und so umgebaut, dass sie aussieht wie das Haus aus dem Märchen.«

Sein Blick wurde wieder ernst. »Das ist wirklich reizend. Ich würde sie mir gern mal ansehen. Aber zuerst muss ich das Gehege reparieren, bevor du doch noch deine Hühner verlierst.«

»Meine Chickend…«

»Was soll das eigentlich? Ist in deinem Leben alles ein Spiel, eine Fantasie oder ein Märchen?«, wollte er wissen.

»Verurteilst du mich dafür?«

»Nein, ich bin nur in der Realität verwurzelt.« Er richtete seinen lodernden Blick auf sie, während er sich vor das Loch im Gehege hockte. »Und ich kann es nicht leiden, wenn man Spielchen mit mir spielt.«

»Ach, und das da vorhin in den Büschen war von dir vollkommen ernst gemeint?« Sie verschränkte die Arme und starrte auf ihn hinab.

Er erhob sich zu voller Größe, sodass er sie deutlich überragte. »Ich habe dein Spiel nur mitgespielt, Süße.«

»Ach ja? *Mein* Spiel? Auf mich hat es eher den Anschein gemacht, als hättest du es genossen.«

Sein Bizeps zuckte. »Was gibt es da nicht zu genießen, wenn eine wunderschöne Frau in meinen Armen liegt? Du spielst mit dem Feuer.« Sein Blick fiel auf ihr Höschen und ihr wurde ganz heiß. »Vielleicht ist das ja eine Art, dir deine Männer zu beschaffen. Vielleicht spielst du ja *gern* mit dem Feuer.«

»Meine *Männer*?« Sie lachte auf. »Du hast ja keine Ahnung, wer ich bin. Kein echter Mann kann es mit den Helden aufnehmen, die ich erschaffe. Ich würde meine Zeit nicht mit ihnen vergeuden.«

»Wieso versuchst du dann, mich zu manipulieren?«

Sie war sich ziemlich sicher, dass er die Antwort, er wäre das Heilmittel für ihre Schreibblockade, nicht gut aufnehmen würde. »Das tue ich doch gar nicht.«

Er trat vor und drückte sie an sich. »Ist es das, was du willst? Dass ich dir hier und jetzt das Höschen vom Leib reiße und mit dir mache, was ich will?«

Die Herausforderung in seinen Augen war eindeutig, aber sie wusste genau, dass er nichts mit ihr anstellen würde, was sie nicht auch wollte. Sein Blick mochte noch so undurchdringlich sein und Frauen in Erregung versetzen, doch er war ein grundanständiger Kerl.

Sie mäßigte ihren Gesichtsausdruck und hoffte darauf, die Oberhand zurückgewinnen zu können. Das Problem war nur, dass es sich *wirklich* gut angefühlt hatte, in seinen Armen zu liegen, und sie hatte etwas unglaublich Trauriges und erschreckend Vertrautes in seinen Augen aufblitzen sehen, als er sie so abrupt losgelassen hatte. Sie hatte den Eindruck, dass seine Schroffheit weniger an ihrem Verhalten lag, auch wenn er etwas anderes behauptete. Dummerweise war sie im wirklichen Leben nicht so gut im Umgang mit emotionalen Situationen wie in ihren Büchern, wo sie eine Szene Dutzende Male neu schreiben konnte, bis der Schmerz, die Trauer oder das Verlangen auch bei den Leserinnen ankam. Es war auch nicht gerade hilfreich, dass sie sich davor fürchtete, ihre Muse zu verlieren, wenn sie mit ihrer List aufhörte. Ebenso große Angst hatte sie allerdings auch vor dem genauen Gegenteil, denn sie wollte wissen, was sie gesagt oder getan hatte, um seine Traurigkeit hervorzurufen. Ihr Spiel war mit einem Mal viel zu real geworden.

Er ließ sie etwas zu grob los und meinte: »Hab ich's mir doch gedacht.«

Vier

Beau verbrachte den Vormittag mit der Reparatur des Hühnergeheges, und da er schon mal dort war, reinigte er auch gleich den Stall, der aussah, als wäre er einen Monat lang nicht mehr gesäubert worden. Jedes Mal, wenn ihm das verdammte braune Huhn ins Auge fiel, wallten Schuldgefühle und Wut in ihm auf. Es kam ihm beinahe so vor, als hätten es die Götter der Schuld auf ihn abgesehen. Selbst hier, über dreitausend Kilometer von zu Hause entfernt, konnte er seinen Erinnerungen nicht entkommen. Sein Unbehagen aufgrund seiner Vergangenheit rang abermals mit dem, was auch immer da zwischen ihm und Charlotte vor sich ging. Noch eine Situation, bei der er sich nicht sicher war, ob er sich überhaupt damit befassen wollte. Sie entfachte eindeutig seine Leidenschaft, auch wenn sie ihn gleichzeitig unfassbar frustrierte.

Sobald der Stall repariert war, tauschte er die Glühbirne in Charlottes Arbeitszimmer aus, während sie unter der Dusche stand. Danach verputzte er die Wand in der Suite im ersten Stock, die am Wochenende von Joshs Hochzeit beschädigt worden war, und strich mit einer Grundierung auf Ölbasis über die mit Lippenstift befleckten Stellen im Badezimmer, wo die Frauen herumgekritzelt hatten. Das mussten ziemlich starke

Gras-Brownies gewesen sein, wenn die Frauen nach dem Verzehr einen derartigen Unsinn angestellt hatten. Er hielt es jedoch für wahrscheinlicher, dass die Frauen einfach nur in Feierlaune gewesen waren und es übertrieben hatten. Nachdem er einige der kleineren Aufgaben von seiner Liste erledigt hatte, machte er sich daran, die Küche in Ordnung zu bringen. Charlotte hatte ihm erzählt, dass einmal im Monat mehrere Frauen herkamen und den ganzen Gasthof von oben bis unten putzten, aber in einigen Schränken hatte Beau Blätter und Kratzspuren entdeckt. Zudem hatten ihm seine Cousins erzählt, sie hätten Waschbären in der Küche gesehen. Er wollte den ganzen Gasthof genau unter die Lupe nehmen und sicherstellen, dass sich nirgendwo Tiere versteckten oder sich Zutritt verschaffen konnten.

Irgendwie bezweifelte er, dass Charlotte es überhaupt bemerkt hätte, wenn sich irgendwo Tiere eingenistet hätten. Überprüfte sie überhaupt, ob ihre Putzkolonne anständig gearbeitet hatte? Soweit er es bisher erlebt hatte, verließ sie ihr Arbeitszimmer nur, um morgens Eier zu holen.

In Unterwäsche.

Hitze durchfuhr ihn, als er sie vor seinem inneren Auge auf der Lichtung tanzen sah. Sie hatte in Gummistiefeln und Slip so verdammt sexy ausgesehen. Wie gern hätte er sie dort im Gras in die Arme genommen, während die Sonne auf sie herabschien und Charlotte mit ihren großen Augen zu ihm aufblickte.

Das Geräusch der geöffneten Haustür holte ihn aus seinen Gedanken. Er wischte sich die Hände an einem Lappen ab und warf einen Blick aus der Küche. Ein breitschultriger Mann vom Format eines Linebackers mit Cowboyhut ging mit zwei Einkaufstüten unter jedem Arm und einer in jeder Hand in Richtung Treppe.

»Hey«, sagte Beau und hielt den Fremden auf, bevor er weitergehen konnte.

»Hi. Du musst der Typ sein, der hier die Reparaturen durchführen soll. Ich bin Cutter. Ich würde dir ja die Hand schütteln, aber …« Er warf grinsend einen Blick auf die vielen Tüten. »Die Kleine lässt mich ganz schön schleppen.«

»Ich bin Beau. Freut mich, dich kennenzulernen. Und danke für die Erinnerung. Ich muss auch noch einkaufen gehen.«

»Das wird nicht nötig sein. Charlotte hat alles besorgen lassen. Ich habe Steaks, Hühnchen, Fisch und noch jede Menge anderer Dinge für dich dabei. Schließlich kann nicht jeder von Proteinriegeln leben.«

Beau musterte den Mann kritisch. »Arbeitest du für Charlotte?«

Cutter schnaufte. »Tun wir das nicht alle?« Er zwinkerte Beau zu. »Aber eigentlich bin ich auf der Woodlands Gästeranch beschäftigt.«

»Du arbeitest für Wes Braden? Ich bin sein Cousin.«

»Die Welt ist klein. Hast du Wes' und Callies kleine Belle schon gesehen? Sie ist unglaublich niedlich. Da bekomme ich fast Lust, auch Vater zu werden.«

»Ja, sie ist wirklich süß.«

»Ich bringe mal lieber alles nach unten. Mein Mädchen soll ja nicht warten müssen. Sie braucht ihren Stoff, wenn du verstehst, was ich meine.«

Cutter zwinkerte erneut, was Beau ebenso auf die Nerven ging wie die Behauptung, Charlotte wäre *sein* Mädchen.

»Sie ist in ihrem Arbeitszimmer.«

»Ja, ich weiß schon, wo ich sie finde. Ich stelle nur alles ab und bin auch schon wieder verschwunden. In der Stadt ist heute

Ladys Night.«

»Ach, wirklich? Das wird Charlotte bestimmt gefallen. Sie macht auf mich den Eindruck, als müsste sie öfter mal vor die Tür gehen.«

Cutter schmunzelte. »Eher friert die Hölle zu, als dass Charlotte aus irgendeinem Grund ihre Schreibzeit verkürzt, und ganz bestimmt nicht für einen Barbesuch. Schönen Tag noch.«

Beau sah ihm nach, wie er die Treppe hinunterging. Cutter schien ein ganz netter Kerl zu sein, aber Beau konnte die Tatsache nicht außer Acht lassen, dass dieser Idiot sich auf die Ladys Night ohne *sein Mädchen* freute. Beau ballte die Fäuste. Er würde auf keinen Fall zulassen, dass Charlotte von diesem Kerl verletzt wurde. Schon fügte er seiner Liste der Dinge, über die er mit Charlotte reden musste, einen weiteren Punkt hinzu. Direkt unter *Sicherheit* notierte er sich mental *untreue Mistkerle*. Danach schob er den Punkt ganz an den Anfang der Liste und ging wieder an die Arbeit, wobei er zu ignorieren versuchte, dass er ihr gegenüber einen starken Beschützerinstinkt entwickelte, was nun wirklich nicht angebracht war.

Etwas über eine Stunde später ging er nach unten, um sich zu vergewissern, dass Charlotte noch am Leben war, und um zu duschen. Die Frau war offenbar mit ihrer Tastatur verheiratet. Als er sich der Tür näherte, hörte er sie kichern und musste lächeln.

Bis ihm wieder einfiel, dass er gar nicht gehört hatte, wie der Cowboy wieder gegangen war.

Beim Betreten seiner Suite fiel sein Blick auf die Handschellen am Kopfende seines Bettes, und er nahm sich vor, die verdammten Dinger später abzuschneiden.

In Charlottes Arbeitszimmer war es zu dunkel. Das war ihr vor der Ankunft von Mr. Sexy-und-Ernst nie aufgefallen, aber nachdem sie stundenlang geschrieben und sich danach mit Cutter unterhalten hatte, konnte sie auf einmal an nichts anderes mehr denken. Möglicherweise lag das auch daran, dass ihre Muse eine Pause eingelegt hatte und sich erholen musste. Beau war heute bedauerlicherweise nicht so häufig mit nacktem Oberkörper vor ihr herumgelaufen. Sie hatte nur einmal gesehen, wie er Dinge aus der Werkstatt zum Haus geschleppt hatte. Inzwischen war sie auch der Meinung, dass sie sich über die Sicherheit unterhalten mussten. Sie brauchte dringend Überwachungskameras, damit sie sich immer, wenn sie *Bedarf* danach hatte, inspirieren lassen konnte.

Oder wenn sie es *wollte*.

Na super. Jetzt höre ich mich schon fast wie eine Stalkerin an.

Sie stand auf und reckte sich, wobei sie sich einredete, dass es ihr rein um die Inspiration ging. Doch wenn sie auch nur an Beau dachte, schlug ihr Herz bereits schneller. Sie hatte mit Cutter über einige mögliche Szenen gesprochen, was sie üblicherweise in hervorragende Laune versetzte, aber im Grunde genommen war ihr schleierhaft, was in ihrem Buch als Nächstes passieren sollte. Zudem musste sie immer an die kurz aufblitzende Traurigkeit in Beaus Augen denken. Sie war davon derart abgelenkt gewesen, dass sie sogar eine ähnliche Szene für ihre Geschichte geschrieben hatte. Ihre Lektorin würde sie vermutlich wieder streichen, da erotische Liebesromane eher vom Sex als von zärtlichen Gefühlen profitierten, aber darüber wollte sie jetzt nicht länger nachdenken. Immerhin konnte sie wieder schreiben. Sie würde nach dem Mad-Prix-Wochenende nach Port Hudson in New York fahren, um sich mit ihrer Lektorin zu treffen, und hatte versprochen, in der Woche davor das erste Drittel des Manuskripts zu schicken. Sie hatte das Treffen schon einmal verschoben und würde sich auch jetzt ranhalten müssen, um den Termin zu schaffen.

Aus diesem Grund musste sie auch aufhören, sich über das Gedanken zu machen, was sie in Beaus Augen gesehen hatte, und mit ihrer List fortfahren, um neue Inspiration zu bekommen und weiterschreiben zu können. Allerdings fühlte sich allein der Gedanke, ihn so zu manipulieren, schon falsch an.

Sie ging am Lichtschalter vorbei und betätigte ihn. »Blöde Glühbirne.« Als das Licht anging, erstarrte sie. »Wow. Du hast es repariert?« Sie schaltete das Licht mehrmals an und aus und freute sich über diese Entdeckung. Lächelnd ging sie weiter in die Küche, um die Einkäufe wegzuräumen. Cutter und sie hatten ein System entwickelt, mit dem sie nicht beim Schreiben gestört wurde. Er sortierte die Einkäufe in verschiedene Tüten und stellte sie in die Gefriertruhe und den Kühlschrank, damit Charlotte später in Ruhe alles richtig wegräumen konnte. Was nicht gekühlt werden musste, ließ er auf der Arbeitsplatte stehen.

Aber dort warteten keine Tüten auf sie. Charlotte öffnete den Kühlschrank und stellte fest, dass bereits alles ausgepackt und ordentlich verstaut worden war. Überrascht warf sie einen Blick in die Gefriertruhe, in der ebenfalls alles eingeräumt war. Cutter würde nie vergessen, für sie einzukaufen, aber er war nicht der Typ dafür, alles feinsäuberlich aufzuräumen. Sie hatte ihn kennengelernt, als sie für ein Buch Nachforschungen über Rancharbeiter angestellt hatte, und sie waren einander sofort sympathisch gewesen. Nachdem er mitbekommen hatte, dass sie manchmal tagelang nichts außer den Eiern ihrer Hühner aß, um keine kostbare Schreibzeit für das Einkaufen opfern zu müssen, hatte er angeboten, alles für sie zu besorgen. Er war ihr Lebensretter und für sie wie der große Bruder, den sie nie gehabt hatte.

Beau musste den Einkauf ausgepackt haben. Sie ging nach oben, um mit ihm zu sprechen.

»Beau?«, rief sie, als sie mitten im Erdgeschoss stand, doch als Antwort kam nichts als Stille. Während sie weiter nach ihm rief, steckte sie den Kopf in mehrere Zimmer und betrat schließlich die Hauptküche.

Sie fuhr mit den Händen über die blitzsauberen Arbeitsplatten und an den Schranktüren entlang, von denen nun keine mehr schief in den Angeln hing. *Beau war ganz schön fleißig.* Diese Küche hatte sie nie benutzt, da sie ihr zu groß war und ihr überdeutlich bewusst machte, dass hier außer ihr niemand wohnte. Zudem kochte sie sowieso nicht gern. Viel lieber schrieb sie, als sich über Backzeiten oder irgendwelche Zutaten den Kopf zu zerbrechen.

Als sie durch die gläserne Terrassentür schaute, sah sie Beau am gemauerten Grill stehen, wo er ein Steak wendete. Ihr Herzschlag beschleunigte sich, und sie versuchte, sich zu beruhigen, während sie seinen Anblick in sich aufnahm: sein feuchtes Haar, seinen entspannteren Gesichtsausdruck und seine zum Küssen einladenden Lippen, an die er soeben eine Bierflasche ansetzte. Cutter hatte ihr ein paar eindeutige Kommentare an den Kopf geworfen, als sie ihn gebeten hatte, auch Bier und Wein mitzubringen. *Gib's doch einfach zu: Du stehst auf den Kerl.* Sie hatte es vehement abgestritten und hätte es notfalls sogar geschworen, weil Cutter ihr schon seit Jahren wegen ihres zurückgezogenen Lebensstils in den Ohren lag.

Aber sie mochte ihr Leben so, wie es war, und sie hatte den Männern eine Chance gegeben, doch eine Beziehung schien ihr nicht bestimmt zu sein.

Beau blickte auf. Er sah sie mit seinen schokoladenbraunen Augen an und ließ den Blick an ihrem Körper herunterwandern. Ihre Gliedmaßen fingen an zu kribbeln und tief in ihrem Inneren breitete sich Wärme aus. Er hob das Kinn. Himmel, wie sie diese lässige, männliche Art liebte. Dann deutete er auf den Grill, zog die Augenbrauen hoch und zeigte auf sie. Charlotte war sich jeder seiner Bewegungen überdeutlich bewusst, sah ihm jedoch die ganze Zeit in die Augen. Die Traurigkeit lag noch immer darin und lauerte unter seiner Maske, mit der er den ach so kontrollierten Mann vortäuschte, aber jetzt durchschaute sie ihn und fragte sich, wieso ihr das zuvor entgangen war.

Anscheinend hatte sie ihn zu lange angestarrt, weil er die Hand mit der Handfläche nach oben hob und sich abwandte. Sie holte mühsam Luft und war leicht nervös, weil ihr so vieles an ihm aufgefallen war. Mit ihrer frechen Fassade war es irgendwie leichter gewesen. Aber sie hatte den Schmerz eines anderen Menschen noch nie ignorieren können, und Beau erledigte alle möglichen Dinge, die gar nicht auf der Reparaturliste standen. Sie konnte seine Gefühle ebenso wenig ausblenden wie ihren Drang zu schreiben.

Kaum war sie nach draußen gegangen, wehte die kühle Abendluft um ihren Bauch und rief ihr in Erinnerung, dass sie ihr Hemd über dem Bürostuhl hängen gelassen hatte und nur ein schwarzes Tanktop und abgeschnittene Jeans trug. Okay, Beaus hitziger Blick hätte ihr vielleicht ein Hinweis sein können, aber als sie ihn durch die Tür entdeckt hatte, war ihr so etwas wie Kleidung nicht mehr wichtig gewesen.

Ein himmlischer Duft umgab sie. Es war sehr lange her, dass sie etwas derart Köstliches gerochen hatte, und mit einem Mal bekam sie wie nie zuvor Hunger und hatte die aufflackernde Lust wieder vergessen.

»Ich würde eine ganze Menge dafür zahlen, etwas von dem abzubekommen, was du da brutzelst«, sagte sie und trat neben ihn an den Grill.

Der Abendwind trug seinen frischen, maskulinen Geruch zu ihr herüber, der jeden Gedanken ans Essen überdeckte. Wie machte er das nur, badete er etwa in Testosteron? Und warum kam er ihr bei jeder Begegnung irgendwie größer vor?

Sie nahm ihm das Bier aus der Hand und trank einen Schluck.

Er lachte leise. »Soll ich dir auch eins aus dem Kühlschrank holen?«

»Nein danke. Ich mag kein Bier. Aber ich hatte einen so trockenen Mund.« Er sah sie derart gebannt an, dass sie gleich wieder einen trockenen Mund bekam. Oh Mann, was stimmte bloß nicht mit ihr? Ohne nachzudenken, stürzte sie den Rest seines Biers herunter.

»Das scheint mir aber eher eine Hassliebe zu sein.« Bei dieser Neckerei hellte sich seine Miene auf. Er trat näher an sie heran und schien sämtlichen Sauerstoff aus der Luft zu saugen, als er ihr die leere Flasche aus der Hand nahm.

»Entschuldige. Ich hole dir ein neues.«

Er war ihr bereits zwei Schritte voraus. Sobald sie das Haus betrat, atmete sie tief ein. *Oh ja.* Der Sauerstoffverlust ging allein auf seine Kappe.

Beau tauchte mit zwei Bierflaschen wieder auf und stellte eine auf den Tisch. »Die ist für den Fall, dass du noch mal kurz vor dem Verdursten bist.«

»Danke.«

»Warum hast du Bier im Kühlschrank, wenn du es nicht magst?« Er zuckte peinlich berührt zusammen. »Ich bin ein Idiot. *Cutter.* Entschuldige. Das hätte ich mir denken müssen. Ich werde ihm das Bier ersetzen.«

»Das musst du nicht. Es war für dich gedacht.«

Seine Mundwinkel zuckten. »Wirklich?«

»Ja. Ich trinke normalerweise lieber Weinschorle, aber dein Bier hat wirklich gut geschmeckt. Vielleicht sollte ich die zweite Flasche ja doch nehmen.« Sie riss sich zusammen, nahm die Flasche und trank einen Schluck. »*Igitt.* Das hier schmeckt bei Weitem nicht so gut.« Sie tauschte es gegen das in seiner Hand aus und nippte daran. Beau beobachtete sie amüsiert. »Ich könnte schwören, dass das hier viel besser schmeckt.«

»Im Ernst?«, fragte er.

Sie zuckte mit den Achseln. »Wer weiß schon, was die Chemie so alles bewirkt? Die Küche sieht übrigens super aus. Du hättest dir nicht so viel Arbeit machen müssen. Vielen Dank.«

»Es hat nicht lange gedauert.« Er blickte auf den See hinaus und wirkte wieder ernst.

Sie warf einen Blick auf den Grill, als hätte sie eine Ahnung vom Kochen. Neben den beiden Steaks lagen in Alufolie gewickelte Päckchen, aus denen Dampf hervorquoll, als er sie mit der Zange zusammendrückte. »Das duftet köstlich. Kannst du wirklich was für mich erübrigen?«

»Die eine Hälfte war sowieso für dich gedacht.«

»Das ist sehr nett von dir. Ich koche so gut wie nie, aber ich mache hervorragende Pfannkuchen. Wenn du Glück hast, bekommst du irgendwann mal welche. Mein Motto ist, wenn man es nicht roh, direkt aus der Verpackung, auf einer

Herdplatte oder in der Mikrowelle erhitzt essen kann, ist es die Mühe nicht wert.«

»Pfannkuchen«, wiederholte er leise. »Was machst du mit den gesammelten Eiern, wenn du sie nicht isst?«

»Ich esse sie. Ich stecke sie einfach in die Mikrowelle.« Sie ignorierte seinen missbilligenden Blick und schwang sich auf das Geländer.

»Hey.« Er legte einen Arm hinter sie. »Pass auf. Ich habe die Geländerpfosten repariert, aber sie sind nicht dafür gedacht, dass man sich darauf setzt.«

Sie betrachtete das Geländer und versuchte, die Wärme seiner Hand an ihrem Rücken nicht wahrzunehmen. »Macht doch einen robusten Eindruck.«

Er schüttelte den Kopf und nahm den Arm nicht weg, als müsste er eine Barriere zwischen Leben und Tod errichten.

»Warum bist du so ernst?« Sie tätschelte das Geländer neben sich. »Setz dich.«

»Nein danke.«

»Komm schon«, drängte sie ihn. »Wann hast du das letzte Mal einfach nur etwas aus Spaß gemacht?«

»Ich koche, weil es mir Spaß macht.«

»Mir kommt es eher so vor, dass du nur kochst, weil dein Körper die Nährstoffe braucht, um den nächsten Tag zu überstehen.«

Er trank einen Schluck Bier und ging nicht weiter darauf ein. Sie mochte es nicht, derart ausgeschlossen zu werden, auch wenn sie sich gerade erst kennengelernt hatten.

»Dann verrat mir doch mal …« Sie wartete, bis er sie wieder ansah. Als sie seine Aufmerksamkeit hatte, fragte sie: »Warum haben deine Verwandten dich hergeschickt, anstatt einfach Rex oder einen deiner anderen Cousins, die hier in Colorado leben, dazu zu überreden, mir zu helfen? Wenn sie die Reparaturen unbedingt bezahlen wollten, hätten sie auch einen Handwerker von hier anheuern können.«

»Wahrscheinlich, weil es nicht ums *Bezahlen* geht. Du liegst ihnen am Herzen, Charlotte, und sie möchten die Gewissheit haben, dass auch alles anständig erledigt wird. Rex leitet eine Ranch, er ist kein Handwerker. Dasselbe kann man über meine anderen Cousins aus der Gegend sagen. Ich hingegen verdiene damit meinen Lebensunterhalt. Außerdem haben all meine Cousins Familie und können nicht so viel Zeit erübrigen.«

»Und du hast keine Familie?«

»Ich habe schon Verwandte, aber weder Frau noch Kinder.«

»Warum nicht?«

Er nippte an seinem Bier und schien ihr nicht antworten zu wollen.

»Raus mit der Sprache«, forderte sie. »Keine Langzeitbeziehung? Kein hübsches kleines Ding, das darauf hofft, von dir einen Ring an den Finger gesteckt zu bekommen?«

Er musterte sie wieder mit dieser verschlossenen Miene. »Du stellst sehr viele Fragen.«

Sie trank einen Schluck Bier und er presste die Hand fester an ihren Rücken. »Hast du Angst, ich könnte runterfallen?«

Auch jetzt bekam sie keine Antwort, doch er verzog die Lippen zu einem angedeuteten Lächeln.

Charlotte legte die Finger um seinen Arm und spürte, wie seine Muskeln unter ihrer Handfläche zuckten. »Wenn ich falle, ziehe ich dich mit runter.«

»Du denkst, du wärst stark genug, um das zu schaffen?«

»Denkst du, du bist stark genug, um es zu verhindern?«, forderte sie ihn heraus.

Er trank weiter sein Bier, blickte zur untergehenden Sonne

und nahm die Hand noch immer nicht weg.

Na gut, dann würde sie es eben auf einem anderen Weg versuchen. Mit einem kleinen Flirt schaffte sie es vielleicht, dass er sich ihr etwas öffnete. Und sie würde zumindest ein wenig Stoff für ihre Story bekommen. Sie fuhr mit den Fingern sanft über seinen muskulösen Arm, seine Schulter und seinen Hals bis hinauf zum Kinn und genoss es, wie sich sein Blick leicht umwölkte. Seine Bartstoppeln waren kurz und bemerkenswert weich und bildeten einen krassen Gegensatz zu seinem angespannten Kiefer.

»Charlotte ...«

Seine Warnung war unmissverständlich, doch sie scherte sich nicht darum. »Was ist? Fürchtest du dich vor ein bisschen Körperkontakt?« Die Art, wie er sie ansah, gefiel ihr sehr, als wäre sie jemand, der ihm unter die Haut ging. Umso mehr ärgerte sie sich darüber, dass er sich sofort wieder unter Kontrolle hatte und seine Miene versteinerte.

»Wohl kaum«, stieß er hervor. »Werden hier noch andere Cowboys vorbeikommen, von denen ich wissen sollte?«

»Cowboys?«

Er bedachte sie mit einem grimmigen Blick. »Bergbewohner?«

»Du meinst Cutter?« Sie musste lachen und verlor das Gleichgewicht. »Beau!« Panisch klammerte sie sich an seinen Arm und er hob sie vom Geländer herunter.

»Ich hab dich«, versicherte er ihr und drückte sie an sich, während er sie fragend ansah. »Alles in Ordnung?«

»Ja«, hauchte sie atemlos. »Danke.«

Er hielt sie noch einen Augenblick fest. Lange genug, dass sie spüren konnte, wie sein lodernder Blick sie zu durchbohren schien und wie er den Daumen in einem langsamen Rhythmus auf ihrem Arm kreisen ließ. Es fühlte sich an, als hätte sich irgendetwas verändert, und sie hatte den Eindruck, dass er diese neue Verbindung ebenfalls spüren konnte.

Beau ließ sie unvermittelt los und trat vor den Grill.

Hatte sie sich die vertraute Art, mit der er sie berührt hatte, bloß eingebildet? Ebenso wie seinen Blick? Denn er starrte nun gebannt die Steaks an, nahm zwei Teller, die sie zuvor gar nicht bemerkt hatte, und legte die in Alufolie gewickelten Päckchen darauf. Wieder einmal wirkten seine Kiefermuskeln völlig verkrampft. Es musste doch wehtun, derart angespannt zu sein. Sie beobachtete, wie er Steaks, Gemüse und in Scheiben geschnittene Kartoffeln auf die Teller häufte. Es duftete so unglaublich köstlich, dass sie beinahe geseufzt hätte.

Er reichte ihr einen Teller, steckte die Hand in die Tasche seiner Cargohose und zog zwei Messer und zwei Gabeln heraus. »Wir sollten über deine Sicherheit reden.«

»Über meine Sicherheit?« Charlotte stellte ihren Teller auf den Tisch und Beau nahm ihr gegenüber Platz. Er beherrschte diese spontanen Themenwechsel meisterhaft, aber konnte er die knisternde Spannung zwischen ihnen wirklich so einfach ignorieren?

»Ja. Ich bin mir sicher, dass dein Freund es nicht gutheißen würde, dass du nur im Slip herumläufst und dass kaum eine Tür abgeschlossen ist. Außerdem würde ich gern wissen, ob du noch mehr Männer erwartest, damit ich mich darauf einstellen kann.« Er bohrte seine Gabel in sein Steak, säbelte ein großzügiges Stück ab und steckte es sich in den Mund.

»Mein Freund?«

»Dein Lebensmittellieferant oder wie immer du ihn nennen willst.« Er aß unbekümmert weiter.

Sie hätte beinahe laut losgelacht. »Cutter ist einer meiner

engsten Freunde.«

Beau zog eine Augenbraue hoch, aber sein Ausdruck blieb ernst. »Versuchst du, mit allen Männern ins Bett zu gehen, die für dich arbeiten?«

Ihr fiel die Kinnlade herunter. »Zuerst einmal schlafe ich nicht mit Cutter und außerdem: Was zum Teufel geht dich das an?« Ihre Stimme hörte sich zugleich amüsiert und gereizt an.

»Ich sage ja nur, dass ich es wissen sollte, falls hier noch mehr Männer ein- und ausgehen, damit ich nicht versehentlich einen von ihnen umbringe.« Er spießte ein weiteres Fleischstück auf.

»Ach, jetzt bringst du meine *fiktiven* Freunde also schon um? Denn andere habe ich nämlich nicht. Aber ich werde versuchen, sie im Zaum zu halten.«

Er verzog keine Miene.

»Du musst wirklich lockerer werden«, stellte sie fest und zeigte mit der Gabel auf ihn.

»Wenn du nicht ganz so *locker* wärst, würdest du möglicherweise begreifen, was daran problematisch ist, dass du in Unterwäsche rumläufst.«

Seine übertrieben beschützerische Art gefiel ihr, auch wenn sie dadurch umso verwirrter war, weil er ständig auf Abstand zu ihr ging. Es war schon sehr lange her, dass sich jemand solche Sorgen um sie gemacht hatte.

Sie steckte sich ein Stück Steak in den Mund, schloss die Augen und genoss den Geschmack, der ihren Mund erfüllte und ihr ein fast schon orgasmisches Erlebnis bescherte. »Hmmm.«

»*Das* gehört auch dazu.« Er stand auf und stürzte sein Bier herunter.

Sie riss die Augen auf. »Was?«

»Diese ganze Sache, bei der du die Augen schließt und solche Geräusche machst«, antwortete er gereizt.

»Oh«, murmelte sie so unschuldig, wie sie nur konnte. »Du meinst das hier?« Genüsslich legte sie sich noch einen Fleischbrocken auf die Zunge, schloss die Augen und gab die sinnlichsten und erotischsten Geräusche von sich, die ihr nur einfallen wollten.

»*Oh Goooott.*« Er zog das Wort derart in die Länge, dass sie ein Kichern unterdrücken musste.

Nachdem sie sich auf, wie sie hoffte, dramatische und verführerische Weise die Lippen abgeleckt hatte, ging sie zu ihm hinüber. Besser konnte ihre Recherche gar nicht laufen. Beau spannte die Kiefermuskeln an, als sie näher kam und mit einem Finger über seine Brust fuhr. Sie genoss das immer mehr, und das nicht nur, weil er sich dabei verkrampfte, sondern weil sich dann in seinen Augen ein Verlangen abzeichnete, das sie überaus faszinierte.

»Du meinst *das hier*? Denn es gefällt mir, wie du dabei ins Schwitzen gerätst.« Sie rieb sich an ihm wie eine rollige Katze und verlor sich in seinem durchdringenden Blick und seinem schweren Atmen. »Ich mag es, wie du mit den Zähnen knirschst und den ganzen Körper anspannst, als wärst du kurz davor, zu explodieren.«

Sie nahm ihm die Bierflasche aus der Hand und trank einen Schluck, bevor sie sie neben dem Grill abstellte. Ermutigt berührte sie sein kräftiges Kinn und seufzte. »Es ist eine Schande, dass du dich weigerst, all diese Energie freizusetzen, denn ich kann mir die ungezügelte Kraft und Leidenschaft, die hinter diesen angespannten Muskeln lauert, nur zu gut ausmalen.«

Gemächlich schlenderte sie davon.

Sie hatte gerade mal zwei Schritte getan, da packte Beau sie auch schon, zog sie in seine Arme und presste die Lippen auf ihre, ohne ihr Zeit zum Nachdenken zu gewähren. Als sie seine Zunge spürte, schmeckte sie Leidenschaft, Feuer und seinen einzigartigen Geschmack. Er drückte ihr eine Hand in den Rücken, sodass sich ihre Körper begierig aneinanderrieben. Mit der anderen Hand fuhr er durch ihr Haar und umfing ihren Hinterkopf, während er den Kuss vertiefte. Charlotte küsste ihn ebenso verlangend zurück und umklammerte seine Schultern, seinen Kopf, seinen Hals, wollte ihn überall gleichzeitig berühren. Sie war seine bereitwillige Komplizin und ließ zu, dass er ihren Mund erkundete, während er das Gewicht verlagerte und ihr ein Knie zwischen die Beine schob. Dabei taumelte sie ein Stück nach hinten und stieß gegen etwas Hartes. *Das Geländer.* Seine Hand dämpfte den Aufprall und … *Großer Gott.* Dass er noch daran dachte, sie zu beschützen, während er dafür sorgte, dass sie keinen klaren Gedanken mehr fassen konnte und ihr Körper in Flammen zu stehen schien, erregte sie nur noch mehr. Er küsste sie fester, fordernder. Das war kein zärtlicher Kuss, sondern ein wilder, verlangender. Mit Forschung hatte das hier schon lange nichts mehr zu tun, vielmehr gab es für Charlotte nichts als ungezügeltes Begehren. Beau hatte das Kommando und raubte ihr mit seinen Küssen den Atem. Aber es war nicht genug. Während er langsam wieder zur Besinnung zu kommen schien, wollte sie immer mehr. Sie brauchte seine Wildheit, sein Verlangen, seine Leidenschaft, doch er löste die Lippen von ihren und ließ sie mit weichen Knien und umnebeltem Verstand zurück.

Ein arrogantes Lächeln umspielte seine Lippen, als er nach seiner Bierflasche griff. »War dir das locker genug, Shortcake?«

Fünf

Beau wurde am nächsten Morgen bei Sonnenaufgang wach und fühlte sich erhitzt, gereizt und sehr schuldbewusst, weil sein unruhiger Schlaf von erotischen Fantasien mit Charlotte in der Hauptrolle und Albträumen von Duncan Raz bestimmt gewesen war. In seinen Träumen hatte er Charlotte die Kleider vom Leib gerissen und sich bald in dieser süßen, heißen, frechen Frau verloren. Bis Duncan wie ein schwarz gekleideter Schurke aufgetaucht war und ihn daran erinnert hatte, dass jemand wie Beau einen Menschen wie Charlotte auf gar keinen Fall verdient hatte. Er duschte eiskalt und ging durch den Flur, um sich einen Kaffee zu machen. In Charlottes Arbeitszimmer brannte Licht, und er hörte, wie ihre Finger über die Tastatur flogen.

»Du bist aber früh auf«, sagte er und trat ein. Mehrere leere Twix-Verpackungen hatten sich zu dem Chaos auf ihrem Schreibtisch gesellt.

Sie hob einen Finger, beendete den Satz, den sie gerade schrieb, und speicherte, bevor sie ihn mit schläfrigem Blick ansah. Dunkle Ringe zeichneten sich unter ihren halb geschlossenen Augen ab und sie trug dasselbe verführerische Outfit wie am Vorabend. »Hi.«

»Hast du die ganze Nacht geschrieben?« Nach den Küssen,

die ihn mit einer steinharten Erektion zurückgelassen hatten, war sie ins Haus gerannt und hatte behauptet, jetzt schreiben zu müssen, während er erregt, völlig durcheinander und allein mit seinen chaotischen Gedanken zurückgeblieben war. Er hatte ihre Portion eingewickelt und in den Kühlschrank gelegt und seine Frustration bei der Ausführung einiger weiterer Reparaturen abgearbeitet. Als er kurz vor Mitternacht zu Bett gegangen war, hatte Charlotte noch immer geschrieben.

»Hm-hm.« Sie griff nach einer Wasserflasche.

»Könntest du nicht besser denken, nachdem du dich ein wenig ausgeruht hast?«

Sie zuckte mit den Achseln und schloss beim Trinken flatternd die Augenlider. Im nächsten Moment riss sie sie schlagartig wieder auf, als hätte sie sich erschrocken. »Ich muss schreiben, wenn meine Muse zu mir spricht.« Sie gähnte. »Aber so langsam sollte ich mal die Eier holen.«

Er legte ihr eine Hand auf die Schulter und ihre weiche, warme Haut fühlte sich irgendwie vertraut an. »Ich wollte sowieso einen Spaziergang machen, da kann ich mich auch gleich darum kümmern. Ruh du dich lieber aus.«

»Nur Schwache ruhen sich aus«, protestierte sie halbherzig. »Gehst du jeden Morgen spazieren?«

»Wenn es mir möglich ist. Dein Grundstück ist viel zu schön, um es nicht ausgiebig zu genießen.«

Sie schaute aus dem Fenster. »Ja, da hast du vermutlich recht. Danke, dass du die Eier holen gehst. In meiner Küche steht ein Korb unter dem Spülbecken, den ich immer dafür nehme.«

Er hatte *vermutlich* recht? Beau bekam den Eindruck, dass sie noch nicht viel weiter als bis zum Hühnerstall gelaufen war.

Als er bereits auf dem Weg zur Tür war, rief sie ihm

hinterher: »Hey, könntest du mir einen Proteinriegel mitbringen, wenn du eh schon in die Küche gehst?«

»Du solltest nicht nur so einen Fertigmist essen. Wie wäre es, wenn ich dir ein Omelett brate, sobald ich zurück bin?«

Sie hob einen Finger und gähnte erneut, als sie die Wasserflasche auf den Tisch stellte. »Die Mühe musst du dir nicht machen. Mein Körper steht auf diesen Fertigmist.«

Er mahlte mit dem Kiefer. »Tja, heute muss er das aber nicht. Ich bringe dir nachher ein anständiges Frühstück.«

Sie war so schrecklich dickköpfig und gab sich völlig unnötigerweise mit einer derart unzureichenden Ernährung zufrieden. Er nahm sich vor, sich in nächster Zeit so gut um sie zu kümmern, wie sie es eigentlich selbst tun sollte. Okay, vielleicht auf etwas andere Weise, aber so versuchte er, sich die zunehmenden, unvertrauten Gefühle, die ihm zu schaffen machten, während er sich einen Kaffee kochte und zu seinem morgendlichen Spaziergang aufbrach, halbwegs zu erklären.

Beau trank seinen Kaffee beim Gang um den See. Er konnte sich keinen schöneren Ort vorstellen und begriff nicht, wie Charlotte dem Ruf der Natur widerstand. Und was tat sie sich nur an, indem sie die ganze Nacht durcharbeitete? Soweit er wusste, machte sie das häufiger, da sie ganz allein hier draußen lebte und es niemanden gab, der sie daran erinnerte, dass es eine Welt außerhalb ihres Arbeitszimmers gab und dass sie auf ihre Gesundheit achten musste.

Er stellte die leere Tasse auf die vordere Veranda und machte sich auf den Weg, um die Eier einzusammeln, wobei er daran denken musste, wie er Charlotte am Vortag in den Wald gefolgt war. Unwillkürlich musste er grinsen und staunte selbst darüber, welche Gefühle diese Frau in ihm hervorrief. Damit meinte er nicht die Art, wie sie ihn erregte, weil sie die heißeste

Frau war, die er je kennengelernt hatte, trotz ihrer chaotischen, wirren Art. Aber es war verdammt lange her, dass er den Wunsch verspürt hatte, jemanden zu beschützen, der nicht zu seiner Familie gehörte, und das war ihm bisher auch ganz recht gewesen. Keine Bindungen zu haben, bedeutete auch, dass keine Seite großen Kummer erleiden musste.

Als er zu den Büschen gelangte, in denen er sie zum ersten Mal in den Armen gehalten hatte, flutete Hitze durch seinen Körper. *Großer Gott. Sie ist nicht einmal hier und erregt mich trotzdem.*

Er ging weiter und stellte erleichtert fest, dass die Hühner im Gehege auf dem Boden pickten. Bandit hätte seine wahre Freude daran gehabt, die Hühner zu jagen. Die *Chickendales*. Charlottes Stimme ging ihm nicht aus dem Kopf, während er die Eier einsammelte und die Legenester säuberte. Wer gab seinen Hühnern denn schon die Namen von Schauspielern und Tänzern?

Das braune Huhn kam in den Stall und starrte Beau an.

»Guck nicht so. Du bist nur ein Huhn«, sagte er zu Duncan, woraufhin das Huhn wieder ins Freie huschte. Er würde sich für das dämliche Vieh einen anderen Namen ausdenken müssen, damit Duncan nicht irgendwann als Abendessen endete. Bei der Erinnerung an Charlottes panische Miene und die Angst in ihren Augen bei der Erkenntnis, dass ihre Hühner ausgebüxt waren, zog sich sein Magen zusammen. Er hatte das Gefühl, dass sie die Tiere auch dann lieben würde, wenn sie ihr keine Eier lieferten.

»Du kannst von Glück reden, dass dich diese umwerfende Frau liebt«, sagte er zu Duncan und machte sich auf den Rückweg.

Wieder im Gasthof angekommen, wusch er die Eier und

seine Kaffeetasse und schaute in Charlottes Arbeitszimmer vorbei, um sich zu erkundigen, wie sie ihr Omelett gern aß. Sie war am Schreibtisch eingeschlafen und hatte den Kopf auf den neben der Tastatur ausgestreckten Arm gelegt.

Beau hockte sich neben sie. »Charlotte?«, fragte er leise, aber sie rührte sich nicht. »Char?«

Ach, verdammt. Er hob sie mit beiden Armen hoch und sie kuschelte sich an ihn und drückte die Wange an seine Brust. Ihr süßer, femininer Duft stieg ihm in die Nase und sie fühlte sich in seinen Armen so gut und richtig an. Als wäre sie für ihn geschaffen worden.

Warum in aller Welt fiel ihm so etwas überhaupt auf? *Ich bin hier, um zu arbeiten, und nicht, um irgendwelche Forschungsspielchen mitzumachen.*

Er trug sie in ihre Suite und staunte wieder einmal über die schlichten cremefarbenen und dunkelbraunen Möbel, die so überhaupt nicht zu ihr passten. Die schweren Vorhänge sahen so freudlos und langweilig aus wie alle anderen im Gasthof, dabei war Charlotte alles andere als schlicht, freudlos und langweilig.

Vor ihrer Schlafzimmertür verharrte er kurz und hatte das Gefühl, ihr tief in die Seele blicken zu können. Dicke weiße Teppiche bedeckten den Holzfußboden. Ein verziertes Himmelbett mit nur halb aufgebautem Baldachinrahmen war mit flauschigen weißen und rosafarbenen Decken bedeckt. Am Fuß des Bettes stand eine schöne weiß-goldene Truhe, an deren Verschluss noch ein einsames Preisschild baumelte. Eine dazu passende Kommode zierte die hintere Wand, an der ein dunkler Spiegel lehnte, der inmitten der hellen Farbtöne deplatziert wirkte. Zwei pinkfarbene Sessel und ein weißes Sofa mit Rüschenkissen standen vor einem gemauerten Kamin. Mehrere farbige Notizbücher lagen auf dem Boden neben einer verschlossenen Schachtel mit einer Lichterkette, und in einer Ecke des Raums lagen mehrere Kissen ohne Hülle auf einem Haufen. Durch zwei breite Glastüren gelangte man in den Garten. Eine einzelne weiße Stoffbahn hing vor einer der Türen und wehte im Wind.

Er trug Charlotte zum Bett und versuchte, seine Frustration im Zaum zu halten. Wieso ließ sie die Schlafzimmertüren sperrangelweit offen, sodass jeder einfach hereinspazieren konnte? Und nicht nur Menschen, auch Tiere. Er nahm sich vor, jeden Winkel des Raums zu durchsuchen, um sicherzustellen, dass sich kein Getier reingeschlichen hatte.

Als er die Decke zur Seite schlug, entdeckte er darunter einen Liebesroman und ein in Leder gebundenes Notizbuch. Er legte beides neben die Nachttischlampe, der der Lampenschirm fehlte und die auf einem Pappkarton stand, den sie als Nachttisch nutzte, und ließ Charlotte sanft auf die Matratze sinken.

»Roman«, flüsterte sie und drehte sich auf die Seite.

Wer zum Henker ist Roman? Er starrte sie an, obwohl sie tief und fest schlief, und fragte sich, wie viele Freunde, die gar nicht wirklich ihre Freunde waren, sie eigentlich hatte.

Als er sie zudeckte, seufzte sie und kuschelte sich ins Bett. Sie sah unter ihren hübschen Decken so friedlich aus. Er merkte, dass er sie anstarrte, und knirschte so fest mit den Zähnen, dass Gefahr drohte, sie zu zerbrechen. Leise schloss er die Glastüren. Das Schloss an der einen war defekt. *Na super.* Er verriegelte die andere Tür und wäre beinahe über einen Stapel aus Vorhängen, Kissenbezügen und einer Gardinenstange gefallen. *Aufgabe Nummer zwei.*

Nachdem er ihr Schlafzimmer nach unerwünschten

Besuchern durchsucht hatte, blickte er auf Charlotte herab und bemerkte, dass es sich bei dem Karton neben dem Bett um die Verpackung eines Kristallkronleuchters handelte. Bei näherer Betrachtung stellte er zudem fest, dass dieser mit dekorativen pinkfarbenen Kristallen verziert war.

Grundgütiger. Das macht ja fast den Anschein, als hätte sie versucht, sich hier ein Märchenschlafzimmer einzurichten.

Er setzte noch Bolzenschlösser auf die mentale Liste der Dinge, die er in der Stadt besorgen musste, und zog los, um sein Werkzeug zu holen.

Charlotte sprang aus dem Bett und fragte sich, wie sie in ihr Schlafzimmer gelangt war. Sie sah auf ihr Handydisplay: 16.08 Uhr. Panik breitete sich wie ein Lauffeuer in ihr aus, als sie an die vielen Stunden dachte, die sie nicht zum Schreiben genutzt hatte. Sie duschte schnell, zog sich Shorts und ein Tanktop über, und als sie einen Pullover aus der Kommode nahm, fiel ihr auf, dass die Glastüren geschlossen waren und dass *Vorhänge* davor hingen. Dann sah sie sich im Zimmer um und entdeckte die Lichterkette am Kamin und den wunderschönen Baldachin über ihrem Bett! *Beau …*

Sie fuhr mit den Fingern über den herrlichen pink-weißen Baldachin, der seit einer Ewigkeit in der Schachtel gelegen hatte. Bei ihrem Einzug vor einigen Jahren hatte sie damit begonnen, den Rahmen dafür aufzubauen, war jedoch nie fertig geworden. Auch an die Vorhänge hatte sie seit Jahren nicht mehr gedacht. Sie zog sich eine Strickjacke über und wurde sich bewusst, dass sie sich noch immer nicht daran erinnern konnte, wie sie ins Bett gekommen war, doch wenn sie alles zusammennahm, dann konnte es nur der grantige, kantige Beau gewesen sein.

Erstaunt stellte sie fest, wie warm ihr dabei ums Herz wurde und wie nervös es sie gleichzeitig machte, während sie in die Küche ging, um sich einen Kaffee zu kochen. Was hatte er gedacht, als er sie in den Armen gehalten oder in ihrem Bett gesehen hatte? Hatte er ihr Schlafzimmer nur mit den Augen eines Handwerkers wahrgenommen, oder hatte er neben ihrem Bett gestanden und auf sie herabgeblickt, wie es nur ein Mann bei einer Frau machen würde? Bei der Erinnerung an ihren Kuss kribbelten ihre Lippen. Musste er auch ständig daran denken? Hatte er letzte Nacht an sie gedacht und dabei seine unerfüllte Begierde ausgelebt?

Jetzt reiß dich zusammen, Char. Er hat dich zum Bett getragen. Das ist doch keine große Sache.

Neben der Kaffeemaschine lag eine Nachricht von Beau. Seine Handschrift sah gerade und entschlossen aus und passte perfekt zu ihm. *Ich habe mich heute Morgen um deine Hühner gekümmert. Das Abendessen von gestern steht eingepackt im Kühlschrank. Du solltest die Türen in deinem Schlafzimmer abschließen. Beau*

»Du erteilst selbst dann noch Befehle, wenn du gar nicht da bist«, dachte sie laut.

Sie öffnete den Kühlschrank und entdeckte die frischen Eier in der Schüssel neben dem gestrigen Abendessen. Vor Beaus Ankunft war sie sich nicht sicher gewesen, wie es ihr gefallen würde, ständig jemanden um sich zu haben, aber sie mochte es, ihn in ihrer Nähe zu wissen. Er war mit seiner ernsten Art und den Blicken, die ihr Hitzeschauder entlockten, einfach faszinierend. Und ihre Schreibblockade hatte er eindeutig beseitigt, auch wenn es vermutlich nicht klug war, dass sie ihren Helden als Handwerker mit schwerwiegenden Komplexen angelegt hatte. Sollte er das Buch jemals lesen, würde er sofort wissen, dass er sie zu dieser Figur inspiriert hatte. Das Problem war nur, dass Beau auch Gefühle in ihr hervorgerufen hatte, die für lange Zeit weggesperrt gewesen waren, und nun wusste sie nicht, wie sie damit umgehen sollte.

Sobald der Kaffee fertig war, schnappte sie sich einen Proteinriegel und ein Twix und ging in ihr Arbeitszimmer. Sie tippte auf die Tastatur, um den Monitor einzuschalten. Das Manuskript war noch immer geöffnet und abermals überkam sie Panik. Hatte er es gelesen? Ihre Küsse kamen auch in der Geschichte vor, gefolgt von einer detaillierten Fantasie, die sich im Kopf ihrer Heldin abspielte. Es hatte ganze zwei Stunden gedauert, die Küsse richtig zu beschreiben, aber *wow*. Jede heiße Sekunde war es wert, sie noch einmal zu durchleben. Wann immer sie die Szene las, erinnerte sie sich an etwas Neues — seinen Geruch, die Art, wie seine Bartstoppeln an ihren Mundwinkeln gekratzt hatten, das Gefühl seiner Finger, die sich in ihre Haut bohrten, und seine harte Erektion, die er an ihren Bauch, ihre Hüfte und ihre Oberschenkel presste, während er sich an ihr rieb. Zudem erinnerte sie sich an Dinge, die sie eher unbewusst wahrgenommen hatte, wie sein leises wohliges Stöhnen, seine großen Hände, die sie überall berührt hatten, und sein verheerender Blick danach. Er hatte so großspurig getan, doch in seinen geheimnisvollen Augen war so viel mehr zu sehen gewesen. Charlotte hatte kein Wort herausgebracht und erst über alles nachdenken müssen, um es zu verstehen. Sie wusste noch immer nicht genau, was sie da eigentlich gesehen hatte, aber von einer Sache war sie überzeugt: Beau Braden verbarg etwas in seinen lodernden, von Traurigkeit gezeichneten

Augen, und sie wollte wissen, was es war.

Sie nahm ihren Laptop und ihren Kaffee, ging nach oben und beschloss, es herauszufinden. Musik drang aus dem ersten Stock zu ihr herunter. Während sie die Stufen hinaufging, dachte sie wieder einmal darüber nach, wie sehr sie alles an diesem Gasthof liebte, von der breiten Treppe bis hin zu den vielen Details, an die man beim Bau gedacht hatte. Auch wenn sie ihren Flügel nur selten verließ, wurde sie jedes Mal, wenn sie es doch tat, von glücklichen Erinnerungen an ihre Eltern und Großeltern überflutet – der einzigen Familie, die sie je gehabt hatte.

Farbgeruch und der Song »Drunk on Your Love« kamen aus der Suite, in der Beau arbeitete. Sie spähte in den Raum und sah ihn mit nacktem Oberkörper und so unfassbar sexy auf der Leiter stehen. Ein Werkzeuggürtel hing tief auf seinen schaukelnden Hüften. *Ha! Der brummige Beau tanzt gern!*

Sie schlich sich hinein und setzte sich an die gegenüberliegende Wand. *Bereit für die Inspiration.* Leise klappte sie den Laptop auf und öffnete ihr Manuskript. Als er von Berührungen und Feuer in ihren Augen sang – ja, sie tat so, als würde er ihr mit seiner rauen Stimme, die all die Emotionen vom Vorabend wieder hervorrief, etwas vorsingen –, fragte sie sich, ob er heute Morgen wohl trunken von ihrer Liebe aufgewacht war. Oder eher von der Leidenschaft. Sie spürte ein Flattern im Magen. Sie war gestern absolut trunken von ihm gewesen und hätte es als sehr beruhigend gefunden, wenn es ihm ebenso gegangen war. Dummerweise durchschaute sie diesen Mann jedoch nicht so leicht, und eigentlich war sie auch gar nicht darauf aus, einen Mann zu finden, daher konnte es ihr doch eigentlich völlig egal sein, ob er trunken von ihr oder einfach nur geil gewesen war.

Alles außer die Küsse war reine Recherche gewesen. Nichts

als simple Motivation. *Das ist meine Story und bei der bleibe ich.*

Der Song ging zu Ende, und sie hielt den Atem an und hoffte, dass er sich noch nicht umdrehte. Vor ihrem inneren Auge entstand bereits eine Szene, und sie wollte sie zu gern festhalten, bevor sie den Faden wieder verlor. Es war seltsam, dass sie in seiner Gegenwart auf so viele Ideen kam und diese auch noch aufschreiben konnte. Normalerweise arbeitete sie allein, und sie hatte das auch immer vorgezogen. Jetzt war sie sich jedoch nicht mehr so sicher, ob ihr das wirklich lieber war.

»Eyes on You«, eines ihrer Lieblingslieder, begann.

Sie presste die Lippen aufeinander, um nicht versehentlich mitzusingen, während Beau den Pinsel in den Farbeimer tauchte, der auf der Leitersprosse stand. Erstaunt nahm sie zur Kenntnis, dass er den Text des Lieds auswendig kannte. Sein Gesang und Tanz halfen ihr, die Szene rasch zu entwickeln. Das war der Teil des Schreibprozesses, der ihr am liebsten war, wenn eine Idee derart klare Bilder mit sich brachte, dass sie sie deutlich sehen konnte. Schon bald war sie in der Welt ihrer Charaktere versunken. Sie lachte, wenn sie es taten, ihr wurde warm, sobald sie einander berührten, sie hörte die tiefe Stimme des Helden und spürte das Flattern in der Brust ihrer Heldin.

Finger schnippten vor ihrer Nase und holten sie aus ihrer Träumerei.

Beau verschränkte die Arme und blickte auf sie herab. »Guten *Morgen*, Dornröschen«, sagte er mit sarkastischem Unterton. »Wie lange sitzt du schon da?«

Sie zuckte mit den Achseln und konnte sich den passenden Kommentar nicht verkneifen. »Wie lange hast du mir heute Morgen beim Schlafen zugesehen?«

Er spannte die Kiefermuskeln an.

Charlotte keuchte auf und das Flattern in ihrem Magen

wurde noch intensiver. »Du hast mir wirklich beim Schlafen zugeschaut!« Sie speicherte ihr Dokument, stellte den Laptop auf den Boden und stand auf.

»Das habe ich nicht gesagt«, knurrte er, wandte sich ab und stellte die Leiter vor einen anderen Teil der Wand.

Sie folgte ihm. »Du hast es auch nicht abgestritten.«

Er stellte den Farbeimer wieder auf die Leitersprosse und kletterte hinauf. »Hast du was gegessen?«, erkundigte er sich, ignorierte eiskalt ihre Worte und tauchte den Pinsel in die Farbe.

»Ja. Danke, dass du die Eier geholt hast. Und dass du meine Vorhänge und den Baldachin aufgehängt hast. Ach ja! Und für die Lichterkette am Kamin. Das war wirklich nett von dir, allerdings ist mir schleierhaft, wieso ich davon nicht aufgewacht bin.« Sie zog den Proteinriegel aus der Gesäßtasche, riss die Verpackung auf und biss hinein. »Warte. Ich wurde von deiner voyeuristischen Ader abgelenkt.«

Er arbeitete ungerührt weiter. »Sagt die Frau, die mit offenen Türen schläft, sodass die ganze Welt in ihr Schlafzimmer gucken kann. Woher weißt du, dass dich keiner deiner Nachbarn nachts beobachtet?«

»Weil mir hier mehrere Hundert Morgen Land gehören. Ich habe keine Nachbarn.«

Er musterte sie aus dem Augenwinkel. »Du weißt genau, wie ich das meine. Es ist gefährlich. Du brauchst einen Wachhund. Hier könnten alle möglichen Tiere herumlaufen. Waschbären, Eichhörnchen. Du kannst von Glück reden, dass dich noch kein Bär zum Frühstück verspeist hat.«

»Was? Hältst du mich für Goldlöckchen?«

»Ich wette, Goldlöckchen schließt ihre Türen ab.«

»Was hast du denn? Du bist doch nicht mein Vater.«

Wieder tauchte er den Pinsel ein und verkrampfte die Kiefermuskeln. »Wie kommt es überhaupt, dass du hier ganz allein lebst?«

»Ich dachte, Hal oder Josh hätten dir alles über mich erzählt.« Es machte Charlotte nichts aus, über ihr Privatleben zu reden, aber da Beau offensichtlich nicht gern über seins sprach, kam ihr eine Idee. »Was war das gestern?«

»Du musst wirklich öfter vor die Tür gehen, wenn du nicht mal mehr weißt, was ein Kuss ist.«

»Ha, ha. Nein, das meine ich nicht.« Sie wollte zwar auch über den Kuss reden, aber noch nicht. »Was ist da am Hühnergehege passiert? Du bist förmlich erstarrt.«

»Bin ich nicht«, widersprach er ihr angespannt.

»Doch, das bist du.« Sie lehnte sich gegen die Wand und beobachtete, wie er die Muskeln anspannte, während er die Zierleiste sorgfältig strich, wobei er mit dem Kiefer mahlte. Anscheinend hatte sie einen Nerv getroffen. »Ich erzähle dir was, wenn du mir auch was erzählst«, schlug sie hoffnungsvoll vor.

Er wackelte mit den Augenbrauen. »Willst du mich etwa erpressen?«

»Gewissermaßen. Du erfährst etwas Neues von mir, wenn du auch etwas von dir preisgibst. Abgemacht?«

Er antwortete nicht, aber sie hatte den Eindruck, dass er darüber nachdachte, daher redete sie schnell weiter. »Ich bin nach dem Tod meines Großvaters hergekommen, um zu trauern. Er war das letzte Familienmitglied, das mir noch geblieben war, und seitdem lebe ich hier.«

Beau hielt inne und bedachte sie mit einem mitfühlenden Blick. »Mein Beileid. Das wusste ich nicht. Ich hatte zwar gehört, dass du den Gasthof geerbt hast, aber mir war nicht klar, dass du keine Familie mehr hast.«

»Das ist schon okay. Ich habe neben Cutter noch andere Freunde. Die meisten wohnen ganz woanders, aber ich pflege immer noch Kontakt zu meinen LWW-Freundinnen. Wir leben überall verstreut, stehen uns aber noch immer nahe.«

»LWW-Freundinnen? Ist das eine Art Schwesternschaft?«

»So was in der Art. Wir kennen uns vom College. Alle von uns haben gern geschrieben und daher haben wir uns zusammen ein Haus gemietet. An einem Abend stellten wir nach zu viel Alkohol fest, wie unfair es war, dass so viele Schwesternschaften Namen hatten, wir jedoch nicht. Weil wir alle davon träumten, auf die eine oder andere Weise später mit dem Schreiben unseren Lebensunterhalt zu verdienen, und wir davon ausgingen, dass wir den Namen ›Bad Bitches Who Write‹ mit sechzig nicht mehr witzig finden würden, nannten wir uns ›Ladys Who Write‹. Drei meiner Freundinnen gründeten LWW Enterprises. Du hast vielleicht schon davon gehört. Sie sind in der Film-, Buch- und Immobilienbranche tätig und machen auch noch diverse andere Dinge. Ich veröffentliche meine Bücher bei ihrem Liebesromanverlag.« Und nein, sie bekam keine Vergünstigungen, weil sie den LWW angehörte. Vielmehr war ihre Lektorin momentan äußerst unzufrieden mit ihr, weil sie ihren ersten Abgabetermin nicht eingehalten hatte.

»Du hast deinen Traum Wirklichkeit werden lassen. Das ist cool und sehr beeindruckend.«

»Könnte man das über dich nicht auch sagen?« Sie biss von ihrem Proteinriegel ab und beobachtete, wie seine Miene wieder ernst wurde. Josh und Hal Braden hatten ihr erzählt, dass Beau sehr erfolgreich war, und sie vorgewarnt, dass es eine Weile dauern könnte, bis er Zeit hatte, um die Reparaturen am Gasthof durchzuführen. Sie war so dankbar dafür gewesen, dass alles für sie in die Wege geleitet wurde, dass ihr die Verzögerung nichts ausgemacht hatte. Allerdings war sie auch neugierig geworden, weil die beiden Beau vorgeschlagen hatten, obwohl er so weit entfernt lebte.

»Schon.«

Sie stöhnte auf. »Jetzt komm schon, Beau! Ein bisschen mehr musst du mir schon erzählen! Warum hast du dich bereit erklärt, hier rauszukommen? Das ist eine verdammt lange Reise, nur um sich ein bisschen handwerklich zu betätigen.«

»Weil mich meine Verwandten darum gebeten haben. Ich bin viel unterwegs und das gefällt mir.« Er stieg die Leiter herunter, stellte den Farbeimer auf den Boden und baute die Leiter an einer anderen Stelle wieder auf.

»Wieso?«

»Weil die Welt viel zu groß ist, um sich für immer an einem Ort niederzulassen.« Er erklomm die Sprossen und strich weiter.

»Willst du denn nicht irgendwann eine Familie gründen?«

Er schnaufte. »Du etwa? Ich reise zwar viel, aber dein Leben scheint mir weitaus einsamer zu sein als meins.«

»Früher einmal hab ich davon geträumt«, gab sie zu, und ihr Blick wurde sanfter. »Ich bin bei meinen Eltern aufgewachsen, die noch immer sehr ineinander verliebt waren. Mein Vater hat meine Mom ständig umarmt, sie geküsst und ihr Sachen ins Ohr geflüstert. Ich wollte all ihre Geheimnisse kennen, weil sie das, was immer er da sagte, sehr glücklich gemacht hat. Und bei meinen Großeltern war es genauso. Aber ich habe meine Großmutter mit zwölf verloren. Meine Eltern starben, als ich noch auf der Highschool war, und dann gab es nur noch mich und meinen Großvater. Also ja, ich habe mir gewünscht, den Richtigen kennenzulernen und mit ihm eine Familie zu gründen. Aber als ich auf dem College anfing, mit Männern auszugehen, war das ganz und gar nicht so, wie ich es mir vorgestellt hatte. Alle meinten, es würde irgendwann besser werden. Aber auf dem College ging es mir nur auf die Nerven. Die Jungs wollten keine Beziehung, sie wollten bloß Sex.«

»Bestimmt nicht alle«, meinte er und ließ sie nicht aus den Augen.

»Na ja, jedenfalls die, mit denen ich ausgegangen bin.«

»Und du hast einfach aufgegeben und bist zu der Frau geworden, die allein im Gasthof lebt?«

Sie dachte über seine Frage nach, während sie den Rest ihres Proteinriegels verspeiste. »Als ich zum Trauern herkam, fing ich mit dem Schreiben an. Ursprünglich hatte ich gar nicht vor, für immer hierzubleiben. Es ist einfach so gekommen.« Sie zog das Twix aus der Tasche.

»Proteinriegel und Twix? Es grenzt an ein Wunder, dass du so lange überlebt hast.«

»Eine Frau braucht eben viel Schokolade.« Sie brach das Twix durch und reichte ihm eine Hälfte. »Du solltest es auch mal probieren. Ich könnte mir vorstellen, dass es dich aufheitert.«

»Eine Frau braucht ihre Schokolade«, wiederholte er leise und grinste breit.

Mit einem Mal sah er vollkommen anders aus: schroff und schelmisch statt schroff und ernst. Das gefiel ihr.

»Danke, Shortcake.« Seine Finger berührten ihre, als er ihr den Riegel abnahm, und verharrten dort lange genug, dass sich ihre Blicke trafen und die Luft zu knistern begann.

Während sie den Riegel aßen, fragte sie: »Und was ist mit dir?«

»Ich ernähre mich vernünftig«, erwiderte er und wich der eigentlichen Frage aus.

»Ich werde das schon auf die eine oder andere Methode aus dir herausbekommen, daher kannst du mir wenigstens ein bisschen was erzählen. Denk dir was aus, wenn es sein muss. Aber hör auf, mir deine Vergangenheit vorzuenthalten.«

Er machte sich wieder ans Streichen, und ein amüsiertes Lächeln umspielte seine Lippen, die so sehr zum Küssen einluden.

»Beau! Du treibst mich echt auf die Palme.«

»Du bist irgendwie niedlich, wenn du dich so aufregst. Ich versuche nur, dich öfter dazu zu bringen.«

Sie verdrehte die Augen. »*Irgendwie?* Dein Kuss hat mir da aber weitaus mehr vermittelt.«

»Himmel noch mal. Du bist entweder auf einer Mission oder hast kein Interesse. Zwischentöne gibt es bei dir wohl nicht, was?«

»Ich weiß nicht mal, was du mir damit sagen willst. Hör endlich auf, das Thema zu wechseln. Wie warst du denn im College?«

»Nicht so wie die Typen, mit denen du ausgegangen bist.«

Interessant. Sie starrte ihn erwartungsvoll an, aber er spielte schon wieder den in sich gekehrten Schweiger. »Und …?«

»Ich hatte während der ganzen Collegezeit eine Freundin. Und jetzt habe ich keine. Okay?« Der Schmerz in seiner Stimme war nicht zu überhören.

Bei diesem Geständnis zog sich ihr Brustkorb zusammen. Beau musste mindestens dreißig sein und er trauerte einer Collegefreundin hinterher? Sie fragte sich, ob sie sich erst vor Kurzem getrennt hatten. »Du hast also jemanden geliebt und verloren und jetzt hast du von Beziehungen die Nase voll?«

Er strich die Stelle, ohne ihr zu antworten, und sie hatte schon Sorge, dass er jetzt vollkommen dichtmachen würde. Als er wieder von der Leiter herunterstieg, konnte sie sein Gesicht besser erkennen und war entsetzt über die Traurigkeit, die sich darin widerspiegelte.

»Es tut mir leid, Beau …«

»Das muss es nicht«, fiel er ihr ins Wort. »Du hast den Nagel auf den Kopf getroffen. Ich habe jemanden geliebt und verloren. Und ich habe eindeutig die Nase voll von Beziehungen.«

Sechs

Beau war erleichtert, als Charlotte das Verhör beendete und sich wieder ihrem Laptop zuwandte, aber als sie dann in ihr Arbeitszimmer ging, hatte er das Gefühl, mit ihr würde auch jegliche Energie aus dem Raum verschwinden. Die Musik hörte sich langweilig an und verschwamm schließlich zu weißem Rauschen, weil sie von den Geistern in seinem Kopf übertönt wurde. Zum ersten Mal seit Jahren hatte er tatsächlich das Bedürfnis gehabt, einer Frau näherzukommen und nicht nur ein sexuelles Bedürfnis zu befriedigen. Das irritierte ihn. Eigentlich hätte es ihm auch eine Heidenangst einjagen müssen, aber Charlotte war auf eine komplizierte Weise fesselnd, was sie aus irgendeinem Grund nur noch faszinierender erscheinen ließ. Sie hatte sich ihm geöffnet und nun fühlte er sich schlecht wegen seines abweisenden Verhaltens. Im Verlauf des Nachmittags konnte er während der Arbeit an nichts anderes denken als ihre Worte, er würde ihr *seine Vergangenheit vorenthalten*. Was in aller Welt hatte das denn bitteschön zu bedeuten? Sie schien eindeutig in ihrer eigenen Autorinnenwelt zu leben. Im Allgemeinen fuhr er ganz gut damit, solchen Fragen aus dem Weg zu gehen, aber bei ihr wollte er sich nicht so verhalten. Den Grund dafür kannte er nicht und eigentlich war er ihm auch egal. Er wusste nur, dass es sich falsch anfühlte, sie im Dunkeln zu lassen, während sie sich ihm anvertraute, und wollte das wiedergutmachen.

Nachdem er Feierabend gemacht hatte, zog er sich aus, während das Wasser schon mal warm wurde, und ging unter die Dusche. Mit dem Kinn auf der Brust ließ er sich vom warmen Wasser die Muskeln im Nacken und am Rücken lockern. Er hörte, wie sein Handy in seinem Schlafzimmer leise klingelte. Zev hatte ihm kurz zuvor eine Nachricht geschickt. *Hey, Mann. Jilly macht sich Sorgen um uns. Wann geben die endlich Ruhe?* Zev hatte in der Nacht, in der Tory ums Leben gekommen war, mit Beau gefeiert. Zwei Tage später hatte er sich von seiner langjährigen Freundin Carly Dylan getrennt, die zufälligerweise auch Torys beste Freundin gewesen war. Er war vom College abgegangen und hatte mit dem begonnen, was er als seinen *abenteuerlichen Lebensstil* bezeichnete, bei dem er einem Schatz nach dem anderen nachjagte. Aber Beau wusste es besser. Zwar verbrachte Zev häufiger mehrere Monate am Stück in Pleasant Hill, aber nie zu dieser Zeit. Sie liefen beide vor jener Nacht davon. Aber Geister waren gerissen. Sie lauerten in den Augen der Lebenden und in den Herzen der Schuldbewussten.

Die Badezimmertür ging auf und er wurde aus seinen Gedanken gerissen.

»Grundgütiger! Erzähl mir mehr darüber«, sagte Charlotte.

Beau öffnete die Tür der Duschkabine weit genug, um den Kopf rausstecken zu können, und stellte entsetzt fest, dass sie einen Finger hob, um anzudeuten, dass sie einen Moment brauchte, während sie demjenigen lauschte, der *ihn* auf *seinem* Handy angerufen hatte.

»Ich weiß.« Sie schrieb ihren Namen auf den beschlagenen Spiegel. »Er ist ziemlich ernst, doch das treibe ich ihm schon aus. Wie geht es Aiyla?«

Aiyla war die Frau von Beaus Cousin Ty. Sie hatten beide letztes Jahr am Mad Prix teilgenommen und kurz darauf war bei Aiyla Knochenkrebs festgestellt worden und man hatte ihr ein Stück ihres Beins abnehmen müssen. Beau hatte das Haus in Peaceful Harbor für die beiden renoviert, in dem sie seitdem lebten. Aber all das erklärte nicht, warum die scharfe Brünette in *seinem* Badezimmer stand und mit *seinem* Handy telefonierte.

Charlotte lauschte noch einen Moment und malte derweil ein Herz um ihren Namen auf dem Spiegel. »Gut. Umarm sie für mich. Warte kurz. Ich gebe dir Beau.«

Sie ließ das Handy sinken und sagte: »Ich habe die Schlüssel für die Handschellen gefunden! Sie waren im Arzneischrank in meinem Badezimmer. Keine Ahnung, wie sie dahin gekommen sind, aber wenigstens konnte ich sie jetzt von deinem Bett abnehmen.« Sie zog den Saum ihres T-Shirts hoch und zeigte ihm die Handschellen, die an einer Gürtelschlaufe ihrer abgeschnittenen Jeans baumelten. »Dein Handy hat geklingelt, als ich sie gerade aufgeschlossen habe, und ich habe Tys Namen auf dem Display gesehen. Ich hoffe, du hast nichts dagegen, dass ich rangegangen bin.«

»Funktioniert denn hier kein einziges Türschloss?«, schimpfte er und nahm ihr das Handy ab.

Sie ließ den Blick über die Duschkabinentür wandern. »Ach, bist du etwa schüchtern? Tut mir leid. Aber mach dir keine Sorgen. Ich kann durch die Milchglastür so gut wie nichts erkennen. Nur Umrisse.« Sie legte den Kopf schief und kniff die Augen zusammen. »Ähm, vielleicht auch *Formen*.«

»Grundgütiger, Shortcake. Sieh zu, dass du verschwindest, bevor ich deinen süßen Hintern noch mit unter die Dusche zerre.«

Sie lief jauchzend aus dem Badezimmer. »Hast du das gehört, Ty? Er ist schon viel lockerer!«

»Shortcake?«, fragte Ty, als sich Beau das Handy ans Ohr hielt.

»Diese Frau ist vollkommen durchgedreht. Auf die gute Art, die man einfach nicht ignorieren kann«, fuhr er fort und merkte erst jetzt, dass er wieder grinste. »Sie bringt mich entweder auf die Palme oder zum Lächeln. Dazwischen scheint es komischerweise nichts zu geben.«

»Damit ich das richtig verstehe: Du bist jetzt wie lange da? Ein oder zwei Tage? Und schon hast du dich von ihr mit Handschellen ans Bett fesseln lassen?«

»*Nein.* Sie hatte eine … Verdammt, Ty, du kennst sie doch.« Ty und Aiyla hatten nach der Siegerehrung im letzten Jahr einige Zeit bei Charlotte verbracht. »Warum hast du mich nicht vor ihren Gummipuppen und den kaputten Türschlössern gewarnt? Diese Frau hat nicht das geringste Gespür für Sicherheit, und ich schwöre dir, wenn sie nicht gerade arbeitet, denkt sie in zehn Richtungen gleichzeitig.«

»So ist Char nun mal. Sie ist was ganz Besonderes.«

»Das kannst du laut sagen. Wusstest du, dass sie hier oben ganz allein lebt und keine Familie mehr hat?«

»Ja, das wusste ich«, gab Ty teilnahmsvoll zu. »Darum bin ich auch sehr froh, dass du ihr eine Weile Gesellschaft leistest. Wirst du bei der Siegesfeier noch da sein?«

»Ja, ich reise erst den Donnerstag danach ab. Hör mal, ich stehe unter der Dusche …«

»Das habe ich gehört.« Ty kicherte. »Ich habe auch gehört, dass du vorhast, das Angebot anzunehmen und die Realityshow in Los Angeles zu machen. Du wirst mir sehr fehlen, Mann. Ich rufe eigentlich nur an, weil ich dich fragen wollte, ob du jemanden empfehlen kannst, der uns eine Garage mit einer Dunkelkammer darüber bauen kann.«

Das hätte er nur zu gern selbst übernommen, aber die Zeit dafür würde er nicht erübrigen können. »Sicher. Ich bringe dich mit einem meiner Kumpel in Kontakt.«

»Super. Einen Gefallen musst du mir noch tun. Aiyla will runterfliegen, um mich an der Ziellinie zu empfangen. Könntest du …«

»Aber natürlich. Ich werde auf sie aufpassen. Wie kommt sie vom Flughafen hierher? Ich kann sie gern abholen. Gib mir einfach die Uhrzeit und die Flugnummer durch.«

»Das ist nicht nötig. Sie will sich mit einigen anderen Fans zusammenschließen, damit sie als Gruppe hinkommen. Eigentlich hatte sie vor, ein paar Tage früher zu fliegen, aber der Terminkalender meiner Frau ist voller als der des Präsidenten. Ich wäre dir aber sehr dankbar, wenn du bei ihrer Ankunft im Gasthof da wärst und dich vergewisserst, dass alles in Ordnung ist.«

»Das ist doch selbstverständlich.« Beau wusste, dass sich Ty immer große Sorgen um Aiyla machte, auch wenn sie eine verdammt starke Frau war. Nachdem Beau erfahren hatte, dass Charlotte ganz allein auf der Welt war, hatte er sie ganz oben auf die Liste der starken Frauen gesetzt, die er kannte. »Ich muss jetzt aber wirklich mal unter der Dusche hervorkommen und ein paar neue Türschlösser kaufen.«

»Warum denn? Hast du Angst, du könntest nicht mit einer Gummipuppe mithalten?«

Beau lachte auf. »Wir hören uns später, Blödmann.«

Als er sich abtrocknete, sah er Charlottes Namen auf dem beschlagenen Spiegel und musste schon wieder lächeln. Warum auch immer. Eigentlich hätte er sich darüber ärgern müssen, dass sie einfach so in sein Zimmer gekommen, an sein Handy gegangen und ins Badezimmer geschlendert war. Aber so war Charlotte nun mal, und aus einem unerfindlichen Grund konnte er es kaum erwarten, noch mehr über ihre Marotten in Erfahrung zu bringen.

Charlotte riss den nächsten Twix-Riegel auf und schrieb dabei eine Nachricht an ihre Freundin und LWW-Schwester Aubrey Stewart. *Ich glaube, ich bin gerade in ein Männer-Fettnäpfchen getreten.* Sie schickte die Nachricht ab und biss in den Riegel. Aubrey lebte in Port Hudson, New York, Charlottes Heimatstadt, und leitete die Medienabteilung von LWW Enterprises, des Unternehmens, das sie mit Presley Cabot und Libby Warren, zwei anderen LWW-Schwestern, gegründet hatte. Presley hatte den Vorsitz über die Verlagsabteilung, und Libby kümmerte sich um die karitativen Bemühungen des Imperiums, das inzwischen mehrere Millionen Dollar wert war. Charlotte liebte all ihre LWW-Schwestern, von denen es eine ganze Menge gab, aber Aubrey und sie standen sich am nächsten.

Wie üblich antwortete Aubrey sofort und Charlotte öffnete schnell die Nachricht. *Bei wem …? Vermutlich bei dem Mann mit der riesigen Leiter. Keine Sorge. Männer bemerken solche Fehler nicht mal.*

Sie hatte Aubrey anvertraut, dass sie sich von Beau für ihren Roman inspirieren ließ, jedoch nichts von den heißen Küssen erzählt. Mit zittrigen Fingern tippte sie eine Antwort. *Ich bin reingeplatzt, als er gerade unter der Dusche stand. Ich habe einfach nicht nachgedacht! Ich habe mit seinem Cousin telefoniert (über sein Handy) und bin einfach in sein Zimmer gegangen.* Sie schickte die Nachricht ab und ließ gleich noch eine andere folgen: *GIGANTISCHE ABLENKUNG.*

Zwei Sekunden später klingelte ihr Handy und Aubreys Name stand auf dem Display.

»Hey«, sagte Charlotte leise.

»Wie gigantisch? Reden wir hier über eine Schlange aus dem Garten oder eine Python?«

»So gigantisch, dass ich an nichts anderes mehr denken kann. Vielleicht sah es auch nur durch die Milchglastür danach aus, aber ...« Sie biss in ihren Riegel.

»Und wo liegt da das Fettnäpfchen? Weil du seine Ablenkung gesehen hast? Und wieso warst du an seinem Handy und nicht mit ihm unter der Dusche?«

»Ach, du liebe Güte. Gemeinsam zu duschen geht jetzt aber wirklich zu weit. Ich kenne seinen Cousin und hab seinen Namen auf dem Display gesehen, daher bin ich rangegangen. Aber konzentrier dich bitte mal, Aubrey! Wie soll ich ihm je wieder in die Augen sehen, ohne *daran* zu denken?«

»Erstens verrat mir doch bitte mal, warum du flüsterst. Du lebst in einem riesigen Haus, und er müsste schon direkt neben dir stehen, um dich zu hören. Und zweitens hätten wir dich auf dem College wirklich dazu zwingen sollen, mehr Sex zu haben.«

»Sag mir einfach, wie ich mich verhalten soll, weil ich noch ein anderes Problem habe, für das ich einen Rat brauche.«

»Okay, beim Pythonproblem redest du dir einfach ein, er wäre eine Figur aus einem deiner Bücher. Du denkst doch jeden Tag über fiktive Körperteile von Männern nach. Stell dir einfach vor, er wäre nicht real.«

»Ähm ... Das geht leider nicht mehr.«

Aubrey kreischte los. »Hat meine süße Schwester den heißen Handwerker schon vernascht? Ich bin so stolz auf dich!«

»Nein! Wir haben uns nur geküsst.« Sie warf einen schnellen Blick zur Tür.

»Okay, gut. Das ist ein Anfang.«

»Aubrey!«

Aubrey lachte nur. »Ich kann einfach nicht anders. Ich möchte nicht, dass du verletzt wirst, aber wenn ihr beide ein bisschen Spaß haben wollt und euch einig seid, dass es nur eine kurzfristige Sache sein soll, warum tut ihr es dann nicht einfach? Natürlich nur, solange du nicht mit dem Herzen bei der Sache bist.« Nach einer kurzen Pause fügte sie hinzu: »Vielleicht ist das doch keine so gute Idee. Abgesehen von der Recherche für deine Bücher und dem Schreiben von erotischen Romanen hast du nicht die geringste Erfahrung mit Gelegenheitssex.«

Charlotte wurde das Herz schwer. Sie wollte gar keinen Gelegenheitssex. Lief es etwa allein darauf hinaus?

»Jedenfalls ist das kein großes Problem. Denk einfach an den Kuss und nicht an den Schwanz, wenn du ihn ansiehst.«

»Kuss, nicht Schwanz. Verstehe. Das könnte funktionieren.« Sie wiederholte es wie ein Mantra in ihrem Kopf. *Kuss, nicht Schwanz. Kuss, nicht Schwanz.*

»Du machst bestimmt eine großartige Szene daraus. Eine bessere Inspiration könnte es doch kaum geben.«

»Du hast ja keine Ahnung, wie inspiriert ich bin. Ich habe schon eine tolle Szene im Kopf und muss sie nur noch fertig ausarbeiten.« Sie wollte ein Gefühl dafür bekommen, wie es sich anfühlte, wenn jemand von Beaus Größe auf ihr lag. Normalerweise bekam sie dank der Gummipuppen genug Anhaltspunkte, aber in diesem Bereich konnte sie nicht darauf bauen. *Nicht nur in diesem Bereich.*

»Ist das dein anderes Problem?«

»Nein. Es ist nur so … Ich glaube, ich mag ihn, und du weißt ja, dass echte Männer einfach nicht an die fiktiven herankommen, die ich mir ausdenke. Selbst, wenn wir tatsächlich zusammenkämen, würde er immer eifersüchtig auf meine vielen Schreibstunden sein. Das kann nur zu einer Katastrophe führen.«

»Aha. Wie lange willst du dich noch hinter dieser Farce verstecken?«

»Laut meiner Erfahrung ist es keine Farce.«

»Laut deiner *sehr begrenzten* Erfahrung, bei der es sich eigentlich nur um einen *Hauch* von Erfahrung handelt und die definitiv keine Grundlage für die Realität ist. Ich bin kurz davor, dir Becca rüberzuschicken, damit sie dir ein paar Sachen beibringt.« Becca Nunnally, Aubreys äußerst effektive Assistentin, die sich auch um Charlottes Fanpost und Social-Media-Konten kümmerte, war ebenfalls Absolventin der Boyer University und eine wandelnde Sexbombe mit hohen Ansprüchen. Nach allem, was Aubrey Charlotte erzählt hatte, wies die schöne, selbstbewusste Becca so gut wie jeden Verehrer ab, der sie um ein Date bat, und traf sich mit jenen, mit denen sie ausging, nie ein zweites Mal.

»Himmel, du bist echt eine Nervensäge. Behalt Becca bei dir. Ich vermute ja, dass ihr Sexleben spannender ist, als sie uns wissen lässt. Vermutlich hält sie in ihrem Keller mehrere gefesselte Männer – und zwar echte und keine Gummipuppen.«

»Dann müsstet ihr zwei ja gut miteinander auskommen.«

Charlotte verdrehte die Augen, obwohl Aubrey sie gar nicht sehen konnte. »Ich stehe nicht auf so was. Konzentrier dich, Aubrey. Gehen wir mal davon aus, ich würde mit Beau weitergehen wollen.« So war es ja auch, vor allem, weil er gesagt hatte, dass er nicht so wäre wie die Kerle, mit denen sie zu ihrer Collegezeit ausgegangen war. »Wie du ja netterweise angemerkt hast, habe ich nicht besonders viel Erfahrung mit echten Männern.«

»Das ist überhaupt kein Problem, Charlotte. Du wirst schon wissen, was zu tun ist. Schließlich bist du die Königin der heißen Sexszenen. Setz sie einfach in die Realität um.«

Charlotte warf einen Blick aus dem Fenster. »Beim Recherchieren fällt mir das Flirten leicht, aber das hält nicht lange an. In seiner Gegenwart kann ich mich einfach nicht lange konzentrieren. Du hast ja keine Ahnung, wie unwiderstehlich er ist. Meist wirkt er grüblerisch, aber sobald dieses Lächeln aufblitzt, hab ich Schmetterlinge im Bauch und kann keinen klaren Gedanken mehr fassen. Nach unserem Kuss war ich so nervös, dass ich einfach weggelaufen bin.«

»Wow. Der Mann macht dir ja wirklich zu schaffen. Du bist weggelaufen? Habe ich dir denn gar nichts beigebracht, Charlotte Sterling? Denk doch mal nach! Deine Heldinnen würden nie vor einem Mann weglaufen. Sie würden ihn fesseln, auspeitschen und dafür sorgen, dass er sich unterwirft.«

»Das mag ja sein, aber so bin ich nicht.« Allerdings hatte sie sich beim Abnehmen der Handschellen von seinem Bett vorgestellt, wie er gefesselt unter ihr lag, während sie ihn um den Verstand brachte.

»Zu schade, dass ich ihn mir nicht genauer anschauen kann, um mich zu vergewissern, dass er kein Mistkerl ist. Ich wünsche es dir so sehr, dass du endlich ein Sexleben hast, aber ich möchte auf keinen Fall, dass du verletzt wirst. Vor allem nicht hinsichtlich deiner verrückten Fantasie, dass die wahre Liebe wie im Märchen sein sollte. Es wird dir schon schwer genug fallen, zu akzeptieren, dass auch tolle Männer manchmal zu

Vollidioten mutieren. Ich vermute ja, das hängt mit ihrem Schwanz zusammen.«

»Er ist kein Vollidiot«, verteidigte Charlotte ihn.

»Sagt die Frau, die Ratschläge für den Umgang mit Männern braucht. Er muss *wirklich* etwas ganz Besonderes sein, schließlich konnte ich dich nie dazu bringen, Cutter nicht nur als Freund zu sehen, dabei ist er ein unfassbar heißer, unglaublich süßer Cowboy – den ich mit Haut und Haaren vernaschen würde. So, wie ich das sehe, hast du zwei Möglichkeiten. Entweder läufst du jedes Mal weg, wenn es zur Sache gehen könnte, oder du reißt dich zusammen, rückst dein Höschen zurecht, zeigst die Stärke, von der ich weiß, dass du sie besitzt, und findest heraus, ob etwas daraus werden kann.«

Das wünschte sich Charlotte mehr als alles andere, gleichzeitig machte es sie aber auch nervös.

»Wer weiß, Char, vielleicht hast du sogar Spaß daran, dir von ihm das Höschen ausziehen zu lassen.«

»Das wird mir bestimmt Spaß machen. *Würde!* Das *würde* mir Spaß machen.«

Aubrey bekam sich vor Lachen gar nicht mehr ein.

»Aber ich glaube, er hat etwas zu verbergen.«

»Du hast doch eben erst gesagt, er wäre kein Idiot!«, schimpfte Aubrey. »Siehst du? Du brauchst mich doch.«

»Nicht so, wie du wieder denkst. Er sagt viel, aber in seinem Schweigen schwingt etwas … Trauriges mit. Vielleicht ist er auch nur einsam. Ich weiß es nicht. Aber manchmal ist da etwas, über das er nicht sprechen will, und ich glaube nicht, dass es etwas Krankes ist.«

»Augenblick mal, Süße. Du kennst doch seine Verwandten. Ruf sie einfach an und frag nach.«

Charlotte überlegte, ob sie Hal Braden tatsächlich anrufen

sollte. Joshs Vater war mit ihren Eltern befreundet gewesen und hatte sogar hier im Gasthof geheiratet. Sie kannte ihn schon seit einer Ewigkeit und er hatte immer auf sie aufgepasst. Doch sie merkte schnell, dass sie das nicht tun wollte. »Ich möchte nicht hinter seinem Rücken herumschnüffeln. Er soll mir von sich aus erzählen, was ihn beschäftigt. *Oh Mann!* Eigentlich weiß ich überhaupt nicht, was ich will. Ich weiß nur, dass ich ihn mag und dass die Luft zwischen uns knistert, sobald er in meiner Nähe ist.« Sie fummelte an den Handschellen herum, die noch immer an der Gürtelschlaufe ihrer Shorts baumelten, und zog den Schlüssel aus der Tasche. »Vielleicht bin ich auch nur nervös, weil ich ihn nackt gesehen habe und meine Gedanken einen erotischen Weg eingeschlagen haben, der mit *Sex unter der Dusche* und Handschellen zu tun hat.«

»Das ist doch auch eine Option. Hol es beim Sex aus ihm raus. Aber lass die Handschellen lieber weg, bis du weißt, dass er wirklich so ein guter Kerl ist, wie du annimmst.«

Sie unterhielten sich noch ein paar Minuten, und vor dem Auflegen ermahnte Aubrey sie: »Und vergiss nicht: *Kuss, nicht Schwanz.*«

»Kuss, nicht Schwanz. Verstanden.« Sie hatte gerade das Gespräch beendet, als Beau in einem eng anliegenden schwarzen T-Shirt und Jeans, die sich an seine gigantische Ablenkung schmiegten, hereinkam. *Kuss, nicht Schwanz. Kuss, nicht Schwanz.*

»Kannst du dir eine Pause erlauben und kommst mit mir in die Stadt?«

Ihr nach Sex gierendes Hirn hörte kaum etwas anderes als *kommst mit mir.* Sie zwang sich, ihm in die Augen zu sehen, als er auf sie zukam, konnte jedoch nicht verhindern, dass immer wieder Bilder von ihm unter der Dusche vor ihrem inneren

Auge aufblitzten. Sie sah Wassertropfen über seine Schultern und seine Brust laufen und der Umriss seines Körpers hatte sich ihr ins Gehirn gebrannt. Das war nicht gut. Sie bekam eigentlich nie weiche Knie, aber in diesem Augenblick zweifelte sie daran, dass ihre Beine sie tragen würden, wenn sie jetzt aufstand.

Sie schloss die Handschellen auf, um ihn nicht länger anzustarren, und ließ sie prompt fallen. *Mist!* Warum benahm sie sich in seiner Nähe so ungeschickt? Sie bückte sich, um sie wieder aufzuheben, und hatte seine *Ablenkung* auf einmal direkt vor Augen. »Kuss, nicht Schwanz«, murmelte sie vor sich hin.

»Was hast du gesagt?«

Sie sprang auf und knallte die Handschellen und den Schlüssel auf ihren Schreibtisch. »Das ist nur ein Satz aus meinem Buch«, sprudelte es aus ihr heraus. »Warum fährst du in die Stadt?«

»Du musst einen Deckenkranz für deinen Kronleuchter aussuchen und brauchst mehrere neue Türschlösser für das Haus.«

»Für meinen *Kronleuchter*?«

Er stieß die Luft aus, als würde sie ihn auf den Arm nehmen. »Den aus dem Karton neben deinem Bett?«

»Die Lampe hatte ich ja ganz vergessen. Wie ist dir das Ding überhaupt aufgefallen?«

»Mir entgeht nur sehr wenig.« Er hielt ihrem Blick stand und gab ihr das Gefühl, bis in ihr Innerstes sehen zu können. »Und bitte mich nicht, den Deckenkranz für dich auszusuchen. Ich habe schon für genug Frauen gearbeitet, um zu wissen, dass ich garantiert mit etwas ankomme, das dir nicht gefällt. Außerdem brauchst du auch einen Nachttisch. Und verschließbare Fliegengittertüren für dein Schlafzimmer.«

»Ich bin nicht besonders wählerisch und brauche keine Schlösser. In all den Jahren, die ich jetzt hier lebe, bin ich gut ohne ausgekommen und wurde noch nie in meiner Ruhe gestört.« *Außer von dir. Du bringst mich auf eine Art und Weise aus der Ruhe, über die ich lieber gar nicht genauer nachdenken möchte.*

»Willst du mich jetzt den ganzen Abend so anstarren, als würde ich dich verwirren, oder kommst du mit?«

»Ich habe gerade über eine Szene für mein Buch nachgedacht und dich überhaupt nicht angestarrt.« Er sah nicht aus, als würde er ihr das abkaufen. »Ich kann nicht in die Stadt fahren, sondern muss diese Szene planen, damit ich sie schreiben kann.«

»Na gut. Wie wäre es, wenn ich dir bei der Szene helfe und du danach mit in die Stadt kommst?« Er warf den Gummipuppen auf der Couch einen Blick zu. »Gut zu wissen, dass du auch Frauenpuppen hast.«

»Das sind Amanda Seyfried und Tom Hardy.«

»Wie kommst du nur immer …? Ach, vergiss es.« Er rieb sich den Nacken. »Warum gehen wir diese Szene nicht zusammen durch?«

»Wir?« *Ach herrje.* Das war genau das, was sie brauchte und sich wünschte. Wieso verschlug es ihr dann auf einmal die Sprache?

»Nein.« Sie wollte um ihn herumgehen, aber er versperrte ihr mit einem neckenden – und unfassbar heißen – Blick den Weg.

»Bist du dieselbe Frau, die rittlings auf einer mit Handschellen gefesselten Gummipuppe gesessen hat? Die Frau, die ungeniert in mein Badezimmer kam, als ich unter der Dusche stand?« Er beugte sich vor, und sein Oberschenkel berührte den ihren. »Was ist los, Shortcake? Läuft deine Recherche mit mir denn nicht so? Wenn ich mich recht erinnere, hast du gesagt, ich wäre besser als eine Gummipuppe. Oder magst du es nicht, wenn jemand anderes die Kontrolle übernimmt? Wenn der Spieß umgedreht wird?«

Sie zwängte sich stöhnend an ihm vorbei und er lachte leise. »Na gut! Ich habe nur versucht, dir einen Ausweg offenzulassen, weil du dich immer verschließt, wenn ich dir zu nahekomme.«

Seine Stimmung änderte sich schlagartig. »Mir ist bewusst, dass ich mich anderen nicht so leicht öffne. Du darfst das nicht persönlich nehmen. Es fällt mir eben leichter, wenn wir einander herausfordern.«

»Ach was«, meinte sie und war erleichtert, dass ihm das ebenfalls schwerfiel. »Na gut, bringen wir's hinter uns.«

Er grinste sie schief an. »Okay. Was soll ich tun?«

Sie blickte zur Decke, musste an all die Körperregionen denken, die seiner Aufmerksamkeit bedurften, und spürte, wie ihre Wangen zu brennen begannen.

»Sieh mal einer an«, murmelte er. »Die Autorin von Erotikromanen übt sich in *fifty shades of red.*«

Sie starrte ihn erbost an und ging dann auf und ab, während sie überlegte, wo sie anfangen sollten.

»Ach, jetzt sei doch nicht sauer. Du siehst niedlich aus, wenn du rot wirst.«

»Schon klar«, meinte sie mit sarkastischem Unterton. »Ich weiß, wie lächerlich es ist, dass ich in deiner Gegenwart rot werde.« Sie stemmte die Hände in die Hüften und versuchte, sich auf die Struktur der fraglichen Szene zu konzentrieren. »Tu mir einen Gefallen und halt eine Minute lang den Mund. Du lenkst mich viel zu sehr ab.«

Er machte einen Schritt auf sie zu, doch sie streckte die

Hand aus. »Halt. Keine Bewegung. Ich muss mich in den Kopf meiner Figuren versetzen.«

»Soll ich dich Amanda nennen?«, fragte er mit frechem Grinsen.

»Weißt du was? Das ist eine super Idee. Nenn mich Shayna …«

»Und du kannst mich mit *Roman* ansprechen.« Er verschränkte die Arme und blickte auf sie herab. »Ist das auch ein Lebensmittellieferant?«

Ihr fiel die Kinnlade herunter. »Hast du mein Manuskript gelesen?«

»Nein. Du hast Roman zu mir gesagt, als ich dich heute Morgen ins Bett gebracht habe.«

»Grundgütiger. Im Ernst? Wie peinlich.« Sie schlug sich eine Hand vor den Mund, musste aber dennoch lachen. »Wenn ich als alte Dame im Altersheim von all diesen Männern rede, wird man mich für eine Schlampe halten. Roman ist der Held in meinem Buch.«

»Immerhin ist er nicht der Lieferant«, neckte er sie. »Und es ist irgendwie cool, dass du dich so in deine Arbeit vertiefst. Es ist schön, wenn man das, was man tut, mit Leidenschaft verfolgt.«

»Na ja, es ist mein Leben. Im wahrsten Sinne des Wortes. Bringen wir's hinter uns.« Sie war nervös, wollte jedoch nicht feige erscheinen, indem sie sein Angebot ablehnte. Außerdem würde sie sonst nie erfahren, wie es sich anfühlte, wenn ein Mann seiner Größe auf ihr lag. Nein, wenn *er* auf ihr lag. Sie wollte sich keinen anderen in dieser Position vorstellen.

Na super. Jetzt dachte sie über all die Körperteile nach, die sie berühren würden. *Kuss, nicht Schwanz. Kuss, nicht Schwanz.* Das half nicht im Geringsten, sondern brachte sie nur auf die

Idee, seinen Schwanz zu küssen.

Sie nahm die Gummipuppen von der Couch, packte Beaus Arm und zog ihn zu sich herüber. Ihr Held sollte der Heldin von hinten die Arme um die Taille legen, und wenn er ihren Hals küsste, würde sie sich umdrehen, was beide ins Stolpern brachte. Dadurch fielen sie auf die Couch, wo sie sich weiter küssten, während er sie langsam auszog. Natürlich würde sie mit Beau nur so tun, als ob, aber wenn er auf der Couch auf ihr lag, würde sie spüren, was Shayna unter Roman fühlte. Das sollte doch zu schaffen sein.

»Wir müssen …« Sie warf einen Blick auf die Couch und fragte sich, ob sie ihn einfach bitten sollte, sich auf sie zu legen, doch das kam ihr zu mechanisch vor. Möglicherweise würde es sich sogar falsch anfühlen, wenn sie das Vorspiel nicht auch ein bisschen auslebten.

»Die Szene sieht folgendermaßen aus«, sagte sie schließlich und konnte nur hoffen, dass man ihr die Nervosität nicht anhörte. »Sie spielt direkt nach deiner Duschszene. Ich meine, nach Romans Duschszene, daher ist er nackt.« *Kuss, nicht Schwanz*, rief sie sich in Erinnerung. *Ich bin nur eine Autorin, die eine Szene konstruiert. Es geht nicht wirklich um Beau, sondern um Roman.* »Shayna steht in ihrem Atelier und malt und du betrittst das Zimmer und legst von hinten die Arme um sie.«

Er stellte sich hinter sie und legte ihr so die Arme um die Taille, dass sie ihren ganzen Bauch bedeckten. Seine Unterarme berührten ihre Brüste, und sie spürte, wie sich ihre Brustwarzen sofort aufstellten. *Großer Gott, hoffentlich wird das jetzt nicht zu peinlich.*

»So etwa?«, fragte er mit rauer Stimme.

»Ja«, antwortete sie leicht zittrig. »Und dann küsst du ihren Hals, während sie weitermalt.« Sie tat so, als hätte sie einen

Pinsel in der Hand und würde vor einer Leinwand stehen, und schloss die Augen, als sie seine warmen Lippen auf der Haut spürte. Er tat nicht nur so, als würde er sie küssen, und es fühlte sich einfach himmlisch an.

»Wie ist das?« Er drückte ihr einen Kuss direkt unter das Ohr.

»Gut«, flüsterte sie. Jeder Kuss war energischer und dauerte länger als der letzte. Sie versuchte, ihre Gedanken lange genug zu sammeln, um die Gefühle zu sortieren, verlor sich jedoch in dem Gefühl, seine harte Brust an ihrem Rücken und seine muskulösen Arme um sich zu spüren. Bei jeder Berührung seiner Lippen wurde ihr Verlangen weiter angefacht. »Und ihre Schulter. Küss meine Schulter …«

Sein Mund wanderte über ihre Haut und sie schmolz in seinen Armen dahin. Er drückte sie fester an sich und sie spürte seine Erektion. *Du fühlst dich so gut an. Ich würde mich am liebsten umdrehen und dich küssen. Oh ja, leck meine Schulter, genau so.* Sie presste die Lippen aufeinander, um ihre Gedanken nicht laut auszusprechen.

»So in etwa?« Er bahnte sich eine Spur aus heißen Küssen über ihre Schulter. »Ist das besser?«

»Ja«, hauchte sie sehr leise und lustvoll. Ihre Knie gaben nach, und Beau legte ihr eine Hand auf den Bauch, wobei seine gespreizten Finger ihren Hosensaum berührten. Hitze durchzuckte sie, und sie stellte sich vor, wie sie sich in seinen Armen umdrehte, ihn bestieg, ihm die Beine um die Schultern legte und sich von seinem unglaublichen Mund …

»Was kommt als Nächstes?«, wollte er mit heiserer Stimme wissen.

Er küsste ihren Unterkiefer, ihr Ohrläppchen, ihren Hals bis hinab zur Schulter, jeden Zentimeter Haut, der nicht von Stoff bedeckt war. Bei jeder atemberaubenden Berührung jagte ein Hitzestoß durch ihren Körper und konzentrierte sich zwischen ihren Beinen.

»Hey, Shortcake?«, raunte er ihr zwischen den Küssen mit tiefer Stimme zu und saugte dann verführerisch an ihrer Schulter. »Was kommt als Nächstes?«

Als Nächstes? Ein Orgasmus, wenn sie nicht aufpasste.

Sie entwand sich seinen Armen, schnappte nach Luft und hielt direkt auf ihren Schreibtisch zu. »Das reicht. Raus mit dir. Ich muss schreiben.«

»Vergiss es, Shortcake.« Er nahm ihren Arm und schleifte sie zur Tür. »Wir fahren in die Stadt. *Auf der Stelle.*«

Sieben

Beau hatte nicht die geringste Ahnung, was er da eigentlich tat. Er hatte nicht vorgehabt, Charlotte zu bitten, mit ihm in die Stadt zu fahren. Eigentlich hatte er ihr nur beweisen wollen, dass er kein Mistkerl war, weil er sie zuvor derart ausgeschlossen hatte, aber ein Blick auf sie hatte ihn auf diese Idee gebracht. Allein in die Stadt zu fahren war das genaue Gegenteil von dem, was er wollte. Und was für eine Szene hatten sie da gerade durchgespielt? *Großer Gott.* Nun musste er mit einem Ständer in die Stadt fahren, der überhaupt nicht mehr verschwinden wollte, weil Charlottes Duft im Wagen hing und sie die langen Beine auf das Armaturenbrett gelegt hatte, um mit den kniehohen schwarzen Stiefeln im Takt der Musik zu wippen, während sie auf ihrem Laptop herumtippte. Sie hatte sich den ganzen Weg zum Wagen darüber beschwert, dass sie die Zeit zum Schreiben brauchen würde, bis er schließlich nachgegeben und ihren Laptop geholt hatte. Seitdem war kein Wort mehr über ihre Lippen gekommen.

Es war eine lange Fahrt den Berg hinab und nach halbstündigem Schweigen hielt er es nicht mehr aus. »Darf ich dir eine Frage stellen?«

»Hmm.« *Tipp, tipp, tipp.*

»Wie kannst du solche Szenen mit deinen Puppen ausarbeiten? Sie können dich doch nicht im Arm halten oder küssen.« *Oder dich so berühren, wie ich es gern tun würde.*

Ihre Finger verharrten, und sie bekam rote Wangen, als könnte sie seine Gedanken lesen. »Ich nutze sie für die Positionierung. Normalerweise kann ich mich dann in ihre Lage versetzen, wenn ich erst einmal weiß, wie der mechanische Teil funktioniert.«

»Du kannst dich in ihre Lage versetzen?«

»Okay, natürlich nicht in ihre, sondern in die meiner Figuren. Du weißt schon, ich tue gewissermaßen so, als würde ich in ihre Haut schlüpfen und das fühlen, was sie empfinden würden, wenn sie real wären. Zum Nachstellen der Szenen ist ja sonst niemand da, höchstens Cutter, wenn er alle paar Wochen Lebensmittel vorbeibringt.«

Bei der Vorstellung, Cutter hätte sie berührt, umklammerte Beau das Lenkrad etwas fester. Er versuchte, sich einzureden, dass er sie nur beschützen wollte, wusste aber selbst, wie albern das war. Auch wenn er seit einer Ewigkeit nichts mehr empfunden hatte, was an Eifersucht grenzte, erkannte er diese unerwartete Emotion trotzdem wieder.

»Ich dachte, Cutter und du, ihr wärt nur Freunde«, sagte er angespannt.

»Das sind wir auch. Aber er ist gut im Positionieren.«

Er starrte durch die Windschutzscheibe auf die Straße und knirschte mit den Zähnen, um seine Gedanken bloß nicht auszusprechen. Aber es war sinnlos, weil sie sich dennoch Bahn brachen. »Wir scheinen sehr unterschiedliche Definitionen des Worts ›Freunde‹ zu haben.«

Sie tippte emsig weiter. »Tun wir das?«

»Hm-hm.« *Ich küsse keine Frauen, mit denen ich nur*

befreundet sein möchte. Diesen Gedanken schob er ganz in die hinterste Ecke. »Versteh das nicht falsch, aber wäre es nicht einfacher, wenn du dir einen Porno ansiehst?«

»Großer Gott. Hast du dir je in Ruhe einen Porno angesehen, und nicht nur, wenn du eine Masturbationsvorlage gebraucht hast?«

»Himmel noch mal, Charlotte.« Immerhin hatte er jetzt das perfekte Gegenmittel für seine Erektion gefunden – er musste nur mit Charlotte über das Masturbieren zu einem Porno reden.

»Was ist? Es ist doch kein Geheimnis, dass sich viele beim Masturbieren einen Porno ansehen.«

»Das mag sein, aber ich tue das nicht. Verrätst du mir jetzt auch, warum Gummipuppen besser sind als Pornos?«

Sie lehnte sich auf dem Sitz zurück und sah ihn weiterhin an. »Pornos sind kalt und nicht emotional. Ehrlich gesagt verstehe ich überhaupt nicht, wie man davon erregt werden kann. Ich meine, wo ist denn da die Liebe? Die Romantik? Das Vorspiel, bei dem man Herzflattern bekommt? Was ist mit dem zärtlichen Flüstern oder rauen Forderungen, die von Intimität untermalt sind, anstatt durch bestimmte Kamerawinkel nur hervorgehoben zu werden?«

»Nicht alle Menschen wollen oder brauchen eine emotionale Verbindung, um erregt zu werden«, gab er zu bedenken, wenngleich er nie zu diesen Leuten gehört hatte. So sehr ihn emotionale Verbindungen auch manchmal nervten, so brauchte er sie immer, um den Sex wirklich genießen zu können. Was selbstverständlich auch bedeutete, dass er schon seit sehr langer Zeit keinen genussvollen Sex mehr gehabt hatte.

Sie blickte aus dem Beifahrerfenster. »Das weiß ich«, meinte sie ein wenig traurig. »Du hast mich gefragt, warum ich zur Motivation keine Pornos gucke, und das ist der Grund dafür.

Die Puppen kann ich überall hinlegen und mich vergewissern, dass die Positionen stimmen, sei es auf der Treppe, dem Bett oder in der Küche.«

Er malte sich aus, wie es wäre, an all diesen Orten mit Charlotte zu schlafen.

»Und danach versetze ich mich in ihre Lage und stelle mir vor, wie es wäre, wenn mich die Hände oder die Lippen eines Mannes berühren würden. Ich schließe die Augen und male mir aus, in der Haut der Heldin zu stecken. Sei es eine Rothaarige, eine Brünette oder eine Blondine, mit drallen oder kleinen Brüsten, schmaler Taille oder kurvigem Körper, bis wir zu einer Person werden.«

Sie klappte den Laptop zu und berührte geistesabwesend ihren Hals. *Er* wollte sie dort berühren und ihren flatternden Puls unter seiner Zunge spüren.

»Danach male ich mir meinen Helden vom Kopf bis zu den Füßen aus und gehe jeden Körperteil durch, bis ich das Gefühl habe, mit ihm im Einklang zu atmen. Bis mir heiß wird, weil ich spüre, wie seine Körpertemperatur steigt, und bis ich mir die romantischen Dinge vorstellen kann, die er ihr zuflüstert, wie sich sein Körper auf meinen presst, welche Geräusche ich von mir gebe, wenn er mich berührt oder küsst, und wie er stöhnt und seufzt.«

Grundgütiger, er war schon wieder erregt.

Sie drehte sich zu ihm um. Ihre Haut war leicht gerötet, und ihre Stimme klang so zufrieden, als hätte sie soeben etwas Wundervolles erlebt. »*Das* ist der Grund, aus dem ich mir keine Pornos angucke und aus dem ich kein Problem damit habe, ganz allein hier oben zu leben und mich nicht mit Männern abgeben zu müssen. Ich wünsche mir das, was meine Eltern und meine Großeltern hatten, dass Beziehungen und Intimität noch etwas bedeuten, aber ich bezweifle, dass es diese Art von Liebe heute überhaupt noch gibt.«

Beau wusste, dass diese Art von Liebe noch existierte. Er hatte sie einmal erlebt und nach dem Verlust geglaubt, nie wieder so empfinden zu können. Doch bei Charlotte waren diese Gefühle erneut in ihm aufgestiegen, und es setzte ihm zu, dass sie sich von der Welt zurückzog, weil sie glaubte, so etwas nie haben zu können.

»Sie existiert«, erwiderte er. »Du darfst die Hoffnung nicht aufgeben. Ich glaube, meine Eltern führen so eine Beziehung, wie du sie beschreibst.«

»Wirklich?« Ihre Augen strahlten, was bei ihm alles Mögliche auslöste. Sie stellte ihren Laptop auf den Boden.

»Ja. Ich bin mir ganz sicher. Sie haben sich auf einer Hochzeit in den Hilltop Vineyards in Pleasant Hill kennengelernt, als sie noch aufs College gingen. Der Familie meiner Mutter gehört das Weingut, und sie war während der Hochzeit auch da, auf der mein Vater eingeladen war. So, wie mein Vater die Geschichte erzählt, war es Liebe auf den ersten Blick, aber meine Mutter behauptet, es wäre Leidenschaft auf den ersten Blick gewesen, die sich erst in Liebe verwandelt habe, als sich mein Vater weigerte, sie je wieder gehen zu lassen.«

»Ach, ist das schön.« Sie zog die Beine unter sich auf den Sitz und stützte einen Ellbogen auf die Mittelkonsole, um das Kinn auf die Handfläche zu legen, wobei sie einfach hinreißend aussah. »Erzähl mir mehr darüber. Weißt du, wie er sie erobert hat? Hat sich deine Mom aus gutem Grund geziert oder nur, weil es Spaß gemacht hat? Oder hat sie sich überhaupt nicht rar gemacht, aber dein Vater dachte, sie wäre vorsichtig? Was haben ihre Familien darüber gedacht? Halten sie noch immer ständig Händchen und küssen sich? Ich mag die Vorstellung von

Paaren, die immerzu Händchen halten und sich küssen. Merkt man auch, dass sie sich lieben, wenn sie sich streiten? Dass es sie zwar schmerzt, den Streit ausfechten zu müssen, dass es aber nötig ist, um den Zwist aus der Welt zu schaffen?«

Sie stellte so viele Fragen, und Beau hatte den Eindruck, dass all das ihr wahres Wesen ausmachte und Teil ihrer Eigenart war, aber auch einer der Gründe dafür, dass er wieder Gefühle entwickelte. Im Augenblick war er glücklich, allerdings musste er jedes Mal, wenn sie zusammen waren, ein Wechselbad der Gefühle durchmachen. »Du möchtest wissen, wie es ist, wenn sie sich streiten?«

»Ja, das interessiert mich sogar noch mehr als alles andere. Ich glaube, dass man daran wahre Liebe erkennt. Meine Mom war temperamentvoll, aber auch behutsam …«

»Genau wie du.« Beau warf ihr einen Seitenblick zu, bemerkte, dass sie ihn ansah, und stellte fest, dass er ebenfalls mehr über ihre Eltern erfahren wollte und inwiefern sie nach ihnen kam.

»Ich bin ihr sehr ähnlich«, gestand Charlotte nachdenklich. »Aber ich glaube, ich habe auch viel von meinem Dad geerbt. Er war bei allem, was er tat, sei es das Geschäft oder meine Erziehung, sehr leidenschaftlich. Meine Eltern haben sich nicht oft gestritten, aber wenn, dann haben sie es nur sehr ungern getan, jedenfalls war es in meiner Erinnerung so. Manchmal streiten sich Paare und man möchte sich verstecken oder einen der beiden vor dem anderen schützen. Aber bei ihnen war es nie so. Selbst, wenn sie mich aus dem Zimmer geschickt haben, saß ich immer direkt vor der Tür und habe gelauscht, weil ihre Stimmen mir Sicherheit gaben. Sie haben immer Sachen gesagt wie: ›Es tut mir leid, dass du das so siehst, aber …‹, oder: ›Verdammt, Patricia! Ich liebe dich, aber in dieser Hinsicht liegst du falsch.‹ Sie hatten diesen gegenseitigen Respekt für ihre Liebe, und es kommt mir so vor, als wäre das heutzutage bei den meisten Paaren anders.« Sie bekam feuchte Augen, wandte den Blick jedoch nicht ab.

Beau konnte nicht anders, er musste einfach eine Hand auf ihre legen und sie sanft drücken.

»Ich weiß noch, wie ich dachte, dass ich verloren wäre, wenn sich das jemals ändern sollte.«

»Und dann hast du sie verloren«, sagte er leise und seine Brust zog sich schmerzhaft zusammen.

Sie blinzelte mehrmals schnell und nickte. »Ihr Flugzeug ist abgestürzt …« Ihre Stimme brach und sie drehte den Kopf zur Seite und blinzelte abermals.

Er hätte sie zu gern in den Arm genommen, aber als er gerade Anstalten machte, genau das zu tun, holte sie tief Luft und drehte sich mit gefasster Miene wieder zu ihm um.

»Nach ihrem Tod bin ich zu meinem Großvater gezogen. Eine Zeit lang war ich wie betäubt, aber er hat dafür gesorgt, dass ich nicht den Halt verlor. Aber eigentlich wollten wir hier gar nicht über mich reden. Du hast das Thema gewechselt. Möglicherweise war ich das auch selbst. Irgendwie passiert uns das häufiger. Erzähl mir von deinen Eltern und warum du glaubst, sie würden sich ebenso lieben, wie meine es getan haben.«

Ihm war, als wollte sie nicht darüber nachdenken, wie sehr ihr ihre Eltern fehlten, und da er wusste, wie sie gestorben waren, konnte er das gut verstehen. Schließlich beherrschte er es ebenfalls meisterhaft, seine Gefühle unter Verschluss zu halten. Er wusste, wie schwer das war und wie die Traurigkeit, die Schuldgefühle und andere finstere Emotionen einen Menschen auffressen konnten. Das wünschte er sich nicht für sie, aber er wusste, dass man jemanden, der litt, nicht zu etwas drängen durfte.

»Okay«, sagte er, »aber wenn du über deine Familie sprechen möchtest, findest du bei mir immer ein offenes Ohr.«

»Danke. Ich weiß das Angebot zu schätzen«, erwiderte sie. »Aber jetzt erzähl mir bitte etwas über deine Eltern. Ist dein Vater so nett wie Hal? Oder ist er immer so ernst wie du? Ich möchte alles darüber wissen, wie er deiner Mutter den Hof gemacht hat. Und ich würde auch gern alles über deine Mom erfahren. Ich wette, sie hat ihn auf ihre eigene Weise umworben, weil man das nun mal so macht, wenn man verliebt ist. Man kann gar nicht anders.«

Er richtete den Blick stur auf die Straße und wollte nicht zu sehr über die Wahrheit nachdenken, die in ihren Worten mitschwang. »Hal ist Farmer und mein Vater Ingenieur, daher sind ihre Persönlichkeiten schon sehr unterschiedlich. Aber mein Vater ist ein guter Mensch, vielleicht etwas ruhiger als Hal und vermutlich auch ein bisschen ernster. Er ist freundlich, aber entschieden. Er hat uns nichts durchgehen lassen und uns gelehrt, Teil unserer Gemeinde zu sein, andere Menschen gut zu behandeln, uns selbst zu respektieren und all das. Wie es vermutlich alle Eltern tun, schätze ich. Nach allem, was mir meine Cousins erzählt haben, fällt bei den Bradens der Apfel nicht weit vom Stamm. Meine Mutter war genauso, als wir noch klein waren, aber sie besitzt auch eine spielerische Seite, die sie auch in jedem anderen hervorlocken kann, sogar in meinem Dad.«

»Und was ist mit dem Wichtigsten?«, hakte sie nach, als er auf die Hauptstraße abbog. »Mit ihrer Liebesgeschichte?«

Während sie in Richtung Stadt fuhren, erzählte er ihr, wie sein Vater seiner Mutter Liebesbriefe geschrieben hatte, wenn sie getrennt waren, und wie er ihr Blumen geschickt hatte und einfach so zu spontanen Treffen bei ihr aufgetaucht war. Charlotte lauschte mit angehaltenem Atem und stellte unzählige Fragen. Hin und wieder wollte sie wissen, ob sie etwas aus der Geschichte für ein Buch verwenden durfte, oder sie sagte, etwas würde sie auf eine gute Idee bringen, klappte ihren Laptop auf und tippte einige Minuten lang.

Als er fertig war, stellte er fest, dass er über fünfundzwanzig Minuten lang gesprochen hatte.

Charlotte lehnte sich mit staunendem Gesicht zurück. »Wow, das ist wunderschön. Ich glaube, mir gefällt der Teil am besten, bei dem er mit einem Tandem und Blumen bei ihr aufgetaucht ist und sie zu einem Picknick abgeholt hat. Das ist so romantisch.«

»Ich habe noch nie groß über die Beziehung meiner Eltern nachgedacht. Für mich sind sie einfach Mom und Dad. Sie lieben sich und sie lieben uns. Ich schätze, ich bin immer davon ausgegangen, dass das auch so bleiben würde.«

»Darum schreibst du auch keine Liebesromane, sondern ich. Ich liebe Märchen und ein Happy End.«

»Hey, ich habe nie gesagt, dass ich etwas gegen ein Happy End hätte.« Er warf ihr einen verführerischen, verspielten Blick zu.

»Du solltest meine Bücher lesen«, erklärte sie und stellte den Laptop wieder weg. »Darin gibt es beide Versionen eines Happy Ends.«

»Nein danke, aber ich ziehe es vor, ein Happy End zu erleben, anstatt nur darüber zu lesen.«

Sie lief puterrot an, und er musste grinsen und beschloss, sich einem unverfänglicheren Thema zuzuwenden. »Ich dachte, alle Menschen wären süchtig nach ihrem Handy, aber für dich gilt das nicht. Du bist süchtig nach deinem Laptop.«

»Süchtig nach dem Schreiben, nicht nach meinem Laptop. Das brauche ich, um glücklich zu sein.«

»Versuch's doch mal mit dem wirklichen Leben. Verlass hin und wieder dein Arbeitszimmer. Rede mit echten Menschen.«

»Ich rede mit echten Menschen. Ich spreche mit dir, und ich habe Freunde, mit denen ich mich regelmäßig unterhalte.« Sie beugte sich wieder zu ihm herüber und sah ihn mit ihren wunderschönen Augen an. »Kommen wir zurück zu dir. Du hast gesagt, du hast die Liebe gefunden und verloren. War deine Liebe so unmittelbar und unaufhaltsam wie die deiner Eltern? Was hat sich geändert und die Trennung herbeigeführt?«

Mit einem Mal schnürte es ihm die Kehle zu.

»Ich denke, wir haben für heute genug über die Liebe gesprochen«, bestimmte er, als die Farmen und Weiden den engeren Straßen von Weston wichen und er auf die Main Street abbog, die als Nachbildung des Wilden Westens geschaffen worden war, komplett mit staubigen Straßen, Pfählen zum Anbinden der Pferde und altmodischen Ladenfronten. Er konzentrierte sich auf die Straße und versuchte, Charlottes durchdringenden Blick zu ignorieren. »Der Baumarkt ist gleich da vorn.«

»Das muss eine schlimme Trennung gewesen sein. Ich würde dir ja versprechen, dass ich nicht weiter in dich dringe, aber ich möchte zu gern mehr darüber erfahren. Es ist schließlich offensichtlich, dass du noch darunter leidest. Habt ihr euch erst vor Kurzem getrennt?«

Er spürte, wie er um sich herum erneut Mauern aufbaute, und bog schweigend auf den Parkplatz ein. Verdammt. Eigentlich wollte er sie nicht aussperren, aber es fiel ihm so schwer, über Tory zu reden. Er stellte den Motor ab und sah

Charlotte in die fragenden, mitfühlenden, viel zu wunderschönen Augen.

Sie legte ihre Hand auf seine, so wie er es zuvor bei ihr gemacht hatte. »Bei mir findest du immer ein offenes Ohr, falls du darüber reden möchtest.«

»Wir haben uns nicht getrennt. Sie kam bei einem Unfall ums Leben. Es ist schon lange her und ich möchte nicht darüber reden.«

»Oh, Beau.« Sie stieg einfach auf die Mittelkonsole und umarmte ihn. »Das tut mir so leid. Wie schrecklich. Kein Wunder, dass du nicht darüber sprechen möchtest.«

Er saß eine Minute lang sprachlos da und genoss ihren Trost. Sie hatte ihre ganze Familie verloren, und doch versuchte sie jetzt, seinen zehn Jahre alten Schmerz zu lindern. Das Verlangen, einfach so zu verharren, war beinahe übermächtig, und er umarmte sie kurz. Als er die Arme sinken ließ, rückte sie jedoch nicht von ihm ab. Seufzend klammerte sie sich an ihn und drückte das Gesicht an seinen Hals, sodass ihr warmer Atem das Unbehagen darüber, ihr etwas derart Privates anvertraut zu haben, einfach wegpustete.

Sie fühlte sich zu gut, zu richtig an. Er musste seine Gefühle unbedingt unter Kontrolle bekommen, damit die nächsten Monate nicht in einen Albtraum ausarteten. Obwohl er auf Abstand gehen musste, war er noch nicht bereit, wieder auf den Berg zu fahren, damit sie getrennte Wege gehen konnten.

»Danke, Shortcake, aber, äh, wie wäre es, wenn wir jetzt den Deckenkranz und die Türschlösser besorgen? Und wo wir schon mal hier sind, könnten wir auch gleich etwas essen gehen.«

»Okay«, erwiderte sie und seufzte schwer.

Sie machte keine Anstalten, sich von ihm zu lösen, und ihr Seufzen bewirkte, dass er ebenfalls gern so sitzen geblieben wäre.

Was für magische Kräfte besaß diese Frau, dass sie Türen öffnen konnte, die er vor langer Zeit zugenagelt hatte?

»Jetzt komm schon, Shortcake«, sagte er, bevor er seinen Emotionen doch noch nachgab.

Sie hob den Kopf von seiner Brust und musterte ihn fragend. »Warum nennst du mich Shortcake?«

»Du bist klein und zuckersüß, wenn du nicht gerade über Pornos redest. Wie soll ich dich denn sonst nennen?«

»Charlotte?« Sie rümpfte die Nase und sah einfach hinreißend aus.

»Es gibt Millionen von Charlottes auf der Welt, aber ich würde behaupten, dass du einmalig bist. Wie wäre es, wenn wir jetzt aussteigen, bevor wir noch anfangen, Autoszenen nachzustellen?«

Ihr Hals lief rot an und die Röte stieg ihr bis in die Wangen. Himmel, war das heiß und niedlich, und es führte ganz und gar nicht dazu, dass er Lust hatte, jetzt aus dem Pick-up auszusteigen.

»Ist ja schon gut!«, sagte sie, drückte seine Tür auf und krabbelte über ihn hinweg.

Er gab ihr einen Klaps auf den Hintern, was ihm einen erbosten Blick von ihr einbrachte.

»Wer klettert denn über den Fahrer, um auszusteigen?« Er stieg ebenfalls aus. »Du bist wie Tinkerbell, die sorglos durch die Welt flattert.«

»Ich hatte die Richtung doch schon eingeschlagen«, meinte sie und ging neben ihm zum Baumarkteingang. »Aber eins musst du mir verraten: Wenn du mich Shortcake nennst, was sage ich dann zu dir?«

»Dir wird schon was einfallen«, murmelte er, legte ihr eine Hand in den Rücken und führte sie weiter zum Rand des

Bürgersteigs, da ihnen mehrere Personen entgegenkamen.

»Lass uns zuerst die Schlösser besorgen«, schlug Beau vor, nachdem sie den Baumarkt betreten hatten. »Ich vermute, dass die Auswahl des Deckenkranzes länger dauern wird.«

»Okay, aber wenn du darauf bestehst, ein Schloss für meine Schlafzimmertür zu kaufen, dann brauche ich einen farbigen Schlüssel, damit ich ihn nicht mit den anderen verwechsle.« Sie marschierte zielstrebig einen Gang entlang. Der zur Badezimmerabteilung führte.

Beau nahm ihre Hand und ging mit ihr auf die andere Seite des Baumarkts. »Hier entlang, Shortcake.«

»Woher willst du das wissen? Du lebst doch ewig weit weg.«

»Das sagt mir mein Männerradar.« Er deutete auf die Schilder, die vor jedem Gang unter der Decke hingen.

»Kleine Frauen gucken nicht nach oben.«

Ihm lagen ein Dutzend schmutziger Witze auf der Zunge. Aber er hatte nicht vor, auch nur einen davon auszusprechen, schließlich sollte sie auf keinen Fall merken, welchen Weg seine Gedanken einschlugen. »Das höre ich gern, denn dann ist es dir vermutlich egal, wie der Deckenkranz aussieht.«

Sie gelangten zu den Türschlössern und Beau wählte eines für die Glastüren in ihrem Schlafzimmer und mehrere andere aus.

»Wo bekommen wir farbige Schlüssel?«

»Beim Schlosser. Wie häufig wirst du diese Tür anstelle der Haustür benutzen?«

Sie zuckte mit den Achseln. »Ich nutze die Tür morgens, wenn ich zu den Hühnern gehe, aber ich lasse sie immer offen, daher brauche ich keinen Schlüssel.«

»Ja, darüber müssen wir auch noch reden. Wenn du die Türen offen lassen willst, müssen wir eine verschließbare

Fliegengittertür mit Stahlrahmen einbauen, damit du keine Waschbären oder andere unerwünschten Besucher in deinem Gasthof vorfindest.«

»Du machst dir zu große Sorgen, dass man bei mir einbrechen könnte.«

»Vielleicht machst du dir auch nicht genug Sorgen. Wir schauen uns jetzt mal die Fliegengittertüren an, und wenn wir den Deckenkranz ausgesucht und alles bezahlt haben, gehen wir zum Schlosser und kaufen farbige Schlüssel.«

»Ich hätte gern einen pinken.«

»Natürlich.« *Als ob das nicht von vornherein festgestanden hätte.*

»Guck mal, da ist Hal!« Charlotte zeigte quer durch den Laden. Mit seinen eins achtundneunzig und dem dichten Haar, das mehr silbrig als schwarz war, konnte man Hal Braden kaum übersehen. Charlotte nahm Beaus Hand und zerrte ihn mit sich, als sie direkt auf Hal zusteuerte. Bei ihm angekommen, ließ sie Beaus Hand los und schlang Hal die Arme um den Hals. »Du hast mir gefehlt.«

»Hallo, Schätzchen.« Hal drückte sie an sich und Charlotte schien in seinen Armen zu versinken. Obwohl er Anfang siebzig war, arbeitete Hal noch immer täglich auf der Farm, was ihn fit hielt. Er hatte eine breite Brust und ein gutes Herz. Und er liebte seine verstorbene Frau Adriana noch immer heiß und innig, obwohl sie schon seit Jahren tot war und Hal mit gebrochenem Herzen und sechs halbwüchsigen Kindern zurückgelassen hatte.

»Das ist ja ein witziger Zufall, dass wir uns hier treffen.« Charlotte sah mit so viel Liebe in den Augen zu Hal auf, dass Beau deutlich spürte, wie viel ihr der Mann bedeutete. »Danke, dass du Beau für die Reparaturen am Gasthof zu mir geschickt hast«, sagte sie und trat einen Schritt zurück. »Er leistet hervorragende Arbeit.«

»Das hatte ich auch erwartet.« Hal breitete die Arme aus und nickte Beau zu, um ihn aufzufordern, sich ebenfalls umarmen zu lassen, was dieser nur zu gern geschehen ließ.

»Wie geht's, Hal?« Nach Torys Tod hatte Hal Beau eingeladen, bei ihm zu wohnen, wann immer er es wollte, doch Beau hatte es vorgezogen, ohne Hilfe wieder zu sich zu finden. Eigentlich war er davon ausgegangen, er würde für den Rest seines Lebens allein bleiben, doch dank Charlotte stellte er diese Entscheidung zunehmend in Frage.

»Auf der Braden-Ranch ist alles in bester Ordnung«, versicherte Hal ihm. »Ich verlasse für ein paar Tage die Stadt, um Hugh und Brianna zu besuchen. Meine Enkel fehlen mir sehr. Es ist schön, dass du herkommen konntest, um den Gasthof auf Vordermann zu bringen. Charlottes Eltern waren ganz besondere Menschen. Sie würden sich darüber freuen, dass sie in guten Händen ist.«

»Warum glauben alle, man müsste auf mich aufpassen? Der verantwortungsvolle Beau hier will doch tatsächlich Schlösser in all meine Türen einbauen«, berichtete Charlotte leicht genervt, allerdings nahm das bewundernde Leuchten in ihren Augen ihren Worten ein wenig die Schärfe.

»Du kennst den Grund dafür, Schätzchen. Innerhalb der Familie gibt es keine Grenzen. Jeder braucht jemanden, der auf ihn aufpasst. Selbst dein Beau. Es ist schön, dass du mal wieder unter Menschen kommst. Deine Mama hätte nicht gewollt, dass du dich vor der Welt versteckst. Sie hätte sich gewünscht, dass du dir dein eigenes Märchen schaffst.« Er sah Beau an. »Ich wusste, dass du genau der bist, den sie braucht.« Bei diesen Worten tätschelte er Beaus Schulter. »Grüß deine Familie von mir und pass gut auf unser Mädchen auf. Sie ist ein richtiger Dickkopf, aber das sind die besten von ihnen immer.«

Als er wegging, sagte Charlotte leise: »Ich liebe diesen Mann so sehr.«

»Er ist der Beste.« Beau nahm ihren Arm. »Hier entlang, Shortcake. Wir sind noch nicht fertig.«

Er hatte geglaubt, die Auswahl des Deckenkranzes würde die meiste Zeit in Anspruch nehmen, aber Charlotte brauchte beinahe eine Stunde, um sich für die passenden Türen zu entscheiden. Der Großteil der Zeit ging dabei für die Farbauswahl drauf, aber die Zierleisten spielten bei ihrer Entscheidung ebenfalls eine wichtige Rolle. Er wäre nie auf die Idee gekommen, dass es so lange dauern könnte, sich zwischen Braun, Schwarz und Weiß zu entscheiden. Endlich hatte sie die am üppigsten verzierten weißen Sicherheits-Fliegengittertüren, die er je gesehen hatte, ausgewählt, um ihn dann mit großen Rehaugen anzusehen und zu fragen, ob er die Beschläge pink streichen könnte. Wie hätte er da Nein sagen sollen? Aber nun wurde ihm klar, dass sie für den Deckenkranz vermutlich genauso viel Zeit benötigen würden. Sie standen schon seit einer halben Stunde vor den verfügbaren Modellen und Charlotte beäugte sie noch immer unzufrieden.

»Was spricht denn gegen den hier?« Beau deutete auf einen mit Schnörkeln versehenen Deckenkranz, der perfekt zu ihrem Kronleuchter passen würde. »Ich kann ihn auch pink anmalen.«

Sie machte ein nachdenkliches Gesicht. »Die sind alle rund oder eckig und sehen überhaupt nicht originell aus. Wenn ich im Bett liege, will ich nichts Langweiliges sehen oder mich fühlen, als würde ich in irgendeinem beliebigen Schlafzimmer sein. Ich möchte glitzernde Sterne sehen oder …«

»Etwas Magisches.« Warum hatte er nicht früher daran

gedacht? Charlotte verdiente ihren Lebensunterhalt damit, ganze Welten zu erschaffen. Selbstverständlich wollte sie da etwas Einzigartiges und er durfte auch ihre offen ausgelebte Leidenschaft für Märchen und fantastische Beziehungen nicht außer Acht lassen.

Ihre Augen strahlten. »Ja! Genau!« Sie warf die Hände in die Luft, als wäre sie erleichtert, dass sie endlich jemand verstand.

Beau nahm ihre Hand und verließ mit ihr den Gang.

»Wo gehen wir denn hin?« Sie musste beinahe rennen, um mit ihm Schritt zu halten.

»In die Holzabteilung.«

»Was habt ihr Männer nur immer mit Holz?«

Er grinste nur.

»Großer Gott. *Beau!* Jetzt mal im Ernst, was wollen wir in der Holzabteilung?«

Mit einem Mal wurde er sich ihrer Hand in seiner über-deutlich bewusst – und wann hatte sie eigentlich ihre andere Hand auf seinen Unterarm gelegt? Bestimmt versuchte sie damit nur, sich an sein Tempo anzupassen. »Du möchtest etwas Magisches und das lässt sich nur auf eine Weise beschaffen: Ich muss dir den Deckenkranz eben selbst bauen.«

Sie kreischte auf und warf sich in seine Arme, als er gerade einen Schritt machen wollte, woraufhin sie beinahe beide zu Boden gestürzt wären. Er fing sie im letzten Moment auf, indem er ihr die Arme um die Taille legte und sie hochhob.

»Himmel! Ich hätte dich beinahe überrannt.«

»Danke«, sagte sie und starrte ihn aus großen, glücklichen Augen an.

»Wofür? Weil ich dich aus deinem Arbeitszimmer gezerrt habe, damit du dir die Dinge aussuchst, die du haben möchtest?«

»Ja, denn das, was wir wollen, ist nicht immer das, was wir brauchen.«

»Ist ja witzig.« Er setzte sie auf dem Boden ab, aber sie schlang die Arme weiterhin um seinen Hals, und er war heilfroh darüber. Das Glück, das in ihren Augen schimmerte, veränderte sich in einem Sekundenbruchteil und wurde zu etwas Tiefem und Verführerischem. »Mir ging eben durch den Kopf, dass ich zum ersten Mal seit einer Ewigkeit möglicherweise genau das begehre, was ich brauche.«

Während sie an der Kasse des Baumarkts standen, schlug Beau vor, auch gleich im Möbelgeschäft einen Nachttisch für Charlotte zu besorgen, aber sie hatte genug vom Einkaufen. Sie wollte einfach nur in seiner Nähe sein und über etwas anderes als den Gasthof oder die Arbeit reden. Kurz darauf saßen sie an einem Tisch auf der gut gefüllten Terrasse des »Wicked Spur«, eines Restaurants, das ihnen der Kassierer im Baumarkt empfohlen hatte. Glitzernde blaue Lichter zierten die hohen Schirme, unter denen die Tische standen. Wären die leuchtend gelben und grünen Lämpchen an den falschen Palmen, die überall auf der Terrasse standen, nicht gewesen, hätte es fast schon romantisch ausgesehen. Außerdem hatte man einen umwerfenden Blick auf den Parkplatz. Die Band riss allerdings einiges wieder raus. Die Mitglieder sahen zwar aus, als würden sie zu ZZ Top gehören, aber sie spielten muntere Countrysongs und waren ziemlich gut.

Charlotte beobachtete, wie Beau die Speisekarte mit derselben Konzentration studierte, mit der er auch jedes

Holzstück unter die Lupe genommen hatte – als hätte er einen feinen Diamanten vor sich, den er begutachten musste. War er immer so kritisch?

»Willst du dir auch etwas aussuchen oder mich nur die ganze Zeit anstarren?«, fragte Beau, ohne sie anzusehen.

»Was nimmst du?«

Er ließ die Speisekarte sinken und sein Gesicht wirkte seltsam zufrieden. Seine Kiefermuskeln wirkten locker und er sah sie ernst, aber offen an. Sein Blick ruhte so lange auf ihr, dass sie schon glaubte, er würde ihr nicht antworten. Er war ziemlich gut darin, ihren Fragen auszuweichen. Sein Pick-up war voll beladen mit Holz, Leisten, Türen, Farbe und anderen Dingen, aber er hatte nicht einmal Andeutungen darüber gemacht, wie der Deckenkranz aussehen sollte, den er für sie bauen würde.

»Hast du überhaupt schon einen Blick in die Speisekarte geworfen?« Er beäugte sie skeptisch, und das angedeutete Lächeln, das sie so gern bei ihm sah, umspielte seine küssenswerten Lippen.

»Hm-hm.« Das war nicht ganz gelogen. Einen kurzen Blick hatte sie riskiert. Aber sie war zu sehr damit beschäftigt, ihn anzusehen, um sich Gedanken übers Essen zu machen. Nach und nach lernte sie, ihn besser zu durchschauen und herauszufinden, wann es besser war, klein beizugeben, und wann sie weiter nachhaken konnte. Beau war kompliziert. Sie war sich noch immer nicht sicher, wie nah er seiner Familie stand, denn er hatte Nachrichten von zwei seiner Brüder erhalten, diese jedoch ihres Wissens nicht beantwortet. Den Anruf seiner Schwester Jillian hatte er allerdings sofort angenommen und danach noch eine Weile glücklich ausgesehen und Charlotte erzählt, dass Jillian ebenso schnell sprach wie sie. Sie hatte auch andere Dinge über ihn erfahren, beispielsweise, dass er zu seinem Wort stand. Das bezog sich nicht nur auf die Dinge, die er seit ihrem Kennenlernen gesagt und getan hatte, sondern auch auf die Tatsache, dass sie nun stolze Besitzerin zweier pinkfarbener Schlüssel war. Der Verkäufer hatte anfangs gesagt, sie hätten keine pinken mehr, aber Beau hatte darauf bestanden, dass er auch im Lager nachschaute. Seufzend und unter leisem Protest war der Mann Beaus Bitte nachgekommen und mit einer Schachtel voller pinkfarbener Schlüssel wieder zurückgekehrt.

»Und was möchtest du essen?«, fragte er und holte sie in die Gegenwart zurück.

»Ich bin mir noch nicht sicher. Die Auswahl ist einfach zu groß.« Sie konnte nur hoffen, dass das auch stimmte, aber sein Schmunzeln verriet ihr, dass dem wohl nicht so war.

Er beugte sich vor, als wollte er ihr ein Geheimnis anvertrauen, und in seinen Augen funkelte es schelmisch. »Es fällt dir bestimmt sehr schwer, in Restaurants zu gehen, in denen keine Süßigkeiten oder Mikrowellengerichte serviert werden.«

»Du hältst dich wohl für sehr witzig.« Diese Seite an ihm gefiel ihr sehr. »Ich esse auch richtige Mahlzeiten.«

»Aha. Ein Bissen von einem Steak zählt da aber nicht.«

Der Kellner brachte die Getränke, bevor sie etwas erwidern konnte. Er hatte ein kindliches Gesicht, das so gar nicht zu seinen breiten Schultern und muskulösen Armen passen wollte. Beau beäugte seinen Cowboyhut und Charlotte musste sich ein Kichern verkneifen.

»Tut mir leid, dass es mit den Getränken so lange gedauert hat. An der Bar ist heute die Hölle los«, sagte der Kellner und stellte ein Glas vor Charlotte ab. »Ein Erdbeer-Daiquiri mit extra Schlagsahne.« Er platzierte das zweite Glas vor Beau. »Und ein Bier. Haben Sie sich schon für ein Gericht entschieden?«

Charlotte griff nach der Speisekarte. »Bestell du schon mal. Ich brauche noch eine Sekunde.«

»Ich nehme den Planwagen«, bestellte Beau. »Aber ohne Zwiebeln, bitte.«

»Eine gute Wahl. Sie müssen großen Hunger haben«, erwiderte der Kellner.

Charlotte überflog die Speisekarte und entdeckte das Gericht. *Ein Fünfhundertgrammburger mit allem. Perfekt.* »Ich nehme dasselbe mit einer Portion Pommes und Gurken dazu.«

»Eine Frau, die anständig essen kann. Gefällt mir.« Der Kellner sammelte die Speisekarten wieder ein.

Nachdem er gegangen war, warf Beau ihr einen skeptischen Blick zu. »Dein Magen wird gar nicht wissen, wie ihm geschieht.«

»Mein Magen kommt schon damit klar.« Sie nippte an ihrem Drink. »*Hmm.* Köstlich. Du musst unbedingt probieren.« Sie wechselte auf den Stuhl neben seinem und schob ihr Glas vor ihn.

»Nein danke.«

»Ich wette, du trinkst nur anständige Männergetränke, richtig? Bier? Scotch? Whiskey? Probier wenigstens mal. Na los. Ich koste auch dein Getränk.« Sie nahm sein Bier und trank einen Schluck. »Du bist dran.«

Er nippte an ihrem Glas und verzog das Gesicht. »Das ist ja, als würde ich Zucker pur trinken.«

»Ich weiß. So lecker!« Sie nahm noch einen Schluck. »Hier gefällt es mir. Die Musik ist gut und die Beleuchtung ist nett, auch wenn wir auf einen Parkplatz gucken.« Das brachte ihr ein aufrichtiges Lächeln ein. »Du siehst jünger aus, wenn du lächelst.«

»Und ansonsten wirke ich alt?« Er trank etwas Bier, vermutlich, um den zuckrigen Geschmack ihres Daiquiris runterzuspülen.

»Nein, aber es ist schön, wenn du lächelst.« Sie sah zu den Menschen an den anderen Tischen hinüber und ihr Schriftstellerinnengehirn ersann sofort für jeden von ihnen eine Geschichte. Sie fragte sich, warum ihr zu Beau einfach keine Hintergrundstory einfallen wollte. Trotz mehrfacher Versuche war es ihr einfach nicht gelungen. »Du hattest als Kind bestimmt einen Hund.«

»Wie kommst du denn darauf?«

»Du siehst aus wie ein Hundemensch. Abenteuerlustig, aber fürsorglich. Ich weiß auch nicht. Heißt es nicht immer, Hunde wären treue Beschützer? Genau so wirkst du auch auf mich.«

Er trank etwas Bier und beobachtete sie ebenso eindringlich, wie sie ihn ansah. »Wir hatten einen Hund. Besser gesagt hatte ich einen Hund. Shadow. Er war ein Schäferhund und ein wirklich tolles Tier. Er hatte ein gutes Leben. Wir mussten ihn mit zwölf einschläfern lassen.«

»Hast du geweint?« Sie versuchte, ihn sich weinend vorzustellen, aber auch das gelang ihr nicht.

»Nein. Ich habe ihn vermisst, bin dann aber viel und lange laufen gegangen.« Er zuckte mit den Achseln, und sie begriff, dass das seine Art war, mit Gefühlen umzugehen. Er vergrub alles tief in sich.

»Hast du danach einen anderen Hund bekommen?«

»Er schüttelte den Kopf. »Nicht sofort. Ich wollte ihn nicht ersetzen. Aber als ich vor ein paar Jahren ein Haus renoviert habe, tauchte auf einmal dieser Hund auf. Das verdammte Vieh ist mir ständig hinterhergelaufen.« Seine Miene hellte sich auf, als er von dem Tier sprach. »Ich habe versucht, seinen Besitzer ausfindig zu machen, doch es hat sich niemand gemeldet. Daher habe ich ihn mit nach Hause genommen, und nach einer Woche wurde mir klar, dass der Hund ein Dieb ist. Er hat einfach alles geklaut, von Schlüsseln über Socken bis hin zu Büchern. Für meinen Kumpel ist nichts tabu.«

Bei *mein Kumpel* schmolz sie förmlich dahin. »Wo ist er jetzt?«

»Bandit? Meine Eltern passen auf ihn auf, solange ich hier bin. Aber er fehlt mir. Normalerweise ist er immer bei mir.« Er trank noch einen Schluck. »Horchst du andere Menschen immer so aus?«

»Ich komme nicht oft unter Leute. Aber es macht mir Spaß, Verhaltensweisen herauszufinden und Dinge, die ich in meinen Büchern verwenden kann.«

»Darf ich dich noch etwas anderes fragen?«

»Nur zu.« Sie zupfte die Erdbeergarnierung von ihrem Glas und biss hinein, während sie sich im Takt der Musik bewegte.

»Wo hast du gelebt, bevor du hergezogen bist?«

»Ich bin in Port Hudson aufgewachsen und aufs College gegangen, aber die Sommer habe ich immer bei meinen Großeltern im Gasthof verbracht. Jeden Winter war ich mit meinen Eltern und meinem Großvater mütterlicherseits in einem kleinen Dorf in Frankreich, aus dem meine Mom stammt. Nachdem meine Großmutter gestorben war, war ich in den Winterferien auch immer bei meinem Großvater und nicht in Frankreich, weil ich nicht wollte, dass er einsam ist. Meinen anderen Großvater habe ich in den Frühlingsferien besucht, solange er lebte. Nach dem Tod meiner Großmutter hat mein Großvater den Gasthof geschlossen und nur noch zu besonderen Gelegenheiten geöffnet. Und nach dem Unfall meiner Eltern haben wir das Haus in Port Hudson verkauft und ich bin hergezogen. Als mein Großvater dann ebenfalls gestorben war, habe ich den Gasthof und seinen ganzen Besitz geerbt.«

»Du musstest sehr viele Verluste ertragen. Das war bestimmt schwer, deine Freunde und die Schule zu verlassen und in einem geschlossenen Gasthof zu leben.«

Der Kellner brachte ihnen das Essen und gab Charlotte dadurch die Gelegenheit, kurz darüber zu staunen, dass Beau tatsächlich mehr über ihre Vergangenheit wissen wollte. Die meisten Menschen scheuten vor den Details zurück und konzentrierten sich lieber auf ihr Erbe anstatt auf ihren Verlust und darauf, wie sich ihr Leben verändert hatte.

Die Burger waren gigantisch. »Den isst du nie im Leben auf«, forderte Beau sie heraus.

»Wart's nur ab.« Sie nahm den Burger in die Hand und biss herzhaft hinein.

»Kann ich Ihnen sonst noch etwas bringen?«, erkundigte sich der Kellner.

Beau amüsierte sich über Charlottes dicke Backen und gluckste. »Nein danke. Ich denke, wir haben vorerst alles.«

Sobald der Kellner gegangen war, wartete Beau, bis Charlotte den Happen hinuntergeschluckt hatte. »Du musst nicht alles aufessen.«

»Doch, das muss ich.« Charlotte nahm noch einen Bissen.

»Wie du willst.« Er steckte sich eine Pommes in den Mund. »Wenn dir meine Fragen zu persönlich werden, musst du es mir einfach sagen, dann höre ich damit auf.«

»Und was ist, wenn ich nicht will, dass du aufhörst?«, fragte sie und staunte selbst darüber. Sein Blick schien sie zu durchbohren und sie stürzte ihren Drink herunter. Dann deutete sie auf seinen Teller. »Iss deinen Burger.« *Damit ich nachdenken kann.*

Er fuhr sich mit der Zunge über die Lippen, woraufhin sie sich überhaupt nicht mehr konzentrieren konnte. Sie wusste, wie diese Lippen schmeckten, dass sie sich warm und weich anfühlten …

Himmel …

Rasch senkte sie den Blick auf ihr Essen, um ihn nicht abermals anzustarren.

»Wir müssen nicht darüber reden«, sagte er und rief ihr damit in Erinnerung, dass er noch immer auf ihre Antwort wartete.

»Es macht mir nichts aus, darüber zu sprechen. Es war damals sehr schwer, meine Freunde und mein Zuhause hinter mir zu lassen. Die Familie meiner besten Freundin Aubrey hat mir angeboten, bei ihr zu wohnen, aber ich wollte lieber bei meinem Großvater sein. Und ich war so schrecklich traurig. Ich sagte ja schon, dass ich noch auf der Highschool war. Bis dahin hatten mich meine Eltern durchs Leben geleitet und auf einmal …« Es schnürte ihr die Kehle zu.

Beau legte eine Hand auf ihre. »Schon okay. Wir können auch das Thema wechseln.«

»Das ist nicht nötig. Es fällt mir nur manchmal schwer, es laut auszusprechen. Ich wollte mich nur in irgendeinem Loch verstecken, aber mein Großvater hat das verhindert. Er hat zu mir gesagt: ›Manchmal muss man zulassen, dass der Schmerz so tief in die Knochen eindringt, dass man schon glaubt, vor Schmerz zerspringen zu müssen. Nur dann kann man wirklich nach vorn blicken.‹ Er war ein weiser Mann und er hat mich vor mir selbst gerettet. Wir sind jeden Tag spazieren gegangen und haben über meine Großmutter und meine Eltern gesprochen.

Über das Leben und den Tod, über die guten und die schlechten Zeiten. Dabei haben wir immer mal wieder wild diskutiert und manchmal sind wir auch einfach schweigend nebeneinander hergelaufen. Das war auch gut, denn über etwas nachzudenken kann ebenso befreiend sein wie Lachen oder Weinen, solange man nicht in der Traurigkeit versinkt. Aber mein Großvater war immer an meiner Seite und hat mir den Weg zurück an die Oberfläche geebnet. Und wir waren auch nicht die ganze Zeit allein im Gasthof. Mein Großvater hatte Angestellte, darunter eine Köchin, Gärtner und Haushälterinnen, und er hat den Gasthof für einige Ereignisse geöffnet, unter anderem jeden Sommer für die Mad-Prix-Siegerehrung.«

»Du kannst von Glück reden, dass du ihn gehabt hast, und keine Sorge, ich werde bis zu dem Wochenende, an dem die Zeremonie stattfinden wird, fertig sein.«

»Oh, ähm, okay.« Sie hielt inne, nahm einen Bissen und spielte mit dem Gedanken, noch mehr Arbeit für ihn zu finden, damit er länger bei ihr blieb. Doch sie wusste selbst, wie albern das war. Er hatte ein Leben, zu dem er zurückkehren musste, und auf sie warteten die zu schreibenden Bücher.

»Ich versuche, mir vorzustellen, wie du die Preisverleihung leitest. Dafür müsstest du tatsächlich dein Arbeitszimmer verlassen.«

»Du tust ja beinahe so, als würde ich das nie tun. Aber sieh dich mal um. Kein Laptop. Kein Schreibtisch.«

»Es tut dir gut, mal draußen zu sein«, stellte er fest und biss in seinen Burger.

»Danke. Und dir tut es gut, mal zu reden.« Sie aßen einige Minuten lang schweigend und lauschten der Musik.

»Wie entscheidest du, für welche Events du den Gasthof öffnest?«

»Das ist eigentlich ganz einfach. Ich habe Joshs Hochzeit dort stattfinden lassen, weil auch Hal im Gasthof geheiratet hat und ich daher wusste, dass es für Josh eine Bedeutung hat. Und meine Eltern haben früher den Mad Prix koordiniert. Die Siegerehrung fand schon immer im Gasthof statt, und ich bin damit aufgewachsen, sie jedes Jahr zu besuchen. Die Leute machen das schon seit so vielen Jahren, dass sie mich eigentlich gar nicht brauchen. Im Grunde genommen schaue ich nur kurz vorbei, um sie zu begrüßen, und bin bei der Verleihung dabei, aber abgesehen davon kann ich mich in meinem Arbeitszimmer vergraben und darauf vertrauen, dass alles glattläuft.«

»Das klingt ganz so, als hättest du ein gutes Team. Mein Bruder Graham nimmt dieses Jahr auch teil.«

»Das ist ja super. Drei Bradens unter den Teilnehmern? Er kann mit deinen Cousins Ty und Sam um den ersten Platz wetteifern.« Sam war einer von Tys älteren Brüdern. Er hatte in früheren Jahren schon am Rennen teilgenommen, letztes Jahr jedoch ausgesetzt.

»Sam wird dieses Jahr nicht mitmachen. Seine Frau Faith ist zum ersten Mal schwanger und sie leidet sehr unter der morgendlichen Übelkeit.«

»Ach, das ist aber schade, gleichzeitig auch aufregend, weil sie ein Baby bekommen!«

»Sie freuen sich riesig.«

Angenehmes Schweigen legte sich über sie, während sie weiteraßen, nur untermalt von der Band und den leisen Unterhaltungen der anderen Gäste. Nicht zum ersten Mal bemerkte Charlotte, wie anders sie sich fühlte, wenn sie sich nicht im Gasthof aufhielt, sondern von Leben und Aktivität umgeben war. Sie nahm alles in sich auf: den Duft der Rasierwasser und Parfüms, die Aromen der verschiedenen

Gerichte und sogar die Gerüche der Natur und der Fahrzeuge, die zu ihnen herübergeweht wurden. Irgendwie fühlte sie sich leichter, nicht so erdrückt von der Last der Abgabetermine, und verjüngt, als könnte sie ihre Energie dank des Anblicks und der Klänge anderer Menschen wieder aufladen. Sie war froh, dass Beau sie überredet hatte, ihn zu begleiten, auch wenn sie eigentlich schreiben sollte. Er wirkte ebenfalls leicht verändert, hatte jedoch wieder diesen stechenden Blick, als würde er über etwas nachdenken.

»Raus mit der Sprache«, verlangte sie und steckte sich eine Pommes in den Mund. »Frag mich, was immer dir da gerade durch den Kopf geht, bevor es dir noch ein Loch in den Schädel brennt.«

»Bin ich so leicht zu durchschauen?«

»Eigentlich nicht«, antwortete sie aufrichtig. »Aber ich lerne langsam, dein Stirnrunzeln zu interpretieren.«

»Ach, tust du das? Tja, du hast mich erwischt. Ich habe mich gerade gefragt, wo du nach dem Tod deines Großvaters gelebt hast.« Er leerte sein Bierglas und stibitze eine Pommes von ihrem Teller.

Dass er ihr weiter Fragen stellte, konnte nur bedeuten, dass er sich ihr langsam öffnete. »Da war ich noch in Port Hudson. Meine Großmutter war schon über dreißig, als mein Vater zur Welt gekommen ist, und meine Eltern haben mich auch erst spät bekommen. Während meines letzten Collegejahrs war mein Großvater schon die meiste Zeit bettlägerig. Er hatte eine Kran-kenschwester, die sich rund um die Uhr um ihn gekümmert hat, aber sie gehörte nun mal nicht zur Familie. Ich wusste, dass er sehr einsam war, und habe versucht, ihn so oft wie möglich zu besuchen. Er hat meine Abschlussfeier über Skype mitverfolgt. Danach wollte ich wieder zu ihm ziehen, aber er meinte, ich soll dort bleiben und mein Leben in Angriff nehmen. Ich hatte eine Praktikumsstelle bei der *Port Hudson News*, schrieb Artikel und war im Grunde genommen Mädchen für alles und man bot mir dort eine Stelle an. Ein paar Wochen später ist mein Großvater gestorben. Ich bin davon überzeugt, dass er gewartet hat, bis ich mich eingelebt hatte, aber ich habe mich fern von meiner Familie nirgendwo wirklich zu Hause gefühlt. Das hört sich vielleicht komisch an, aber so ist es nun mal.«

»Du bist ganz allein wieder hergekommen?«

»Nein. Meine Freundinnen, meine LWW-Schwestern Aubrey, Presley und Libby und einige der anderen haben mich begleitet, aber nach einer Woche habe ich sie gebeten, wieder zu gehen. Ich musste alles auf meine Weise verarbeiten und ich konnte die Chickendales nicht zurücklassen oder weggeben. Mir ist klar, dass es nur Hühner sind, aber ich habe sie zusammen mit meinem Großvater aufgezogen.«

Wieder nahm Beau ihre Hand. »Sie sind deine Familie.«

Charlotte nickte und konnte es kaum fassen, dass er sie verstand und sich nicht lustig über sie machte. »Ganz genau. Es gab nur noch sie und mich. Ich bin über dieselben Wege gelaufen, auf denen ich einst mit meinem Großvater spazieren gegangen bin, und habe mich an die Geschichten erinnert, die er mir über seine Beziehung zu meiner Großmutter erzählt hat. Weil ich sie nicht vergessen wollte, habe ich damit angefangen, mir alles aufzuschreiben. Bevor ich mich versah, war es Winter und ich hatte ihre Liebesgeschichte verfasst. Meine Freundinnen haben mich gedrängt, nach Port Hudson zurückzukehren, daher habe ich ihnen erzählt, was ich geschrieben hatte, um ihnen zu beweisen, dass ich auf dem Berg nicht verkümmere. Sie waren gerade drauf und dran, LWW Enterprises zu gründen, und wollten, dass ich mit ihnen zusammenarbeite und mit Presley die Verlagsabteilung leite. Aber ich bin kein Mensch für so ein Unternehmen.«

»Das mag sein, aber ich glaube, du würdest mit allem Erfolg haben, was du anpackst, wenn ich mir ansehe, was du durchgemacht und bisher erreicht hast.«

»Danke. Es bedeutet mir sehr viel, das zu hören. Als ich abgelehnt habe, wollte Presley das Manuskript lesen und vielleicht veröffentlichen, aber ich habe es ihr nicht gegeben. Es war zu persönlich, um es anderen zu zeigen. Gut, es ist eine wunderschöne Liebesgeschichte. Man könnte annehmen, meine Großeltern hätten sich schon als Kinder ineinander verliebt, aber so war das nicht. Sie sind sich erst über den Weg gelaufen, als meine Großmutter schon fast dreißig war und für damalige Verhältnisse zu den alten Jungfern gezählt wurde. Sie hatte ihren besten Freund heiraten wollen, doch er war im Krieg gefallen. Danach glaubte sie, keinen anderen Mann mehr lieben zu können, bis sie einige Jahre später meinen Großvater auf einer Zugfahrt kennengelernt und sich in ihn verliebt hat. Sie hat immer gesagt, das Herz wäre wie ein Garten. Wenn alle Elemente stimmen, kann es einer verkümmernden Seele neues Leben einhauchen.«

Er sah ihr so gebannt ins Gesicht, dass sie schon dachte, er würde glauben, sie hätte das alles nur erfunden.

»Das hört sich für mich so an, als wären sie sehr glücklich gewesen«, stellte er fest. »Wenn du mir die Frage erlaubst: Wie bist du vom Schreiben einer persönlichen Liebesgeschichte zu Erotikromanzen gekommen? Dazwischen scheinen mir Welten zu liegen.«

»Hey, lass dich nicht vom Genre täuschen. Der Unterschied zwischen einer erotischen und einer modernen Liebesgeschichte ist das, was die Geschichte antreibt. Bei einer modernen Liebesgeschichte ist es die Liebe, so wie in der Geschichte meiner Großeltern. Bei einer erotischen Story geht es um Sex, aber es ist trotzdem eine Liebesgeschichte. Nur heißer. Kompromissloser, könnte man sagen. Die Figuren haben ständig Sex, einige sogar richtig wilden. Das gehört zum Leben dazu. Ich bin stolz darauf, dass meine Charaktere immer ihren Partner fürs Leben finden, auch wenn sie dafür einen verruchteren Weg gehen.«

Bei seinem tiefen Lachen bekam sie eine Gänsehaut. »Okay, das verstehe ich. Deine Bücher sind emotional. Aber wie kam es zu dem Genrewechsel?«

»Ob du es glaubst oder nicht: Das beruhte auf einer Wette. Ich bin am glücklichsten, wenn ich schreiben kann, und hier fühle ich mich meiner Familie nahe. Ich wollte nicht wieder in Port Hudson leben. Meine Freundinnen lagen mir ständig wegen meines nicht vorhandenen Sexlebens in den Ohren, und dann führte eins zum anderen und sie haben mich herausgefordert, mal etwas Erotisches zu schreiben. Meine Figuren sollten *stellvertretend für mich leben*, da ich mich vehement geweigert habe, hier etwas mit einem Mann anzufangen.« Sie machte eine alles umfassende Handbewegung. »Als der Frühling zu Ende ging, hatte ich mein erstes Manuskript fertig. Weil ich die Aufregung und das Tempo innerhalb des Genres so mag, habe ich die Reihe fortgesetzt und wurde Presleys erste Autorin. Sie leitet die Verlagsabteilung und ist selbst eine hervorragende Schriftstellerin. Wir haben ein paar Monate lang daran gearbeitet und rund um die Geschichte eine ganze Reihe entwickelt. Inzwischen habe ich eine Assistentin, die sich um meine Social-Media-Konten kümmert, aber ich bleibe weiterhin am Puls meiner Fans. Ihre Liebe zu meinen

Hauptfiguren und den Welten, die ich erschaffe, bewirkt, dass ich immer mehr und nicht weniger in diesem Genre schreiben möchte. Aus diesem Grund hat mich die Schreibblockade, mit der ich mich seit Beginn dieser zweiten Reihe herumschlage, auch so getroffen. Und ich bin sehr erleichtert, dass sie anscheinend nachlässt.« Sie wechselten einen verständnisvollen Blick.

»Ich auch. Aber Erotikromane scheinen doch sehr weit entfernt zu sein von der Art von Liebe, mit der du aufgewachsen bist.«

»Das stimmt, und das ist möglicherweise noch ein Grund dafür, dass ich solchen Spaß daran habe. Es ist nichts, was ich mir je wünschen oder haben werde, daher ist es alles neu und herausfordernd. Würde ich über eine normale Liebesgeschichte schreiben, wäre das nur eine ständige Erinnerung an etwas, das ich nicht habe.«

Er sah ihr sehr lange in die Augen, als müsste er darin etwas ergründen. »Du bist unglaublich stark, und ich bin beeindruckt, wie du deine Trauer überwunden und in deine Leidenschaft für diesen Beruf verwandelt hast.«

»Danke.«

»Aber bist du so ganz allein denn nicht manchmal einsam?«

Diese intime Frage überraschte sie. Zwar waren all seine Fragen persönlicher Natur gewesen, aber diese schien ihr noch vertraulicher zu sein, und sie musste einen Augenblick darüber nachdenken, ob – und wenn ja, wie – sie darauf antworten sollte. Er sah sie gebannt an, als wollte er kein Wort ihrer Antwort verpassen, was sie nur dazu bewog, diese noch gründlicher abzuwägen.

»Du stellst mir heute aber ziemlich viele Fragen. Würdest du mir verraten, wie du deine Trauer überwunden hast?«

Er lehnte sich zurück und schnappte sich noch eine Pommes. Charlotte wusste sofort, dass er ihr nicht antworten konnte. Sie spürte es tief in ihrem Innern und wollte ihn dazu drängen, sich ihr zu öffnen, wie er es ansatzweise im Wagen gemacht hatte. Aber sie erkannte auch die Mauer aus Schwermut, die er um sich herum errichtet hatte. Beau mochte stark und unverwundbar wirken, doch sie war davon überzeugt, dass unter seiner harten Schale ein empfindsames Herz verborgen war, das noch immer um die verlorene Liebe trauerte. Sie wollte diesen Schutzwall nicht durchbrechen, ihm aber gleichzeitig auch bei der Heilung helfen und sein Herz wieder zum Leben erwecken. Denn indem er ihr die Antwort vorenthielt, verriet er ihr mehr, als er es mit Worten je vermocht hätte. Entweder hatte er seine Trauer noch lange nicht verarbeitet oder es steckte mehr dahinter.

Um ihm Zeit zum Nachdenken zu geben und sich noch ein wenig an die Hoffnung zu klammern, dass er sie mit einer Antwort überraschen würde, biss sie in ihren Burger und wandte sich der Band zu. Deren Mitglieder waren auf der anderen Seite der vollen Tanzfläche kaum zu erkennen. Charlotte konnte sich nicht daran erinnern, wann sie das letzte Mal mit einem Mann getanzt hatte. Sie verspeiste ihren Burger und merkte auf einmal, dass Beau sie anstarrte, woraufhin ihr Herz schneller schlug. Wie schaffte er das nur allein durch einen Blick?

Er starrte ihre Lippen an, was sie nur noch nervöser machte. Wollte er sie küssen? Sie kaute schneller und versuchte, den Bissen herunterzuschlucken, der jedoch zu groß war.

»Komm her.« Er legte ihr eine Hand in den Nacken und zog sie an sich.

Großer Gott! Schlucken, schlucken, schlucken! Oh nein, sie würde nach Burger schmecken, aber für einen Schluck von ihrem Drink war keine Zeit mehr. Er beugte sich vor, und sie schloss die Augen und wartete auf den Kuss. Etwas berührte ihren Mundwinkel.

»So«, sagte er leise. »Da war ein Soßenfleck.«

Sie riss die Augen auf und starrte ihn gekränkt an. Während sie mit einem Kuss rechnete, wischte er ihr nur Essensreste weg? *Dann muss ich mir wohl doch keine Sorgen wegen des Burgergeschmacks machen.* War es möglich, um etwas zu trauern, das nie existiert hatte? Sie hatte sich eingebildet, dass langsam eine Verbindung zwischen ihnen entstand, dass er ihr all diese Fragen stellte, weil er an ihr interessiert war. Eventuell lebte sie doch schon zu lange auf dem Berg.

Er legte die Serviette auf den Tisch. »Ich habe nicht die leiseste Ahnung, wie du diesen riesen Burger in deinen kleinen Bauch bekommen hast.«

Das Essen musste mit Leidenschaft durchsetzt gewesen sein, oder es lag einfach daran, dass sie sich Beau geöffnet hatte, denn sie wollte noch viel mehr als nur den Burger in sich haben. Es wurde höchste Zeit, dass sie wieder einen klaren Kopf bekam.

Beau trank sein Bier aus und leckte sich die Lippen. »Ich habe beinahe den Eindruck, es gibt nicht viele Herausforderungen, denen du nicht gewachsen bist.«

Ich fordere mich selbst heraus, Beau Braden nicht zu begehren.

»Ach, eine fällt mir da schon ein.«

Acht

»Ich muss mir den Burger wieder abtanzen.« Charlotte sprang auf, nahm Beaus Hand und wollte ihn mit sich ziehen.

Er rührte sich nicht. Es war ihm schwer genug gefallen, Charlotte während des Essens zu widerstehen, und als sie ihm ihre Erinnerungen anvertraut hatte, war er an seine Grenzen gestoßen und hatte seinen Entschluss, auf Distanz zu ihr zu bleiben, beinahe über den Haufen geworfen. Er hatte ihr nahe sein und sie in den Armen halten wollen, während sie davon sprach. Er hatte ihren Schmerz lindern und ihr zudem mehr über seine Vergangenheit erzählen wollen. Wieder einmal musste er an die heißen Küsse vom Vorabend denken und erinnerte sich daran, wie sie sich in seine Arme geschmiegt hatte und dass ihre Lippen wie füreinander geschaffen waren. Mit diesen neuen, übermächtigen Gefühlen hatte er den Eindruck, noch stärker mit ihr verbunden zu sein. Seine Selbstbeherrschung hing nur noch am seidenen Faden, und wenn er sie erst einmal in den Armen hielt, wäre es damit sehr schnell vorbei.

»Ich habe kein Problem damit, allein zu tanzen«, meinte sie keck. »Aber ich dachte, das wäre dir vielleicht peinlich.« Sie ließ die Hüften kreisen und schaute sich um. »Cutter!«

Charlotte winkte in Richtung Parkplatz, den Cutter und

Chip Shelton soeben überquerten. Chip war der Geschäftspartner von Beaus Cousin Wes auf der Woodlands Ranch und ein netter Kerl, aber ebenso wie Cutter Single, und Freund hin oder her, Beau sah die beiden Männer mit ihren Cowboyhüten nun mal als Konkurrenz an.

»Cutter tanzt bestimmt mit mir«, erklärte sie fröhlich.

Die Vorstellung, dass Cutter Charlotte berührte, brachte Beaus Blut zum Kochen. Wie konnte ihr ein Mann nahe sein, ohne mehr zu wollen? Beau stand auf, als die beiden näher kamen, und legte Charlotte einen Arm um die Taille. »*Ich* tanze mit dir.«

»Ist das denn zu fassen?«, fragte Cutter mit breitem Grinsen. »Charlotte Sterling hat den Gasthof verlassen. Diesen Tag müssen wir uns rot im Kalender anstreichen.«

Chip fiel das strohblonde Haar bis auf den Kragen. »Hey, Beau. Cutter hat erwähnt, dass du in der Stadt bist. Wie geht's?«

»Gut. Schön, dich zu sehen.« Beau ließ Charlotte widerstrebend los, um Chip kurz zu umarmen. »Kennst du Charlotte?« Schon legte er wieder besitzergreifend den Arm um sie und begegnete Cutters neugierigem Blick mit selbstbewusster Miene.

»Klar.« Chip verschränkte die Arme vor der Brust. »Allerdings ist mir schleierhaft, wie du es geschafft hast, sie von ihrem Berg runterzulocken. Weitere Recherchen für ein Buch?«

»Ich habe Chip und Cutter ein paar Monate, nachdem ich hierhergezogen bin, kennengelernt«, erklärte Charlotte. »Der Held in meinem ersten Buch ist ein Cowboy und ich habe auf der Ranch angerufen und ihnen Löcher in den Bauch gefragt.«

»Damals hat sie mich auch dazu überredet, sie mit Lebensmitteln zu beliefern. Wir haben sie eingeladen, auf der Ranch zu wohnen und sich alles mit eigenen Augen anzusehen, aber sie meinte, sie könnte nicht auf die Schreibzeit verzichten.« Cutter ließ den Blick über die Tische in der Nähe schweifen und blieb an einer Gruppe aus mehreren Frauen hängen.

So ist es gut, Mann. Such dir eine andere Tanzpartnerin.

Wahrscheinlich sprach es nicht gerade für Beau, dass er sich freute, weil sie die Einladung ausgeschlagen hatte.

»Sie haben mir über FaceTime alles auf der Ranch gezeigt und sich wochenlang meinen ständigen Fragen ausgesetzt«, berichtete Charlotte.

»Es war die Hölle«, kommentierte Cutter das Erlebnis schmunzelnd. »Sie ist wie eine nervige kleine Schwester, die man einfach nicht ausblenden kann.«

»Das kannst du laut sagen«, stimmte Chip ihm zu.

»Na, dann weiß ich ja jetzt, was ihr beide über mich denkt. Wenigstens hält mich Beau nicht auch für nervig.« Sie umfing seine Taille und strahlte ihn an. »Und er wird mit mir tanzen!«

»Sie hat dich bereits um den Finger gewickelt, was?«

Wenn es nach ihm gegangen wäre, hätte sie noch ganz andere Sachen mit ihm anstellen dürfen. Aber er ignorierte die Frage, weil die beiden das überhaupt nichts anging. »Hat mich gefreut, euch beide zu sehen. Wir unterhalten uns später noch.«

Er drückte Charlotte an sich, als sie sich zwischen den Tischen und tanzenden Paaren hindurch einen Weg bahnten. Das Lied ging gerade zu Ende, als er sie in die Arme nahm. »Mist.«

»Ach, und ich dachte schon, du willst nur mit mir tanzen, um Cutter daran zu hindern.« Sie legte ihm die Arme um den Hals, als der nächste Song begann.

»Ich begreife es nicht, wie die Kerle dich ansehen können und nicht mit dir zusammen sein wollen.« Er würde sie auf keinen Fall wieder loslassen.

»Dabei lade ich andere nun wirklich nicht zum Flirten ein.«

Machte sie Witze? Alles, was sie tat, führte nur dazu, dass er sie noch mehr begehrte. »Darum geht es doch gar nicht. Allein deine Essenz und die Energie, die du ausstrahlst, sorgen bereits dafür. Und mach dir nichts vor, Shortcake. Alles, was du tust, ist verführerisch.« Er warf Cutter einen Blick zu, der jede anwesende Frau unter die Lupe nahm. »Sie sind nicht auf der Suche nach jemandem wie dir und das macht mich zu einem verdammt großen Glückspilz. Und damit das klar ist: Ich hege keine brüderlichen Gefühle für dich.«

Sie errötete leicht und hauchte verführerisch: »Gut.«

Die Band setzte zum nächsten Lied an. Dummerweise war es ein schnelles und Charlotte hob die Arme über den Kopf und ließ die Schultern und die Hüften lasziv im Takt kreisen. Er erwiderte jede Bewegung ihrer Hüften, indem er das Becken im Gleichtakt bewegte, und dankte den Göttern, dass ihm Rhythmusgefühl in die Wiege gelegt worden war. Zwischen ihnen schien die Luft zu lodern. Sie tanzte an seiner Seite und fuhr mit den Fingern über seine Schultern und seinen Arm herunter. Er hielt ihre Hand fest und wirbelte sie herum, um sie an sich zu drücken.

»Oh, du bist *gut*«, murmelte sie mit einem derart verlangenden Blick, dass es ihn beinahe zerriss.

»Du hast ja keine Ahnung, wie gut ich bin.«

Er führte seine Hand an ihren Rücken, schob ein Bein zwischen ihre Knie und hielt sie so fest, während er die Hüften und die Brust etwas langsamer bewegte, als der Takt eigentlich vorschrieb. Ihre Augen flackerten auf, als sie sich ihm anpasste und sich im Einklang mit ihm bewegte. Er ließ die Hand an ihrem Rücken nach unten gleiten und drückte sie auf ihren Hintern, und ihre Bewegungen wurden immer wilder und verruchter, als wollten sie einander herausfordern. Es war brechend voll auf der Tanzfläche, doch für ihn gab es nur die süße, heiße Charlotte und das Inferno zwischen ihnen, das durch die harmonischen Bewegungen ihrer Körper immer höher kochte. Er nahm ihre Hände und hielt sie ihr über den Kopf. Ohne aus dem Takt zu kommen, bewegte sie sich an ihm und ritt auf seinem Oberschenkel. Sein ganzer Körper schien in Flammen zu stehen, aber sein Herz frohlockte bei dem sehnsüchtigen Blick in ihren Augen.

Als sie die Brüste an ihm rieb, verlor er beinahe den Verstand. Sie hatte die Lippen leicht geöffnet und sah ihn durchdringend an, während er mit den Händen von ihren Handgelenken zu ihren Schultern strich und die Finger dann in ihr Haar schob. Sanft drückte er ihren Kopf nach hinten, strich mit den Lippen über ihre und spürte, wie ihr kurz der Atem stockte. Er biss ihr sanft in den Hals und fuhr mit den Fingerrücken seitlich an ihren Brüsten entlang. Sie bewegten sich in perfekter Harmonie, und er war so unfassbar erregt, dass er ihr Becken umklammerte und sich an ihr rieb. Ihr Blick wurde leidenschaftlicher, als er seine Wange an ihre legte, ihren Oberkörper an sich drückte und sich langsam und sinnlich mit ihr bewegte.

Sie presste die Hüfte an seine steinharte Erektion. Er legte ihr einen Arm um den Rücken und bog sie nach hinten, wobei ihr langes dunkles Haar herumschwang, und als er sie wieder aufrichtete, warf sie die Arme um seinen Hals. Verlangen loderte in ihren Augen.

Beau wusste nicht, zu wie vielen Songs sie tanzten oder wann es um sie herum leerer wurde, aber als er merkte, dass die Band ihre Instrumente verstaute, waren Charlotte und er noch immer wie sich paarende Schlangen ineinander verwunden. Er hatte sich vollkommen in ihr verloren. Keiner von ihnen sagte ein Wort, und er war sich auch nicht sicher, ob er überhaupt eins herausbringen konnte. Er fühlte sich lebendiger, als er es seit sehr, sehr langer Zeit getan hatte, und das lag allein an Charlotte. Daher war es ihm auch völlig egal, dass sie mitten auf der Tanzfläche standen und von anderen Leuten umringt waren. Er eroberte ihren Mund mit einem wilden, leidenschaftlichen Kuss. Ekstase umfing ihn und er vertiefte den Kuss und konnte gar nicht genug von ihr bekommen. Er brauchte mehr, wollte sie verschlingen. Als er die Hände in ihrem Haar ballte, brachte ihm das ein gieriges Stöhnen ein, und mit einem Schlag kehrte er in die Wirklichkeit zurück.

Das Letzte, was er wollte, war, sie zu beschämen oder dafür zu sorgen, dass sie das hier später bereute. Notgedrungen löste er die Lippen von ihren, nahm ihre Hand und ging zu ihrem Tisch. Er zückte seine Brieftasche mit der anderen Hand, ohne Charlotte loszulassen, und warf zweihundert Dollar auf den Tisch.

»Beau«, hauchte sie atemlos.

Ihre Augen verrieten ihm, dass sie nach mehr verlangte, doch er musste sich ganz sicher sein. Schließlich wollte er es nicht vermasseln. Er zog sie an sich. »Sag es mir. Weitermachen oder aufhören?«

»Weitermachen!«

Er zerrte sie durch die Tür und eroberte abermals ihren Mund, dieses Mal jedoch sehr viel fordernder. Sie presste den ganzen Körper an seinen und er hob sie hoch. Sofort schlang sie die Beine um seine Taille, legte ihm beide Hände an die Wangen und hielt ihn wie ein Schraubstock fest, während sie sich leidenschaftlich küssten. Ihre Zungen umgarnten einander und sie taumelten um seinen Pick-up herum und außer Sicht.

Er drückte sie mit dem Rücken gegen das kalte Metall und hatte endlich die Hände frei, um ihren Körper zu erkunden. Als er ihren Hals mit Küssen bedeckte, beugte sie sich vor und presste ihre Brüste gegen seine Handflächen.

»Großer Gott, Char«, stieß er hervor und wurde sich bewusst, dass es hier auf dem dunklen Parkplatz so nicht weitergehen durfte. Er brauchte mehr von ihr, doch den ganzen Weg den Berg hinauf würde er niemals schaffen.

»Im Wagen«, stieß sie keuchend hervor.

Wieder eroberte er ihren Mund, öffnete gleichzeitig die Wagentür und setzte sie auf dem Sitz ab, ohne den Kuss zu unterbrechen. Sie klammerte sich an ihn und zog ihn mit sich, als sie sich zurücklehnte. Warum in aller Welt hatte er keinen alten Pick-up mit durchgehender Sitzbank gemietet? Nach mehreren gierigen Küssen zog er sich zurück und versuchte, sich daran zu erinnern, ob es in der Nähe ein Hotel gab, doch sein Verstand wurde von erotischen Fantasien beherrscht, in denen Charlotte die Hauptrolle spielte.

»Wir müssen irgendwo anders hin.«

»Fahr los«, drängte sie ihn. »Schnell!«

Oh ja!

Wenige Minuten später hatten sie die Stadt verlassen. Beaus rechte Hand ruhte auf Charlottes Oberschenkel und er schob die Fingerspitzen unter den Saum ihrer Shorts. Sie küsste seinen Oberarm, knabberte und leckte daran und brachte ihn fast um den Verstand. Dann hob sie das Becken und bewegte sich so lange, bis seine Finger unter ihr Höschen rutschten. Sie sah ihn verlangend an und legte eine Hand auf seine, um seine Fingerspitzen in ihre feuchte Spalte zu schieben. Stöhnend biss sie sanft in seinen Arm. Er bog von der Straße auf einen dunklen Parkplatz ab und fuhr bis ans hintere Ende, wo sie von der Straße aus nicht zu sehen waren.

Kaum hatte er den Motor ausgestellt, krabbelte Charlotte auch schon über die Mittelkonsole. Beau stellte die Rückenlehne seines Sitzes nach hinten und sie setzte sich rittlings auf ihn und küsste ihn voller Leidenschaft. Er schob die Hände unter ihr T-Shirt und stöhnte auf, als er Spitze und warme Haut berührte. Wie sehr er sich nach ihr verzehrte! Irgendwie gelang es ihm trotz der Enge, sich mit ihr umzudrehen. Ihr wildes Haar breitete sich auf dem Sitz aus, und in ihren Augen schimmerte unbändiges Verlangen, als er sich das T-Shirt über den Kopf zog und auf den Beifahrersitz schleuderte.

Sofort fuhr sie mit den Händen über seine Brust, sein Gesicht, seine Arme. Das Mondlicht fiel durch die Fenster herein und enthüllte den Hauch von Schüchternheit in ihren Augen, der so gar nicht zu ihren gierigen Händen zu passen schien.

»Du bist so wunderschön«, stieß er knurrend hervor und senkte den Kopf, um sie sanft und zärtlich zu küssen, wie er es schon tun wollte seit ... Verdammt, wenn er ehrlich zu sich war, hatte sie ihn schon bei ihrer ersten Begegnung verrückt gemacht. »Das wollte ich schon die ganze Zeit tun«, stieß er zwischen den Küssen hervor, bei denen sein Herz immer schneller schlug.

Küssend und leckend bahnte er sich den Weg an ihrem Hals herunter, was ihr Flehen nur noch intensivierte. Er schob ihr T-Shirt nach oben und enthüllte ihre Brüste, die sich ihm unter pinker Spitze entgegenwölbten. Als er ihr in die Augen sah, lag darin ein derart unschuldiger Blick, dass ihm beinahe das Herz stehenblieb.

»Hör nicht auf«, flehte sie.

Er drückte ihr einen Kuss auf die Flanke, öffnete den

Frontverschluss ihres BHs und schob den Stoff zur Seite. Während er eine wunderschöne Brust mit der Hand umfing und die Lippen auf die Brustwarze drückte, schaute er zu ihr hoch. Sie riss die Augen auf und bewegte das Becken, woraufhin sein Glied erst recht zu pochen begann. Charlotte wand sich stöhnend unter ihm und bäumte sich auf, als er mit der Zunge um ihre Brustwarze fuhr und ihre Brüste mit Küssen bedeckte, dabei jedoch die Stellen ausließ, von denen er wusste, dass sie seine Lippen dort unbedingt spüren wollte. Er rieb sich mit seiner harten Erektion an ihrer Mitte und bereute, dass er zu wenig Platz hatte, um den Kopf zwischen ihren Beinen zu vergraben. Wie gern hätte er ihr unvorstellbare Lust beschert und ihr gezeigt, dass das wirkliche Leben – dass *er* – Millionen Mal besser war als jede fiktive Welt und jeder Held aus ihrer Fantasie. Das Führerhaus des Pick-ups war kein Ort, an dem er sich das Liebesspiel mit Charlotte ausgemalt hatte, und garantiert nicht ihr erstes Mal miteinander, aber er konnte wenigstens dafür sorgen, dass sie beide das bekamen, wonach sie sich verzweifelt sehnten. Zu sehen und zu spüren, wie sie ihn begehrte, musste ihm vorerst ausreichen. Während er sie küsste und kostete, sie leckte und neckte, zerbrach er sich den Kopf darüber, in welcher Position er ihr die größte Lust bereiten konnte.

»Beau, *bitte* …«

Die Sehnsucht in ihrer Stimme gab ihm zu verstehen, dass sie bereit war. Er drückte die Lippen auf ihre Brustwarze, legte sich auf die Seite und saugte und knabberte an ihrem steifen Nippel, was ihm einen Schwall lustvoller Bitten einbrachte. Währenddessen knöpfte er ihre Shorts auf und schob eine Hand in ihr feuchtes Höschen. Hitze durchzuckte ihn wie Lava, als er mit den Fingern in sie eindrang. Sie war so eng, so feucht. Sie keuchte auf, und er drückte die Lippen auf ihre und wollte ihr Flehen einfangen, spüren, wie die Lust sie durchzuckte, während er verzweifelt die Stelle suchte, die sie um den Verstand bringen konnte. Als er sie schließlich fand, durchlief sie ein Schauder, sie packte sein Handgelenk und bewegte die Hüften. Ein lang gezogenes, lustvolles Stöhnen entrang sich ihrer Kehle, während er ihre empfindlichsten Stellen liebkoste. Sie klammerte sich an seine Arme und wimmerte, während ihr ganzer Körper zitterte und bebte. Wieder drückte er den Mund auf ihre Brustwarze und saugte fest daran, woraufhin Charlotte seinen Namen schrie. Ihre Muskeln zogen sich zusammen und pulsierten um seine Finger. Seine Hose fühlte sich so eng an, und er konnte es kaum noch erwarten, endlich in ihr zu sein.

Als sie langsam wieder zu sich kam, küsste er sie leidenschaftlicher und rauer und wollte nur noch spüren, wie sie erneut für ihn kam. Sie bewegte sich im Gleichtakt seiner Finger, bis sie ihm die Lippen entzog und »Beau!« hervorstieß, als wäre es ein Triumphschrei.

Er küsste sie gierig und spürte, wie sie an seinem Hosenknopf herumfummelte. Sein Geschlecht pochte schon bei dem Gedanken daran, dass sie gleich die Finger oder ihren heißen Mund darumlegen würde. Sobald sie ihn erst einmal dort berührt hatte, würde es kein Zurück mehr geben, dann würde er nicht länger auf die passendere Zeit oder einen besseren Ort für ihr Liebesspiel warten. Sie schob die Finger unter den Saum seiner Boxershorts und fuhr über seine angeschwollene Eichel.

Stöhnend hielt er ihre Hand fest. »Nicht hier. Nicht so. Ich kann warten.«

»Aber ...«

Ihre Worte wurden von einem lauten mehrfachen Klopfen

an die Fensterscheibe unterbrochen. Beau drehte sich um und schirmte Charlotte mit seinem Körper ab, als ein heller Lichtstrahl auf sie fiel.

»Polizei. Verlassen Sie bitte den Wagen.«

Das kann doch nicht wahr sein!

»Großer Gott!« Charlotte versuchte panisch, ihre Hose zuzuknöpfen.

Er drückte ihr so ruhig, wie er nur konnte, einen Kuss auf die Lippen. »Mach dir keine Sorgen, Shortcake. Sie können uns nicht sehen.« Er verschloss ihren BH, richtete ihr T-Shirt und knöpfte ihre Hose zu.

»Du weißt doch überhaupt nicht, was sie sehen können!«

»Der Wagen hat getönte Scheiben. Von draußen kann man überhaupt nichts erkennen. Verhalte dich einfach ganz normal.«

Sie warf ihm einen todernsten Blick zu und sie setzten sich auf.

Er strich ihr eine Haarsträhne hinters Ohr. »Wenn du nicht so unwiderstehlich wärst …«, sagte er lächelnd und hoffte, sie etwas aufzuheitern. Aber sie saß wie versteinert da. Schnell legte er die Arme um sie und gab ihr noch einen Kuss. »Es tut mir leid, Char. Ich habe das nicht mehr gemacht seit …« *Grundgütiger. Sprich es bloß nicht aus.* »Ich rede mit den Polizisten und verspreche dir, dass ich dich nie wieder in eine solche Lage bringen werde.«

Erneut klopfte es ans Fenster und er öffnete die Tür. Nachdem er sich das T-Shirt übergezogen hatte, stieg er aus und blickte in die sehr misstrauischen Augen einer Polizistin. »Guten Abend, Officer.«

Sie leuchtete ihm mit der Taschenlampe ins Gesicht und ließ das Licht über seine Schulter auf Charlotte fallen, die den Kopf einzog und puterrot anlief. »Charlotte Sterling? Bist du das?«

Charlottes Kopf ruckte hoch. Sie starrte die Polizistin an und verzog die Lippen zu einem scheuen Lächeln, das in ihm das Bedürfnis weckte, sie in die Arme zu nehmen und zu beschützen, und das so völlig anders aussah als das freche Grinsen, das er sonst von ihr kannte. »Hey, Heather.«

Heather?

»Ist alles in Ordnung?« Heather leuchtete Beau wieder an und nahm ihn ungeniert ins Visier. »Ist dieses Tête-à-Tête einvernehmlich?«

Charlotte legte Beau eine Hand auf die Schulter, als würde sie spüren, dass er sich über diese Worte ärgerte.

Vergeblich versuchte er, sich seinen Zorn nicht anmerken zu lassen. »Ja, das ist es.«

»Ja«, versicherte Charlotte ihr. »Entschuldige. Das ist mein Freund Beau.«

»Stimmt was mit den Zimmern im Gasthof nicht?«, fragte Heather amüsiert.

Wir waren einfach zu scharf und zu ungeduldig, um so lange zu warten. »Nein, Ma'am.« Er versuchte, es locker zu nehmen. »Wir haben es bei den Recherchen für ihr Buch nur etwas übertrieben.«

Charlotte unterdrückte ein Kichern. »Ganz genau.«

»Okay, aber ich würde vorschlagen, dass ihr diese *Recherche* woanders und nicht auf einem Privatgrundstück fortsetzt.« Heather ließ den Blick an Beaus Körper herunterwandern und schaltete die Taschenlampe aus. »Ich kann es kaum erwarten, das Buch zu lesen.«

Charlotte kletterte über die Mittelkonsole auf den Beifahrersitz. »In meiner Version könnte die Polizistin allerdings mit einem Eimer Eiswasser anstelle einer Taschenlampe um die Ecke kommen.«

Neun

Am nächsten Morgen lief Charlotte in ihrem Schlafzimmer auf und ab und schalt sich dafür, dass sie und Beau nach ihrer Rückkehr in den Gasthof derart peinlich berührt gewesen waren. Er hatte sich auf dem Heimweg wie ein perfekter Gentleman benommen, ihre Hand gehalten und sich mehrfach aufrichtig dafür entschuldigt, sie in diese unangenehme Lage gebracht zu haben, als wäre sie vollkommen unschuldig daran gewesen. Hatte sie sich etwa nicht die ganze Zeit aufreizend bewegt, bis er es endlich kapierte und sie berührte? Als sie im Haus angekommen waren, hatte sie sich so aufgeregt und nervös verhalten wie eine unerfahrene Achtzehnjährige und die Flucht ergriffen. Was war sie nur für eine Idiotin! Da hielt sich gleich im Nebenzimmer ein scharfer Kerl auf, der noch dazu gut zuhörte und sich ihr langsam öffnete, und sie saß zapplig, erregt und unbefriedigt hier herum.

Vielleicht sollte sie sich an das halten, was ihre Heldinnen immer taten. *Sie wissen immer ganz genau, was sie tun und sagen sollen.* Charlotte ging ins Badezimmer und starrte ihr Spiegelbild an. Ihr Haar war noch immer zerzaust, weil er letzte Nacht mit den Händen hindurchgefahren war. Ihr Superman-T-Shirt war zwei Nummern zu klein und reichte ihr gerade mal bis zum

Bauchnabel, aber die dazugehörigen Shorts passten ihr noch. Dies war eines ihrer Lieblingsoutfits zum Schlafen, weil der Stoff so weich war und sie darin das Gefühl hatte, stark zu sein, obwohl das gar nicht stimmte. Sie hatte es sich mit achtzehn gekauft, und ihr war völlig egal, dass die Säume langsam ausfransten und dass am Ausschnitt ein kleiner Riss prangte. In der letzten Nacht hatte sie jede Aufmunterung gebraucht, die sie finden konnte – darunter auch zwei Twix.

Sie fand, dass sie eher aussah, als wäre sie auf dem Weg zu einer Pyjamaparty mit Freundinnen, statt wie eine Verführerin.

»Ich kann das«, sagte sie sich und marschierte entschlossen in ihr Schlafzimmer. Sie kramte in den Schubladen herum und schleuderte Spitzentangas, Push-up-BHs und Korsagen auf das Bett, die sie normalerweise anzog, wenn sie SM-Szenen schreiben wollte. Dann stemmte sie die Hände in die Hüften und betrachtete das Chaos vor sich. *Schwarz, rot oder hautfarben?*

Schwarz stand für *nimm mich*, rot für *hart und grob*. Sie hatte keine Ahnung, was hautfarben symbolisierte. Ernüchtert ließ sie sich auf die Bettkante sinken.

Sie wollte Beau auf keinen Fall etwas vorspielen. Die Dinge, über die sie schrieb, repräsentierten nicht, wer sie war oder was sie sich ersehnte. *Ich mag die Frau, die ich bin, und ich glaube, ihm geht es genauso.*

Charlotte war gern mit Beau zusammen, redete und tanzte gern mit ihm. Oh, und wie dieser Mann tanzen konnte! Er hatte eindeutig gern die Zügel in der Hand, aber tief in ihm lauerte auch eine große Zärtlichkeit. Möglicherweise war das aber auch nicht das richtige Wort. *Himmel, ich schreibe Liebesromane und bekomme nicht mal mein eigenes Liebesleben unter Kontrolle!*

Plötzlich tauchte eine Erinnerung an ihre Mutter vor ihrem inneren Auge auf. Charlotte war in der achten Klasse gewesen. Die anderen Mädchen fingen an, sich zu schminken, aber Charlotte gefiel sich mit Eyeliner und Rouge nicht und sie wollte auch nicht dazugehören. Ihre Mutter war in ihr Zimmer gekommen und hatte sie weinend vorgefunden. Sie hatte Charlotte sanft den Eyeliner abgewischt und gesagt: *Du bist perfekt so, wie du bist, ma chérie.* Charlotte drückte sich eine Hand an den Bauch und erinnerte sich daran, wie sich ihr Magen zusammengezogen hatte, als sie ihrer Mutter gestand, dass die Jungs sie nicht mögen würden, wenn sie nicht so hübsch war wie die anderen Mädchen. Ihre Mutter hatte Charlotte das Haar aus der Stirn gestrichen und erwidert: *Siehst du nicht, wie dein Papa mich ansieht, wenn ich krank bin? Wenn ich müde bin? Wenn wir uns schick machen und ausgehen? Die wichtigen Jungs werden dich genauso anschauen.*

Selbst so viele Jahre nach ihrem Tod wusste Charlotte noch genau, wie ihr Vater ihre Mutter so voller Liebe und Zuneigung angesehen hatte, dass diese fast schon spürbar gewesen war. Ihre Mutter hatte natürlich recht.

Charlotte brauchte keine Dessous. Sie musste mit Beau reden und ihm ihre Gefühle gestehen. Keine Spielchen, keine Recherche.

Sie stand auf, verließ das Schlafzimmer und auch ihre Suite. Ihr war ein bisschen flau im Magen, als sie auf dem Flur direkt auf Beaus Zimmer zusteuerte und sich dabei ermahnte, ja nicht wieder aus Feigheit einen Rückzieher zu machen. Sie streckte die Hand nach dem Türknauf aus – und zögerte.

Wenn er abgeschlossen hat, drehe ich um und behalte meine Gefühle für mich.

Sie schloss die Augen, legte die Hand auf den Knauf und

überließ die Entscheidung dem Schicksal. Als sich der Türknauf drehte, riss sie die Augen auf. Ihr Herz raste, als sie die Tür aufdrückte. »Beau …«

Das Bett war leer. Das Geräusch des laufenden Wassers verriet ihr, dass er unter der Dusche stand. Die Badezimmertür war nur angelehnt, und Charlotte blieb davor stehen und musste an das letzte Mal denken, als sie einfach so reingeplatzt war. Es war viel einfacher gewesen, weil sie durch das Telefonat mit Ty abgelenkt gewesen war und nicht vorgehabt hatte, ihm ihr Herz zu Füßen zu legen. Ihr Herz hatte sie dazu gebracht, die Geschichte ihrer Großeltern aufzuschreiben, was wiederum zu einem Beruf geführt hatte, den sie sehr liebte. Ihr Herz hatte sie angefleht, im Gasthof zu bleiben, und nur aus diesem Grund hatte sie Beau überhaupt kennengelernt.

Ihr Herz hatte sie bisher noch nie in die Irre geführt.

Sie holte tief Luft und hoffte, dass Beau ihr Herz so gut behandeln würde, wie es das verdiente. Dann schloss sie die Augen, straffte die Schultern und fragte sich innerlich, ob sie sich auch wirklich sicher war, dass sie sich vor einem Mann, den sie kaum kannte, derart verletzlich zeigen konnte – allerdings war sie sich ziemlich sicher, dass er ebenso verletzlich war wie sie.

Es dauerte nur eine Sekunde, bis sie zu einem Entschluss gekommen war – und sie betrat das Badezimmer. Als Beau die Tür der Duschkabine aufriss, verwandelte sich sein warnender Blick im nächsten Moment in Verlangen.

»Charlotte.« Er betrachtete ihren Körper und versetzte all ihre Nervenenden in nervöse Schwingungen.

»Du hast die Tür nicht abgeschlossen«, stellte sie mit zittriger Stimme fest.

Ein keckes und gleichzeitig irgendwie vertrautes Lächeln

umspielte seine Lippen. »Hier ist doch niemand, der mein Schlafzimmer nicht betreten darf.«

Er stützte den Unterarm an die Tür, die langsam aufglitt und seinen kräftigen Oberschenkel sowie seine sich deutlich abzeichnenden Bauchmuskeln enthüllte, seine größte Ablenkung jedoch gerade noch so verdeckte. Nur, dass es sich dabei gar nicht mehr um seine größte Ablenkung handelte. Diesen Platz hatten seine Augen, sein liebevolles, verwundetes Herz und seine mitfühlende Art eingenommen.

»Oh«, war alles, was sie herausbrachte. Verlangen wallte in ihr auf, während sie seinen nackten Körper betrachtete. Sie konnte weder den Blick von ihm abwenden noch die Worte aussprechen, deretwegen sie hergekommen war. Stattdessen wurde sie von den Erinnerungen daran überflutet, wie es war, in seinen Armen zu liegen, seine herrlichen Lippen zu küssen und seine Leidenschaft zu spüren. Sie senkte den Blick und fand nicht den Mut, etwas zu sagen.

»Hat wieder jemand angerufen?«, fragte er mit seiner tiefen, rauen Stimme, bei der sie eine Gänsehaut bekam.

»Nein.«

Charlotte schluckte schwer, und als sie ihm in die Augen sah, fand sie darin den Blick, von dem sie immer geträumt hatte. Sie nahm ihren ganzen Mut zusammen und zog sich das Shirt über den Kopf. Beau spannte die Muskeln an. Zum ersten Mal in ihrem Leben verschlug es ihr die Sprache. Selbst in ihrem Kopf konnte sie keinen ganzen Satz mehr zustande bringen. Aber als sie sich ihrer Unterwäsche entledigte und auf seine ausgestreckte Hand zuging, wusste sie, dass sie nichts sagen konnte, was diesen Augenblick noch perfekter gemacht hätte.

Er nahm sie in die Arme, schloss die Tür und drückte sie an

sich, während das warme Wasser auf sie herabrieselte. Sein nasser, fester Körper fühlte sich sicher und verlockend an.

»Charlotte ...« Er hauchte ihren Namen, als wäre er ein Geschenk, und gab ihr einen federleichten Kuss.

»Das mit gestern Abend tut mir leid«, sagten sie gleichzeitig.

»Das muss es nicht«, meinte er und legte ihr die Hände an die Wangen, um sie anzusehen, als wäre sie alles, was er sich jemals erhofft hatte.

Dummerweise wusste sie, dass das nicht stimmte. Sein Herz, oder zumindest ein Teil davon, gehörte noch immer einer anderen, aber vielleicht war sie alles, was er je gewollt hatte *seit ...*

»Du bist perfekt.« In seiner Stimme und seinen Augen lag nichts als Aufrichtigkeit. »Ich hätte nicht zulassen dürfen, dass wir auf dem Parkplatz so weit gehen.«

»Ich wollte es aber. Ich wollte dich. Aber sobald wir zu Hause waren, habe ich mich wie eine totale Idiotin benommen und bin weggelaufen.«

»Du warst nervös und hinreißend und ich musste immerzu an dich denken. Und jetzt bist du hier bei mir, so wunderschön und *nackt.*« Das herzlichste Lächeln, das sie je bei ihm gesehen hatte, zeichnete sich auf seinen Lippen ab, als er fortfuhr. »Ich mag es, wie du persönliche Grenzen einfach ignorierst.«

Ihr Lachen wurde von seinem Kuss erstickt.

»Du weißt, dass ich nicht bleiben werde, Charlotte«, sagte er zwischen seinen zärtlichen Küssen.

»Das weiß ich. Es ist mir egal.« Das stimmte nicht ganz, war aber auch keine Lüge. Wenn sie vor der Wahl stand, ob sie diese wundervolle Verbindung zu Beau haben oder für immer darauf verzichten wollte, konnte es für sie gar keine andere Entscheidung geben. »Ich will dich.«

Er küsste sie erneut, diesmal jedoch leidenschaftlicher und besitzergreifender.

»Warte«, hielt sie ihn auf. »Ich war seit einer Ewigkeit mit keinem Mann mehr zusammen.«

»Bei mir ist es auch lange her, dass ich mit einer Frau geschlafen habe. Ich war nie ein Frauenheld und …« Sein Blick wurde wieder ernst. »Falls du dir Sorgen machst, kann ich dir versichern, dass du dir nichts einfangen wirst.«

Erleichterung und Dankbarkeit durchfluteten sie. An so etwas hatte sie gar nicht gedacht, aber natürlich gab es bei Beau keine Risiken.

»Wir müssen überhaupt nichts tun«, versicherte er. »Ich möchte dich einfach nur küssen.«

Die Ehrlichkeit, die in seiner Stimme mitschwang, bewirkte nur, dass sie ihn umso mehr begehrte. Sie stellte sich auf die Zehenspitzen, während sie sich küssten, und der warme Wasserstrahl hüllte sie ein, als wollte er sie vor der Welt verbergen. Beau schien sie mit dem ganzen Körper zu umarmen, als wollte er sie nie mehr loslassen. Sie liebte seine Stärke, seinen Besitzanspruch, die sinnlichen, kehligen Geräusche, die er ausstieß, als er mit den Händen über ihre Haut fuhr.

»Berühr mich«, flehte sie ihn an.

Sein Blick schien sie zu durchbohren. Erneut stellte sie sich auf die Zehenspitzen, und er senkte den Kopf und küsste sie so sanft und zärtlich, dass sie keinen klaren Gedanken mehr fassen konnte. Seine herrlichen Lippen wanderten über ihren Kiefer, ihren Hals und – *großer Gott* – ihre Brüste, die sie ihm begierig entgegenreckte. Himmel, was konnte er nur alles mit dem Mund anstellen. Verlangen durchtoste sie bei jeder seiner Berührungen, wenn er sanft an ihr knabberte oder heftig saugte. Sie lehnte sich mit dem Rücken an die kalten, nassen Fliesen, um zu verhindern, dass ihre Beine unter ihr nachgaben. Er nahm jede Stelle, die er berührte, in Besitz und wanderte an ihrem Körper hinunter, küsste ihren Bauch und ihre Taille. Als er eine Hand zwischen ihre Beine schob, fand er zielsicher die magische Stelle, und schon schossen Blitze der Lust bis tief in ihr Innerstes. Er richtete sich auf, streichelte sie mit der einen Hand weiter und küsste sie innig. Ihre Leidenschaft steigerte sich ins Unermessliche. Sie klammerte sich an seinen Kopf, seine Schultern, seine Arme, verlor sich in einer Welt lustvoller Empfindungen. Keuchend löste er die Lippen von ihren und spreizte ihre Beine.

»Ich will mehr von dir.« Er ging auf die Knie und presste den Mund auf ihre Mitte.

»Oh, Beau …«

Sie stöhnte vor herrlicher Lust, als er sie geschickt in andere Sphären der Lust versetzte. Zitternd und bebend versuchte sie, sich an der Wand festzuhalten, um nicht davongespült zu werden. Er drang wieder und wieder mit seiner heißen Zunge in sie ein, nahm ihre Klit zwischen die Zähne und setzte die Finger ein, um sie ein weiteres Mal zum Höhepunkt zu bringen. Sie schrie auf, und ihre Stimme hallte von den Wänden wider, als er sie so wundervoll liebkoste, bis sie in seine Arme sackte. Bevor sie sich auch nur erholt hatte, küsste er sie abermals, und sie nahm den Geschmack ihrer Lust auf seiner Zunge wahr. Sein Kuss war leidenschaftlich und fachte das Inferno in ihrem Inneren nur noch weiter an. Sie hatte sich die ganze Nacht nach ihm verzehrt, hatte wach gelegen und darüber nachgedacht, wie sie ihm solche Lust schenken konnte, wie er sie ihr beschert hatte. Sie hatte davon geträumt, seine Männlichkeit in den Händen zu halten und mit dem Mund zu liebkosen. Als er seine Erektion nun derart verlockend gegen sie presste, streckte sie die

Hände danach aus.

»Char«, sagte er leise und hielt ihr Handgelenk fest. »Ich kann warten.«

»Ich kann es nicht«, erwiderte sie und drückte ihn gegen die Wand, um sich küssend an seinem Körper nach unten zu arbeiten und dabei zu bestaunen, wie er unter ihren Lippen die Muskeln anspannte.

Er schmeckte sauber, heiß und süß, wie ein Mann, der nur für sie geschaffen worden war. Sie spürte seinen Blick auf sich ruhen, wie er sie beobachtete, während sie ihn kostete, an ihm knabberte und ihren Mut zusammennahm. Jedes Mal, wenn sie die Lippen auf seine warme Haut drückte, zuckte seine Erektion, was ihr so sehr gefiel, dass sie sich auf keinen Fall beeilen wollte. Er fuhr mit den Händen in ihr Haar und sie schaute auf. Bei dem gierigen und zugleich zärtlichen Blick, den er ihr zuwarf, durchfuhr sie ein Schauer. Sie hatte nicht einmal gewusst, dass so etwas möglich war, und fühlte sich gleich noch mutiger und tatkräftiger. Als sie bei seinem Becken ankam, legte sie die Hände auf seine Pobacken. Hitze überkam sie bei dem Selbstvertrauen, das sie sich erarbeitet hatte, und dem Verlangen, das er in ihr auslöste. Sie legte eine Hand um seine pralle Härte und hielt seinem Blick stand, während sie mit der Zunge um die breite Eichel fuhr. Beau drückte das Kinn auf die Brust, stieß ein Zischen aus und spornte sie dadurch nur noch mehr an. Sie nahm ihn in den Mund und er stöhnte laut. Unverhofft stieß er das Becken nach vorn und sie musste würgen und ließ schnell von ihm ab.

»Verdammt«, flüsterte er und streichelte ihre Wange. »Tut mir so leid.«

»Auf dem Papier sieht das alles viel leichter aus«, gab sie zu und kam sich sehr dumm vor.

»Wie bitte?«

Oh! Sie blickte ihm in das verwirrte Gesicht, betrachtete seine große, wunderschöne Erektion und sagte: »Meine Heldinnen können das besser. Bei ihnen wirkt es immer ganz einfach und sexy, aber das hier ist viel komplizierter. Sie nehmen ihn ganz in den Mund und verlangen immer noch mehr, aber du bist *riesig*, und ich habe so etwas seit … Ach, vergessen wir's.«

»Riesig? Und das aus dem Mund einer Frau, die Körperteile nach ihren Wunschvorstellungen erschafft. Komm her.«

Er half ihr auf die Beine und küsste sie zärtlich und so berauschend, dass sie ihre Scham bald wieder vergessen hatte.

»Du musst überhaupt nichts machen«, versicherte er ihr. »Ich möchte einfach nur bei dir sein.«

»Oh nein. Ich will nicht, dass du denkst, dass ich von Tuten und Blasen keine Ahnung habe …«

Als er leise lachte, wurde ihr erst bewusst, was sie da eben gesagt hatte.

»Ich mag dich wirklich sehr, Shortcake.« Er gab ihr noch einen Kuss und lächelte an ihren Lippen. »Ich denke nicht, dass du keine Ahnung hast.«

»Du hast doch noch gar nichts gesehen«, konterte sie frech und ging wieder auf die Knie, fest entschlossen, ihm den besten Blowjob zu verpassen, den er je bekommen hatte.

Oder zumindest nicht wieder zu würgen.

Sie schloss die Augen, verdrängte alle Gedanken und konzentrierte sich allein auf die heiße, harte Erektion in ihren Händen. Während sie mit der Zunge vom Schaft bis zur Eichel fuhr, verschwanden sämtliche Gedanken aus ihrem Kopf. Sie leckte und saugte, umfasste seine Hoden und nahm ihn in den Mund. Beau stöhnte, sobald sie den richtigen Rhythmus gefunden hatte und ihn mit der Hand und dem Mund liebkoste. Das Wasser rieselte auf sie herab, während er ihr sanft eine Hand auf den Kopf legte. Sie glaubte schon, er wollte sie zurückhalten, und setzte alles daran, ihn durch ihre Bemühungen um den Verstand zu bringen. Je länger sie ihm Lust bereitete, desto selbstsicherer und entspannter wurde sie, und sie lernte, ihre Kehle zu lockern und ihn auf eine Art und Weise zu verwöhnen, dass er zitterte und laut stöhnte. Sie nahm ihn tief in den Mund und ließ ihn ganz langsam wieder herausgleiten, und er ballte die Finger in ihrem Haar, was ihr gleichzeitig Schmerz und Wonne bereitete. Erst, als sie merkte, dass er kurz vor dem Höhepunkt war, konzentrierte sie sich auf seine breite Spitze.

»Großer Gott«, stieß er stöhnend hervor.

Sie ließ ihn aus dem Mund gleiten und blickte zu ihrem großen, starken Mann auf. Er spannte die Kiefermuskeln an und in seinen Augen spiegelten sich Zurückhaltung und Verlangen wider. »Halt dich nicht zurück«, verlangte sie. »Jetzt will ich mehr. Gib mir alles, was du hast.«

Er zog die Augenbrauen zusammen und wirkte auf einmal gequält. »Ich will dir nicht wehtun.«

»Das wird nicht passieren.«

Sie nahm seine Länge wieder in den Mund, legte ihm die Hände an die Hüften und wartete auf seine kraftvollen Stöße, aber er bewegte sich langsam und stetig und drang bei jeder Bewegung tiefer in ihren Mund ein. Sie passte sich ihm an, und als er kurz vor ihrer Kehle verharrte, drängte sie ihn zu mehr, bis sie ihn ganz in sich aufgenommen hatte. Er ballte die Fäuste in ihrem Haar und beschleunigte das Tempo. Flammen leckten an ihrer Haut und erregten sie, während er seine Oberschenkel immer stärker anspannte. Sie wollte seine Hände auf sich spüren, ihn in sich haben, so von ihm genommen werden, wie er es gerade mit ihrem Mund tat, aber sie konnte nicht aufhören. Ihre Erregung war so groß, dass sie innerhalb von Sekunden gekommen wäre, wenn sie sich zwischen den Beinen berührt hätte, doch sie wollte durch seine Hand – oder seinen Mund oder seine herrliche Erektion – kommen, ebenso wie sie wollte, dass er durch sie kam.

»Charlotte«, warnte er sie und versuchte, sich aus ihrem Mund zurückzuziehen.

Sie hielt ihn noch fester und weigerte sich, von ihm abzulassen, solange er nicht all seine Barrieren von sich geworfen hatte. Jeder Stoß wurde präziser und kraftvoller, und als sein warmer Saft ihre Kehle herunterglitt, stieß er ihren Namen aus und zuckte heftig mit den Hüften. Charlotte passte sich ihm an und wurde von Wellen der Ekstase übermannt, während Beau die letzten Nachwehen des Orgasmus auslebte. Sobald sie ihn endlich freigegeben hatte, zog er sie auf die Beine, und sie drückte sich an seine Brust und fühlte sich durch und durch befriedigt und so, als hätte sie keinen Knochen mehr im Leib. Sie war dermaßen erfüllt, dass sie keinen Ton herausbrachte.

»Was hast du mit mir gemacht, Shortcake? Ich bin noch nie so heftig gekommen oder habe so viel dabei empfunden.« Er legte ihr die Hände an die Wangen und streichelte mit den Daumen ihren Unterkiefer. »Habe ich dir wehgetan?«

Sie schüttelte den Kopf, war trunken von ihm und benommen vor lauter Lust. Er musste ihr die Leidenschaft angesehen haben, weil er sie wieder innig küsste und streichelte, bis ihre Ekstase abermals aufflackerte. Als sie endlich wieder auf die Erde zurückkehrte, fing er sie auf und drückte sie an sich.

Er küsste sie zärtlich und wusch sie liebevoll, um ihren

Körper dabei mit Küssen zu übersäen.

Danach wickelte er sie in ein Handtuch und nahm sie in die Arme. »Ich weiß, dass du schreiben musst, und ich habe auch zu tun, aber ich möchte nicht, dass dieses Gefühl endet. Verbring den Vormittag mit mir. Zeig mir Schneewittchens Hütte. Geh mit mir den Weg entlang, über den du immer mit deinem Großvater spaziert bist.«

Selbst in ihrem euphorischen Zustand bestand ihr erster Reflex darin, ihm zu erwidern, dass sie schreiben müsse. Der Impuls war derart stark, dass sie ihn mit Gewalt wegdrücken musste, um ihm nicht nachzugeben. Das jagte ihr große Angst ein, faszinierte sie aber auch, denn sie hatte sich nie glücklicher gefühlt als in diesem Moment.

»Was hältst du davon, Char? Nur für ein paar Stunden?«

»Das wäre schön«, antwortete sie.

Die Panik, ihren Abgabetermin so erst recht nicht schaffen zu können, wollte gerade über sie hereinbrechen, als Beau sie sanft küsste und sie alles andere vergessen ließ.

Beau war so lange Zeit mit Tory zusammen gewesen, dass er sich kaum an eine Zeit erinnern konnte, in der er sie nicht geliebt hatte, und in den Jahren danach hatte er nie Gefühle für eine andere Frau entwickelt und auch nicht geglaubt, jemals wieder dazu fähig zu sein. Er wusste, dass sich das Leben in einem Sekundenbruchteil ändern konnte, hätte jedoch nie erwartet, dass es sich zum Besseren wenden würde.

Sie sammelten die Eier ein und machten sich Omeletts – vielmehr machte er welche und Charlotte sah ihm dabei staunend zu, als würde er ein Kunstwerk erschaffen. Beau merkte immer mehr, wie sehr es ihm gefehlt hatte, jemand Besonderen in seinem Leben zu haben. Ihm fielen auch andere Dinge an sich auf, wie dass er sich für das interessierte, was Charlotte zu sagen hatte, und dass er immer mehr erfahren wollte, wenn sie etwas von sich preisgab. Nach dem Frühstück gingen sie Hand in Hand durch den Wald und folgten dem Pfad, auf dem sie mit ihrem Großvater gewandelt war, und sie erzählte Geschichten über ihre Familie, denen er gebannt lauschte.

»Mein Großvater hat immer den ganzen Weg zur Scheune gesungen. Habe ich schon erwähnt, dass er ein richtig schlechter Sänger war? Das ist vermutlich auch der Grund dafür, dass ich keinen Ton treffe. Aber ich habe ihn immer gern singen gehört, und ihm war es egal, wie es sich anhörte. Das habe ich an ihm geliebt, dass er sogar seine Schwächen akzeptieren konnte.«

Die Sehnsucht in ihrer Stimme war nicht zu überhören, und Beaus Verlangen, all ihre Emotionen zu erkunden, erfüllte seine Brust und machte ihn so glücklich, wie er es lange nicht mehr gewesen war. Doch noch während er sich das eingestand, keimten die ersten Schuldgefühle in ihm auf.

»Für ihn war es nun mal keine Schwäche«, sagte er, um sich davon abzulenken. »Nur die anderen haben es als solche gesehen. Dein Großvater muss ein starker Mann gewesen sein, was durchaus Sinn ergibt, wenn man bedenkt, wie stark du bist.«

»Danke. Er hat mich auf jeden Fall gelehrt, stark zu sein.« Sie deutete zwischen den Bäumen hindurch und sah in ihrem heißen, farbenfrohen Sommerkleid aus wie das blühende Leben. »Wir sind fast da. Da vorn ist die Scheune. Als Kind hatte ich in Port Hudson ein wunderschönes Pferd namens Winter. Meine

Eltern sind mit mir auf einen Gnadenhof gefahren, als ich sechs war, damit ich mir ein Pferd aussuchen konnte, und es war Liebe auf den ersten Blick. Sie war achtzehn und weiß mit einem großen braunen Auge. Das andere hatte sie bereits als Fohlen verloren. Meine Eltern wollten mich überreden, doch ein jüngeres Pferd zu nehmen, aber ich wusste sofort, dass sie für mich bestimmt war. Wir haben sie im Sommer mit hergebracht und ich bin ständig auf ihr durch die Gegend geritten. Mein Vater ritt ebenfalls gern und damals hatten meine Großeltern eine Stute namens Princess.«

Beau schob einen dicken Zweig aus dem Weg. »Was ist aus den Pferden geworden?«

Sie duckte sich unter dem Zweig hindurch und ging den Hügel hinunter auf einen Hain zu, der den Blick auf die Scheune versperrte. »Winter starb, als ich sechzehn war, und im Jahr nach dem Tod meiner Großmutter haben wir Princess verloren. Doch die schönen Erinnerungen sind uns geblieben«, erklärte sie fröhlich.

Sie zog ihn durch eine Lücke zwischen den Bäumen auf eine Lichtung. Ein plätschernder Bach schlängelte sich auf der linken Seite entlang und eine kleine, rustikale Scheune mit steilem Dach stand direkt vor ihnen. Der Bach verlief über mehrere steinige Wasserfälle, die eindeutig von Menschenhand geschaffen worden waren, und gab der wunderschönen Lichtung eine mystische Aura. Bunte Wildblumen ragten zwischen den langen Grashalmen hervor. Beau sah deutlich vor Augen, wie Charlotte als kleines Mädchen im Gras gespielt und sich Märchenwelten erträumt hatte, während ihr Pferd in der Nähe graste.

»Du liebe Güte, ich bin seit Jahren nicht mehr hier gewesen«, stellte sie fest, als sie auf die Scheune zugingen. »Alles sieht so viel kleiner aus als in meiner Erinnerung.«

»Jahre? Dir ist schon bewusst, dass du hier in deinem eigenen kleinen Paradies lebst?«

»Das weiß ich, und mir ist auch klar, dass ich es nicht so genieße, wie ich es tun sollte, aber die Bücher schreiben sich nun mal nicht von allein. Und ich schätze, mir ist das Leben dazwischengekommen und hat mich an den Spaziergängen gehindert.«

»Das müssen wir ändern«, beschloss er und bemerkte den Schaden im Dachgiebel, die fehlenden Schindeln und mehrere verrottende Balken, die er während seines Aufenthalts auch gleich reparieren konnte. »Wie lange ist es her, dass du zum letzten Mal auf einem Pferd gesessen hast?«

»Ich bin seit Winters Tod nicht mehr geritten.«

Er hob den Eisenbalken an, mit dem die Scheunentür verschlossen wurde. »Kein Schloss?«

»Hier gibt es nichts, was man stehlen könnte«, erwiderte sie mit frechem Grinsen und öffnete die Tür.

Der Geruch nach altem Holz, Heu und jahrelang abgestandener Luft umfing sie.

Charlotte betrat die Scheune, schloss die Augen und atmete tief ein. »Ich liebe diesen Geruch. Wie ich ihn vermisst habe.«

Ihr friedlicher Gesichtsausdruck bewirkte, dass sich sein Brustkorb erneut zusammenzog. Er drückte ihr einen Kuss auf die Lippen, als sie die Augen aufschlug. »Hier wird es noch viel besser riechen, wenn wir ein bisschen aufgeräumt und frische Luft reingelassen haben. Das ist der Unterschied zwischen der realen Welt und der fiktiven, in der du lebst.«

»Ach, ich weiß nicht. Ich bin ziemlich gut darin, Dinge auf Papier zu bannen.« Sie ging durch den Mittelgang der staubigen Scheune und spähte in jeden Stall. Dann nahm sie ein altes

Geschirr von einem Holzhaken und schnüffelte daran. »Dieser Geruch vergeht nie.«

Sie hängte das Geschirr wieder weg und kam auf Beau zu.

Er nahm sie in die Arme und küsste sie. »Ich kann mir gut vorstellen, dass dein süßer Geruch auch nie wieder weggeht.«

»Beau ...«, protestierte sie schüchtern.

Er drückte die Lippen auf ihre und staunte wieder einmal darüber, wie sie in der einen Sekunde frech und in der nächsten zaghaft sein konnte. »Aber so ist es nun mal. Als ich hergekommen bin, dachte ich, ich würde mich nur auf meine Arbeit und auf nichts anderes konzentrieren. Und dann warst da auf einmal du und bist auf einer mit Handschellen gefesselten Gummipuppe herumgekrochen. Seitdem kann ich einfach nicht mehr klar denken.«

»Auf mich hast du die gegenteilige Wirkung ausgeübt. Ich hatte eine so schlimme Schreibblockade, dass ich keine zwei Sätze mehr aneinanderreihen konnte, und jetzt ist es, als hättest du einen Damm eingerissen.«

»Ich bin mir nicht sicher, was ich davon halten soll, dass du mich für deine Recherche missbrauchst«, neckte er sie.

»Das tue ich doch gar nicht. Jedenfalls nicht mehr.«

Er lachte in sich hinein. »Vielleicht brauchen wir beide eine Dosis des wirklichen Lebens, solange ich hier bin.«

Sein Handy klingelte und er zog es widerwillig aus der Tasche. Als er Nicks Namen auf dem Display sah, wurde ihm ganz anders. Verdammt. Er hatte keine Lust darauf, sich auch noch mit seinem Bruder auseinanderzusetzen. Er leitete den Anruf auf die Mailbox um, doch dabei war ihm, als würden die Wände immer näher kommen.

»Willst du nicht rangehen?«, fragte Charlotte.

»Nein«, antwortete er und ging zur Tür. »Zeig mir die

Hütte.«

Sie eilte ihm hinterher. »Du musst es nur sagen, wenn du ein bisschen Privatsphäre zum Telefonieren brauchst.«

»Das war nur mein Bruder Nick, und ich weiß genau, warum er anruft.«

»Und du willst offensichtlich nicht mit ihm darüber reden, was immer es auch ist.« Sie verschränkte die Finger mit seinen und blieb stehen. »Beau, gestern Abend hast du gesagt, zwei deiner Brüder hätten dir Nachrichten geschickt, und mir ist aufgefallen, dass du ihnen nicht geantwortet hast. Entschuldige, wenn ich mich da in Dinge einmische, die mich nichts angehen, aber stimmt zwischen dir und deiner Familie etwas nicht?«

Er mahlte mit dem Kiefer, suchte die Baumlinie nach dem Weg ab und hielt auf eine Lücke zwischen den Bäumen zu. »Geht es da lang zur Hütte?«

»Ja, aber …« Sie seufzte und versuchte, mit ihm Schritt zu halten.

Sofort tat es ihm leid, sie so behandelt zu haben, und er blieb stehen. »Entschuldige. Zu Hause gibt es ein paar Dinge, über die ich nicht nachdenken möchte.«

»Vielleicht hilft es dir ja, darüber zu reden.«

»Es wird nicht helfen. Hör mal, ich verbringe gern Zeit mit dir, und ich möchte nicht, dass diese blöde Situation unsere kurze gemeinsame Zeit überschattet.«

»Du verbringst gern Zeit mit mir?« Der Schmerz in ihren Augen setzte ihm zu. »So nennst du das – nach allem, was wir zusammen erlebt haben? Mit Cutter *verbringe ich Zeit*, und er darf mit mir nie das machen, was du mit mir gemacht hast!« Sie wandte sich ab und marschierte los.

»Verdammt noch mal!« Er holte sie ein und trat ihr in den Weg, sodass ihr keine andere Möglichkeit blieb, als ihn anzuhören. »Es tut mir leid. So habe ich das nicht gemeint. Aber ich bin aufgebracht, verstehst du? Ich bin wütend und verwirrt und ich kann nicht klar denken, doch das hat nichts mit dir zu tun. Ich bin gern mit dir zusammen und ich habe seit sehr langer Zeit nicht mehr solche Gefühle gehabt oder mich jemandem so nahe gefühlt. Ich will nicht, dass das durch meine Vorgeschichte ruiniert wird.«

»Durch deine Vorgeschichte? Mach dir keine Sorgen, Beau. Das schaffst du im Moment auch ganz allein. Auch wenn wir einander kaum kennen, tut es weh, derart ausgeschlossen zu werden.« Sie verschränkte die Arme und drehte ihm den Rücken zu.

Er umarmte sie und hasste sich dafür, dass sie recht hatte. Sie wusste ja nichts von der Schlinge, die er seit so langer Zeit um den Hals trug, dass sie zu einem Teil von ihm geworden war. Er drückte ihr einen Kuss auf den Scheitel. »Es tut mir leid, Charlotte. Ich bin zu dieser Jahreszeit einfach ziemlich durcheinander. Vielleicht auch immer, aber jetzt ganz besonders. Ich möchte dir nicht wehtun oder dich mit meiner schlimmen Vergangenheit belasten.«

Sie blickte zu ihm auf und das Sonnenlicht spiegelte sich in ihren ernsten Augen. »Ich habe dir meine schlimme Vergangenheit anvertraut und du bist nicht davor weggelaufen.«

»Charlotte«, sagte er leise. »Ich könnte nicht einmal vor dir weglaufen, wenn du mir eine Waffe an den Kopf halten würdest. Du hast Teile von mir wiedergefunden, von denen ich glaubte, sie wären vor Jahren gestorben. Bitte entschuldige, dass ich dich angefahren und ausgeschlossen habe. Du hast beides nicht verdient, aber es fällt mir schwer, das im Augenblick zu kontrollieren. Bitte dräng mich nicht weiter, ja?«

»Ich kann dir das nicht versprechen, denn das wäre

gelogen.« Sie zuckte entschuldigend mit den Schultern. »Gehe ich recht in der Annahme, dass es dabei um deine Freundin geht, die du verloren hast?«

Er drehte sich um und fragte sich, ob es nicht besser gewesen wäre, vor dem ersten Kuss einfach zu gehen, denn wenn er ihr in die Augen sah, konnte er seinen Entschluss nicht aufrechterhalten und auf Distanz bleiben.

Sie marschierte um ihn herum und baute sich vor ihm auf, sodass er über ihren Kopf starren musste, um nicht in ihren wunderschönen Augen zu versinken. Dann sprang sie auf und ab, um ihm in die Augen sehen zu können. »Beau!« Ein weiterer Sprung. »Bitte«, Sprung, »rede«, Sprung, »mit«, Sprung, »mir.«

Er konnte nicht anders und musste sie einfach in die Arme nehmen. »Woher kommst du nur?«

»Von zwei Menschen, die bis über beide Ohren ineinander verliebt waren«, antwortete sie. »Und nach allem, was du mir erzählt hast, ist es dir ebenso ergangen. Wir haben beide geliebte Menschen verloren. Wenn irgendjemand verstehen kann, was du durchmachst, dann bin ich das. Ich glaube, es würde dir helfen, über deine Gefühle zu sprechen und sie zu ehren, anstatt dich jedes Mal zu zerfleischen, wenn du an sie denkst.«

Er kam sich vor wie ein Fisch, der am Haken zappelte. Immer, wenn er wegschwimmen wollte, reichte ein Blick in Charlottes Augen, um ihn daran zu hindern. Doch diese Analogie funktionierte nicht. Ein Fisch starb, wenn man ihn fing, aber er hatte so das Gefühl, dass Charlotte die Einzige war, die ihm wieder Leben einhauchen konnte.

Sie legte ihm die Arme um die Taille und drückte ihm einen Kuss auf die Brust. »Denk einfach darüber nach. Mehr verlange ich nicht.«

»Ach, das ist alles?«

Sie hob Daumen und Zeigefinger und sagte lautlos: *Nur ein bisschen.*

»Du treibst mich noch in den Wahnsinn, Shortcake.«

»Vielleicht brauchst du ja ein bisschen Wahnsinn in deinem Leben.«

Zehn

»Lass die Augen zu«, verlangte Charlotte und führte Beau über einen von grob behauenen Baumstümpfen gesäumten gepflasterten Weg, die mit langen Ästen verbunden waren. Sie standen vor dem Haus im Tudorstil, das ihr Urgroßvater umgebaut hatte, damit es wie Schneewittchens Hütte aussah. Die schokoladenfarbenen Spitzdächer reichten beinahe bis zum Boden und neigten sich an Stellen, an denen sich ein Dach nicht neigen sollte, als wären sie in der Sonne geschmolzen. Zwischen den beiden Dachgiebeln lagen zwei kleine Gauben, und direkt darunter schirmte ein Dachvorsprung ein Erkerfenster ab, neben dem sich die bogenförmige Eingangstür befand. Ein schiefer Stein stützte die eine Seite der gemauerten Terrasse.

»Okay«, sagte sie und freute sich darauf, Beau ihren Lieblingsort zu zeigen, wobei sie hoffte, dass sich das, was immer ihn da zerfraß, dadurch etwas besänftigen ließ. »Du kannst die Augen wieder aufmachen.«

Er schlug die Lider auf, sah jedoch nicht das Haus an. Stattdessen betrachtete er sie, und die Emotionen, die sich in seinem Gesicht widerspiegelten, intensivierten das Flattern in ihrem Magen nur noch mehr. Beau sagte kein Wort. Er drückte

160

ihr einfach Küsse auf die Stirn, die Nasenspitze, die Wangen. Bei jeder Berührung schmolz sie etwas mehr dahin, und als er ihr die Hände an die Wangen legte, was sie inzwischen liebte, hielt sie den Atem an und hoffte, er würde nicht gleich sagen, dass sie einen Fehler gemacht hatten.

»Ich hatte die Augen so viele Jahre lang geschlossen, da wird es einige Zeit dauern, bis ich mich an dein wunderschönes, strahlendes Licht gewöhnt habe. Aber ich sehe dich, Charlotte, und ich möchte mehr von dir sehen. Und ich wünsche mir, dass du mehr von mir siehst, doch das wird etwas Zeit brauchen.«

Wenn sie eben noch bei seinen Küssen dahingeschmolzen war, dann bewirkten seine derart aufrichtig ausgesprochenen Worte, dass sie schlichtweg zerfloss. Sie stellte sich auf die Zehenspitzen und gab ihm einen Kuss, in dem Hoffnung und unausgesprochene Versprechen mitschwangen. Er streichelte ihre Wangen mit den Daumen, als sich ihre Lippen voneinander lösten, und ein Lächeln, wie sie es noch nie zuvor bei ihm gesehen hatte, glättete seine Züge.

»Ich bin hergekommen, um dein Haus in Ordnung zu bringen, aber ich hatte keine Ahnung, dass ich auch auf der Reparaturliste stehe.«

»Das wusste ich auch nicht und ich will auch nichts an dir ›reparieren‹«, gestand sie ihm aufrichtig. »Ich möchte dich einfach nur kennenlernen.«

Er drückte die Lippen auf ihre und küsste sie zärtlich. Danach betrachtete er die seltsam geformten braunen, waldgrünen und pfirsichfarbenen Platten aus Stein und Kopfsteinpflaster zu ihren Füßen, die mit dickem weißem Beton verbunden waren. »Sind wir jetzt im Märchenland angekommen?«

»Ich auf jeden Fall«, hauchte sie. Sein amüsierter Blick holte sie in die Gegenwart zurück. »Entschuldige. Es ist nicht mein Fehler, dass deine Küsse mich in einen Rauschzustand versetzen.«

Er küsste sie gleich noch mal. »Mich auch, Shortcake.« Dann nahm er das Haus in Augenschein. »Werden uns gleich die sieben pfeifenden Zwerge begrüßen?« Er nahm ihre Hand und ging zur Tür. »Das Haus ist phänomenal.«

»Es ist unglaublich, nicht wahr?«

»So etwas habe ich noch nie gesehen.« Sein Blick schweifte über die Dächer. »Okay, das muss ich zurücknehmen. Solche Dächer sind mir schon untergekommen, allerdings auf völlig verfallenen Häusern, während sie hier absichtlich so aussehen. Bitte sag mir, dass du wenigstens diese Tür abgeschlossen hast.«

Sie ließ die Hand in einer beinahe unsichtbaren Tasche ihres Kleides verschwinden und zog einen blau-gelb gepunkteten Schlüssel heraus. »Voilà!« Dann drückte sie ihm den Schlüssel in die Hand.

»Punkte.« Er schmunzelte. »Wir werden die Scheune säubern und ebenfalls zusperren«, sagte er und schloss die Tür auf.

Sie mochte seinen Enthusiasmus immer mehr. Obwohl sie sich an diesem Vormittag prächtig amüsierte, ermahnte sie eine leise Stimme im Kopf, dass sie dringend wieder an den Schreibtisch musste. »Ich habe keine Zeit, um eine Scheune aufzuräumen. Ich muss ein Buch schreiben.«

Er steckte den Schlüssel ein und warf ihr einen belustigten Blick zu. »Wenn ich *wir* sage, meinte ich eigentlich mich. Du wirst deinen hübschen kleinen Hintern an den Bach pflanzen und auf deinem Laptop schreiben.«

»Ach ja?« Allerdings wusste sie schon jetzt, dass sie das tun würde. Er war ihre Inspiration für diese Geschichte und sie wollte unbedingt in seiner Nähe sein. »Hast du denn nicht schon genug Arbeit? Du wirst doch nur ein paar Wochen hierbleiben.« Ihr wurde das Herz schwer, wenn sie nur daran dachte. Endlich empfand sie etwas Echtes, etwas, das so gut war, dass sie hier draußen stand, anstatt an ihrem Schreibtisch zu sitzen. Daher dachte sie nur ungern daran, dass ihre gemeinsame Zeit irgendwann zu Ende sein würde.

Beau runzelte die Stirn, und sie fragte sich, ob er gerade dasselbe dachte. Als wollte er diesen Gedanken abschütteln, wandte er den Blick ab und meinte: »Ich werde schon Zeit dafür finden. Mir gefällt der Gedanke gar nicht, dass das Erbe deiner Familie verfällt oder für jedermann zugänglich ist.«

»Damit meinst du Bären und andere Tiere?«, neckte sie ihn und schob den Gedanken an seine Abreise ebenfalls weit von sich. »Vielleicht sollten wir für die Scheune auch eine Sicherheitstür kaufen.«

»*Du* brauchst eine Sicherheitstür.«

»Bist du etwa die böse Hexe Gothel?«

»Wer?«

Sie verdrehte die Augen. »Gothel ist die Hexe, die Rapunzel in den Turm eingesperrt hat.«

Er nahm sie in die Arme. »Eins kann ich dir versichern, Shortcake: Ich habe ganz bestimmt nicht vor, dich in einen Turm einzusperren. Ich möchte viel lieber, dass du den Gasthof verlässt und etwas vom Leben hast. Selbstverständlich nur mit deinem Laptop.« Bei diesen Worten drückte er ihr einen züchtigen Kuss auf die Lippen. »Allerdings könnte es auch Spaß machen, dich an mein Bett zu fesseln.«

Ihre Gedanken rasten bei dieser Aussicht. Er drehte den Türknauf und trat ein. Der Geruch nach Zedernholz und Liebe umgab sie.

Sein Blick wanderte über den handgeformten Stuck und die Steinwände, die alle krumm und schief waren. Er strich mit einer Hand über die mit Schnitzereien verzierte Abdeckung der halbhohen Wand, die das Wohnzimmer vom gemütlichen Essbereich trennte, und musterte die freiliegenden Deckenbalken. »Wow. Das hat alles dein Urgroßvater gemacht? Beeindruckend. Hat er die Balken auch selbst angefertigt?«

»Eigenhändig. Die Balken, die Abdeckung, die Wände. Er hat jede bogenförmige Tür angefertigt und darauf geachtet, dass die Größe und Breite bei jeder unterschiedlich ist, und er hat auch die verschnörkelten Eisenscharniere hergestellt. Ich bedaure es sehr, dass ich ihn nie kennengelernt habe.« Sie nahm seine Hand und führte ihn durch einen Bogengang, der in einen riesigen Baumstamm geschnitten worden war, in die Küche. Schränke aus Kiefernholz, deren Türen mit feinen Schnitzereien verziert waren, hingen auf einer Seite des Raums an der unebenen Wand. Auf der anderen Seite befand sich ein altmodischer Gussofen, auf dem nur noch der Teekessel zu fehlen schien. Das Ofenrohr verschwand dahinter in einer Steinwand, in die ein runder Steinofen eingelassen war, und bei diesem Anblick wurde Charlotte von unzähligen wunderschönen Erinnerungen überflutet.

»Als ich noch klein war, hat meine Großmutter in dem Ofen immer Pizza gebacken. Ich habe noch nie etwas Köstlicheres gegessen, außer vielleicht das Steak, das du vorgestern gegrillt hast.«

»Ich kann mir gut vorstellen, dass dieses Haus viele Erinnerungen weckt. Jetzt wundert mich deine Liebe zu Märchen auch nicht mehr.« Er bestaunte das Werk ihres Urgroßvaters. »Dieser Detailreichtum ist sehr beeindruckend, Charlotte. Alles wurde mit großem Geschick angefertigt und die

Decken sehen aus wie Zuckerguss. Toll, dass er sie so wellenförmig angelegt hat, damit sie zu diesem Märchenhaus passen. Und diese Kiefernschränke? Jede Tür hat eine andere Form und Größe. Er muss unglaublich viel Zeit investiert haben, um all das so hinzubekommen. Das war nicht nur eine Renovierung. Das ist ein Meisterwerk.« Er hockte sich hin, um die drei kleinen Öffnungen zwischen der Arbeitsplatte und den Schränken darunter genauer zu betrachten.

»Sind die nicht cool? Mein Großvater sagte, sein Vater hätte alles selbst gemacht. Sogar die Stufen wurden aus den Bäumen angefertigt, die hier auf dem Grundstück wuchsen.« Sie deutete durch die Küchentür auf die Treppe, die nach oben führte.

»Cool beschreibt nicht einmal ansatzweise, was er hier geschaffen hat. Sieh dir das nur an. Jedes Teil ist ein Einzelstück.« Beau hockte sich hin und strich mit einer Hand über das Holz. »Seidenglatt. Können wir nach oben gehen?«

»Ja, aber du musst aufpassen. Eine Stufe fehlt.« Sie huschte nach oben, ganz aufgeregt, weil er das Haus ebenso liebte wie sie, und verharrte nur kurz, um einen großen Schritt über die fehlende Stufe zu machen.

»Das kann ich reparieren. Unten sind mir auch ein paar Dinge aufgefallen, die ein bisschen Aufmerksamkeit bedürften, einige Macken im Stuck, eine zerbrochene Küchenfliese, und die Öfen sollten wir vermutlich auch mal genauer unter die Lupe nehmen.«

»Wir?«, neckte sie ihn, merkte jedoch, dass sie nur zu gern die Zeit finden und bei der Reparatur des Hauses mitwirken würde. Sie war schon so lange nicht mehr hier gewesen und hatte das Haus vermisst. Hier war sie irgendwie glücklicher. »Du hast aber eine ganz schön lange To-do-Liste. Ich bezweifle, dass deine Familie die ganze zusätzliche Arbeit eingeplant hat, aber ich bezahle dich gern dafür.«

»Sie haben mir nur eine kurze Liste mit einfachen Aufgaben gegeben. Aber es wäre mir eine große Freude, hier alles auf Vordermann zu bringen.«

Beau machte eine Bemerkung über jedes Zimmer, jeden Ausblick, jedes noch so kleine Detail. Im großen Schlafzimmer stand ein gemauerter Kamin, der aussah, als wären Steine nach einem Erdrutsch zufällig so hingefallen. Zwei unebene, handgeschnitzte Simse ließen ihn noch schiefer aussehen. Die Wände waren auf beiden Seiten angewinkelt wie ein Nurdachhaus mit flacher Decke dazwischen. Durch zwei große Panoramafenster hatte man einen wunderschönen Blick auf das Grundstück.

Der prächtige Kronleuchter zog Beaus Blick auf sich. »Bist du dadurch auf die Idee für den Kronleuchter in deinem Schlafzimmer gekommen?«

»Ja. Ich finde es wunderschön, dass hier alles wie im Märchen aussieht. Als Kind habe ich Pläne für die Zimmer im Gasthaus gezeichnet, die alle einem bestimmten Märchen zugeordnet waren. Ich hatte unzählige Ideen, und mein Großvater tat immer so, als wäre er ganz begeistert davon.«

»Hast du die Bilder noch?«

»Nein. Ich habe sie ihm alle geschenkt. So haben wir das immer gemacht. Es fing schon an, als ich noch ganz klein war und mit Buntstiften gemalt habe. Später wurden meine Bilder detaillierter. Ich habe ihm sogar welche vom College zugeschickt, weil ich wusste, wie sehr er sich darüber freuen würde.«

»Wie schön. Er war bestimmt sehr froh darüber. Hast du mal daran gedacht, den Gasthof wieder zu eröffnen, wo du doch jetzt hier lebst?«

»Ja, klar. Einen Teil meines Erbes investieren, mich um alles kümmern und keine Zeit mehr zum Schreiben haben? Auf gar keinen Fall. Zu schade, dass das Leben kein Märchen ist, in dem ich einfach die Hacken meiner roten Schuhe zusammenschlagen kann, und, *puff*, alles ist fertig und jemand führt den Gasthof für mich, während ich schreibe.«

Sie gingen wieder nach unten und Charlotte führte ihn durch die restlichen Räume. Danach schlossen sie die Tür wieder ab und machten sich auf den Rückweg. Kiefernnadeln und Laub knisterten unter ihren Füßen und der Duft des Waldes und Beaus Geruch hingen in der Luft. Es war herrlich, Zeit mit ihm zu verbringen, in Erinnerungen zu schwelgen und den Weg entlangzulaufen, über den sie so oft mit ihrem Großvater gegangen war.

»Als ich zurück in den Gasthof gezogen bin, hatte ich mir überlegt, die Hütte zu renovieren, falls ich wirklich hierbleiben sollte, mir vielleicht wieder ein Pferd zu kaufen und wie früher reiten zu gehen. Doch dann war ich so mit dem Schreiben meiner Bücher beschäftigt und wollte das Studierzimmer im Gasthof als Arbeitszimmer nutzen, weil es so schöne Fenster hat und man auf den See hinausblickt. Aber ich konnte es nicht. Die dunklen Wände und die Möbel haben meine Kreativität erstickt. Die Aussicht konnte da auch nichts mehr rausreißen.«

Der Weg wurde schmaler, und Beau legte ihr eine Hand in den Rücken, damit sie vorausgehen konnte. »Schreibst du deshalb in deinem Arbeitszimmer? Weil es da heller ist?«

»Ich weiß, was du denkst. Wie kann eine Frau, die die meiste Zeit nicht mal das Licht anmacht, sich an dunklen Möbeln stören?«

»Der Gedanke ist mir möglicherweise gekommen«, gab er zu. Der Weg wurde wieder breiter und sie gingen nebeneinander her. »Aber der Rest interessiert mich eigentlich mehr. Du bist jetzt schon seit einigen Jahren zurück, wohnst aber noch immer im Gasthof und hast kein Pferd. Was ist passiert?«

»Keine Ahnung. Ich habe mich in meine Arbeit vertieft und an nichts anderes mehr gedacht. Wenn ich schreibe, vergesse ich all das hier.« Sie machte eine alles umfassende Handbewegung. »Allerdings hatte ich nie das Gefühl, etwas zu verpassen. Aber der heutige Tag, das Zusammensein mit dir und der Besuch der Scheune und der Hütte, all das hat mich an die Dinge erinnert, die ich mir erträumt habe.«

»Dann ist es vermutlich gut, dass ich in dein Leben getreten bin, denn eine Frau wie du sollte nicht die ganze Zeit im Haus verbringen und ein solches Haus sollte nicht verkommen. Wir bringen alles in Ordnung, damit du dort wohnen kannst.«

»Wenn du weiter so viele Punkte auf deine Liste setzt, wirst du ewig hierbleiben müssen, Beau. Nicht, dass ich mich darüber beschweren würde.« Sie war ein bisschen besorgt, dass diese Worte zu groß und tragkräftig waren für den jetzigen Stand ihrer Beziehung, und fügte schnell hinzu: »Du bist wirklich super für mein Buch.«

»Für dein *Buch*?« Er legte die Arme um sie und drückte ihr einen Kuss auf den Hals.

»Unter anderem«, erwiderte sie keck.

Seine Augen funkelten. »Was das *andere* angeht …«

Seine Lippen berührten ihre federleicht und zärtlich. Sie schlang ihm die Arme um den Hals und versuchte, den Kuss zu vertiefen, aber er fuhr mit der lustvollen Folter fort, küsste sie abermals sanft und zog sich zurück.

»Beau«, flehte sie, als er den nächsten zarten Kuss folgen ließ.

»Ich könnte den ganzen Tag so weitermachen, nur um zu

hören, wie du meinen Namen auf diese Weise aussprichst.«

Sie war versucht, es wieder und wieder zu tun, weil sie gespannt auf seine Reaktion war, konnte jedoch nicht vergessen, dass sie fast den ganzen Vormittag unterwegs gewesen waren und sie nie auf ihr Tagespensum kommen würde, wenn sie nicht langsam mal mit dem Schreiben anfing.

»Nein, das kannst du nicht«, erklärte sie so entschieden, wie sie nur konnte. »Ich muss zurück an den Schreibtisch, damit ich nicht die halbe Nacht arbeiten muss, wenn du mich also küssen willst, dann solltest du es schnell …«

Gierig eroberte er ihren Mund und küsste sie so leidenschaftlich, dass sich das Verlangen in ihrem ganzen Körper ausbreitete und sie sich wünschte, es würde nie mehr aufhören. Sie klammerte sich an ihn und verlor sich völlig in diesem Kuss.

»Vielleicht kannst du das ja als Inspiration gebrauchen.« Er nahm ihre Hand und führte sie aus dem Wald heraus.

»Inspiration«, wiederholte sie geistesabwesend. Sie legte den Kopf in den Nacken, blickte zur Sonne hinauf und genoss diesen wunderschönen Morgen.

Beau nahm auch ihre andere Hand. »Ich möchte mehr über deine Träume erfahren, auch über die anderen, die du nicht verwirklicht hast.«

Sie sah ihm lange in die Augen und versuchte, die Veränderungen, die ihr an diesem Morgen auffielen, zu erkennen. Er war herzlicher, redseliger. *Engagiert.* In ihrem Kopf verwob sich das Ganze zu weitaus mehr, aber das wäre nur ein weiteres Märchen. Ihre Beziehung würde schon sehr bald zu Ende gehen. »Kennst du das, dass du dir manchmal etwas erträumst, das dann aber überhaupt nicht in dein Leben passt?«

»Es ist sehr lange her, dass ich mir etwas erträumt habe, daher erinnere ich mich kaum noch daran.«

»Das ist wirklich traurig. Ich hab eine Idee: Da du hier so viel Arbeit investierst, werde ich dir in Erinnerung rufen, wie man träumt. Heute Abend«, sagte sie aufgeregt. Sie hatten noch dreieinhalb Wochen und sie wollte jede einzelne Minute davon genießen. Aber damit das klappen konnte, musste sie unbedingt schreiben! »Um acht. Wir treffen uns unter dem Sternenhimmel.«

Er deutete auf die Umgebung. »Und wo genau? Das könnte doch überall sein.«

»Geh nach hinten raus. Du wirst schon wissen, welchen Weg du einschlagen musst«, erwiderte sie amüsiert. »Aber jetzt muss ich wirklich reingehen und schreiben.«

Erneut nahm er sie in die Arme und in seinen wunderschönen Augen funkelte es frech. »Du läufst in diesem scharfen Outfit rum und willst dich mir jetzt entziehen? Dann hättest du das riesige Männerhemd anziehen müssen, das du neulich anhattest.«

»Die alten Hemden meines Vaters trage ich nur beim Schreiben. Immer, wenn ich nicht weiterwusste, hat er zu mir gesagt …« Sie senkte die Stimme. »›Geh in dich, Schatz. Du bist eine Sterling und wir Sterlings blicken immer tief unter die Oberfläche – auch bei uns selbst.‹ Seine Hemden erinnern mich daran, das Beste anzustreben.«

»Ach, Süße, danke, dass du mir das anvertraut hast, denn das ist das Hinreißendste, das ich je gehört habe. Aber was genau wolltest du mit diesem Outfit erreichen?« Er umfing ihre Pobacken. »Denn was du bei mir damit erreichst, kann ich dir gern verraten.«

Ihr wurde ganz heiß, und als sie seinen muskulösen Körper an ihrem spürte, tanzten Funken unter ihrer Haut. Aber das Treffen mit ihrer Lektorin rückte immer näher. Notgedrungen löste sie sich aus seinen Armen und ging zurück zum Haus. »Acht Uhr«, ermahnte sie ihn und konnte nicht aufhören zu grinsen. »Sei pünktlich.«

»Ich bringe das Abendessen mit!«, rief er ihr hinterher.

»Und ich den Nachtisch.« Sie drehte sich um und schwebte summend wie auf Wolke sieben in Richtung Gasthof – bis ihr auf einmal aufging, was sie da gerade gesagt hatte.

Als sie wieder herumwirbelte, grinste Beau sie wie ein umwerfender Idiot an, was sie ein wenig aus der Bahn warf, weil dieser Mann rein gar nichts Idiotisches an sich hatte.

Er warf die Arme in die Luft. »Wie soll ich mich jetzt noch auf die Arbeit konzentrieren?«

»Vielleicht lässt du dich ja davon inspirieren!«

Beau lud alles vom Wagen, was sie in der Stadt gekauft hatten, und baute die Sicherheitstüren in Charlottes Schlafzimmer ein, um dann, wie versprochen, die Zierleisten pink anzustreichen. Er beendete die Arbeit im Schlaf- und im Badezimmer im ersten Stock, machte sich zum Mittag Sandwiches und brachte Charlotte eins, die jedoch nur auf die leere Packung eines Proteinriegels zeigte, um ihm zu verstehen zu geben, dass sie bereits gegessen hatte. Die Küsse zum Dank hatten die Mühe aber dennoch gelohnt. Den Nachmittag verbrachte er damit, die lockeren Platten auf den Terrassen und die Balkongeländer zu reparieren. Als die Sonne schließlich langsam unterging, machte er sich auf der vorderen Terrasse daran, das Design für den Deckenkranz zu entwerfen, den er für Charlottes Schlafzimmer bauen wollte, bevor er sich auf ihr Date vorbereitete. *Date?* Das

Wort fühlte sich irgendwie komisch an, doch wenn er nur an Charlotte dachte, fühlte er sich schon unfassbar gut.

Beau rief seinen Cousin Josh an, als er nach draußen ging, und brachte ihn auf den neuesten Stand.

»Das ist ja super, Beau. Ich bin dir wirklich sehr dankbar, dass du dich darum kümmerst«, sagte Josh. »Wie ich höre, kommst du gut mit Charlotte aus?«

»Wer hat dir das denn erzählt? Ach ja, wie haben gestern Hal getroffen. Hat er das etwa erwähnt?«

»Nein, hat er nicht, aber du weißt doch, dass sich in Weston alles schnell herumspricht.« Josh und seine Frau waren Modedesigner, und seitdem sie vor etwas über einem Jahr ihre Tochter Abigail bekommen hatten, verbrachten sie nur noch einen Teil ihrer Zeit in New York und lebten sonst in Colorado. »Sobald irgendjemand etwas gesehen hat, weiß schnell die halbe Stadt davon.«

Verdammt. Hatten sie von der Begegnung mit der Polizistin gehört? »Es war nicht das, wonach es …« Er blickte auf den See hinaus und stellte sich den belustigten Blick in Joshs dunklen Augen vor, wenn Beau versuchte, ihm eine Lügengeschichte aufzutischen. »Okay, okay, es war genau das, wonach es ausgesehen hat. Ich hätte erwartet, dass auch Polizisten eine Art Schweigepflicht haben.«

»Polizisten?«, wiederholte Josh interessiert. »Auf *die* Story bin ich mal gespannt. Max und Treat waren auf dem Heimweg und haben gesehen, wie ihr beide auf dem Parkplatz des Restaurants geknutscht habt.«

»Verdammt. Ich muss den Verstand verloren haben, dass ich sie derart dem Klatsch aussetze.«

»Inzwischen weiß es garantiert die ganze Stadt. Du kennst doch das Gerede der Frauen und sie mögen Charlotte alle sehr.

Meines Wissens sind sie sehr begeistert von euch als Paar. Ich könnte mir vorstellen, dass sie schon Wetten abschließen oder eure Hochzeit planen.«

»Mann, red bloß nicht weiter.« Er wollte auf gar keinen Fall, dass man in der Stadt über Charlotte sprach. »Du musst mir einen Gefallen tun.«

»Ich kann das Gedächtnis der Leute leider nicht löschen. Tut mir leid.«

»Jammerschade, aber nur, weil sich Charlotte bestimmt deswegen schämt.«

»Ist das dein Ernst? Die Frau hat gerade Pfannkuchen in Penisform für eine Szene in ihrem Buch gemacht, als wir im Gasthof ankamen. Ich bezweifle, dass es irgendetwas gibt, was sie erröten lässt.«

Beau schüttelte amüsiert den Kopf. *Er* wusste genau, wie er Charlotte das Blut in die Wangen schießen lassen konnte. Er unterhielt sich noch einige Minuten lang mit Josh und setzte sich danach an den Tisch, um einen Entwurf für den Deckenkranz zu zeichnen. Wenige Minuten später holte ihn ein lautes Poltern aus seinen Gedanken. Er sah sich verwirrt um, als es abermals polterte. Um der Sache auf den Grund zu gehen, stand er auf und spähte über das Geländer. Etwas flog von einem Balkon herunter und landete lautstark auf dem Boden.

Was ist denn jetzt los?

Papier segelte durch die Luft und schwebte lautlos auf das Gras. Beau starrte das Chaos aus Bettwäsche und mit Seilen und Bändern zusammengeknoteten Bündeln auf dem Rasen an. Immer mehr Dinge flogen hinterher und dann waren Charlottes Kopf und Oberkörper zu sehen. Ihr hing das Haar ins Gesicht, als sie auf das Chaos herabblickte. Schon war sie wieder verschwunden, und Beau fragte sich grinsend, was sie jetzt wieder trieb.

Er lehnte sich ans Geländer und dachte über sie nach. Eines hatte er inzwischen herausgefunden: Es war sinnlos, sie aus ihrem Arbeitszimmer zu schleifen, wenn es nicht ums Eierholen oder um Nachforschungen für eine Szene ging. Er wartete darauf, dass als Nächstes eine Gummipuppe oder etwas in der Art vom Balkon geworfen wurde.

Während er so dastand und über die komplizierte Frau nachdachte, die Teile von ihm erweckte, bei denen er nicht sicher war, ob das nicht gefährlich werden konnte, tauchte sie auf dem Rasen auf. Sie bückte sich in ihrem knappen Sommerkleid und zerrte einen Pappkarton in Richtung Wald. Schnaufend warf sie sich das Haar über die Schulter, hob die Dinge vom Gras auf und warf sie in den Karton. Ein zusammengeschnürtes Bündel landete auf dem Bettzeug. Den ganzen Rest ließ sie liegen, griff mit beiden Händen nach der Kiste und zerrte sie rückwärts über das Gras. Alle paar Sekunden blieb sie stehen, um sich den Schweiß von der Stirn zu wischen und sich umzudrehen. Dann zerrte sie fest am Karton und fiel auf den Hintern.

Beau wollte sie schon fragen, ob sie Hilfe brauchte, aber sie blieb mit geschlossenen Augen auf dem Rücken liegen und spreizte die Arme zu den Seiten aus. Ein friedlicher Ausdruck zeichnete sich auf ihrem wunderschönen Gesicht ab. Er hätte zu gern gewusst, was gerade in ihrem kreativen Kopf vor sich ging. Sie sah so zufrieden aus, dass er sie nicht stören wollte. Einige Minuten später stand sie wieder auf und zerrte weiter am Karton, nur unterbrochen von Pausen, um sich die Stirn abzuwischen und die Hände in die Hüften zu stemmen. Beau fand das Ganze sehr unterhaltsam und machte es sich bequem.

Mehrere Minuten später hörte er ein leises Klingeln.

Charlotte zog das Bündel heraus, warf sich das Bettzeug über die Schulter und riss den Karton auf. Sie nahm ihr Handy heraus, richtete sich auf und hielt es in Richtung See. Dann drehte sie sich im Kreis, machte einige Schritte, verharrte und lief in eine andere Richtung weiter. Ihr melodisches Lachen war Musik in seinen Ohren, während sich Beau wieder seinem Entwurf widmete.

Später, als er duschte und das Abendessen zubereitete, hatte er noch immer Charlottes Bild vor Augen.

Elf

Als er Charlotte nicht in ihrer Suite antraf, ging Beau mit dem Essen nach draußen, das er in den Korb getan hatte, mit dem Charlotte sonst die Eier holte. Der grau-blaue Himmel war noch hell genug, dass er den Weg zu den glitzernden Lichtern in der Ferne fand. Je näher er dem See kam, desto lauter drangen die Geräusche der Grillen und anderen Tiere an seine Ohren, die durch die Blätter huschten, und der Geruch nach feuchter Erde und Kiefern umfing ihn. Alles war so friedlich, es gab nur den Himmel und die Berge und keine Stadtgeräusche, die zu Hause nie verstummten. Pleasant Hill war zwar eine recht kleine Stadt, aber trotz allem eine Stadt voller geschäftiger, eng miteinander verbundener Menschen, die der Ansicht waren, dass jeder alles mitbekommen sollte. Die Einsamkeit und Ruhe auf dem Berg sprachen Beau bis ins Innerste an. Sein Magen zog sich schon bei dem Gedanken daran zusammen, dass er in wenigen Wochen nach Los Angeles ziehen und eine Realityshow übernehmen sollte, für die er durch das ganze Land reisen musste. Der perfekte Job für einen Mann, der keine Wurzeln schlagen wollte. Aber er hatte auch Nachteile. Durch die Show würde er ins Licht der Öffentlichkeit geraten. Beau war immer sehr auf seine Privatsphäre bedacht gewesen und diese Aufmerksamkeit behagte ihm gar nicht. Aber das war der Preis, den er dafür zahlen musste, von Pleasant Hill und all den traurigen Augen der Menschen, die wussten, dass er Schuld an Torys Tod hatte, wegzukommen.

Als er sich dem Wald näherte, ging er an mehreren Pfählen vorbei, die im Boden steckten. Funkelnde Feenfiguren, Schmetterlinge und Blumen baumelten daran herunter und geleiteten ihn in den Wald. Er näherte sich den Lichtern, die er vom Haus aus gesehen hatte, und konnte ein Gewirr aus Bettlaken erkennen. Sie waren an den Ecken miteinander verknotet und an Seilen in der Luft aufgehängt worden. Die Seile hingen an allen verfügbaren Ästen und Baumstämmen in unterschiedlichen Höhen, sodass Gipfel und Täler entstanden. Es war kein Zelt, nicht mal ein Baldachin. Alles sah irgendwie willkürlich aus, und Lichterketten mit kleinen weißen Lämpchen hingen hier und da und wirkten wie Regentropfen, die irgendwo gelandet waren und zu leuchten angefangen hatten. Das erinnerte ihn an Charlottes Versuch, ihr Schlafzimmer zu dekorieren, und er war tief beeindruckt, dass sie sich all die Mühe nur für ihn gemacht hatte. Eine zerschlissene, fransige Decke lag auf dem Boden und war mit mehreren flachen bunten Kissen bedeckt. Mit farbenfrohen Bändern umwickelte Wildblumensträuße lagen ringsherum auf dem Gras. Der Pappkarton, den sie am Nachmittag hergeschleift hatte, stand nun leer in einigen Metern Entfernung.

Charlotte tauchte hinter einem Baum auf, hielt einen Blumenstrauß in der Hand und sah in ihrem hauchdünnen weißen Kleid, das ihr bis auf die nackten Füße reichte, fast aus wie ein Engel. Weiße Bänder zogen sich im Zickzack über ihren Oberkörper und ließen es beinahe so aussehen, als würde sie eine Toga tragen. Sie hatte sich dünne Lederriemen um ein

Handgelenk und den Unterarm geschlungen. Als sie näher kam, wirbelte sie herum. Ihr Kleid wehte um ihre Beine, und Beau begriff, dass es sich bei den Bändern um eine Verlängerung der Spaghettiträger handelte, mit denen das Kleid auf ihren schmalen Schultern festgehalten wurde und die am Rücken verknotet waren. Ein kurzes Zupfen würde ausreichen …

»Du hast es gefunden!«, rief sie aufgeregt.

Er war sich immer noch nicht sicher, was das hier sein sollte, aber im Grunde genommen war es auch egal. Charlotte war hier, und das Funkeln in ihren Augen erfreute ihn auf eine Art und Weise, wie es nichts und niemand zuvor vermocht hatte. Nur wegen Charlotte war es faszinierend, hier zu sein. Er glaubte beinahe, dass es selbst mitten in der Stadt nichts anderes als sie für ihn geben würde.

»Aber sicher.« Er stellte den Korb auf die Decke, nahm ihre Hand, zog sie an sich und küsste sie. Sie schmeckte nach Pfefferminze und Sonnenschein. »Du siehst umwerfend aus. Wie kann es sein, dass du mir so gefehlt hast, wo wir doch den ganzen Vormittag zusammen verbracht haben?«

»Das liegt daran, dass wir einander guttun«, erwiderte sie.

»Aber ich habe dich vom Schreiben abgehalten. Das muss dich doch geärgert haben.«

Sie schüttelte den Kopf und malte mit einem Finger Kreise auf seiner Brust. »Ich fand es schön, dass du das getan hast, und du inspirierst mich. Man könnte behaupten, du bist gut für mein Buch – und für mein Herz. Siehst du mein Lächeln?«

»Ja, ich sehe es.« Er küsste sie noch einmal und wollte sie gar nicht mehr loslassen.

»Aber bilde dir nicht zu viel darauf ein«, neckte sie ihn und drückte ihm die Blumen in die Hand. »Die sind für dich.«

»Sie sind wunderschön und es ist sehr lange her, dass ich das letzte Date hatte, aber sollte nicht eigentlich der Mann der Frau Blumen mitbringen?« Er griff in den Korb und holte die Wildblumen heraus, die er für sie gepflückt hatte.

Sie strahlte ihn an. »Danke!« Nachdem sie daran geschnuppert hatte, gestand sie: »Ich habe seit dem Tod meines Vaters keine Blumen mehr bekommen. Er hat mir jedes Jahr zum Geburtstag welche geschickt. Sie sind wunderschön.«

»Die hier auch.« Er hielt den Strauß hoch, den sie ihm gegeben hatte.

»Diese Blumen sind eigentlich gar nicht für unser Date, sondern für deinen Crashkurs im Träumen.«

»Für meinen Crashkurs?« Wie ein Bär, der vom Honig angezogen wurde, musste er sie gleich noch einmal küssen. »Du hast dir aber sehr viel Mühe gemacht, um mir zu helfen. Was ist dieses fantastische … *Arrangement?*«

Sie deutete auf die Laken, als würde sie einen großen Preis übergeben. »Hier werden wir deinen Geist erneut für das Träumen öffnen. Willkommen in deiner *Traumlandschaft!* Sie sah viel schöner aus, als meine Familie sie gemacht hat, aber ich denke, es geht auch so. Ich werde dir zeigen, wie es geht.«

Er hatte den Eindruck, wenn irgendjemand Magie bewirken konnte, dann war das Charlotte.

»Sollen wir zuerst etwas essen?«, fragte sie.

Nur, wenn du auf der Speisekarte stehst. »Wie du möchtest.«

»Dann sollten wir etwas essen und uns unterhalten. Ich bin am Verhungern.«

Er wackelte mit den Augenbrauen. »Ich mag es, wenn Frauen wissen, was sie wollen.«

»Das ist mir schon aufgefallen«, murmelte sie und bekam rote Wangen.

»Hey.« Er legte ihr einen Finger unter das Kinn und drückte

ihren Kopf hoch, damit er ihr in die Augen sehen konnte. »Du bist umwerfend. *Du*, nicht nur der Sex mit dir. Das weißt du doch, oder? Und in der Dusche hast du mich völlig umgehauen. Du hast dafür gesorgt, dass alles, was vor diesem Moment passiert ist, wie weggeblasen war.«

»Pst. Das ist mir peinlich.«

Er küsste sie erneut und drückte sie an sich. »Sexy und hinreißend ist eine gefährliche Kombination.«

Sie setzten sich auf die Decke, und er nahm eine Weinschorle aus dem Korb und reichte sie ihr, um sich dann ein Bier aufzumachen.

»Ich weiß, dass du Gerichte bevorzugst, die schnell gehen und die man aus der Hand essen kann«, meinte er, nahm die Deckel von den Tellern und stellte sie auf die Decke.

Charlotte kicherte.

»Du hast eine schmutzige Fantasie.« Er legte ihr einen Arm um die Schultern und zog sie an sich. »Aber ich mag deine Fantasie, Babe, und zwar durch und durch.«

»Und ich mag deine ebenfalls«, hauchte sie. »Ebenso wie deine Kochkünste. Das riecht köstlich. Was ist das da am Stock? Ich mag alles, was am Stock serviert wird.«

»Hör bloß auf«, neckte er sie. »Gegrilltes Zitronenhähnchen mit Paprika und Kartoffeln.«

Sie nahm einen Bissen. »Hmmm. Du hast deinen Beruf verfehlt. Wieso bist du nicht Koch geworden?«

»Du warst wirklich zu lange hier oben auf dem Berg. Ich muss dich mal in ein richtiges Restaurant ausführen, um dir zu zeigen, wie gutes Essen schmecken kann.«

»Vielleicht in etwa einem Monat, wenn ich mit dem Buch fertig bin. Normalerweise mache ich zwischen den Büchern ungefähr eine Woche Pause.«

»Eine Woche? Du bist ja fast so schlimm wie ich.«

Das Rascheln der Blätter bildete die musikalische Untermalung ihres Abendessens. Doch noch während er ihre Nähe genoss, wurde er sich der Realität überdeutlich bewusst. Wenn sie mit ihrem Buch fertig war, wäre er längst weg.

»Du hast neulich gesagt, du würdest viel reisen«, holte sie ihn aus seinen betrüblichen Gedanken, »aber ich meine, Josh hätte mir erzählt, du würdest in Pleasant Hill arbeiten.«

»Dort ist der Sitz meines Unternehmens, aber ich übernehme Projekte an der ganzen Ostküste.«

»Was für Projekte? Solche wie dieses?«

»Normalerweise nicht. Ich kaufe, renoviere und verkaufe Häuser, und wenn sich die Gelegenheit ergibt, übernehme ich auch ein Bauprojekt von Anfang an. Wäre das mein Gasthof, würde ich jedes Zimmer renovieren und dafür sorgen, dass es zu dem Haus wird, das du dir immer erträumt hast. Aber das alles wird sich bald ändern. Ich übernehme einen Job in Los Angeles als Host einer neuen Realityshow. Dann werde ich alle sechs bis zwölf Wochen ein neues Projekt an einem anderen Ort in Angriff nehmen.«

»Im Ernst? Ich sitze hier neben einem baldigen Promi?«

»Der Host einer Realityshow ist ja wohl kaum ein Promi. Es wird eher so sein, dass ich weiter meine Arbeit mache, nur dass ich für einen Sender arbeite.«

»Das ist ja aufregend! Es fällt mir allerdings schwer, mir dich vor einer Kamera vorzustellen, denn du wirkst immer so zurückhaltend, aber du wirst schon wissen, was du tust. Sonst hättest du den Job ja nicht angenommen.«

»Ich bin sehr zurückhaltend. Das wird eine Veränderung, aber ich gehe davon aus, dass es eine gute sein wird.« Zumindest versuchte er, sich das einzureden. »Dann muss ich nicht mehr darüber nachdenken, was ich als Nächstes mache.« *Oder mit den Schuldgefühlen leben, weil ich doch nur vor etwas weglaufe.*

»Das wird bestimmt großartig, vor allem, wenn man dir den kreativen Freiraum lässt. Ich könnte es nicht leiden, wenn man mir diktieren würde, was ich zu schreiben habe, und dir würde es vermutlich ähnlich gehen. Zum Glück lässt mir meine Lektorin bei meinen Büchern jede Menge Freiheiten. Wenn sie mir Vorschriften machen würde, könnte ich das nicht ertragen. Ich kann ganz schön dickköpfig sein. Himmel, du bist bestimmt total aus dem Häuschen.«

»So würde ich das jetzt nicht ausdrücken. Ich werde mich erst daran gewöhnen müssen.« Er hatte schon seit so langer Zeit für niemanden außer seine Direktkunden gearbeitet, dass er sich nicht sicher war, wie er sich als Angestellter fühlen würde, und ständig im Rampenlicht zu stehen, würde garantiert auch eine Geduldsprobe werden. Aber wenn er damit einen Teil seiner Schuldgefühle loswerden konnte, wäre das die Sache wert.

»Und was ist mit Bandit? Wirst du ihn mitnehmen?«

»Auf jeden Fall. Sobald ich den Vertrag unterschrieben und mich eingerichtet habe, kommt er überall mit hin. Ich wollte ihn auch mit hierherbringen, aber da er mit mir nach Los Angeles ziehen wird, hat mich meine Mom gebeten, ihn noch eine Weile bei sich behalten zu dürfen. Sie verwöhnt ihn genauso, wie sie es mit einem Enkel machen würde. Wir ziehen meine Mom immer damit auf und nennen ihn ihren *Hundeenkel.*«

Schweigen konnte im Kopf eines schuldbewussten Mannes Chaos hervorrufen, aber als sie zufrieden schweigend aßen, stellte Beau fest, dass das Schweigen nicht länger sein Feind war, seitdem er Charlotte kennengelernt hatte. Derartige Augenblicke waren nun mit Gedanken an sie erfüllt, und das brachte eine andere Art von Schuldgefühlen mit sich, die jedoch nie lange anhielten. Es war, als wollte sein Gehirn nicht, dass er die verdienten Schuldgefühle vergaß, während sein Herz nun jedoch das Sagen übernommen hatte und alles andere weitestgehend ausblendete.

»Der Großteil deiner Familie lebt in Pleasant Hill, nicht wahr?«, erkundigte sich Charlotte. »Das ist ganz schön weit weg von Kalifornien.«

»Da hast du recht.« Er hatte das Angebot bekommen, weil sein Bruder Nick mit Maddox Silver befreundet war, einem Geschäftspartner von Nicks Freund Jace. Maddox hatte gute Beziehungen innerhalb der Entertainmentbranche und Beau den Produzenten der Show vorgestellt. Als Beau erstmals davon erfahren hatte, war die große Distanz zu seiner Heimatstadt eines der Hauptargumente für diesen Job gewesen.

Charlotte legte den Spieß weg, an dem sie gerade geknabbert hatte, und griff nach ihrer Weinschorle. »Würdest du mir mehr über deine Familie erzählen?«

»Was möchtest du denn wissen?«

Sie zog die Knie an die Brust und legte die Arme darum. »Alles«, antwortete sie verträumt.

»Ich habe eine große Familie. Das kann einige Zeit dauern.«

»Das macht mir nichts aus. Ich vermisse meine Familie.« Bei diesen Worten sah sie traurig aus. »Daher wäre es schön, mehr über deine zu erfahren.«

Die Einsamkeit in ihren Augen setzte Beau zu. Er schob die Teller beiseite. »Komm her.« Schon hatte er einen Arm um sie gelegt und sie lehnte sich an seine Schulter. »Ich weiß gar nicht, wo ich anfangen soll.«

»Wie war es, mit so vielen Geschwistern aufzuwachsen?«

»Es war *immer* laut und man hatte nicht die geringste

Privatsphäre.«

»Hattet ihr ein gemeinsames Kinderzimmer?«, wollte sie wissen. »Ich habe immer davon geträumt, mir das Zimmer mit einer Schwester zu teilen.«

»Ich hatte mit Nick zusammen ein Zimmer. Er ist ein Jahr jünger als ich und war früher eine richtige Nervensäge und verdammt störrisch. Doch er ist ein lieber Kerl, noch immer nervig, aber er meint es gut. Er ist Pferdetrainer. Du würdest ihn mögen; er setzt seinen Cowboyhut nie ab.« Beau kniff die Augen zusammen. »Zu sehr darfst du ihn aber nicht mögen.«

Sie lehnte sich an ihn, als wollte sie ihm zu verstehen geben: *Jetzt werd nicht albern.*

»Jax und Jillian – Jilly – sind Zwillinge, aber völlig verschieden. Jax ist immer entspannt und denkt nach, bevor er den Mund aufmacht, während Jilly wie ein rothaariger Wirbelwind durchs Leben fegt. Sie sind auch die emotionalsten unter meinen Geschwistern und beide talentierte Designer. Jax entwirft Hochzeitskleider und Jilly alle möglichen Klamotten.«

»War sie es, mit der du telefoniert hast und die dich zum Lächeln gebracht hat?«

»Das ist dir aufgefallen?« Wieso freute er sich so darüber?

»Es war schwer zu übersehen«, säuselte sie. »Ich mag dein Lächeln.«

Er sah ihr tief in die Augen und genoss die Zuneigung, die darin lag. »Ich mag deins auch, und ja, das war Jilly. Sie bringt mich meist zum Lächeln. Genau wie du.«

»Das waren erst drei. Was ist mit den anderen beiden?«

»Graham ist der Jüngste. Er ist Ingenieur wie unser Vater, aber eigentlich nur noch zum Zeitvertreib. Neuerdings betätigt er sich eher als Investor. Er reist viel umher, was für ihn gleichzeitig Arbeit und Vergnügen ist. Außerdem ist er wie Ty ein Adrenalinjunkie, aber sehr vorsichtig. Man kann ihn schwer beschreiben, weil er zwei sehr unterschiedliche Seiten hat – eine, die über ein Drahtseil laufen würde, und eine andere, die erst alles wissen muss, bevor er sich auch nur in Bewegung setzt. Unsere Persönlichkeiten sind sich sehr ähnlich, wenn man den Adrenalinjunkie außer Acht lässt, aber das war nicht immer so.«

»Hat er früher häufig über die Stränge geschlagen?«

»Nein. Aber ich. Zev ist jünger als Nick, aber älter als Jax und Jilly. Wir haben in jüngeren Jahren viel Blödsinn gemacht. Graham war hingegen schon immer vernünftig.«

»Soll das etwa heißen, es gab mal eine Zeit, in der du nicht so verkniffen warst?«

Er spürte, wie seine Barrieren wieder hochgingen, als sie auf die unangenehmen Dinge aus seiner Vergangenheit zu sprechen kamen. »Ja, ob du es nun glaubst oder nicht.«

»Ach, das ist ja interessant.« In ihren Augen glomm ein freches Funkeln. »Erzähl mir mehr darüber.«

»Wie wäre es, wenn wir jetzt mal mit dem Crashkurs im Träumen anfangen?« Er wollte schon aufstehen, da er ein bisschen Platz brauchte, um sich nicht wieder hinter Mauern zu verschanzen, aber sie hielt seine Hand fest, sodass er den Arm um ihre Schultern nicht wegnehmen konnte.

»Geh nicht. Vielleicht hast du recht und wir sollten das Thema wechseln.«

Sie ließ ihn los, und das Verlangen, ihr nahe zu sein, war größer als sein Bedürfnis nach Abstand. Er wusste, dass Charlotte nicht zu den Frauen gehörte, die einem ihr Herz ausschütteten, ohne dasselbe vom anderen zu erwarten, aber er war sich nicht sicher, ob er ihr das geben konnte, was sie verdient hatte – doch er wollte es verdammt noch mal versuchen.

Daher nahm er ihre Hand und sagte: »Danke für deine Geduld. Ich würde gern mit dir darüber sprechen, Charlotte, aber es ist so lange her und ich mache instinktiv immer gleich dicht, wenn dieses Thema zur Sprache kommt.«

Ihr Blick wurde sanfter. »Ich weiß, wie du dich fühlst. Das habe ich dir doch schon gesagt. Reden wir über das Träumen. Das könnte helfen. Hast du nie davon geträumt, etwas zu bekommen oder zu sehen? Etwas Großes zu vollbringen?«

Er wusste, worauf sie hinauswollte, und versuchte, sich sein Unbehagen nicht anmerken zu lassen. »Natürlich. Vor langer Zeit.«

»Dann müssen wir die Türen wieder öffnen, die sich in der Zwischenzeit geschlossen haben.« Sie griff nach einer Tasche und setzte sich ihm im Schneidersitz und mit der Tasche im Schoß gegenüber, um ihn aufgeregt anzusehen.

Er beneidete sie darum, dass sie ihre Gefühle so offen zur Schau stellen konnte und dass sie in der Lage war, so viel zu bewältigen und dennoch Platz für andere in ihrem Herzen fand.

»Als ich sieben war und den Sommer hier verbracht habe, litt ich unter Albträumen«, berichtete sie. »Ich weiß nicht mehr, warum oder was ich geträumt habe, aber meine Großmutter und mein Vater meinten, sie könnten etwas dagegen tun. Sie suchten Decken, Laken und Kissen zusammen und bauten die Pfähle mit den Feen, funkelnden Schmetterlinge und Blumen auf. Ich erinnere mich noch genau daran, wie ich ihnen beim Aufbau zugesehen habe. Selbstverständlich sah es bei ihnen damals nicht so aus, als hätte eine Verrückte etwas zusammengeschustert.«

»Das tut es heute auch nicht«, versicherte er ihr. »Es ist unglaublich.«

»Das stimmt nicht, aber lieb von dir, so etwas zu sagen. Ich wünschte, ich hätte damals besser aufgepasst, wie sie alles aufgebaut haben. Ihre Traumlandschaft war das Magischste, was ich je gesehen habe.«

»Ich habe noch nie jemanden kennengelernt, der so wie du an Märchen glaubt oder von magischen Dingen spricht.«

»Das liegt daran, dass ich mit Großeltern aufgewachsen bin, die das Leben wie ein Märchen betrachtet haben, und mit Eltern, die sich so sehr geliebt haben, dass mir alles an ihrer Liebe magisch erschienen ist.«

»Ich kann nachvollziehen, woher deine Faszination kommt und warum du dich so erbittert daran festklammerst, und ich hoffte wirklich, dass sich daran nie etwas ändert. Du bist ein besonderer, außergewöhnlicher Mensch, Charlotte Sterling. Wie ein ganz seltener Edelstein.« Er beugte sich vor und küsste sie. »Danke, dass du mir Zutritt zu deiner Welt gewährt hast. Ich glaube, genau das habe ich gebraucht. Das hier – und dich.«

»Ich hab doch gesagt, dass du ein bisschen Wahnsinn in deinem Leben gebrauchen kannst.«

Sie hatte ja keine Ahnung … »Glaubst du eigentlich an ein ganz bestimmtes Märchen oder an alles, das mit Magie und Träumen zu tun hat?«

»Jedes Märchen hat etwas mit Träumen zu tun. Rapunzel träumte davon, den Turm zu verlassen. Cinderella träumte von einem besseren Leben, und Peter Pan, tja, da geht es eigentlich nur ums Träumen. Und heute Abend beschäftigen wir uns mit deinen Träumen. Es hat mir großen Spaß gemacht, das alles für dich aufzubauen, auch wenn es nicht perfekt geworden ist.« Sie blickte zu den Lichterketten und Laken hinauf. »Mein Vater war ein Einzelkind und meine Großeltern haben sein ganzes Leben zu einem Märchen gemacht. In der Nacht, in der ich nicht schlafen konnte, haben sie mich auf genau diese Decke gesetzt und mir so etwas gegeben.«

Sie holte ein Glas aus der Tasche und reichte es ihm. Dann griff sie noch einmal hinein und drückte ihm ein blaues Notizbuch und einen Stift in die Hand. Sie hatte schwarze Spitze einmal um das Glas geklebt und mit schwarzem Marker *Schlimme Gedanken* auf das Glas geschrieben.

»Schlimme Gedanken?«

»Das mag in unserem Alter albern aussehen, aber dahinter steckt die Idee, dass du die traurigen oder wütenden Gedanken, die dich behindern, aufschreibst und den Zettel in das Glas steckst.«

Sie holte ein weiteres Glas aus der Tasche und reichte es ihm. Es war mit blauer Spitze und silbernem Glitter verziert, und sie hatte mit blauer Tinte *Aufgaben* darauf geschrieben. Beau konnte sie sich sehr gut als hoffnungsvolles kleines Mädchen vorstellen, die glaubte, dass alles gut war, weil ihre Familie sich die größte Mühe gab, die Welt für sie so aussehen zu lassen. Seine Eltern hatten ebenfalls hart gearbeitet, damit er und seine Geschwister glücklich waren und es gut hatten, nur ohne diese Märchenebene. Sie waren mit beiden Beinen in der Realität verankert, lehrten ihre sechs Kinder, Verantwortung zu übernehmen, und trichterten ihnen ein, dass die Familie immer an erster Stelle kam. Abermals überkamen ihn Schuldgefühle bei dem Gedanken daran, dass seine Eltern so viel für ihn getan hatten und er trotzdem drauf und dran war, so weit weg zu ziehen, wie es ihm nur möglich war.

Charlotte sah ihn erwartungsvoll an, und er verdrängte seine Schuldgefühle, da er sich von ihnen nicht diesen unglaublichen Abend verderben lassen wollte.

»Aufgaben?«, fragte er daher.

»Ja. Das andere, das uns vom Träumen abhält, sind all die

zu erledigenden Aufgaben, die uns beim Einschlafen durch den Kopf gehen. Eigentlich ist es erstaunlich, dass wir überhaupt jemals einschlafen, wenn man bedenkt, wie beschäftigt unser Verstand die ganze Zeit ist.«

»Vor allem deiner«, merkte er an. »Du hast all die Helden, die um deine Aufmerksamkeit buhlen.«

»Ganz genau.« Sie nahm noch ein Glas aus der Tasche. Darauf stand in Pink *Hoffnungen und Träume* und sie hatte es mit weißem Glitzer und pinker Spitze verziert. »Wahrscheinlich hätte ich für deins nicht unbedingt Pink nehmen sollen, da du ein Mann bist, aber so haben wir das immer gemacht.«

Was hatte sie wohl als Kind auf die Zettel in ihrem »Hoffnungen und Träume«-Glas geschrieben? »Ich weiß ja, wie es gemeint ist«, erwiderte er. »Was passiert, wenn ich das alles gemacht habe?«

»Dann legen wir uns hin, halten uns an den Händen, schließen die Augen und …« Sie zog die Augenbrauen zusammen und sah so niedlich und so entschlossen aus, dass er spürte, wie er sich ihr noch mehr öffnete. »Ich bin mir nicht sicher, weil ich als Erwachsene niemanden mehr hatte, mit dem ich das tun konnte. Als ich jünger war, haben wir über unsere Träume gesprochen, bis sie uns so echt vorkamen, dass wir gar nicht mehr anders konnten, als nachts wirklich davon zu träumen.«

Sie war einfach unglaublich. Es war offensichtlich, dass Charlotte daran glaubte, was ihn dazu bewog, es ebenfalls zu tun. Er stellte die Gläser beiseite, rückte näher an sie heran und nahm sie in die Arme. »Ich glaube, du wurdest nur für mich hierhergeschickt. Du bringst mich dazu, Dinge zu sehen, Positives zu erkennen, und das auf deine ganz eigene Weise.«

»Ich weiß, dass es albern ist«, gab sie verlegen zu. »Du musst nicht so tun, als würdest du daran glauben.«

»Nichts daran ist albern. Es ist wohlüberlegt und fantasievoll. Und einfach unglaublich, Charlotte. *Du* bist so inspirierend. Und du hast recht. Ich muss dir nichts vorspielen. Zum ersten Mal seit zehn Jahren will ich das auch gar nicht. Ich bin begeistert von den Gläsern und werde sie bestimmt auch irgendwann benutzen. Aber für das hier brauche ich sie nicht. Da brauche ich nur dich.« Er nahm ihre Hand, kämpfte gegen den Druck in seinem Brustkorb an und sagte: »Wenn du es wirklich hören willst, dann werde ich dir erzählen, wie ich einen Menschen verloren habe, der mir sehr viel bedeutet hat.«

»Ja«, sagte Charlotte, ohne zu zögern. »Ich möchte hören, was immer du mir anvertrauen magst, und ich verspreche, nicht zu viele Fragen zu stellen oder …«

Er brachte sie mit einem Kuss zum Schweigen, doch die Beklemmung in seinen Augen entging ihr nicht.

»Du darfst mir Fragen stellen und wirst es vermutlich auch tun müssen«, erwiderte er. »Es wird mir sehr schwerfallen, darüber zu sprechen, aber ich vermute, es wird für dich ebenso schwer sein, das alles zu hören. Wenn es dir zu viel wird, sag es mir bitte einfach.«

»Okay, das werde ich. Aber hast du wirklich gerade *zehn Jahre* gesagt?« Sie konnte deutlich spüren, was für ein großer Schritt das für ihn war. Doch sie war ebenfalls nervös, denn sie wusste, wie schlimm all die Spaziergänge mit ihrem Großvater gewesen waren, bei denen sie über ihre Eltern gesprochen und versucht hatte, sich an alles zu erinnern, bis es ihr in Fleisch und Blut übergegangen war.

Er senkte die Stimme. »Fast zehn Jahre, und ich habe seitdem nicht darüber gesprochen.« Rasch leerte er seine Bierflasche und stellte sie in den Korb zurück. Dann presste er die Hände auf die Oberschenkel und wurde sehr ernst. »Eigentlich habe ich nie wirklich darüber geredet.«

»Oh, Beau …« Sie legte eine Hand auf seine und konnte den Schmerz in seiner Stimme kaum ertragen. »Bevor du hergekommen bist, dachte ich, es gäbe keinen Mann auf der Welt, dem ich meine Erinnerungen anvertrauen würde. Auch all die anderen Dinge, die ich dir auf unserem Spaziergang erzählt habe, und der Weg – davon weiß niemand außer dir. Das war mir immer viel zu persönlich, und mir ist bewusst, dass all das hier – die Gläser, die Traumlandschaft – ziemlich kindisch sind, aber mir ist keine andere Möglichkeit eingefallen, wie ich dir helfen kann. Danke, dass du mir dein Vertrauen schenkst.«

»Charlotte, du bist anders als jeder Mensch, der mir je begegnet ist. Dein Verstand muss in einem Wahnsinnstempo arbeiten, und du sagst immer geradeheraus, was du denkst. Du hantierst ohne jegliche Scham mit Gummipuppen, aber wenn ich dich küsse, wirst du rot.«

Sie merkte, wie ihr das Blut in die Wangen schoss.

»Ich finde alles an dir anziehend, und ob es sich dabei um etwas aus deiner Kindheit oder deinem Erwachsenenleben handelt, macht keinen Unterschied. All das ist ein Teil von dir und das macht dich zu etwas Besonderem und bestimmt nicht albern.«

Er zog sie an sich und gab ihr noch einen Kuss. Seine Lippen waren warm, seine Bartstoppeln rau und sie war gleichzeitig glücklich und traurig.

»Willst du wirklich wissen, was passiert ist?«, fragte er und streichelte ihre Wange mit dem Daumen.

»Ja. Gib mir noch einen Kuss und dann erzählst du es mir.«

Er legte ihr eine Hand in den Nacken und gab ihr einen sinnlichen, innigen Kuss. Und dann küsste er sie wieder und wieder. Sein Mund war der reinste Himmel, und sie konnte nicht verhindern, dass sich ihr ein leises Stöhnen entrang.

Während er sie an sich drückte, murmelte er: »Wenn du weiter solche Geräusche machst, höre ich nie auf, dich zu küssen.«

»Ich möchte ja geküsst werden, aber ich befürchte, dass wir dann noch viel mehr machen, und ich möchte dir erst ins Herz blicken, bevor ich meins riskiere.«

»Würden wir jetzt stehen, würde ich vor lauter Hochachtung vor deiner Ehrlichkeit vor dir auf die Knie fallen.«

»Dass du das so offen zugibst, würde bei mir dasselbe auslösen«, gab sie zu.

Beau lächelte sie an, aber sein Lächeln wirkte gequält. »Du hast eine seltsame Wirkung auf mich, Shortcake. Vielleicht sollten wir jetzt lieber anfangen.« Er holte tief Luft. »Ihr Name war Tory Raznick. Sie war in Zevs Alter und in unserem Viertel waren wir Kids immer zusammen und so kannten wir uns seit der Kindheit. Sie lebte gleich um die Ecke von meinem Elternhaus. Es gibt ja immer dieses eine Haus, in dem man bergeweise Kekse und Hamburger bekommt, und Eltern, bei denen sich alle anderen Kinder wohlfühlen. Das konnte man über unser Haus und meine Eltern sagen. Ich weiß nicht genau, wann oder warum es geschah, aber eines Tages war sie auf einmal nicht mehr die kleine Schwester meines besten Freundes, sondern das schönste Mädchen in ganz Pleasant Hill. Zumindest für mich. Sie kam vor beinahe zehn Jahren ums Leben.«

Charlotte nahm seine Hand und konnte seine Traurigkeit deutlich spüren. »Sie war deine Jugendliebe. Ich mag mir gar nicht ausmalen, wie schwer das gewesen sein muss.«

»Ich war nicht der weltbeste Freund. Damals habe ich ständig gefeiert, aber als ich aufs College ging, bin ich ihr treu geblieben. Und ich habe sie geliebt. Ich hätte auch gar nicht gewusst, wie ich sie *nicht* lieben sollte. Sie war immer da, und dann«, er hielt kurz inne, »war sie es nicht mehr.«

Sie wäre so gern auf seinen Schoß gekrabbelt und hätte ihn umarmt, aber sie hatte Angst, damit zu weit zu gehen und ihn zu erdrücken. »Ich weiß noch genau, wie es war, wenn ich meine Eltern anrufen wollte oder damit gerechnet habe, dass sie gleich durch die Tür kommen würden. Da wundert es mich nicht, dass dies die schlimmste Zeit des Jahres für dich ist. Willst du aus diesem Grund nicht mit deinen Brüdern telefonieren? Bist du darum die ganze Zeit unterwegs? Weil dir die Erinnerungen zu viel werden?« So langsam verstand sie es.

»Ja. Darum reise ich so viel. Und meine Brüder und ich stehen uns nahe, aber der Grund, aus dem sie anrufen, ist, dass sich ihr Todestag an dem Wochenende jährt, an dem ich nach Los Angeles fliege. Sie machen sich Sorgen um mich.«

»Wenn du sie zu dieser Zeit sehr vermisst, ist das doch verständlich. Sie wollen bestimmt nur, dass du dich nicht so allein fühlst.«

»Ich wünschte, das wäre alles. Sie fehlt mir, aber sie ist tot, und das habe ich schon vor langer Zeit akzeptiert. Ich sehne mich nicht nach ihr oder warte auf jemanden, der sie ersetzen kann. Wir waren jung, und wer weiß schon, ob die Beziehung gehalten hätte oder ob ihr mein ständiges Feiern nicht irgendwann zu viel gewesen wäre. Das ist es nicht, was mir auf der Seele liegt. Eine Zeit lang war es so, aber jetzt nicht mehr.

Heute ist es etwas anderes. Jeder hat sie geliebt, nicht nur ich. Sie war in der Highschool Cheerleaderin und hat immerzu versucht, anderen zu helfen, ist jederzeit gern als Babysitter oder Freiwillige eingesprungen. Nicht nur ich oder ihre Familie haben einen Verlust erlitten, sondern die ganze Gemeinde.«

»Oh, Beau. Das ist so traurig. Sie scheint ein sehr liebenswerter Mensch gewesen zu sein. Aber möchtest du denn nicht von den Leuten umgeben sein, die sie gekannt haben? Nach dem Tod meiner Eltern musste ich einfach bei meinem Großvater sein, weil er sie ebenso gut gekannt hat wie ich.«

Er kniff sich in den Nasenrücken, und als er ihr wieder in Augen sah, spiegelte sich nichts als Trauer in seiner Miene wider. »Ich kann es nicht ertragen, ihnen gegenüberzutreten. Ich habe ihren Bruder seit der Beerdigung nicht mehr gesehen und bin mir nicht sicher, ob ich ihn je wiedertreffen möchte. Er war einer meiner besten Freunde und mit ihr ist auch ein Teil von ihm gestorben.« Er holte tief Luft. »Duncan Raz war ihr Bruder.«

»Darum hast du bei den Chickendales so komisch reagiert.« Er nickte.

»Großer Gott. Wenn ich das doch nur gewusst hätte. Es tut mir so leid.«

»Du musst dich nicht entschuldigen. Er ist ein gut aussehender Mann und du bist eine Frau ...«

»Ohne die Situation jetzt herunterspielen zu wollen, aber er ist bei Weitem nicht so heiß wie du, wenn dich das beruhigt.« Das brachte ihr ein schiefes Grinsen ein.

»Das tut es, aber nur, weil ich derjenige sein möchte, von dem du träumst.«

Trotz des ernsten Themas machten seine Worte sie sehr glücklich. »Na, da musst du dir keine Sorgen machen. Der breite, brummige Beau spielt in jedem meiner Träume die Hauptrolle, ob ich nun wach bin oder schlafe. Das ist die schreckliche Wahrheit.« Sie beugte sich vor und küsste ihn. »Es tut mir sehr leid, dass du Tory verloren hast, aber wenn du nie über den Verlust gesprochen oder Zeit mit den Menschen verbracht hast, die sie am besten kannten, dann würde dir das vielleicht helfen, alles zu verarbeiten.«

»Es geht nicht nur darum, dass ich sie verloren habe«, erklärte er angespannt, »sondern um das Wie.« Er setzte sich aufrecht hin, ballte die Fäuste und wandte den Blick ab. Die Adern in seinen Armen zuckten wie Schlangen.

»Du musst es mir nicht sagen.«

Er wandte sich ab, als sollte sie den Schmerz und die Sehnsucht in seinen Augen nicht sehen. »Ich möchte es aber. Es ist nur … Charlotte, was immer du jetzt über mich denken magst, wird sich ändern, und ich möchte diesen Augenblick nur noch ein paar Sekunden länger auskosten.«

Sie fühlte sich schuldig und egoistisch, weil Panik in ihr aufstieg. »Was wird sich verändern? Ich kann mir keinen Grund vorstellen, aus dem das passieren könnte.«

»Ich sehe die Enttäuschung und den Schmerz in den Gesichtern aller, die sie damals gekannt haben. Ich sehe die Pein in deinen Augen, weil sie gestorben ist, und du bist ihr noch nicht mal begegnet.«

»Weil es traurig ist, wenn ein Mensch stirbt, Beau. Aber das, was du in meinen Augen siehst, gilt dir. Ich spüre, wie sehr du leidest, und das macht mich traurig.«

Er stand auf und ging auf und ab. »Du musst meinetwegen nicht traurig sein.«

Sie ging zu ihm und nahm seine geballte Hand. »Ich weiß, wie es sich anfühlt, Menschen zu verlieren, die man liebt. Es kann einem das Leben zur Hölle machen, wenn man es zulässt.«

Er blieb stehen und starrte sie an. Ihr war bewusst, dass sie ihm Raum geben sollte, aber ihr Großvater hatte nicht zugelassen, dass sie in der Dunkelheit versank, und Beau befand sich schon viel zu lange darin. Sie hatte geglaubt, er würde seine Gefühle vor ihr verbergen, doch da hatte sie sich geirrt. Er hatte sie die ganze Zeit offen zur Schau getragen. Sie hatte nur nach etwas anderem Ausschau gehalten. Er würde nie wirklich frei sein, wenn er die Schlinge um seinen Hals nicht loswurde.

»Was immer es auch ist, weswegen du dich schuldig fühlst, oder was du auch glaubst, das ich dir vorwerfen könnte, kann nicht mal ansatzweise so schlimm sein, wie du denkst. Du sitzt nicht im Gefängnis, also hast du sie offensichtlich nicht umgebracht.«

Er ballte erneut die Faust, aber sie ließ ihn nicht los.

»Du hast ja keine Ahnung, Charlotte.«

Sie trat noch näher an ihn heran und blickte ihm in die gequälten Augen. »Erzähl es mir. Lade deine Last bei jemandem ab, der nicht dort war, dem aber etwas an dir liegt.«

Er blickte in die Ferne, zu den Bäumen hinüber, zur Traumlandschaft, und als er sie endlich ansah, wirkte er gequält und hatte umwölkte Augen. »Es war meine Schuld, dass sie in diesem Taxi gesessen hat, verstehst du?«, stieß er hervor. »Es war Freitagabend und ich war mit Zev unterwegs. Ich habe nicht einmal mitbekommen, dass sie mir Nachrichten geschrieben hatte. Sie sollte eigentlich erst am Sonntag nach Hause kommen, aber sie hat einen früheren Flieger genommen, um mich zu überraschen. Sie hat mir vom Flughafen drei Nachrichten geschrieben – und wo war ich? Ich habe mich die ganze Nacht besoffen und Blödsinn gemacht, während sie in ein Taxi gestiegen ist. Es hat gestürmt. Sie waren keine fünf Kilometer vom Flughafen entfernt, da hat der Fahrer die Kontrolle über den Wagen verloren und einen Unfall gebaut. Daran waren drei Autos beteiligt und sie waren in der Mitte. Vom Wagen war so gut wie nichts mehr übrig.«

Charlotte versuchte zu verstehen, warum er sich derart schuldig fühlte. »Sie saß also in einem Taxi, während du ausgegangen warst, als der Unfall passiert ist?«

»Ich war nicht nur ausgegangen.« Er entzog ihr seine Hand und machte einige Schritte. »Ich habe mich betrunken wie ein egoistisches, sorgloses Kind.«

»Vor zehn Jahren warst du noch fast ein Kind, Beau. So etwas macht man in dem Alter nun mal. Man geht aus und betrinkt sich. Man hat Spaß und lebt sein Leben.«

Er hob eine Hand. »Tu das bitte nicht. Versuch nicht, irgendwie zu erklären, wie ich mich verhalten habe. Ich weiß, wie ich damals gewesen bin, und ich kann den Gedanken kaum ertragen, dass ich sie erst verlieren musste, um das zu erkennen. Aber sie ist meinetwegen gestorben und jeder in der Stadt weiß das.«

»Beau …«

Er schüttelte den Kopf und wirkte gleichzeitig geknickt und wütend. »Es tut mir leid, Charlotte. Ich hätte nie etwas mit dir anfangen dürfen. Das war nicht fair.«

Sie ging zu ihm, und als er sich abwandte, baute sie sich erneut vor ihm auf und ließ sich nicht einmal von seinem abweisenden Blick davon abbringen. »Darum bist du also so ernst und lebst ausschließlich in der realen Welt?«

Er nickte knapp. »Fantasien sind nicht von Dauer.«

»Ich kann nachvollziehen, warum du das denkst, auch wenn es mir das Herz bricht.«

»Es war grauenvoll, Charlotte. Zev ging damals mit Torys

bester Freundin Carly aus und sie waren sehr verliebt ineinander. Und damit meine ich, dass sie vorhatten zu heiraten.« Er schluckte schwer. »Ich habe mich gewandelt, ins Zeug gelegt und Verantwortung übernommen, auch wenn ich es nicht schaffe, mich längere Zeit in Pleasant Hill aufzuhalten. Aber Zev? Er ist gegangen und hat nie zurückgeblickt. Wir können von Glück reden, wenn er uns ein paar Tage im Jahr besuchen kommt.«

Sie war den Tränen nahe, weil ihr die beiden so leidtaten, ebenso wie Tory und ihre beste Freundin. Aber Beau hatte so großes Vertrauen in sie, dass er ihr all das gestand, und sie würde nicht zulassen, dass er wegen eines Fehlers, den er als junger Mann begangen hatte, seine Chance auf ein glückliches Leben aus dem Fenster warf.

Also schob sie einen Finger in seine Gürtelschlaufe, um ihn festzuhalten. »Du trägst eine Menge Schuld mit dir herum, aber ich weiß auch ein bisschen was darüber, wie es ist, eine Last mit sich herumzutragen.«

Er blickte auf ihren Finger herab und musste leicht schmunzeln. »Glaubst du, du könntest mich hier festhalten?«

»Ich bezweifle, dass dich irgendjemand dazu zwingen kann, an einem Ort zu bleiben, an dem du nicht sein willst. Ich möchte dir nur näher sein, aber ich hatte Sorge, dass du mich abweist, wenn ich versuche, dich zu berühren.« Sie zerrte an der Gürtelschlaufe. »Eine bessere Idee hatte ich nicht.«

»Charlotte.«

Der warnende Unterton in seiner Stimme war nicht sehr scharf, und sie hatte den Eindruck, er wollte hören, was sie zu sagen hatte. »Ich werde dir jetzt etwas erzählen, das ich noch keiner Menschenseele anvertraut habe. Nicht einmal Aubrey, und sie ist meine beste Freundin. Als mein Großvater starb, habe ich mir die Schuld daran gegeben. Sein Herz war bereits nach dem Tod meiner Großmutter gebrochen, und ich war alles, was er noch hatte, und dann ging ich aufs College. Ich wusste, wie einsam er sein würde, trotz der Krankenschwester, die wir für ihn eingestellt hatten. Aber die Familie kann nun mal niemand ersetzen. Er hat mich gedrängt zu gehen – er wusste, wie sehr ich davon geträumt habe, Schriftstellerin zu werden –, und es war gut, dass er das getan hat. Ich musste aufs College gehen, mit Menschen meines Alters zusammen sein und lernen, auf eigenen Beinen zu stehen. Ich musste mit Männern ausgehen und Fehler machen. Aber nach seinem Tod ist mir bewusst geworden, wie egoistisch das von mir war, selbst wenn er es ebenfalls wollte. Irgendwie habe ich immer gewusst, dass er ohne mich nicht mehr lange leben würde.«

Beau legte eine Hand auf ihre. »Dafür darfst du dir nicht die Schuld geben, Charlotte.«

»Mein Verstand weiß das auch, aber ein Teil von mir wird diese Schuldgefühle immer mit sich herumtragen, wie ein Stein im Schuh, der die ganze Zeit da ist, aber nur wehtut, wenn man Druck ausübt. Wenn ich ihn vermisse oder die Persönlichkeit eines Helden ausarbeite und alles, was er tut, mit ihm vergleiche. Selbstverständlich war meine Beziehung zu meinem Großvater nicht so wie das, was ich schreibe, aber ich versuche, meinen Helden einige seiner Vorzüge mitzugeben, und ich glaube, ich halte ihn so auf gewisse Weise am Leben, um meine Schuldgefühle zu besänftigen. Er hat uns alle so sehr geliebt. ›Ich hab dich lieb‹, waren bei ihm nicht nur Worte. Wir haben seine Liebe gespürt, und zwar in allem, was er tat. Ich möchte, dass meine Helden genauso sind. Dass sie tief und für immer lieben und dass sie ihre Gefühle zeigen – auch die schrecklichen. *Ich* möchte auch so sein. Allein die Erinnerungen an meinen

Großvater haben mich die Trauer überstehen lassen. Meine Schuldgefühle sind geblieben, aber indem ich mich an unsere Spaziergänge erinnert habe und wie er mich mit sanfter Gewalt gezwungen hat, wieder ins Leben zurückzukehren, indem ich all diese Gefühle zuließ, vor denen ich mich verstecken wollte – das hat mir geholfen, seinen Tod aus einem anderen Blickwinkel zu sehen.«

»Ich weiß ganz gut, wie es ist, wenn man vor seinen Gefühlen davonläuft«, gab Beau zu. »Es ist leichter, gar nichts zu empfinden.«

Vor einigen Tagen hätte sie noch all ihren Mut aufbringen müssen, um das zu tun, was sie jetzt vorhatte, aber inzwischen fühlte es sich für sie richtig an, einfach ihr Herz sprechen zu lassen. Sie verschränkte die Finger mit seinen und sah dem Mann, den sie nun so viel besser verstand, in die Augen.

»Ich war noch nie verliebt«, gab sie leise zu. »Ich kann nicht so tun, als wüsste ich, wie sich das anfühlt. Ich habe zwar gesagt, dass ich weiß, wie es ist, einen geliebten Menschen zu verlieren, denn das tue ich, aber mir ist auch bewusst, dass es etwas anderes ist, ob man ein Eltern- oder Großelternteil verliert oder jemanden, den man auf andere Weise geliebt hat und der ein Stück von einem selbst mit ins Grab genommen hat. Jemanden, dessen Gesicht du vermutlich siehst, wenn du die Augen schließt, und dessen Stimme du dir in Erinnerung rufst, wenn du den Boden unter den Füßen verlierst.«

Er spannte die Kiefermuskeln an, sodass diese deutlich hervortraten, und Charlotte hatte einen Kloß im Hals.

»Aber das sind wunderschöne Dinge, an denen du festhalten solltest und die du so oft, wie du es möchtest oder brauchst, erleben musst, Beau. All diese Empfindungen – sie zu vermissen, wütend auf dich selbst zu sein – sind ein Anfang.

Erst dann kannst du dir vergeben und nach vorn blicken. Du hast nicht am Steuer des Taxis gesessen. Du bist nicht für den Sturm oder den Unfall verantwortlich. Du bist ein kluger Mann mit einem guten Herzen. Ein Beschützer. Das habe ich in den wenigen Tagen, die wir zusammen verbracht haben, bereits erkannt. Ich verstehe, dass du das Gefühl hast, sie enttäuscht zu haben, weil du sie nicht beschützen konntest, aber du hast sie nicht getötet, ebenso wenig wie ich die Schuld am Tod meines Großvaters trage.«

Er sagte kein Wort, und Schweigen legte sich über sie, verband sie und vereinigte sie in diesem Gewirr aus Geständnissen und Schuldgefühlen.

»Du hast gesagt, du hättest nie über Tory gesprochen«, fuhr sie fort. »Aber jetzt tust du es, und das ist gut so. Hilft es dir denn? Ich bin eine gute Zuhörerin, und ich werde jeden Tag, den du hier bist, Zeit dafür finden, wenn du über sie reden möchtest.«

Er stützte seine Stirn an ihre und schloss die Augen. »Ich kann dir nicht sagen, ob es geholfen hat.« Als er die Augen wieder aufschlug, schimmerten da so viele Emotionen, dass sie sie nicht auseinanderhalten konnte. »Ich weiß nur, dass du immer noch hier bist, obwohl ich dir gestanden habe, dass ich schuld an ihrem Tod bin, und das ist mehr, als ich mir je erhofft habe.«

»Das liegt daran, dass es nicht deine Schuld gewesen ist. Ich weiß nicht, warum solche Dinge geschehen, aber für mich ist offensichtlich, dass dein Feiern mit deinem Bruder nichts mit ihrem Unfall zu tun hat. Und obwohl ich glaube, dass wir uns aus einem guten Grund kennengelernt haben, wünschte ich mir von ganzem Herzen, dass du sie nicht verloren hättest.«

Er schob eine Hand in ihr Haar und legte sie ihr so in den

Nacken, wie sie es sich inzwischen oft ersehnte, und sah sie mit seinen ernsten Augen an. »Seit dieser schrecklichen Nacht habe ich nichts Gutes mehr gefühlt. Bis ich dich kennengelernt habe, Char. Wenn du in meiner Nähe bist, fühle ich mich lebendig, und wenn wir uns nahe sind, so wie wir es heute Morgen waren, empfinde ich mehr als jemals zuvor. Ich fühle mich ganz, und es ist vielleicht nicht fair, dass ich meine Last mit dir teile, aber, verdammt, ich will dich. Ich möchte bei dir sein und …«

Sie brachte ihn mit einem begierigen Kuss zum Schweigen. Er zog sie an sich, und sie klammerte sich an seine Schultern und stellte sich auf die Zehenspitzen, während sie sich immer leidenschaftlicher küssten. Er krallte die Finger in ihr Haar und hielt ihren Kopf fest, während er all seine Gefühle in diesen Kuss legte. Sie spürte seinen Zorn, seine Verwirrung, seine Leidenschaft, und beide ließen sich ganz gehen, um die Leere in sich zu füllen. Charlotte wollte seine Traurigkeit lindern und auf diese Weise den Rest des Mannes finden, der sie dazu brachte, so viel mehr zu wollen als jemals zuvor.

Sie zerrte an seinem T-Shirt. »Runter damit«, verlangte sie.

Er zerrte es sich mit einer Hand über den Kopf, um sie danach noch inniger zu küssen und dafür zu sorgen, dass sie keinen klaren Gedanken mehr fassen konnte, als er sie an sich drückte. Seine Brust presste sich gegen ihre Brüste und seine Erektion rieb sich an ihrem Bauch, als sie wild übereinander herfielen. Sie konnten gar nicht genug vom anderen bekommen. Er drückte ihren Kopf nach hinten und übersäte ihren Hals mit Küssen. Unbändiges Verlangen durchzüngelte sie.

»Charlotte«, stieß er zwischen den betörenden Küssen hervor. »Bin ich dir zu schnell?«

Seine Nähe war wie eine Droge und sie wollte eine Überdosis davon. Ihr Herz machte einen gefährlichen Satz, als sie eine Hand zwischen ihre Körper schob und den Reißverschluss seiner Hose öffnete.

»Ja«, knurrte er.

»Oh ja«, stimmte sie ihm zu.

Er sah ihr in die Augen, so begierig und voller Verlangen, und sie spürte, wie die Leidenschaft sie durchtoste. Schon presste er die Lippen auf ihre Schulter und drückte mehrere zärtliche Küsse darauf, saugte an ihrer Haut und biss sanft hinein, bis sie vor Wonne erschauderte. Bei jeder Berührung sehnte sie sich mehr nach ihm, und als er die Hand auf die Schleife an ihrem Rücken legte, die ihr Kleid zusammenhielt, vibrierte ihr ganzer Körper vor Anspannung. Seine rauen Hände fuhren heiß und gierig über ihre Haut, als würde er es genießen, sie endlich zu spüren, und er zog sie an sich. Sie wollte jedoch mehr und stemmte sich gegen seine Brust. Mit den Händen auf seinen Bizeps gestützt bahnte sie sich küssend einen Weg über seinen Oberkörper. Er roch nach Moschus und Mann und schmeckte nach salzigem Verlangen. Sie ließ die Zunge über seine Brustwarze schnellen und spürte, wie sie sich aufrichtete, während er leise stöhnte. Er packte ihren Kopf und hielt ihn dort, wo er sie spüren wollte. Sie fügte sich nur zu gern, saugte und biss zart in den empfindsamen Nervenknoten, woraufhin er lauter stöhnte und mit dem Becken ruckte.

Charlotte wollte seinen kraftvollen Körper auf sich spüren, ihn in sich haben. Als er die Hand wieder auf die Schleife legte, erstarrte er, und sie blickte zu ihm auf. Er sah sie mit lodernden Augen fragend an.

»Wenn du es nicht tust, mache ich es«, stieß sie keuchend hervor.

»Grundgütiger, Charlotte ...«

Wieder küsste er sie leidenschaftlich und zog dabei die

Schleife auf. Das Band um ihre Mitte lockerte sich, und das Kleid rutschte von ihren Schultern, während sie sich ganz in diesem Kuss verlor. Ihr Kleid fiel zu ihren Füßen auf den Boden und Beau zog sie an seine nackte Brust und legte die Arme fest um sie. Er presste die Hände auf ihren Rücken, um sie so eng wie möglich an sich zu drücken.

Als er die Lippen von ihr löste, sie aber weiterhin festhielt, tobte ein Sturm an Emotionen in seinen Augen. Sie wusste, dass dies ebenso anders für ihn wie neu für sie war, und irgendwie begriff sie, dass er es ihr vermitteln wollte, auch wenn er es nicht aussprach.

»Ich weiß«, wisperte sie, und als sich die Erleichterung auf seinem Gesicht widerspiegelte, machte ihr Herz einen Satz.

Er zog sich die Stiefel und die Hose aus. Sie hatte jeden Zentimeter seines muskulösen Körpers erst Stunden zuvor berührt, gekostet, gespürt und war dennoch aufs Neue verblüfft, welche Anziehungskraft er auf sie ausübte. Er trat näher an sie heran, nahm ihr Kinn zwischen Daumen und Zeigefinger und küsste sie. Der Zorn und die Verwirrung, die ihn seit ihrer ersten Begegnung gepeinigt hatten, waren verflogen, und sie wusste, dass er sie nun wirklich wahrnahm und begehrte.

»Hi, meine Schöne.« Ein strahlendes Lächeln umspielte seine Lippen.

Ihr Herz setzte einen Schlag aus, als er sich vor sie kniete und ihr sanft den Slip herunterzog, um sich dann küssend an ihren Beinen emporzuarbeiten. Er ließ sich Zeit, fuhr mit den großen Händen über ihre Beine und jagte eine Gänsehaut nach der nächsten über ihren Rücken.

»Ich möchte dir ganz nah sein«, flüsterte er zwischen den zärtlichen Liebkosungen, »so nah, dass du mich in deinen Träumen spürst.«

Sie hatte keine Ahnung, warum ihre weichen Knie sie überhaupt noch trugen, als Beau ihre Hand nahm und sie zur Decke führte, aber sie war froh, dass sie noch laufen konnte. Als sie sich hinlegten, gestand sie ihm: »Es ist Jahre her.«

»Ich weiß«, erwiderte er und gewährte ihr dieselbe Erleichterung, wie sie sie ihm geschenkt hatte.

Erst jetzt fiel ihr wieder ein, dass sie ihm das bereits gesagt hatte. Er nahm sie in die Arme, sie legten sich auf die Seite und er bettete ihr linkes Bein auf seiner Hüfte und umfing ihre Pobacke. Und dann küsste er sie. Aber dies war nicht der wilde Kuss furchtsamer Liebender, die Sorge hatten, ihnen könne die Zeit davonlaufen, oder ein sanfter, vertrauter Kuss. Vielmehr war es eine Reihe verlangender Küsse, die ihr Blut in Wallung brachten und Leidenschaften in ihr erweckten, von deren Existenz sie bisher gar nichts gewusst hatte. Er vertiefte den Kuss, hielt sie fest in seinen Armen und schaffte es, alle Küsse, von denen sie je gelesen oder über die sie je geschrieben hatte, in den Schatten zu stellen. Ihre Gefühle brodelten über, erfüllten sie bis ins Innerste, jagten durch ihre Gliedmaßen und beanspruchten jeden Teil ihrer Seele. Ihre Brustwarzen brannten, ihr Geschlecht schwoll an, und als sie schon glaubte, es nicht länger ertragen zu können, legte er sich auf sie und küsste sie noch leidenschaftlicher. Sie verging in der samtenen Wärme seines Mundes, in dem kräftigen Kokon, den sein Körper um sie bildete, in einer Welt, die sie sich in ihren kühnsten Träumen nicht hätte vorstellen können. Dies war ein sicheres, mystisches Universum, das nur für sie existierte und in dem alles neu und explosiv war.

Als sich ihre Lippen voneinander lösten, ging Beau auf die Knie und holte ein Kondom aus seiner Brieftasche. Sie sah zu, wie er es sich überstreifte, und das Bild, wie er seine Erektion in der Hand hatte und sie dabei ansah, brannte sich in ihr Gehirn.

Dann legte er sich wieder auf sie, umfing ihren Kopf mit beiden Händen und sah ihr tief in die Augen. »Ich … *Das* …« Er schloss kurz die Augen, und als er sie wieder öffnete, war sein Blick klar. »Ich habe die schlimmen Gedanken vertrieben. Keine Aufgabe steht mir mehr vor Augen. Ich möchte direkt in meine Träume eintauchen, und ich habe schon so lange nicht mehr geträumt, dass ich nicht mal weiß, ob das hier dazugehört, aber ich möchte mehr solcher Vormittage wie heute und mehr solcher Nächte wie dieser. Mehr Gespräche und mehr Nähe. Ich möchte mehr von dir, Charlotte. Du bringst mich dazu, wieder zu träumen.«

»Das möchte ich ebenfalls. Ich hätte mir nie träumen lassen, dass die Wirklichkeit besser sein könnte als die Welten, die ich erschaffe, aber da habe ich mich geirrt.«

Ihre Lippen trafen aufeinander, während sich ihre Körper vereinten, langsam und vorsichtig. Sie spürte, wie sich ihr Körper ausdehnte, um ihn in sich aufzunehmen, war sich jedes Zentimeters bewusst, als er in sie eindrang, bis er tief in ihr war. Und sie wusste, dass sie seinen Körper um sich und in sich noch über Tage spüren würde, genau so, wie er es sich erhofft hatte. Was nicht etwa an der Form oder Größe lang, sondern allein daran, dass er nicht nur ihren Körper, sondern auch ihr Herz erobert hatte.

Zwölf

Charlotte erwachte fest umschlungen von Beau. Sein Becken lag an ihrem Hintern, seine Oberschenkel drückten sich von hinten gegen ihre, und seine starken Arme umfingen sie, als wollte er sie vor der ganzen Welt beschützen. Nach der letzten Nacht war sie davon überzeugt, dass er das auch tun würde. Sie waren unter den Sternen eingeschlafen, die Körper aneinandergepresst, und als sie nach einer Weile wieder erwachten, hatten sie sich noch einmal geliebt, um erst in den frühen Morgenstunden ins Haus zurückzukehren. Es hatte sich ganz natürlich angefühlt, als er zu ihr ins Bett gestiegen war und sich neben sie gelegt hatte, und überhaupt nicht so peinlich wie befürchtet. Sie war nicht ausgeflippt und hatte sich auch nicht in eine stammelnde Idiotin verwandelt. Und als er sie an sich zog und liebevoll in die Arme nahm, hatte sich das angefühlt, als wäre sie endlich zu Hause. Nun verspürte sie jedoch den Drang, sich umzudrehen. Sie wollte sein schönes Gesicht sehen, wenn er friedlich schlief, so wie sie es letzte Nacht schon betrachtet hatte, als sie beide zu befriedigt und erschöpft gewesen waren, um sich noch bewegen zu können.

Er kuschelte sich an sie und sein warmer Atem erweckte heiße Erinnerungen in ihr. Sie fragte sich, was er gerade dachte, als er ihre Hände nahm und festhielt. Was sollte sie nach einer solchen Nacht zu ihm sagen? *Danke für die schönen Stunden? Du warst unglaublich?* Er war mehr als nur unglaublich gewesen. Und das nicht nur, weil er sie so vollkommen geliebt hatte, dass sie sich von ihm in Besitz genommen fühlte, sondern auch, weil zwischen ihnen ein Band entstanden war, wie sie es sich erträumt hatte. Aber *Du warst unglaublich* war ja wohl absolut bescheuert. Es wäre wahrscheinlich zu überwältigend, wenn sie ihm gestand, was sie wirklich empfand. Spürte er diese starke Verbundenheit zwischen ihnen ebenso wie sie? War ihm auch so, als wäre er in freiem Fall in etwas Großes und Bedeutsames gestürzt? In ihren Büchern war das alles so viel leichter. Er ergriff garantiert die Flucht, wenn sie ihm die Wahrheit sagte. Würde das nicht jeder nach nur einer Nacht voller grandiosem Sex tun?

Traurigkeit überkam sie. *Ob es für ihn wohl nicht mehr als das gewesen ist?*

Er drückte die Lippen auf ihre Schulter. »Denkst du schon wieder an Abgabetermine und Gummipuppen?«

»Wie kommst du auch nur auf die Idee, ich könnte nach dem, was wir miteinander hatten, an etwas anderes als an dich denken?« Sie drehte sich in seinen Armen um und genoss seinen Blick, der ebenso wild und beschützerisch wie sanft und zärtlich war. »Ich habe darüber nachgedacht, dass es mir in meinen Büchern gelingt, den Morgen danach heiß und verführerisch zu gestalten, mir jedoch nichts Aufregendes einfällt, was ich dir sagen kann, außer danke.«

Er lachte leise, und sie sah voller Freude, wie sich das Glück in seinen Augen widerspiegelte.

»Das ist nicht witzig«, beschwerte sie sich. »Ich möchte, dass dieser Moment für dich unvergesslich ist. Du sollst an unsere

Nacht denken, wenn du ein Haus auf einem Hügel baust oder ein Schlafzimmer renovierst.« Als sie merkte, was sie da gesagt hatte, drückte sie das Gesicht an seine Brust. »Siehst du? Im wirklichen Leben kann ich so etwas nicht.«

Er legte ihr lächelnd einen Finger unter das Kinn, um sie sanft zu zwingen, ihn anzusehen. »Wenn hier jemand einen Grund hat, sich zu bedanken, dann bin ich das, denn ich habe eine freche, unfassbar heiße, süße Frau neben mir liegen und mit ihr gerade die unglaublichste, unvergesslichste Nacht verbracht.«

»Wirklich?«

»Wirklich. Hör auf, dir Gedanken zu machen, was du Aufregendes sagen kannst. Mir ist die ehrliche Frau viel lieber, mit der ich zuletzt Zeit verbracht habe. Das ist die Person, an die ich denken werde, wenn ich Häuser auf einem Hügel baue oder Schlafzimmer renoviere. Du bist diejenige, an die ich jedes Mal denken werde, wenn ich über ein Feld oder durch einen Wald gehe oder in der Ferne funkelnde Lichter sehe.«

Jedes seiner Worte bewirkte, dass sie sich nur noch mehr in ihn verliebte.

Er küsste sie. In seinen Küssen lag nun eine Einladung, eine *Sehnsucht*, die zuvor nicht da gewesen war, und sie wusste, dass sich auch für ihn einiges verändert hatte.

»Ich war sehr lange Zeit allein. Selbst inmitten anderer Menschen bin ich oft mit meinen Gedanken allein. Aber wenn du bei mir bist, ist das anders. Du hast zwar gesagt, du wärst mit deinem Buch schon in Verzug, und ich möchte nicht, dass du meinetwegen Probleme bekommst, aber es wäre schön, wenn du manchmal in meiner Nähe sein könntest, während ich arbeite.«

Wow. Sie erlag diesem Mann mehr und mehr, was angesichts der Tatsache, dass er nur für kurze Zeit hier sein würde, sehr gefährlich war. *Vielleicht hätte ich das vor unserem ersten Kuss bedenken sollen.* Nun konnte sie ihm jedenfalls nicht mehr widerstehen. Dazu waren die Anziehungskraft und das, was zwischen ihnen entstanden war, viel zu stark.

»Stört es dich, dass ich so viel Zeit mit dem Schreiben verbringe? Während meiner Collegezeit habe ich ein Praktikum bei einer Tageszeitung gemacht und war die ganze Zeit mit der Recherche oder dem Schreiben beschäftigt. Die Männer, mit denen ich damals ausging, fanden das überhaupt nicht gut.«

»Wir sind schon lange nicht mehr auf dem College. Ich erwarte nicht, dass du mir jede Sekunde deine Aufmerksamkeit schenkst, und ich müsste schon blind und taub sein, um nicht zu erkennen, wie dich das Schreiben erfüllt. Daran möchte ich ganz bestimmt nichts ändern, und ich möchte auch nicht, dass du für mich etwas anders machst. Mir reicht es, dich in meiner Nähe zu wissen. Aber um einen Gefallen muss ich dich bitten.« Er schob ihr das Haar hinters Ohr und zog sie an sich. »Wenn du bis Samstagnachmittag ein bisschen was aufholen und dir eine Pause erlauben kannst, wäre es schön, wenn du ein paar Stunden für mich erübrigen könntest. Ich habe eine Überraschung für dich, aber dazu musst du deinen Computer für einige Zeit vergessen. Das hat nichts damit zu tun, dass ich eifersüchtig auf deine Schreibzeit wäre, sondern liegt daran, dass ich das wirklich sehr gern für dich tun würde.«

»Eine Überraschung?« Wie hatte er seit letzter Nacht eine Überraschung für sie vorbereiten können? Oder plante er das schon länger? Sie hätte ihm zu gern gesagt, dass es ihr egal war, wie viel Zeit es kostete, aber so einfach war die Sache leider nicht. Ihr Abgabetermin saß ihr nun mal im Nacken.

»Jedenfalls hoffe ich, dass es eine Überraschung sein wird«, fügte er hinzu.

»Es gefällt mir gar nicht, dass ich noch an etwas anderes denken muss als daran, wie gern ich Zeit mit dir verbringen würde, aber ich habe meiner Lektorin versprochen, ihr Dienstag in einer Woche das erste Drittel meines Manuskripts zu schicken, und wir treffen uns am darauffolgenden Montag in Port Hudson, daher kann ich da nicht viel machen. Aber wenn ich mich die nächsten Tage richtig reinhänge und nicht wieder eine Schreibblockade bekomme, dann lässt sich das einrichten.« Sie freute sich darauf, ihre Freundinnen zu treffen, wenn sie in New York war, aber der Gedanke, diese beiden Tage nicht mit Beau verbringen zu können, trübte die Vorfreude ein wenig. »Weißt du was? Ich kriege das hin«, erklärte sie zuversichtlich. »Es wird schon klappen. Danke!«

Sie drückte die Lippen auf seine, und sie grinsten breit, während er sie beide umdrehte, sodass sie unter ihm lag.

»Ich mag dich wirklich sehr, Sterling.«

»Ich bin nicht überzeugt«, neckte sie ihn. »Vielleicht solltest du es mir beweisen.«

Er küsste sie leidenschaftlich und verbrachte die nächste Stunde damit, sie auf höchst lustvolle Weise mehrmals in den Himmel der Lust zu katapultieren.

Danach lagen sie schwer atmend nebeneinander und waren schweißnass von ihrem Liebesspiel. »Ich hätte heute Abend gern eine Wiederholung, aber wir müssen den Wecker früher stellen, damit ich unsere Verabredung einhalten kann, ohne dafür meine Dosis Beau zu verpassen.«

Er kicherte. »Dann sollten wir langsam aufstehen, nach den Chickendales sehen und dir etwas zu essen besorgen, damit du ein paar heiße Kapitel schreiben kannst, wo du ja jetzt entsprechend inspiriert sein solltest.«

Sie freute sich sehr darüber, dass er Chickendales sagte, aber noch viel mehr genoss sie diese neue *Inspiration*.

Er gab ihr noch einen letzten Kuss und stieg dann splitternackt aus dem Bett. »Ich gehe schnell duschen.«

Sie starrte seinen knackigen Hintern an, als er das Zimmer durchquerte und im Bad verschwand. Trunken vor Wonne lauschte sie, wie er das Wasser anstellte, vergrub den Kopf im Kissen und kreischte, während sie vor lauter Glück mit den Beinen wackelte. Danach ließ sie sich breit grinsend auf den Rücken fallen.

»Das war einfach hinreißend.«

Sie keuchte auf und er musste lachen. »Hast du mich etwa beobachtet?«

Er kam mit ausgestreckter Hand auf sie zu. »Ich hatte mich gefragt, ob wir nicht zusammen duschen wollen, und wollte dich gerade holen kommen, konnte deine kleine Freudenfeier jedoch nicht unterbrechen.«

»Ich hab nur …«

Er musterte sie amüsiert und ihr wollte keine einzige sinnvolle Erklärung einfallen.

»Kannst du es mir denn verdenken?«, fragte sie. »Schließlich werde ich nicht jeden Tag mit süßer, sündiger Liebe geweckt.«

»Ich auch nicht.« Er zog sie auf die Beine und presste seinen muskulösen Körper an sie. »Aber es wird Zeit, dass wir das ändern.«

Dreizehn

Am folgenden Freitag stand Charlotte vor ihrem Whiteboard und versuchte, die nächsten Szenen für ihr Buch auszuarbeiten, was sie jedoch nicht tun konnte, solange sie nicht wusste, wie es mit den Charakteren weitergehen sollte. Ihre Bücher waren schon immer ohne große Planung entstanden, aus diesem Grund hatte sie auch beschlossen, Becca für den Kontakt zu ihren Fans einzustellen. Becca führte Buch über die Wünsche der Fans, und Charlotte versuchte, all ihre Vorschläge aufzunehmen, aber das schränkte sie viel zu sehr ein. Selbst das Planen einer ganzen Geschichte ohne die Ideen der Fans gab ihr schon das Gefühl, zu sehr in die Enge getrieben zu werden, und wie ein rebellisches Kind schrieb sie dann meist das genaue Gegenteil von dem, was der Plan eigentlich vorsah. Normalerweise brauchte sie nur drei Punkte innerhalb der Story, um sich zurechtzufinden, aber an der Geschichte, die sie gerade schrieb, war nichts normal. Schon von Beginn an war es nicht so gelaufen wie erhofft, angefangen mit ihrer Schreibblockade, und danach hatte sich zwischen ihren Charakteren eher eine romantische Liebesgeschichte entwickelt, statt erotischer Sex. Sie wollte, dass die Figuren lange Spaziergänge machten und über das Leben sprachen oder auch mal kuschelten, statt immer gleich miteinander zu schlafen, aber in einem erotischen Roman entsprangen die Emotionen nun mal den heißen Sexszenen und nicht umgekehrt. Ihr war jedoch bewusst, dass das sehr viel mit den in ihr aufkeimenden Gefühlen für Beau zu tun hatte.

Seit ihrer Nacht unter den Sternen waren acht unglaubliche Tage und sieben leidenschaftliche Nächte vergangen und Beau und sie hatten als Paar einen Rhythmus gefunden. Sie hätte nie gedacht, dass das wirkliche Leben so sein konnte, und sie hatte erst recht nicht damit gerechnet, dass Beau so viel Zeit wie nur möglich mit ihr verbringen wollte. Ihre Tage begannen aneinandergekuschelt, gefolgt von einer heißen Dusche, einem Besuch bei den Chickendales und einem Spaziergang über das Grundstück. Sie erkundeten jeden Morgen einen anderen Weg, sprachen über Szenen für ihr Buch und über ihr Leben, und sehr, sehr oft küssten sie sich auch leidenschaftlich, während die Morgensonne auf sie herabschien. Charlotte freute sich mehr denn je aufs Schreiben. Sie war seinem Vorschlag gefolgt und setzte sich mit ihrem Laptop in die Nähe der Stelle, an der er gerade arbeitete. Letztens hatte sie auf einer Decke in der Sonne eine Szene geschrieben, während er sägte, schliff und alle möglichen anderen Dinge in der Werkstatt machte und hin und wieder vorbeikam, um ihr einen Kuss auf die Lippen oder die Wange zu drücken. Sie liebte es sehr, so in seiner Nähe zu sein und ihm bei der Arbeit zuzusehen. Manchmal ertappte sie ihn dabei, wie er sie anstarrte, was sie an die Art erinnerte, wie ihr Vater ihre Mutter angesehen hatte, und dieser Vergleich gab ihrer Hoffnung neuen Auftrieb. Doch all diese Herrlichkeit spiegelte sich auch in ihrem Buch wider, was Probleme mit sich brachte. Während das Leben mit Beau schöner war als alles, was sie sich je erhofft hatte, brauchten ihre Charaktere mehr Drama. Die Figuren mussten etwas erleben, das sie emotional mitnahm oder das ihre Liebe auf die Probe stellte, bevor es zum Happy End kam. Problematisch daran war, dass sie momentan keinerlei derartige Emotionen hatte, abgesehen von ihrer Angst davor, dass Beau bald abreisen würde. Das machte sie allerdings vor allem traurig und rief nicht die Gefühle hervor, die sie für ihre Story brauchte.

Ihre Muse machte sie einfach zu glücklich. Allein beim Gedanken an Beau hatte sie Schmetterlinge im Bauch. Sie ermahnte sich innerlich. *Hör auf, so glücklich zu sein! Ich brauche Angst!*

Aber es nützte nichts. Sie saß fest.

Und das war nie gut.

Sie versuchte, sich einen Grund einfallen zu lassen, aus dem ihre Charaktere Angst bekommen könnten. Irgendwann würden Beau und sie über die Zukunft reden müssen und wie es mit ihnen weitergehen sollte. Sie wusste, dass der wundervolle, nicht mehr ganz so gepeinigte Mann einen großen Teil ihres Herzens mitnehmen würde, wenn er ging. Vorerst konnte dieses Gespräch noch warten, da er nicht so bald abreisen würde, aber bis zu ihrem Abgabetermin war nicht mehr viel Zeit. Wenn sie diese Szene nicht endlich schrieb und herausfand, was ihre Figuren danach machen sollten, würde sie ihre Verabredung mit Beau am Samstag absagen müssen – doch das durfte auf keinen Fall passieren.

Irgendwie musste sie es schaffen, ihre Charaktere aus der romantischen Stimmung zu holen und zu heißem Sex zu bewegen, selbst wenn sie ihr Leben momentan noch so sehr genoss. Wenn sie das Drama in die Story eingeflochten bekam, würde auch der kochend heißen Sexszene nichts mehr im Weg stehen.

Sie brauchte eine schmutzige Inspiration.

Vielleicht einen Dreier.

Und Seidenkrawatten.

Möglicherweise auch heißes Wachs. Und Peitschen.

Sie ging in ihr Schlafzimmer und zog sich ihr Lederoutfit an. Danach überquerte sie den Flur und kramte in ihrer Spielzeugkiste herum. Bewaffnet mit allem, was sie brauchte, machte sie sich auf die Suche nach Beau.

Das Sirren der Säge hallte durch die alte Scheune, als Beau das letzte Holzstück für den Deckenkranz, den er für Charlottes Schlafzimmer entworfen hatte, zurechtschnitt und zu den anderen stellte. Er hatte sich das, wie er hoffte, perfekte Design ausgedacht, das ihre Liebe zu allem, was sie glücklich machte und ihr Hoffnung schenkte, mit einem einzigartigen Hauch von ihm selbst vereinte. Seine Gedanken wanderten zurück zu diesem Morgen, an dem sie zusammen Frühstück gemacht hatten. Vielmehr hatte Beau Frühstück gemacht, während Charlotte versucht hatte, ihn mit Küssen und einer Million Fragen über ihn und seine Kindheit abzulenken. Es gefiel ihm, dass sie alles über ihn wissen wollte, und selbst wenn es ihm manchmal unangenehm war und er versuchte, das Thema zu wechseln, war er doch froh, dass sie sich auch traute, ihn auf Tory anzusprechen. Er konnte sich nicht vorstellen, dass es viele Frauen gab, die so verständnisvoll waren wie sie.

Während er die Säge weglegte und sich die Holzspäne von der Hose klopfte, stellte er fest, dass er sich gar nicht mehr so wie früher danach sehnte, allein zu sein. An den Tagen, an denen sie so wie heute zum Schreiben Privatsphäre brauchte, arbeitete er an dem Deckenkranz oder an anderen Projekten. Zum Mittagessen schaute er immer in ihrem Arbeitszimmer vorbei, weil er es nicht länger ohne sie aushielt. Sie aß selten das, was er ihr mitbrachte, sondern zog ihre Proteinriegel vor, aber gestern hatte sie tatsächlich ein Sandwich heruntergeschlungen. Er war sich ziemlich sicher, dass es an dem Twix lag, das er zwischen das Fleisch und das Brot geschoben hatte, weil er davon ausgegangen war, sie würde es entdecken und über den Spaß lachen können. Er aß gern in ihrer Nähe, während sie arbeitete. Sie erzählte von Roman und Shayna, als wären sie im Zimmer, und berichtete von ihren Wünschen, was sie taten und wie sie sich stritten. Bei ihr wirkten die Figuren so echt, dass er langsam selbst daran glaubte. Inzwischen war er derart in die Story eingebunden, dass er zuletzt zweimal mitten in der Nacht mit Ideen aufgewacht war und sie schließlich beide in ihrem Arbeitszimmer saßen, wo sie tippte und sie beide an den Details arbeiteten. Das war für sie beide über alle Maßen aufregend.

Aber aufregend kam nicht einmal ansatzweise an das heran, was die alles verzehrenden Emotionen der gemeinsamen Nächte und des morgendlichen Aufwachens mit Charlotte in seinen Armen beschrieb.

Er schnappte sich das Holz, das er für die Reparatur der verrotteten Stellen auf der Südterrasse brauchte, und ging zurück zum Gasthof.

»Beau?« Charlottes Stimme drang aus der Ferne zu ihm herüber und sofort stand sein ganzer Körper in Flammen.

Würde er sich je an die Wirkung gewöhnen, die sie auf ihn ausübte? Er beschleunigte seine Schritte und das Holz rutschte ihm fast aus den Händen. Als er stehenblieb, um es zurechtzurücken, hörte er, wie sie abermals seinen Namen rief. Er umklammerte das Holz mit beiden Händen und lief den

Weg entlang, und als sie zum dritten Mal rief, rannte er los.

Ihrer Stimme folgend lief er um den Gasthof herum, wo er wie erstarrt verharrte, als er Charlotte mit dem Rücken zu sich in langen schwarzen Strümpfen, die am Oberschenkel mit leuchtend blauer Spitze abgesetzt waren, einem dazu passenden Strumpfhalter, der kaum ihren Hintern bedeckte, und hochhackigen schwarzen Schuhen vor sich sah. Dazu trug sie einen schwarzen Tanga und zwei schwarze Träger kreuzten sich auf ihrem Rücken und schlängelten sich über ihre Schultern. Die Beine zweier Gummipuppen ragten unter ihrem rechten Arm hervor und in der anderen Hand hielt sie eine Peitsche und einen Federkitzler.

Das Holz fiel krachend zu Boden und er bekam augenblicklich eine Erektion.

Sie wirbelte herum und riss die Augen auf. Die Puppen unter ihrem Arm schwankten wild. Großer Gott, was hatte sie da nur an? Schwarze, vielleicht drei Zentimeter breite Riemen kreuzten sich über ihren Brüsten, wobei jede Brustwarze unter einer hellblauen Schleife verdeckt wurde, und verschwanden wieder am Rücken, um über ihren Hüften erneut aufzutauchen und sich im Schritt zu treffen. Diese Riemen verbanden den Strumpfgürtel mit winzigen silberfarbenen Handschellen und direkt unter ihrem Bauchnabel prangte eine glitzernde blau-weiße Schleife.

Sie kam über den Rasen auf ihn zu. »Da bist du ja! Ich habe überall nach dir gesucht.«

Obwohl Beau wusste, dass sie allein waren, setzte sein Beschützerinstinkt ein und er schaute sich nach links und rechts nach unerwünschten Beobachtern um.

»Was guckst du denn so? Ich brauche dich, Beau.« Sie legte den Kopf schief und sah viel zu unschuldig aus, um so ein sündhaftes Outfit zu tragen. »Meine Geschichte ist zu harmonisch. Ich muss etwas heißen Sex ins Spiel bringen.«

»Hier draußen?«

Sie stemmte eine Hand in die Hüfte und schwenkte die Peitsche, den Federkitzler und zwei andere lange Seidenteile, die er zuvor noch gar nicht bemerkt hatte. »Wo immer du willst. Wir brauchen einen Dreier, vielleicht auch einen Vierer. Ich bin mir noch nicht ganz sicher.«

Du liebe Güte. »Ich bin immer gern dabei, dich zu inspirieren, Baby, aber dazu brauche ich keine Gummipuppen.«

»Tja, wenn du keinen Mann kennst, der in wenigen Minuten hier sein kann, dann gibt es nur uns beide und die Puppe. Ich muss das jetzt machen, damit ich die Kapitel schreiben und bis zu unserem Date am Samstag fertig werden kann.«

Er trat näher und ballte die Fäuste. »Wenn du glaubst, ich würde einem anderen Mann gestatten, dich anzufassen, dann hast du dich gewaltig geirrt.«

»Du bist ziemlich besitzergreifend, was?«, meinte sie frech und wedelte mit der Peitsche wie mit einem Zauberstab herum. »Wir können Cutter und Chip anrufen, wenn du möchtest.«

Mit einer schnellen Bewegung warf er sie sich über die Schulter und marschierte ins Haus.

»Beau! Ich werde noch die Puppen fallen lassen!«

»Gut«, knurrte er. »Ich bin ja für vieles offen, aber meine Frau teile ich mit niemandem.«

Sie kicherte, als er die Tür aufriss und sie ins Schlafzimmer trug. »Dann bin ich jetzt also deine Frau?«

Er legte sie rücklings auf die Matratze, woraufhin die Puppen und das andere Spielzeug zu Boden fielen, und stürzte sich auf sie. Charlotte grinste breit, als er ihre Hände über ihrem

Kopf festhielt.

»Wir wachen jeden Morgen nach einer heißen und äußerst emotionalen Nacht ineinander verschlungen auf, da kann ich dich durchaus als meine Frau bezeichnen. Wenn dir das nicht reicht und du andere brauchst, dann sag es mir lieber jetzt, damit ich einen Weg finden kann, dich aus meinem Kopf zu vertreiben, bevor ich mich noch tiefer in diese Sache verstricke.«

Sie klimperte verführerisch mit den langen Wimpern. »Tiefer hört sich gut an.«

Er unterdrückte ein Knurren, weil er den unbändigen Wunsch verspürte, so tief wie möglich in ihr zu sein.

»Heißt das etwa, du willst mich nicht mit Chris Pine oder Hugh Jackman teilen?«

Sie kicherte, und er hätte schwören können, dass ihm Rauch aus den Ohren kam.

»Auf gar keinen Fall. Und wo wir gerade dabei sind: Hattest du schon mal einen Dreier?«

Sie biss sich auf die Unterlippe und eine eiskalte Hand legte sich um sein Herz.

»Sogar einen Vierer«, säuselte sie. Er wollte sich aufsetzen, aber sie zog ihn an sich. »Mit meinen Puppen!« Als sie laut auflachte, stieß er die Luft aus.

Sie hob die Hüften und rieb sich an ihm. »Ich mag es, wenn du so heiß bist und zum Neandertaler mutierst.«

»Du bringst mich noch um.«

»Aber das wäre ein sehr schöner Tod, nicht wahr?« Sie gab ihm einen Kuss. Dann wand sie sich unter ihm hervor, ging auf die Knie und stemmte die Hände in die Hüften. »Bist du bereit, mein Großer?«

Sie war ja schon so gut wie nackt. Er wollte ihr das Wenige vom Leib reißen und sich an jedem herrlichen, wunderschönen

Zentimeter ihres Körpers ergötzen, und sie fragte ihn, ob er bereit war? »Oh, und wie ich bereit bin, Baby.«

Er streckte einen Arm nach ihr aus, doch sie krabbelte nach hinten und wackelte mit einem Finger. »Oh nein. Wir müssen diese Szene ausarbeiten und nicht übereinander herfallen.«

»Soll das ein Witz sein?« So etwas hatte sie diese Woche schon mehrfach mit ihm gemacht, und sie waren jedes Mal derart erregt gewesen, dass es kaum noch auszuhalten gewesen war. Eigentlich hätte er schon daran gewöhnt sein müssen, doch inzwischen glaubte er, dass er sich an nichts gewöhnen würde, was mit Charlotte Sterling zu tun hatte. Und sich nicht in ihr zu verlieren, war ebenfalls keine Option. *Ach, verdammt.* Er erinnerte sich daran, dass sie gesagt hatte, sie hätte auch schon Szenen mit Cutter geprobt. »Hast du das auch an, wenn du mit Cutter Szenen durchgehst?«

Ein solches Outfit könnte dafür sorgen, dass Cutter sie nicht länger als nervige kleine Schwester, sondern eher als potenzielles Betthäschen ansah.

»Nein. Okay, manchmal kommt er vorbei, wenn ich gerade über eine Szene nachdenke, aber ich glaube, er hat mich erst einmal im Body gesehen.« Sie tippte sich nachdenklich ans Kinn. »Nein, das stimmt nicht. Es war kein Body. Er kam rein, als ich gerade das Buch über die Heldin geschrieben habe, die am Strand lebt, und ich hatte einen Bikini an.«

»Großer Gott. Hör bloß auf. Ich will nichts mehr davon hören.« Sie hatte viel zu großen Spaß daran, ihn auf diese Weise zu quälen. *Aber den Spieß kann ich auch umdrehen.*

Er zog das T-Shirt aus und stieg vom Bett. Wenn sie eine heiße Inspiration brauchte, dann würde er ihr eine geben, die so intensiv war, dass sie nie wieder die Hände eines anderen Mannes auf sich spüren wollte – seien sie nun aus Plastik oder echt.

»Was machst du da?«, fragte sie misstrauisch, als er sich auch noch der Stiefel entledigte und die Hose herunterzog. Gierig ließ sie den Blick über seinen Körper wandern. »Beau …«

»Wenn wir schon in Stimmung kommen wollen, dann müssen wir es auch richtig machen.« Er schnappte sich den Federkitzler und die Seidenkrawatten und stieg nur in Boxershorts wieder aufs Bett. »Okay, wie wild hättest du es denn gern?«

»Ich … ähm …« Ihre Wangen liefen rot an, was ihn nur noch mehr erregte. Diese unschuldige Ader liebte er an ihr. »Ich hatte vor, dich mit den Puppen in Position zu bringen, damit ich mir die Stellungen besser vorstellen kann.«

»Das kannst du vergessen. Keine Puppen.« Er ließ den Federkitzler über ihren Brustkorb und ihre Brüste wandern und sie starrte ihn mit loderndem Blick an. »Erzähl mir mehr über diesen Kerl namens Roman. Ich dachte, du schreibst erotische Liebesgeschichten und nicht nur über Sex.«

»Das tue ich«, erklärte sie.

»Wahre Liebe braucht keine Dreier. Dein Held ist also nicht verliebt.«

»Er will das auch gar nicht, aber meine Heldin Shayna besteht darauf.«

Beaus Brustkorb zog sich zusammen, und er fragte sich, ob Charlotte vielleicht insgeheim davon träumte. »Dann liebt sie ihn nicht«, erwiderte er energischer als geplant. »Oder du kennst deine Charaktere nicht gut genug und Roman muss sich einfach etwas mehr Mühe geben.«

Er bewegte die Federn über ihre Oberschenkel, ihren Bauch und ihre Brüste. Ihre Augen verdunkelten sich und bestanden nur noch aus schimmernden Grüntönen und warmer

Milchschokolade. Er beugte sich vor und küsste sie leidenschaftlich.

»Wie heiß darf das Spiel werden, Shortcake?« Er legte die Finger um ihr Handgelenk. »Du hast mir noch keine Antwort gegeben.« Sanft biss er sie in den Hals, was ihr ein Keuchen entlockte.

»Ich weiß es nicht. Nicht dieser *Fifty-Shades*-Kram. Der ganz bestimmt nicht.«

Er sah ihr tief in die Augen. »Das ist gut, denn ich könnte nie einer Frau wehtun, und wenn du dich danach sehnst, ausgepeitscht oder schlecht behandelt zu werden, hast du dir mit mir den Falschen ausgesucht.«

»Das tue ich nicht. Aus diesem Grund habe ich seit dem College mit keinem Mann mehr geschlafen, und selbst damals waren es nur zwei. Meiner Erfahrung nach ging es den Männern immer nur um das Eine, aber das hat mir nicht gereicht.«

»Du wolltest das Märchen, was die meisten Männer nicht im Repertoire haben.« Er konnte den Gedanken nicht ausstehen, dass man sie so behandelt hatte, und war froh, dass sie nicht auf der Suche nach dem, was sie sich wünschte, mit noch mehr Männern ins Bett gegangen war.

»In deinem schon.« In ihrem Blick lag unendliches Vertrauen.

»Nur für dich, Shortcake.« Der Drang, sie zu lieben, ihr zu zeigen, wie tief und überwältigend seine Gefühle waren, ließ sich nur schwer unterdrücken. Aber ein Teil des Vertrauens, das er sich verdient hatte, beruhte darauf, dass er ihre Karriere respektierte, und das wollte er nicht verlieren. *Verdammt.* Es war ebenso quälend wie großartig, mit einer Autorin von Erotikromanen zusammen zu sein.

Er richtete sich ein wenig auf und strich ihr das Haar von

der Schulter. »Du verdienst damit deinen Lebensunterhalt, daher sollten wir es auch richtig machen.«

»Also doch die Puppen?« Sie riss die Augen auf.

»Nein, aber ich verspreche dir, dass es sich dennoch lohnen wird.« Schon drückte er Küsse auf ihre Lippen und ihre Wangen, die jedes Mal mit einem leisen, heißen Seufzer belohnt wurden. »Schließ die Augen. Wir müssen deine Charaktere besser kennenlernen.«

Sie kam der Aufforderung nach und er band ihr sanft eine Seidenkrawatte um. Dabei umklammerte sie seinen Arm und ihr Atem ging schneller. »Beau …?«

»Keine Sorge, Babe. Ich passe auf dich auf. Wir müssen uns nur in ihre Köpfe hineinversetzen, damit du die bestmögliche Szene schreiben kannst.« Er stützte sie, als sie sich wieder hinlegte, und versuchte, seine Begierden im Zaum zu halten, da sie wie ein unglaubliches, umwerfendes Geschenk vor ihm lag. In diesem Augenblick wusste er genau, dass er keinem anderen Mann mehr die Gelegenheit geben würde, sie zu enttäuschen, und falls sie tatsächlich das Bedürfnis verspürte, einen Dreier zu erleben, würde er sie eben davon überzeugen müssen, dass er besser war, als es zwei Männer zusammen überhaupt sein konnten. »Ist alles in Ordnung?«

»Hm-hm«, hauchte sie leicht atemlos.

»Gut.« Er strich mit den Händen über ihre Strümpfe und bahnte sich eine Spur aus Küssen über ihre Knie und ihre Oberschenkel, wobei er es sehr genoss, wie sie unter seinen Lippen zuckte.

Sie hielt seine Hände fest, bevor sie noch weiter nach oben wandern konnten. »Die Szene beginnt damit, dass Shayna auf der Seite liegt.« Sie wechselte in die entsprechende Position. »So in etwa. Und Roman befindet sich hinter ihr.«

Er legte sich hinter sie und küsste ihre Schulter auf die Art, die sie so sehr liebte. »So in etwa?«

»Ja, genau so.«

Sie rieb den Hintern an seiner Erektion, und er packte ihre Hüften, zog sie an sich und ließ langsam das Becken kreisen. Charlotte stieß die Luft aus, und er drückte die Lippen in ihren Nacken und saugte daran, bis sie sich an ihm wand und diese begierigen Töne von sich gab, die er so sehr liebte.

»Ich vermute mal, der andere Mann würde sie so berühren.« Bei diesen Worten schob er ihr eine Hand zwischen die Beine, drückte das winzige Stoffstück zur Seite und tauchte mit den Fingern in ihre feuchte Spalte.

»Ja«, stieß sie fast schon flehentlich hervor.

»Wenn Shayna ihn mag, würde sie das doch bestimmt spüren wollen, nicht wahr?« Er schob seine Boxershorts herunter und drückte seine Erektion zwischen ihre Beine.

Charlotte stöhnte auf, als er sanft zustieß. Ihr Hintern ruhte an seinen Hüften und seine Länge tauchte immer wieder in sie ein. Er legte einen Arm um sie herum, zog den Riemen von ihrer Brust herunter und umfing sie. Während er ihren Nacken weiter mit Küssen bedeckte, nahm er ihre Brustwarze zwischen Daumen und Zeigefinger und drückte sie, bewegte dabei weiterhin das Becken vor und zurück und streichelte ihre Klit mit der anderen Hand.

»Oh mein Gott, Beau …«

»Dreh den Kopf zur Seite«, verlangte er gierig.

Schon drückte er die Lippen auf ihre und stieß ihr die Zunge im gleichen Rhythmus in den Mund, in dem er seine Hüften bewegte. Aber er wusste, dass sie das ganze Dreier-Erlebnis erfahren wollte, daher spielte er ihr Spiel mit und gab ihr, was sie für die Szene brauchte. Er löste die Lippen von ihren und positionierte sie auf Händen und Knien.

»Beau, was hast du …«

»Du wolltest einen Dreier, Baby. Dann musst du doch auch alles erleben, oder nicht?« Es war gleichzeitig eine Qual und eine Wonne, sie so auf allen vieren und mit der heißen Augenbinde zu sehen, wie sie ihm den Hintern entgegenstreckte. Er gab ihr einen zärtlichen Kuss hinter das Ohr und flüsterte: »Keine Sorge, Baby. Sag mir einfach, wenn ich aufhören soll.«

»Nein. Das ist gut«, stieß sie keuchend hervor. »Ich muss dasselbe fühlen wie sie, damit ich darüber schreiben kann. Ich muss wissen, was zwei Männer tun würden.«

Beau trat hinter sie, fuhr mit einer Hand an ihrer Wirbelsäule herunter bis zu ihrem String und spreizte ihre Beine etwas weiter. Dann küsste er ihren himmlischen Hintern und legte sich zwischen ihre Beine auf den Rücken, um den Mund gierig an ihre Scham zu drücken. Charlotte bog den Rücken durch, als er sie leckte und liebkoste.

Sie krallte sich ins Laken. »Beau, Beau, *Beau* …«

Er brachte sie bis kurz vor den Höhepunkt und hielt sie dort, während ihr Flehen immer lauter wurde. Endlich gab er ihr, was sie brauchte, und sie zuckte und schrie auf, während ihr Empfindlichstes heiß und lustvoll unter seiner Zunge pulsierte. Als sie langsam wieder zu sich kam, rutschte er im Bett weiter nach oben, nahm ihre Brustwarze in den Mund und führte ihre zitternden Hüften über seine pralle Erektion. Aber er drang nicht in sie ein. Stattdessen hielt er ihr Becken fest und bewegte sie so, dass sie sich schnell und fest an seiner Eichel rieb.

»Such dir den richtigen Winkel, damit du es richtig genießen kannst, Baby«, sagte er und machte sich daran, ihre Brüste zu liebkosen, während sie das Becken anwinkelte und sich wild an ihm rieb. Er packte ihre Pobacken und schob die

Finger dazwischen.

»Großer Gott, Beau.«

Sie bewegte sich schneller, drückte fester zu, bis ihre Oberschenkel sich verkrampften und zu zittern anfingen. Er umklammerte ihren Hintern noch fester und saugte weiter an ihren Brüsten. Dabei streichelte er sie weiter mit den Fingern, und nur wenige Sekunden später schrie sie auf und zuckte heftig, während sie der nächste Orgasmus übermannte.

Ihr ganzer Körper bebte, als er unter ihr hervorrutschte. Er lehnte sich mit dem Rücken ans Kopfende des Bettes und half ihr, sich rittlings auf ihn zu setzen. Ihre Haut war gerötet und sie atmete schnell. Ihre Brustwarzen waren nach seinen Liebkosungen dunkel und steif. Sie sah zum Anbeißen aus.

Er legte ihr die Hände an die Wangen und küsste sie leidenschaftlich. »Möchtest du noch weiterspielen?«

»Ja«, stieß sie mit zittriger Stimme hervor.

Er berührte die Augenbinde, doch sie verhinderte, dass er sie abnahm. »Lass sie dort. Ich muss mir zwei Männer vorstellen. Beau eins und Beau zwei.«

Kichernd küsste er sie erneut. »Beau eins ist ziemlich anspruchsvoll. Bist du dir sicher, dass du dazu bereit bist?«

Sie leckte sich die Lippen. »Ich vertraue dir. Beau eins kann mit mir machen, was er will.«

Er hob sie von seinem Schoß herunter, spreizte die Beine und wies sie an, sich dazwischen hinzuknien. Danach setzte er sich etwas höher hin und streichelte ihre Wange. »Ich will, dass du ihn in den Mund nimmst, Baby.«

Bereitwillig, fast schon eifrig, nickte sie, und er hielt ihr seine Härte an die Rosenknospenlippen. Sie küsste seine Spitze und bei dieser süßen, sinnlichen Berührung war es um ihn geschehen. Er war nicht *Beau eins* und *Beau zwei*, und es fühlte sich falsch an, ihr auch nur diesen Eindruck zu vermitteln, selbst wenn es nur ihrem Buch diente und obwohl er selbst wusste, wie albern das war. Doch für ihn zählte es und er konnte seine Gefühle nicht zurückhalten.

Er hob ihr Kinn an und nahm ihr die Augenbinde ab.

Sie runzelte die Stirn. »Was ist? Habe ich was falsch gemacht?«

»Oh nein, Baby. Du hast alles richtig gemacht. Ich möchte dir helfen, aber ich will nicht Beau eins und Beau zwei sein. Ich bin *ein* Mann, *dein* Mann, und wenn du ihn in den Mund nimmst, will ich deine wunderschönen Augen sehen und wissen, dass du es tun möchtest und nicht der Recherche zuliebe machst.« Er kam sich verletzlich vor, wie er seine wahren Gefühle so offen aussprach, aber in diesem Stadium ihrer Beziehung war er nicht zu Spielchen imstande. »Es tut mir leid. Ich weiß, dass es nicht das ist, was du erwartet hast …«

Ihr fiel die Kinnlade herunter, und sie blinzelte mehrmals, als würden seine Worte nicht sofort Sinn ergeben. Möglicherweise war sie aber auch einfach nur enttäuscht. *Verdammt.* Hatte er die Sache für sie vermasselt?

»Bitte entschuldige …«

»Das ist so romantisch, Beau«, erklärte sie verträumt.

»Ich bin bloß ehrlich«, erwiderte er und streckte eine Hand nach ihr aus.

Sie riss die Augen auf, und der lustvolle Nebel, mit dem sie umwölkt gewesen waren, wich Schreck und Freude. »Großer Gott, das ist es! Danke!« Sie drückte ihm einen festen Kuss auf die Lippen und sprang vom Bett. »Shayna braucht keine zwei Männer!« Schon war sie auf dem Weg zur Tür. »Sie braucht nur einen Beau!«

»Was zum …?« Er blickte auf seine steil aufragende

Erektion herab, war wie vor den Kopf geschlagen und gleichzeitig seltsam erfreut, dass er ihr bei dieser Szene geholfen hatte, und unsagbar erregt.

Charlotte stand vor ihrer Tastatur und tippte, so schnell sie nur konnte, während die heiße Szene, die sie mit Beau eben durchgespielt hatte, wieder und wieder wie ein Film vor ihrem inneren Auge ablief. Ihr Herzschlag war ebenso durch Beaus Worte wie durch seine Berührungen beschleunigt und wurde durch Fleur Easts »Sax«, das aus den Lautsprechern dröhnte, weiter aufgepumpt. Das war eines ihrer Lieblingslieder, und es eignete sich perfekt für diese Szene, schließlich ging es dabei darum, auf jemanden zu warten, der einen umhaute. *Heilige Mutter der Romanzen, Beau Braden. Du hast mich total umgehauen.*

Es war ihr sehr unangenehm, dass sie einfach so aus dem Zimmer gerannt war, aber sie hatte Angst gehabt, diesen Gedankengang zu verlieren, wenn sie nur einen Augenblick zu lange wartete. Sie hatte sich nicht einmal die Zeit zum Waschen genommen, deshalb schrieb sie nun auch im Stehen, anstatt auf ihrem bequemen Lederstuhl zu sitzen. Doch ein feuchter Tanga ließ sich so besser ertragen. Sie hätte es besser wissen müssen und Beau nicht an sich heranlassen dürfen, nachdem er die Hose ausgezogen hatte. *Großer Gott*, dieser Mann konnte sie mit nur einem Blick in Erregung versetzen. Als sie dann noch seinen nackten Körper gespürt hatte, war es um sie geschehen gewesen. Von diesem Moment an hatte sie sich verloren, aber als er dann noch sagte, er müsse ihre Augen sehen, war ihr beinahe das Herz stehengeblieben. Die Art, wie er die Worte ausgesprochen hatte, und sein Blick hatten sie dahinschmelzen lassen. Und noch während sie in diesen Gefühlen schwelgte, hatte sie die Szene glasklar vor Augen gesehen.

Sie hielt lange genug inne, um die Klemmen des Strumpfhalters zu lösen und den Tanga auszuziehen. Mit einem Mal stand Beau in der Tür, und sein hitziger Blick schien sie zu durchbohren, als sie den Stoff mit dem Fuß zur Seite kickte.

»Hey«, sagte sie und tippte weiter, bevor er sie zu sehr ablenkte und sie sich nicht mehr konzentrieren konnte. »Es tut mir leid, dass ich einfach so rausgerannt bin.«

»Tut es das?«, fragte er mit tiefer, sündiger Stimme und trat näher.

Ihre Finger flogen nicht mehr so schnell über die Tastatur. Sie spürte ihn hinter sich, noch bevor er ihr das Haar von der Schulter schob und einen Kuss darauf drückte.

»Ja«, sagte sie und zwang sich, weiterzutippen. »Ich muss nur diese Szene schreiben, bevor alles verschwimmt.«

»Ich wusste, dass du schreiben musst.« Seine Erektion drückte sich verlockend gegen ihren Hintern. »Daher habe ich die Szene mitgebracht.«

Er legte ein eingepacktes Kondom neben die Tastatur und sie verharrte. Schon hatte er die Arme um ihre Taille geschlungen und ihre Brüste umfangen. Sie schloss die Augen und genoss seine Berührung. Aber sie musste weiterschreiben und die Szene ausarbeiten, und sie wusste, dass er ihr Denkvermögen im Handumdrehen zunichtemachen konnte. Daher holte sie tief Luft, versuchte, einen klaren Kopf zu behalten, und tippte weiter.

Konzentrier dich, Charlotte. Du schaffst das.

Die aufmunternden Worte nutzten nichts. Es war

unmöglich, die Art zu ignorieren, wie er ihren Hals küsste und sanft daran saugte, was lustvolle Schauder durch ihren Körper jagte. Seine Hände schienen überall gleichzeitig zu sein, streichelten ihren Bauch, ihre Beine, ihren Hintern, fuhren über ihren Rücken und in ihr Haar, während seine Lippen ihre ganz eigene Magie auf ihre empfindlichen Stellen ausübten. Sie atmete schwer und verspannte den Kiefer, um ihn nicht anzuflehen, sie dort zu berühren, wo sie es sich am meisten wünschte – wo sie es brauchte –, während sie sich gleichzeitig davon zu überzeugen versuchte, dass sie das überhaupt nicht wollte.

Er küsste, streichelte, knabberte, liebkoste.

»Beau ...« *Ich will dich, aber ich muss schreiben.* Das war in vielerlei Hinsicht falsch.

»Achte gar nicht auf mich, Shortcake. Du musst arbeiten. Ich sorge nur dafür, dass du die Szene nicht vergisst.«

Er trat einen Schritt zurück und Enttäuschung machte sich in ihr breit.

»Bitte geh nicht. Es ist schön, dass du hier bist. Ich muss nur diese eine Szene beenden.«

»Keine Sorge, Baby, ich werde ganz bestimmt nicht gehen.« Er rollte ihren Bürostuhl hinter sie. »Schreib du nur weiter. Ich werde auch ganz ruhig sein.«

Ruhig. Na super. Als ob Worte das Problem wären. Vielmehr sind es die anderen Talente, über die dein Mund verfügt, die mein Gehirn außer Gefecht setzen.

Er befand sich direkt hinter ihr. Sie hörte, wie er sich bewegte und auf den Stuhl setzte. Dann wanderte seine Hand vor ihren Bauch und ihr wurde am ganzen Körper kochend heiß. Sie hörte das Geräusch einer Schere, und Teile ihrer Unterwäsche fielen herunter, bis sie nur noch mit dem

Strumpfhalter, den Strümpfen und den Schuhen bekleidet war.

»Beau!« Sie wirbelte herum und sein unfassbar verführerisches Grinsen verschlug ihr den Atem.

»Ich kaufe dir Unmengen an neuen Dessous, aber du kannst diese Szene doch unmöglich schreiben, wenn du nicht weißt, wie sie endet.« Sanft legte er ihr die Hände auf die Schultern, drehte sie wieder um und legte ihre Finger auf die Tastatur. »Schreib einfach weiter, Babe.«

Schreiben. Immer weiterschreiben. Oh mein Gott …

Sie schluckte schwer und ihr Innerstes war in hellem Aufruhr. Ihr Verstand bewegte sich zwischen zwei Polen: das, was sie wollte, und das, was sie tun musste – Beau oder schreiben.

Er rückte von ihr ab und die kühlere Luft bescherte ihr eine Gänsehaut. Sanft legte er ihr die Hände an die Hüften und zog sie auf seinen Schoß, sodass sie seine Erektion an ihrem Hintern spürte. Sie wollte sich schon umdrehen, doch er hielt sie fest.

»Oh nein, du musst schreiben, Baby. Sieh zu, dass du mit der Arbeit fertig wirst. Ich sorge für inspirierende Ideen.«

Sie legte die zitternden Finger wieder auf die Tastatur und starrte den Bildschirm an, sah jedoch nichts als Beaus Augen in dem Moment, in dem er gesagt hatte, er müsse ihre sehen.

Er fuhr mit der Zunge über ihren Hals und brachte sie mit zahlreichen sinnlichen Küssen dem Wahnsinn nahe. Sie zitterte bereits am ganzen Körper und schloss flatternd die Augenlider.

»Ich höre dich gar nicht mehr tippen«, schalt er sie amüsiert.

»Es ist hart, mich so zu konzentrieren.«

»Oh, willst du es etwas härter?« Er bewegte das Becken. »Schreib, Baby.«

»Schreiben«, murmelte sie geistesabwesend, während er ihre Haut weiter mit Küssen bedeckte und sich an ihr rieb, während sie mit geschlossenen Augen keuchte.

Er legte ihr die Hände auf die Oberschenkel, schob sie weiter auseinander und fuhr mit den Fingerspitzen über ihre weichen Falten.

»Beau! Ich kann nicht denken.«

Sie sprang auf, stützte die Handflächen auf den Schreibtisch und ließ den Kopf hängen. Inzwischen zitterte sie am ganzen Körper. Die Innenseite ihrer Oberschenkel war vor lauter Lust schon ganz feucht. Doch er ließ nicht von ihr ab, streichelte sie mit beiden Händen zwischen den Beinen und drückte Küsse auf ihre Hüften.

»Weißt du was?«, fragte er mit so rauer Stimme, dass sie innerlich bebte. »Das ist nicht fair. Schreib du nur weiter, Baby. Ich bleibe einfach hier sitzen und rühre dich nicht mehr an.«

Neiiiiin!

Wieder hörte sie, wie er sich bewegte, und schloss die Augen, um wieder zu Atem zu kommen. Sie konnte das nicht. Sie wollte ihm nicht widerstehen oder ihn in dem Glauben lassen, sie wäre nur aus Recherchezwecken an ihm interessiert. Als sie sich umdrehte, stockte ihr der Atem, denn er saß nackt und in voller Pracht auf ihrem Stuhl, und seine Erektion reckte sich ihr begierig entgegen.

»Vergiss es.« Sie griff nach dem Kondom. »Ich will dich, Beau. *Dich*, nicht die Recherche, nicht das Schreiben. Einfach nur dich.« Sie versuchte, das Päckchen mit den Zähnen aufzureißen, wie es die Helden in ihren Büchern immer taten, aber je mehr sie daran zerrte, desto nasser und rutschiger wurde die Verpackung. »So ein Mist!«

Kichernd schob er ihr eine Hand ins Haar, stand auf und küsste sie voller endloser Leidenschaft.

»Ich will dich auch, meine Schöne.« Er nahm ihr das

Päckchen aus der Hand, riss es mit einer schnellen Bewegung auf und streifte sich das Kondom schneller über, als sie es für möglich gehalten hätte. »Ich würde jetzt so gern so vieles mit dir machen – dich nach vorn auf deinen Schreibtisch drücken, dass du dich hier auf dem Stuhl auf mich setzt oder dass wir uns auf die Couch legen.«

»Ja, ja und ja, aber bitte in umgekehrter Reihenfolge«, stieß sie hervor. »Zuerst die Couch. Du musst mir in die Augen sehen, denn du bist es, den ich will, Beau. Ganz allein du.«

Unzählige Emotionen loderten in seinen Augen auf. »Du bringst von Grund auf alles durcheinander, was ich je über mich zu wissen glaubte.«

Sorge machte sich in ihr breit, als er sie auf die Arme nahm und zur Couch trug. Sie schleuderte die Schuhe von den Füßen und streckte die Arme nach ihm aus, sobald er sie abgelegt hatte.

»Ich möchte keinen schlechten Einfluss auf dich ausüben«, erwiderte sie. »Und ich möchte nichts an dir zerstören.«

Er zog sie an sich, und der Sturm in seinen Augen legte sich und hinterließ nichts als intensive, eindringliche Emotionen, die ihre Welt in den Grundfesten erschütterten.

»Mach dir keine Sorgen, Baby«, versicherte er ihr und drang in sie ein. »Alles, was ich zu wissen geglaubt habe, ist nichts im Vergleich zu dem, was ich mit dir zusammen entdecke.«

Er küsste sie tief und bewegte sich in einem langsamen Rhythmus. Sie nahm alles überdeutlich wahr – den Minzgeschmack seines Atems, seine sie begierig erkundende Zunge, seine kräftigen Arme und den Druck seiner Oberschenkel. Gemeinsam fanden sie ihr Tempo, und ihre Körper gaben sich dem Verlangen hin, bis der Rest der Welt verblasste und es nur noch sie beide und die reine, explosive Lust gab, die sie einander verschafften.

Ihr Mann hielt Wort und erfüllte jedes sündige Versprechen, indem er sie auf dem Stuhl, ihrem Schreibtisch und sogar an die Wand gelehnt liebte. Jedes Mal kam sie noch heftiger als zuvor, bis sie glaubte, sich ganz in ihm aufzulösen.

Als sie zu guter Letzt ins Bett fielen, nahm Beau sie in die Arme und küsste sie. Eingelullt von seinem gleichmäßigen Atmen und zu befriedigt, um sich noch bewegen zu können, schwebte sie friedlich in dieser grauen Sphäre zwischen Wachzustand und Schlaf.

»Charlotte«, flüsterte er.

Sie war so ermattet, dass sie keinen Ton mehr herausbrachte. Er schwieg sehr lange Zeit und sie döste langsam ein. Kurz bevor es um sie herum dunkel wurde, wisperte er: »Ich bin drauf und dran, mich in dich zu verlieben, Baby.«

Glück durchflutete sie, und sie schlief mit dem Kopf an seiner Brust ein, mit der Gewissheit, dass sein Herz ihr gehörte.

Vierzehn

Charlotte arbeitete die nächste Woche unermüdlich von kurz nach Sonnenaufgang bis spät in die Nacht, um ihre Kapitel rechtzeitig fertigzustellen, während Beau Charlottes Überraschung vorbereitete und dabei versuchte, seine Gefühle zu sortieren. Er stand am Samstagnachmittag in der Tür von Charlottes Arbeitszimmer und dachte darüber nach, wie sehr er sie nach seiner Abreise vermissen würde. Es war kaum zu glauben, dass er sich erst seit drei Wochen hier aufhielt. In dieser Zeit war Charlotte problemlos und wie selbstverständlich zu seiner besseren Hälfte geworden. Sie hatten seine Sachen in ihr Schlafzimmer geschafft und ihre Pläne aufeinander abgestimmt, damit sie lange schreiben konnte, sie jedoch früher aufstanden, damit noch Zeit für ihre heißen Vormittage und ihre Spaziergänge blieb. Wenn sie nachts ins Bett fielen, lachten sie so oft, wie sie sich liebten, was für sie beide etwas Neues war. Beau empfand so viel für sie, dass es ihm immer schwerer fiel, nicht darüber zu sprechen. Er hatte erst einmal zuvor geliebt, doch das war völlig anders gewesen. Gab es einen Unterschied, ob man einen Menschen liebte, den man sein Leben lang kannte, oder sich in jemanden verliebte? Er kannte die Antwort auf diese Frage nicht, aber das, was er für Charlotte empfand, war weitaus stärker als alles, was er bisher gespürt hatte. Selbst die Schuldgefühle, die ihn normalerweise wie ein Wintersturm belasteten, fühlten sich in ihrer Nähe nicht mehr so schwerwiegend an, was ihm Hoffnung schenkte, dass er vielleicht eine zweite Chance auf das Glück bekommen würde oder sogar verdient hatte.

Charlotte blickte zu ihm herüber. Sie drückte sich das Telefon ans Ohr und hob einen Finger, um ihm zu signalisieren, dass sie in einer Minute fertig wäre.

Sie hatte den ganzen Morgen geschrieben und sah in einem der alten Hemden ihres Vaters, der abgeschnittenen Jeans und wie immer barfuß einfach sexy und süß aus. Er wusste nicht, wann er damit angefangen hatte, alle Informationen über sie wie lieb gewonnene Talismane aufzubewahren. Er hatte schon einen ganzen Haufen gesammelt, wollte jedoch gar nicht mehr damit aufhören, ständig etwas Neues hinzuzufügen. Er liebte es, solche Sachen zu wissen, wie dass sie manchmal nachts aufwachte und sich Notizen auf die Hand kritzelte, wenn sie kein Papier finden konnte, oder dass ihr zweiter Vorname Marie-Noëlle war nach ihrer Großmutter mütterlicherseits, die sie nie kennengelernt hatte. Charlotte konnte inbrünstiger lieben als jeder andere Mensch, den er je kennengelernt hatte. Und sie ließ die Menschen, die sie geliebt hatte, niemals ganz gehen, da sie wusste, dass ein Stück von ihnen in ihrem Herzen lebendig blieb. Er hatte herausgefunden, dass Twix-Riegel der Lieblingssnack ihres Großvaters gewesen waren und dass sie ihm diese immer heimlich besorgt hatte, nachdem ihm seine Ärzte den Genuss verboten hatten. In der letzten Nacht hatte sie ihm anvertraut, dass sie sich immer eine kleine Schwester gewünscht hatte, auf die sie aufpassen konnte, und einen älteren Bruder, der auf sie aufpasste, was auch ihre enge Beziehung zu Cutter erklärte.

»Okay, ja!«, sagte Charlotte ins Handy. »Ich kann es kaum erwarten, euch beide zu sehen. Bis dann.« Sie beendete das Gespräch und strahlte ihn an. »Ich bin bereit für unser großes Date!«

Sie entwickelte sich für ihn zu einer regelrechten Sucht, und inzwischen wusste er kaum noch, wie er es einen Tag lang ohne sie aushalten sollte – an einen längeren Zeitraum mochte er da gar nicht erst denken.

»Ich habe eben mit deinem Bruder Nick telefoniert«, sagte sie und schob Papierstapel auf ihrem Schreibtisch hin und her. »Er ist so nett! Jilly und er kommen zur Mad-Prix-Siegerehrung, um Graham und Ty zu unterstützen. Sie nehmen denselben Flieger wie Aiyla. Ich freue mich schon sehr darauf, sie kennenzulernen. Und du solltest dich schämen, dass du dich die ganze Zeit nicht bei ihm gemeldet hast.«

Beau musste noch verarbeiten, was sie gesagt hatte. »Sie kommen hierher?« Er hatte erst vor Kurzem mit Jillian gesprochen und erst am Vorabend mit Aiyla telefoniert, aber keine der beiden hatte ihm gegenüber erwähnt, dass Jillian und Nick herkommen wollten. Das Gespräch mit Ty fiel ihm wieder ein, und ihm wurde klar, dass das alles von langer Hand geplant sein musste. Ty hatte Aiyla als Ausrede benutzt, um sicherzustellen, dass Beau im Gasthof sein würde, wenn Nick und Jillian eintrafen.

»Ja! Ist das nicht super?«, erklärte sie und fuhr ihren Computer herunter. »Sie werden Samstagnachmittag hier sein und hoffen, dass sie noch sehen, wie Graham und Ty ins Ziel kommen. Ich wollte sie überreden, etwas früher herzukommen, aber Nick sagte, er müsse noch arbeiten. Ich kann es nicht glauben, dass sie die weite Reise nur für ein Wochenende auf sich nehmen. Du hast wirklich eine großartige Familie.« Sie drehte sich um und ihr Lächeln verblasste.

»Ich habe *neugierige* Geschwister«, meinte er abgelenkt. »Wie wäre es, wenn du dir eine Hose anziehst? Wir gehen in den Wald.«

»Ich gehe ständig in Shorts in den Wald und muss mich nicht umziehen.«

»Diesmal schon«, knurrte er.

»Wie ich sehe, ist der herrische Beau zurück«, sagte sie, ging an ihm vorbei und streckte die Hand nach dem Lichtschalter aus. »Licht«, flüsterte sie und wackelte mit den Augenbrauen. »Mein Freund hat das für mich repariert.«

Sie schaltete das Licht mehrmals an und aus und er gab ihr einen Klaps auf den Hintern. »*Jeans*, Shortcake.«

»Darf ich auch darüber bestimmen, was du anhast?« Sie deutete auf seinen Körper. »Dann runter mit der Hose und dem Hemd.« Mit diesen Worten verließ sie das Zimmer und rief ihm aus dem Flur noch zu: »Die Stiefel kannst du meinetwegen anlassen.«

Obwohl er sich über Nick und Jillian ärgerte, musste er grinsen. *Sie wollen Graham und Ty anfeuern, dass ich nicht lache.* Die beiden kamen nur her, um nach ihm zu sehen. Er schickte Nick eine kurze Nachricht. *Du musst nicht mit Jilly herkommen.*

Eine Sekunde später klingelte sein Handy und Nicks Name erschien auf dem Display. Er ging ran, verließ dabei Charlottes Arbeitszimmer und lief in Richtung ihrer Suite. »Was soll der Scheiß, Nick?«

»Sag du es mir«, konterte Nick. »Du meldest dich die ganze Zeit nicht zurück und Jilly macht sich Sorgen.«

»Es geht mir gut. Besser als gut sogar. Und ich habe gestern erst mit Jilly gesprochen.« Er beäugte die Tür zu Charlottes

Zimmer. »Ihr müsst nicht herkommen. Und wieso rufst du überhaupt Charlotte an?«

»Würdest du an dein verdammtes Telefon gehen, wäre das nicht nötig gewesen. Aber ich habe mir zehn Jahre lang ansehen müssen, wie du dir Vorwürfe machst wegen einer Sache, die überhaupt nicht deine Schuld ist. Du kannst weglaufen, aber solange du mit diesem Mist nicht abschließt, wirst du nie nach vorn blicken können.«

Beau ging auf und ab und hatte den kalten, finsteren Blick seines Bruders deutlich vor Augen. »Lass mich in Ruhe, Nick. Es geht mir gut.«

»Dann komm nach Hause, bevor du nach Los Angeles fliegst, Mann. Oder unterschreib den verdammten Vertrag und besuch uns danach. Zeig uns, dass du zu dieser Jahreszeit bei uns sein kannst, dann hören wir auch auf, uns Sorgen zu machen.«

»Nein, und indem ihr herkommt, werdet ihr meine Meinung auch nicht ändern.« Sie waren so daran gewöhnt, sich wegen dieses Themas an die Kehle zu gehen, bis es krachte. Nick hatte bei mehr als einer Gelegenheit versucht, Beau mit Gewalt zu Verstand zu bringen, doch obwohl Nick deutlich schwerer war, hatte Beau gut dagegenhalten können. Irgendwann hatte Nick aufgehört, die Fäuste sprechen zu lassen, und war zu dieser Taktik übergegangen, um Beau auf die Nerven zu gehen. Beau war die Prügelei lieber gewesen.

»Das werden wir ja noch sehen.« Nicks Pause dauerte lange genug, um Beau auf die Nerven zu gehen. »Übrigens scheint Charlotte echt heiß zu sein. Vielleicht lohnt sich die Reise ja ihretwegen.«

Beau knirschte mit den Zähnen. »Himmel noch mal, Nick. Sie ist tabu.«

Nick schnaufte. »Solange ihr nicht fest zusammen seid, ist sie nicht tabu, und da du in einer Woche abreist und seit einem Jahrzehnt keine Frau mehr an deiner Seite hattest, sollte sie wohl besser die Entscheidung treffen, denkst du nicht auch? Vielleicht ist ihr ein richtiger Mann ja lieber.«

Charlottes Tür ging auf, und sobald er ihr wunderschönes Gesicht sah, war sein Beschützerinstinkt ganz da. Wenn sein Bruder glaubte, er könnte auch nur in ihre Nähe kommen, hatte er sich geirrt.

»Das ist mein Ernst, Nick. Vergiss es gleich wieder.«

»Wieso sollte ich?«

»Tu es einfach, dann bringe ich dich vielleicht nicht um, wenn du herkommst.« Er legte auf, steckte sich das Handy in die Tasche und versuchte, seine Gereiztheit zu verbergen. »Können wir?«

»Ja.« Sie zupfte an seinem Hemd, als sie nach draußen gingen. »Wie ich sehe, hast du *meine* Anweisungen nicht befolgt.«

»Ich lasse mir ungern was vorschreiben.«

»Ganz offensichtlich. Wo gehen wir denn hin?«, wollte sie wissen, als sie über den Rasen auf die Bäume zuhielten.

»In den Wald«, antwortete er knapp. *Verdammt.* Sie hatte es nicht verdient, die volle Wucht seiner Frustration abzubekommen. Er holte mehrmals tief Luft, um sich zu beruhigen, und bemühte sich um einen entspannteren Tonfall. »Wir machen einen Abstecher zur Scheune, bevor du deine Überraschung zu sehen bekommst. Ich glaube, ich habe dort neulich etwas liegen lassen.«

»Ich finde es wunderbar, dass ich zwar hier wohne, du mich aber überraschst. Du bist der wohl beste Freund, den es gibt.«

Er musste wieder an die verpassten Nachrichten von Tory

denken und unterdrückte die vertraute Reaktion, die darin bestanden hätte, das Kompliment abzutun. »Ich weiß nicht, ob ich der beste Freund bin, aber für mich gibt es nichts Schöneres, als dich lächeln zu sehen.« Er gab ihr einen Kuss und auf einen Schlag war er deutlich entspannter. »Entschuldige, dass ich eben so gereizt war.«

»Schon okay. Ich verstehe das. Du gehst deiner Familie aus dem Weg, weil sie dich zu dieser Zeit erdrückt. Aber Nick war wirklich nett, und ich finde es sehr schön, dass er mit Jilly herkommen möchte, um seine Verwandten anzufeuern. Ich würde alles dafür geben, Geschwister zu haben, die einfach mal einen Überraschungsbesuch machen.«

»Du kannst dir gern jederzeit meine Brüder und meine Schwester ausleihen.«

Während sie dem Weg durch den Wald folgten, dachte er darüber nach, warum das Telefonat mit Nick ihm die Laune derart verhagelt hatte. Er war es leid, ständig zwischen der Schuld und seinem Bedürfnis, darüber hinwegzukommen, zu wechseln. Endlich machte es den Anschein, als könnte er die Vergangenheit hinter sich lassen und etwas Neues anfangen. Wie hatte ein Gespräch mit Nick die ganze alte Problematik wieder aufwühlen können?

»Freust du dich auf das Mad-Prix-Wochenende?«, erkundigte er sich in der Hoffnung, das Gespräch in eine andere Richtung zu lenken. »Oder wird dich das Chaos, das all diese Menschen mit sich bringen, ablenken? Es ist hier sonst immer so friedlich.«

»Ja und nein. Ich freue mich hauptsächlich darauf, weil es mich an die Zeit erinnert, als meine Eltern noch am Leben waren, und weil ich viele Menschen treffen werde, die sie gekannt haben«, gestand sie ihm, während sie tiefer in den Wald gingen.

Es war ihm nicht entgangen, dass sie Kontakt zu Menschen suchte, die ihre Familie gekannt hatten, während er versuchte, auf Abstand zu allen zu gehen, mit denen Tory bekannt gewesen war. So langsam dämmerte ihm, dass die Schuldgefühle ebenso zu einem Teil von ihm geworden waren wie seine Reaktion auf diese Menschen. Selbstverständlich erdrückte ihn seine Familie. Indem er seinen Verwandten aus dem Weg ging, hatte er es auch zu ihrem Problem gemacht. *Ach verdammt. Wieso ist mir das nicht früher aufgefallen?* Es wurde Zeit, dass er ein paar Dinge für sich herausfand.

»Außerdem mag ich die Aufregung in einer solchen Menschenmenge«, fuhr Charlotte fort und holte ihn in die Gegenwart zurück. »Dieses Jahr machen wir ein paar Dinge anders. Anstatt die Preisverleihung am nächsten Tag durchzuführen, findet die Siegerehrung am gleichen Abend statt, und nach dem Essen spielt eine Band und es wird getanzt.«

Er war froh, dass er für die Besprechung in Los Angeles ein Sportsakko eingepackt hatte, und konnte sich gut vorstellen, wie umwerfend Charlotte an diesem Abend aussehen würde.

Sie blickte zu ihm auf. »Ich kann es kaum abwarten, mit dir zu tanzen. Aber das ist unser letztes gemeinsames Wochenende, und ich muss dir gestehen, dass ich es bedauere, die Zeit nicht mit dir allein verbringen zu können. Vor allem, da die Köche, die Haushälterinnen und die Gärtner bereits Mitte der Woche eintreffen, um alles vorzubereiten. Ich habe mich so daran gewöhnt, mit dir allein zu sein.«

Er zog sie an sich. »Wir werden schon Zeit für uns finden. Mach dir da keine Sorgen.«

»Ich bin nicht bereit, dich gehen zu lassen«, sagte sie

betrübt. »Ich wünschte, ich könnte meine Reise nach New York verschieben. Ich werde von Sonntagnachmittag bis Dienstag weg sein und mich mit meiner Lektorin treffen und mag gar nicht daran denken, dass ich so viel Zeit mit dir verpasse.«

»Mir gefällt das auch nicht, aber so ist es nun mal, Babe. Und ich werde dich auf jeden Fall besuchen.«

»Versprichst du es?« Sie sprang auf und ab und sah ihn mit ihren Rehaugen an.

»Denkst du wirklich, ich könnte dir lange fernbleiben?« Er legte einen Arm um sie und sie gingen den letzten Hügel hinunter zur Scheune. »Aber du darfst es mir nicht verdenken, wenn deine Gummipuppen bei deiner Rückkehr aus New York alle an Schlingen in den Bäumen baumeln.«

»Das wäre dir durchaus zuzutrauen und dass du sie für Zielübungen mit einer Nagelpistole benutzt. Aber dann stände ich nach deiner Abreise ganz ohne Unterstützung da.«

»Ein Grund mehr, dich besuchen zu kommen«, meinte er, während sie neben dem Bach über den grasbedeckten Boden liefen.

»Oft?« In ihren Augen schimmerte Hoffnung. »Es kann gut sein, dass ich jede Woche Szenen ausarbeiten muss.«

Er lachte leise. »So oft du mich brauchst, Shortcake.«

Bei diesen Worten drückte er sie an sich, küsste sie und versuchte, nicht daran zu denken, dass ihre gemeinsame Zeit dem Ende entgegenging.

Die Sonne schien ihnen warm ins Gesicht, als Beau Charlotte küsste. Sie wollte nicht darüber nachdenken, wie es weitergehen würde oder ob ihre Fernbeziehung funktionieren konnte, und als er den Kuss vertiefte, konnte sie ohnehin keinen klaren Gedanken mehr fassen. Kurz lösten sie sich voneinander, doch sofort eroberte er ihren Mund aufs Neue, bis sie atemlos zurückblieb.

»Ich muss mir einen Vorrat deiner Küsse anlegen«, flüsterte er ihr voller Leidenschaft zu. »Und wir müssen so viele Szenen durchspielen, wie dir einfallen, damit du nie wieder auf deine Puppen zurückgreifen musst.«

»Du willst ja nur, dass meine Puppen nie wieder zum Einsatz kommen.«

»Das hast du richtig erkannt.« Sie hatten die Scheune erreicht. »Ich kann mir bildlich vorstellen, wie du hier am Bach sitzt, die Zehen ins Wasser hängen lässt und ein Picknick mit einem Twix und einem Proteinriegel machst.«

Sie blickte benommen zu ihm auf. »Und wo bist du auf diesem Bild?«

»Ich hätte nie gedacht, dass ich das noch einmal sagen würde, aber ich wäre gern dabei. Ich finde, wir geben ein gutes Paar ab, und ich mag den Menschen, der ich in deiner Nähe bin.«

Er sagte so viele Dinge, die sie mit Hoffnung erfüllten, und sie wollte sich an allem festhalten. Aber sie hatte Angst, sich zu große Hoffnungen zu machen. Er würde zu einem lebensverändernden Abenteuer aufbrechen und viel herumkommen, und sie ging davon aus, dass sein Leben viel komplizierter werden würde, als er es sich jetzt vorstellte. Doch sie verdrängte die betrüblichen Gedanken, als er die Scheunentür öffnete und der durchdringende Geruch nach Pferden, Leder und Heu nach draußen drang.

Er machte eine Verbeugung wie ein Prinz, der sie auf einem

Ball begrüßte. »Nach dir, Shortcake.«

Sie betrat die Scheune. »Na, da hast du dir aber …«

Ihre Knie gaben beinahe nach, als sie die beiden prächtigen Pferde entdeckte. Eines wieherte und wackelte mit dem großen Kopf, um sie zu begrüßen. »Grundgütiger. Beau! Wie hast du sie hergeschafft, ohne dass ich es mitbekommen habe?«

»Wenn du am Schreibtisch sitzt, könnte um dich herum die Welt untergehen, und du würdest es nicht merken.« Er nahm ihre Hand und führte sie zu der wunderschönen kastanienbraunen Stute.

Charlotte streckte einen Arm aus, um das Tier zu streicheln, und es stieß sie mit den Nüstern an, so wie Winter es auch immer getan hatte. Ihr kamen die Tränen. »Hallo, du Hübsche.« Sie streichelte den Kopf der Stute und drückte einen Kuss darauf, wobei sie von den vertrauten Gerüchen ihrer Kindheit umgeben war. »Wie heißt sie?«

»Ginger. Und dieses schöne Tier hier«, er deutete auf das dunkelbraune Pferd in der nächsten Box, »heißt Spice. Ich habe sie mir von Hal ausgeborgt und ihm versprochen, dass ich sie morgen Abend zurückbringe. Alles, was wir brauchen, liegt in der Sattelkammer. Aber zuerst …« Er betrat eine leere Box und kam mit den Händen hinter dem Rücken wieder heraus. »Das hier ist für mein Mädchen, das Märchen über alles liebt.«

Er reichte ihr ein Paar pinke Lederreitstiefel, die mit braunweißen Schmetterlingen und Blumen bestickt waren. Vollkommen überwältigt warf sie sich in seine Arme, während ihr die Tränen über die Wangen liefen.

»Ich finde keine Worte! Das ist einfach so süß, Beau Braden. Vielen Dank!«

Ihr Glück spiegelte sich auch in ihren Küssen wider, und als er sie absetzte, umarmte sie ihn erneut.

»Woher kennst du meine Schuhgröße?«, fragte sie, zog die Sandalen aus und steckte die Füße in die Stiefel. Sie passten perfekt.

»Erinnerst du dich an deine hinreißenden Gummistiefel, die du jeden Morgen neben der Tür ausziehst?« Er zuckte mit den Achseln.

»Gerissen. Das gefällt mir an dir.« Sie stand auf und drehte sich einmal um die eigene Achse. »Und? Wie sehe ich aus?«

»Niedlich und eindeutig so, als würdest du deutlich öfter als einmal alle Jubeljahre auf einen Pferderücken gehören. Wenn ich dich besuche, werden wir wieder ausreiten.«

Sie wollte sich ihre Ängste nicht anmerken lassen, aber ihre Gefühle ließen sich nicht aufhalten, und so sprudelte die Wahrheit einfach aus ihr heraus. »Ich traue mich kaum, daran zu glauben«, flüsterte sie. »An *uns*.«

Er runzelte die Stirn. »Warum?«

»Weil ich so glücklich bin, aber du wirst so viel um die Ohren haben, wenn du zu deinem Leben zurückkehrst, während ich ein Buch nach dem anderen schreiben werde. Und mir ist bewusst, dass ich von einer Langzeitbeziehung spreche, obwohl wir erst so kurze Zeit zusammen sind, aber uns bleibt nicht einmal mehr eine Woche. Ich möchte diese Woche auskosten, aber das macht mir auch Angst, weil ich dich danach noch viel mehr mögen werde. Die Zeit mit dir hat mich so glücklich gemacht, dass sie mir beinahe vorkommt wie ein wunderschöner Wunschtraum.«

»Atme, Baby. Beruhige dich und atme.« Er nahm sie in die Arme. »Es ist wunderschön, aber garantiert kein Wunschtraum. Ich bin kein Mensch, der gern Wurzeln schlägt, und ich kann dir nichts versprechen, von dem ich nicht felsenfest überzeugt bin, aber eins musst du mir glauben: Was immer das zwischen uns ist, es ist auf jeden Fall echt, und es ist das Einzige, vor dem ich ganz bestimmt nicht davonlaufen möchte.«

»Dann wirst du mich wirklich besuchen kommen? Zwischen den Shows?«

»Nichts könnte mich von dir fernhalten. Und ich möchte hier auch noch ein paar Dinge ändern, um für deine Sicherheit zu sorgen, bevor ich abreise. Der Gedanke, dass dir etwas zustoßen könnte …«

»Kriege ich einen Bodyguard?«, neckte sie ihn.

Er zog die Augenbrauen hoch. »Das ist eine gute Idee.«

»Beau!« Sie gab ihm einen Klaps auf den Arm.

»Okay, ich sage dem Bodyguard wieder ab. Aber ich habe eine Alarmanlage für die Auffahrt bestellt, die ich auf jeden Fall noch aufbauen werde, damit du informiert wirst, wenn jemand die Straße zum Gasthaus entlangfährt.«

»Im Ernst? So etwas gibt es?«

»Aber ja. Und ich besorge dir auch einen Hund. Einen großen.«

»Der wird lernen, sich selbst zu versorgen«, witzelte sie. »Du weißt, dass man sich in der Hinsicht nicht auf mich verlassen kann.«

»Da hast du recht. Vielleicht überlasse ich dir Bandit. Der weiß wenigstens, wie man etwas zu essen stibitzt.«

Sie hatte das Gefühl, dass sie den diebischen Hund ebenso ins Herz schließen würde wie Beau. »Es gefällt mir, dass du dir Sorgen um mich machst.« Sie blickte zu den Pferden hinüber und sah erneut den Mann an, der sie ganz durcheinanderbrachte. »Ich kann es noch immer nicht fassen, dass du all das für mich gemacht hast. Du hast die Pferde geholt, den Stall sauber gemacht und mir wunderschöne Stiefel gekauft. Beau …?«

»Als du mir von Winter erzählt hast und wie gern du reiten gegangen bist, hast du ebenso gestrahlt, wie du es immer tust, wenn du von den Spaziergängen mit deinem Großvater, deinem Leben hier und deinen Büchern sprichst. Du hast so viel für mich getan, da wollte ich diese Gefühle wieder aufleben lassen.«

Ihr kamen wieder die Tränen. »Ich habe überhaupt nichts für dich getan, nur eine verrückte Traumlandschaft gebaut, bei deren Abbau du mir sogar geholfen hast.« Sobald alles weggeräumt gewesen war, hatte er die Gläser, die sie ihm geschenkt hatte, auf ihre Kommode gestellt, *Mehr Charlotte* auf einen Zettel geschrieben und diesen in das *Hoffnungen und Träume*-Glas getan. Auch diese Nacht würde sie nie vergessen.

»Dank dir habe ich so vieles gespürt, von dem ich glaubte, ich würde es nie mehr erleben, und du bringst mich immer zum Lächeln, was mir gerade zu dieser Jahreszeit sehr schwerfällt. Möglicherweise auch das ganze Jahr über.« Er legte ihr die Hände an die Wangen und streichelte sie mit den Daumen. »Du hast mich in diesen letzten drei Wochen glücklicher gemacht, als ich es in den letzten zehn Jahren gewesen bin.« Er küsste sie. »Und jetzt lass uns diese hübschen Stiefel ausprobieren. Ich möchte wissen, wo du immer ausgeritten bist.«

In ihr brodelte ein Gefühlschaos, als sie sich auf die Zehenspitzen stellte und ihm einen Kuss mitten auf das Kinn drückte. Seine Bartstoppeln kribbelten an ihren Lippen. Das gefiel ihr so gut, dass sie es gleich noch einmal machte, und er zog sie an sich. »Ich werde dir meine alten Lieblingsplätze zeigen, aber es wird vermutlich Zeit, dass ich mir auch ein paar neue suche. Wir sollten unsere eigenen Lieblingsplätze finden.«

»Das klingt ja sogar noch besser.«

Es war so viele Jahre her, dass sie zuletzt auf einem Pferd

gesessen hatte, dass sie sich beim Satteln schon fragte, ob sie das Reiten möglicherweise verlernt hatte. Aber sobald sie auf Ginger saß, stellte sich das altvertraute friedliche Gefühl ein. Der Sattel knarzte, als sie sich darauf bewegte und die Beine entsprechend positionierte.

»Bist du bereit zum Reiten, meine Schöne?« Beau sah auf dem dunklen Pferd richtiggehend königlich aus.

»Das Pferd oder dich?«, neckte sie ihn, als sie langsam aus der Scheune ritten.

Ein freches Grinsen umspielte seine Lippen. »Jetzt das Pferd, mich später.«

Charlottes Gedanken schweiften ab, als sie die Wege und Hügel des Grundstücks erkundeten, die sie einst mit verbundenen Augen gefunden hätte. Sie galoppierten über die Weiden und der Wind wehte ihr ins Gesicht. Das rhythmische Geräusch der Pferdehufe erschuf ein euphorisches Gefühl der Freiheit und eine Abenteuerlust, die sie beinahe vergessen hatte. Die Pferde liefen nebeneinander, sodass sich Beau und Charlotte unterhalten konnten. Sie lachten sich schlapp, als sie versuchten, sich zu küssen, ohne vom Pferderücken zu fallen. Aber Beau hielt sie mit seinen starken Händen fest, als seine Lippen auf ihren landeten, und als sich die Sonne dem Horizont näherte, gelangten sie zu einem Aussichtspunkt. Sie banden die Pferde an Bäumen fest und setzten sich auf einen Felsvorsprung.

»Komm her, Babe.« Er legte die Arme um sie, zog sie an seine Brust und stellte die Beine links und rechts neben ihre.

Dann drückte er ihr einen Kuss auf den Scheitel, sagte jedoch nichts, während der Himmel von Blau- und Lilatönen überzogen wurde. Das war etwas Besonderes an Beau: Er musste nicht reden, um etwas zu vermitteln. Sie konnte spüren, wie glücklich er war, ebenso wie sie seine Anspannung bei seiner Ankunft hier gespürt hatte.

Sie streckte eine Hand nach hinten aus und legte sie ihm an den Hals, während sie darüber nachdachte, wie viel sich zwischen ihnen verändert hatte. Und wie sehr sie sich verändert hatte, was schon die Tatsache zeigte, dass sie hier war und einen ganzen Nachmittag und Abend genoss, ohne wegen ihres Buches in Panik zu geraten. Das hatte sie allein Beau zu verdanken.

»Mir war gar nicht bewusst, wie sehr ich das Reiten vermisst habe«, sagte sie, kuschelte sich an ihn und bewunderte ihre neuen Stiefel. »Ich hatte ganz vergessen, was für eine Wirkung es auf mich hat. Es ist beinahe wie ein Rausch.«

»So geht es mir immer, wenn ich mit dir zusammen bin.« Er lehnte sich zur Seite, drückte ihr Kinn etwas nach oben und küsste sie.

»Ich mag es sehr, wenn du das machst.«

Da tat er es gleich noch mal und küsste sie ganz zärtlich, was in einem ziemlichen Widerspruch zu seinen ernsten Augen lag. »Dann werde ich es ab jetzt öfter tun. Ich habe überlegt, wie ich dir etwas sagen soll, und ich kann zwar nicht gut mit Worten umgehen oder meine Gefühle ausdrücken, aber ich muss dir das sagen.«

Sie drehte sich zur Seite und legte die Beine über sein rechtes Bein, damit sie ihn besser sehen konnte. »Okay.«

»Ich finde es wundervoll, dass du nicht davor zurückschreckst, über Tory zu reden, und es tut mir leid, dass ich deinen Fragen manchmal ausweiche, aber das liegt nicht daran ...« Er zog die Augenbrauen zusammen und sah aus, als würde er nach den richtigen Worten suchen. »Ich war so jung, als wir beide zusammenkamen. Wir waren immer ›Beau und

Tory«, als würde es uns nur im Doppelpack geben. So hat man uns in der ganzen Stadt genannt, als wären wir ein einziges Wesen. Obwohl ich zum College ging, war sie ein Teil meines Lebens, weil sie die ganze Zeit in meinem Kopf war – und in meinem Herzen«, fügte er leicht entschuldigend hinzu.

»Das verstehe ich«, versicherte sie ihm und war ein kleines bisschen traurig darüber, dass nicht sie dieses Mädchen war, von dem er sprach.

»Bis ich dich kennengelernt habe, dachte ich nie darüber nach, wer ich ohne sie sein könnte, was sich vermutlich lächerlich anhört, wo es doch schon so lange her ist. Aber ich habe immer mit diesen Schuldgefühlen gelebt, die alles in meinem Leben überschattet haben.«

»Ich weiß …«

»Bitte hör mich an, denn das ist es nicht, was ich dir sagen möchte, aber es ist ebenso wichtig. Was ich dir sagen wollte, ist, dass die Sache zwischen ihr und mir völlig anders war als das, was zwischen dir und mir ist. Du sollst nicht denken, das zwischen uns wäre ein Abklatsch von dem, was wir damals hatten. Ich bin bei dir ein völlig anderer Mensch, als ich es damals oder jemals sonst war. Ich bin kein Draufgänger und war nie ein Freund, der so etwas tut wie Pferde ausleihen oder Stiefel kaufen. So war ich damals nicht, aber so bin ich bei dir, Charlotte, und ich möchte, dass du weißt, wie bedeutsam, groß und …«

Er gab sich solche Mühe, ihr zu zeigen, wer er war, dabei wusste sie das längst. »Anders?«, schlug sie vor.

»Ja, genau, wie anders es ist.«

»Ich wäre nicht im Traum auf die Idee gekommen, ich könnte nur ein Ersatz sein, Beau, und ich bin nicht eifersüchtig auf das, was ihr damals hattet. Jedenfalls nicht auf negative

Weise. Ich mag dich sehr, daher wünschte ich mir natürlich, wir würden uns schon länger kennen. Und ich wäre garantiert auch eifersüchtig, wenn sie noch leben würde, weil es ganz offensichtlich ist, dass du noch etwas für sie empfindest.«

»Das tue ich auch, aber es ist eher nostalgischer Natur. Ich sehne mich nicht nach einer Frau, die ich nicht haben kann.«

»Das weiß ich«, versicherte sie ihm. »Du hast es mir erklärt. Ich meinte jedoch damit, dass du sie auf gute Weise liebst. Und ich bin froh, dass sie vor ihrem Tod geliebt wurde. Es wäre noch trauriger, wenn es anders gewesen wäre. Daher hoffe ich, du findest eines Tages einen Weg, dir dafür zu verzeihen, dass du ihre Nachrichten nicht gesehen hast, denn wenn sie dich wirklich geliebt hat, dann hätte sie nicht gewollt, dass du mit dieser Bürde durchs Leben gehst.«

Einen Augenblick lang wurde die Anspannung in seinen Augen von Erleichterung abgelöst, bevor er sich wieder sammelte. Charlotte konnte erkennen, dass er noch mehr sagen wollte, aber er legte nur schweigend die Arme um sie.

Sie wollte ihn nicht drängen, aber sie war fest davon überzeugt, dass er einen Abschluss finden musste, um wirklich nach vorn blicken zu können, auch wenn sie sich noch so sehr wünschte, dass es anders wäre. Während sie auf die malerischen Berge blickten, konzentrierte sie sich auf ihr Innerstes. In all den Jahren, die sie nun im Gasthof lebte, hatte sie sich nie nach einem anderen Menschen oder der Art von Intimität gesehnt, die sie nun mit Beau hatte. Geborgen in seiner beschützenden Umarmung war ihr nun bewusst, dass er ihr sehr fehlen würde, wenn er abgereist war, und sie konnte sich nur ansatzweise ausmalen, wie einsam er sich nach Torys Tod gefühlt haben musste. Zwar waren das unterschiedliche Situationen, doch es gab durchaus Ähnlichkeiten.

Sie legte die Wange an seine Brust und dachte über die Komplexität der Liebe nach, und sie fragte sich, was schlimmer war – nur davon geträumt zu haben, die Liebe zu finden, sie zu erleben und wieder zu verlieren, oder jemanden derart zu lieben, dass man sich ein Jahrzehnt später noch dafür bestrafte, einen Fehler gemacht zu haben?

Fünfzehn

Die Tage bis zur Mad-Prix-Preisverleihung vergingen wie im Flug aufgrund der zahlreichen Vorbereitungen, doch Beau und Charlotte kamen sich trotzdem immer näher. Charlotte hatte ihn am Sonntag überrascht und die Arbeit ruhen lassen, um noch einmal reiten zu gehen, bevor sie die Pferde abends zurückbringen mussten. Sie hatten alles für ein Picknick eingepackt und sich den ganzen Tag an der Gegenwart des anderen erfreut. Es war gewissermaßen die Ruhe vor dem Mad-Prix-Sturm. Während die Köche, Kellner, Haushälterinnen, Gärtner und Hausdiener den Gasthof übernahmen, führte Beau im Eiltempo noch weitere Reparaturen durch, die ihm aufgefallen waren und die teilweise ausarteten, wie beispielsweise das Fenster, das neu gerahmt werden musste, obwohl er ursprünglich nur das Fensterbrett hatte austauschen wollen. Charlotte war zudem wieder tief in ihrer Schreibarbeit versunken. Sie hatte ihm gegenüber auch nicht erwähnt, dass auch noch mehrere Masseure sowie ein ganzer Büro- und Empfangsstab eintreffen würden, der das Studierzimmer übernahm und sich um die Telefonate und die Registrierung kümmerte und, so kam es Beau zumindest vor, auch um alles andere. Die meisten Neuankömmlinge begrüßten Charlotte mit einer herzlichen Umarmung und einem freundlichen Gespräch, bei dem sie sich wie alte Freunde miteinander austauschten. Sie mochte keine leibliche Familie mehr haben, aber es war offensichtlich, dass sie von vielen geliebt wurde, was ihn sehr freute.

Am Samstagnachmittag ging Beau auf der Terrasse auf und ab und wartete auf die Ankunft von Nick, Jillian und Aiyla. Nick hatte vom Flughafen angerufen und seitdem war Beau sehr angespannt. Er konnte nur hoffen, dass Nick ihm nicht die ganze Zeit in den Ohren liegen würde, denn dann ließe sich der nächste Streit wohl kaum vermeiden.

Auf dem Grundstück wimmelte es von Spendern, Rennhelfern und Zuschauern, die Champagner tranken und sich am Fingerfood bedienten, während sie darauf warteten, dass die Teilnehmer über den letzten Hügel kamen, um von dort hinunter zur Ziellinie zu laufen. Charlotte hatte sich unter sie gemischt.

Der Jubel verriet Beau, dass die ersten Läufer nicht mehr fern sein konnten. Er ging die Stufen hinunter, gespannt, wie Ty und Graham abschneiden würden, und schaute sich nach Charlotte um. Farbige Banner mit den Emblemen der Sponsoren und Wohltätigkeitsorganisationen flatterten im Wind, und direkt dahinter stand seine wunderschöne Freundin neben dem Podium und sah in ihrem heißen blauen Trägerkleid sorglos und sexy aus, während sie sich mit Parker und Grayson Lacroux und Eric und Kat James unterhielt. Parker war die Gründerin der *Collins Children's Foundation*, einer Stiftung für bedürftige Kinder, und mit Grayson verheiratet. Eric hatte die *Foundation for Whole Families*, eine Stiftung für intakte Familien, ins Leben gerufen. Das durch das Rennen eingenommene Geld kam ihren Organisationen zugute. Beau kannte Eric und Kat gut und hatte sich sehr gefreut, ihren sechs Monate alten Sohn Denny kennenzulernen, den Charlotte gerade mit dem verträumten Gesichtsausdruck, den Frauen bei Babys immer bekamen, anschaute.

Beau blieb stehen, um sie zu bewundern, und musste daran denken, wie sie mal gesagt hatte, sie hätte davon geträumt, den Richtigen zu finden und eine Familie zu gründen. Er fragte sich, was sie wohl denken mochte, als sie sich Parkers und Graysons kleiner Tochter Miriam zuwandte, die sich die ganze Zeit an den Arm ihres Daddys klammerte.

Es war eine Ewigkeit her, dass Beau darüber nachgedacht hatte, eine Freundin zu finden oder gar eine Familie zu gründen. Aber als er Erics hinreißenden Sohn in den Armen gehalten und das Gewicht des Babys gespürt hatte, war eine unerwartete Sehnsucht in ihm aufgekeimt, wie man es eher bei einer Frau erwarten würde, und er war sich einer Leere bewusst geworden, von deren Existenz er bisher nicht einmal etwas gewusst hatte. Möglicherweise interpretierte er es auch einfach nur falsch oder war durcheinander, weil er gleich Nick gegenübertreten würde, aber dieses Gefühl hatte sich aus irgendeinem Grund in ihn eingebrannt und er wurde es nicht mehr los.

Charlotte kam auf ihn zu und ihr langes dunkles Haar fiel ihr offen auf die Schultern. Bei ihrem strahlenden Lächeln ging ihm das Herz auf. Sie würde am folgenden Nachmittag nach New York aufbrechen, und er wusste, dass es auf der Welt nicht genug Renovierungsprojekte gab, die verhindern konnten, dass er sie vermisste.

»Hey, meine Schöne.« Er gab ihr einen zärtlichen Kuss. »Nick hat angerufen. Sie müssten jeden Moment hier sein.«

»Ich kann es kaum erwarten, ihn und Jillian kennenzulernen

und Aiyla wiederzusehen.«

Der Jubel wurde immer lauter. »Hört sich ganz danach an, als würden die Ersten bald über die Ziellinie laufen.«

»Du kannst davon ausgehen, dass Ty vorn mit dabei ist«, sagte sie. »Aber es wird noch einige Zeit dauern, bis er den Hügel überquert hat, und die restlichen Teilnehmer werden innerhalb der nächsten Stunden eintreffen. Ich hoffe, deine Familie ist rechtzeitig hier, um ihren Zieleinlauf mitzuerleben.«

»Ich würde darauf wetten, dass Graham Erster wird. Mein Bruder gibt sich nur ungern geschlagen.« Er nahm sie in die Arme. Ihre Haut war von der Sonne aufgewärmt und duftete nach dem Fliederduschbad, mit dem er sie heute Morgen unter der Dusche eingeseift hatte. »Du hast das alles ganz hervorragend gemacht. Es ist ein tolles Event.«

»Danke, aber du weißt ganz genau, dass ich nichts damit zu tun hatte. Das waren all diese wunderbaren Leute. Die meisten von ihnen kannten meine Familie und haben es für sie getan. Aber ich bin sehr froh darüber, denn so bekomme ich zu dieser Jahreszeit von den Freunden meiner Eltern immer Geschichten über sie erzählt.«

»Wie wird es morgen in Port Hudson ablaufen? Triffst du dich mit ehemaligen Nachbarn oder anderen, die deine Familie gekannt haben?«

»Diesmal nicht. Meine Lektorin Chelsea hat mir vorhin eine E-Mail geschickt. Sie haben ein Treffen mit der Marketingabteilung anberaumt, bevor wir uns zusammensetzen. Meine PR-Agentin Luce Palmer wird ebenfalls dabei sein und nachmittags treffe ich mich dann mit Chelsea. Und danach verbringe ich die ganze Nacht mit meinen LWW-Freundinnen. Wir haben eine Menge zu besprechen.« Sie fuhr mit einem Finger über seine Brust. »Schließlich muss ich mit meinem

Freund angeben.«

»Bist du nervös?«

»Nein. *Ja.* Ein bisschen. Denn ich bin mir nicht sicher, ob mein Buch perfekt ist, aber wir werden sehen. Das ist mein fünfter Roman, und ich mache mir noch immer bei jedem Sorgen, das ist also normal.«

»Das Buch ist bestimmt klasse, und wenn es verbessert werden muss, dann schaffst du das auch. Ich wünschte, ich könnte dabei sein und dich in Aktion sehen.«

Leidenschaft spiegelte sich in ihren Augen wider, als sie ihn ansah. »Du hast mich letzte Nacht in Aktion gesehen.«

»Und ob ich das habe.« Allein bei der Erinnerung, wie sie ihn wild geritten hatte, bekam er schon eine Erektion.

»Hey.« Sie berührte seine Wange, damit er ihr in die Augen sah. »Hör auf damit, dir vorzustellen, wie ich nackt aussehe.«

Er küsste sie sanft. »Aber es ist ein so schöner Anblick. Ich liebe es, dich in diesen leidenschaftlichen Augenblicken zu sehen.«

»Okay«, säuselte sie. »Wenn du unbedingt willst, dass dein Bruder, deine Schwester und Aiyla dich mit ausgebeulter Hose sehen. Denn entweder sind das da vorn Jilly und Nick oder du hast einen Fanclub, der von einer anderen rothaarigen Frau geleitet wird.«

Er drehte sich gerade noch rechtzeitig um, dass Jillian ihm um den Hals fallen konnte.

»Beau!« Sie tat beinahe so, als hätten sie sich Jahre nicht gesehen. Die Luft um sie herum schien zu sirren, weil sie derart aufgeregt war. »Jax wollte so gern mitkommen, um Graham laufen zu sehen, aber an diesem Wochenende findet eine große Hochzeit statt, und du weißt ja, wie wichtig es ihm ist, an ihrem großen Tag für die Braut da zu sein. Nicht, dass es mit dem

Kleid noch irgendwelche Probleme gibt.«

Aiyla wedelte mit den Händen, um Jillians Redeschwall zu unterbrechen, während Nick wie ein Beschützer neben ihr stand und von einer Aura umgeben war, die einem zu verstehen gab, dass man sich besser nicht mit ihm anlegte. Sein dunkles Haar quoll unter seinem stets präsenten schwarzen Cowboyhut hervor und fiel ihm bis auf den Kragen des eng anliegenden T-Shirts. Allerdings besaß er auch nur enge Shirts. Wo Beau fit war, besaß Nick unfassbar große, hervorquellende Muskeln.

»Aiyla macht bestimmt genug Fotos, damit er das Gefühl bekommt, selbst hier gewesen zu sein«, meinte Beau, als Aiyla Charlotte umarmte.

»Du siehst umwerfend aus«, sagte Charlotte. »Wirklich bedauerlich, dass du dieses Jahr nicht teilnehmen konntest.«

»Dafür gewinne ich nächstes Jahr«, erwiderte Aiyla zuversichtlich. »Ich habe viel trainiert und nächstes Jahr werden Ty und ich wieder beide mitmachen.« Auf ihrem T-Shirt stand »Ty Bradens größter Fan«, und ihre Shorts ließen ihre hautfarbene Beinprothese erkennen, auf die sie mit einem roten Marker »#TeamTy« und »#TeamBraden« geschrieben hatte. Sie trug eine Kamera an einem Riemen über der Schulter und schob sie beiseite, als sie Charlotte noch einmal umarmte. Ihr honigblondes Haar war so hell, wie Charlottes dunkel war.

Beau legte Charlotte eine Hand in den Rücken. »Jilly, Nick, das ist …«

»Nur die unglaublichste Autorin von Liebesromanen auf der ganzen Welt!«, fiel Jillian ihm aufgeregt ins Wort und umarmte Charlotte. »Ich liebe deine Bücher sehr. Und ich wünsche mir einen Mann wie deinen Daryl Magnum aus *Sexy und sündig*. Kannst du mir den vielleicht besorgen?«

Nick und Beau schüttelten nur den Kopf.

»Daryl ist bei allen Fans sehr beliebt. Jeder liebt diesen geheimnisvollen, stoischen Mann«, erwiderte Charlotte. »In den sozialen Medien fordern meine Fans immerzu, dass ich mehr über ihn schreibe.« Sie warf Beau einen Blick zu, beugte sich zu Jillian hinüber und senkte die Stimme. »Ich denke, wir sollten das Thema vertiefen, wenn dieser Hulk hier und der bullige Beau nicht in der Nähe sind.«

»Der bullige Beau!« Jillian lachte laut los. »Sie sehen gefährlich aus, sind aber im Herzen große Softies.«

»Blödsinn«, protestierte Nick, während Beau gleichzeitig brummte: »Softies, dass ich nicht lache.«

Die Frauen kicherten.

»Wir unterhalten uns später«, versprach Jillian Charlotte. »Ich habe eine Ausgabe von *Sexy und sündig* mitgebracht und gehofft, du würdest sie mir unterschreiben. Beau hatte mir zwar versprochen, dich um ein Autogramm zu bitten, aber gestern Abend meinte er, er hätte es vergessen, was die Männerversion für ›Es war mir zu peinlich, sie zu fragen‹ ist.«

Beau sah Charlotte in die Augen. »Wir waren zu beschäftigt.«

Nick bedachte ihn mit einem neugierigen Blick.

»Ja, ja. Wie auch immer. Jedenfalls hoffe ich, dass wir nicht verpassen, wie die beiden ins Ziel kommen.« Jillian strich ihre ärmellose schwarze Bluse glatt. »Nick hat sich an der Tankstelle mit einem heißen Cowboy angelegt.«

Nick schüttelte mit verkniffener Miene den Kopf. »Der Mistkerl hat ihr auf den Hintern gestarrt.«

»Ich hab halt einen knackigen Hintern.« Jillian wackelte damit. »Den muss man einfach bewundern.«

Beau und Nick murmelten einstimmig: »Oh, Jilly.«

»Wir werden gut miteinander auskommen«, stellte Charlotte mit breitem Grinsen fest.

Beau umarmte Nick. »Schön, dich zu sehen, kleiner Bruder. Bitte sorg nicht dafür, dass ich diese Worte später bereue.«

Nick murmelte etwas Unverständliches, sah Charlotte an und tippte sich an den Cowboyhut. »Schön, dich kennenzulernen, Süße.« Er umarmte sie kurz und grinste Beau über ihre Schulter hinweg frech an.

Mistkerl.

»Ich freue mich sehr, euch beide endlich kennenzulernen.« Charlotte ließ ihr umwerfendes Lächeln aufblitzen und Beau legte besitzergreifend einen Arm um sie und zog sie an sich.

Jillian riss die Augen auf, und bevor Beau einen Ton sagen konnte, kreischte sie auch schon: »Ihr beide seid zusammen? Ich wusste nicht, dass du *so* beschäftigt warst.«

Nick sah richtiggehend erschrocken aus.

»Das sind wir«, bestätigte Beau stolz und erwiderte Nicks kritischen Blick. »Wie gesagt: Finger weg, Bruderherz.«

»Hey, Nick, wenn du nett fragst, lässt Char dich vielleicht mit ihren Gummipuppen spielen«, warf Aiyla ein, was ihr einen irritierten Seitenblick von Nick einbrachte. »Als Ty und ich letzten Sommer hier waren, hat Charlotte uns in ihr Arbeitszimmer gezerrt und uns gezwungen, mit ihnen heiße Sachen zu machen.«

»Im Ernst?« Nicks Interesse war offensichtlich geweckt.

»Nur zu Recherchezwecken.« Beau starrte ihn erbost an. »Und jetzt, wo sie mich hat, braucht sie sie nicht mehr.«

Lauter Jubel bewirkte, dass sie zum anderen Ende des Geländes hinüberblickten, wo eine Menschenmenge Fahnen schwenkte und laut brüllte. Die Zuschauer, die zwischen dem letzten Hügel und der Ziellinie standen, jauchzten und schrien und schienen ihre guten Plätze nicht aufgeben zu wollen.

»Wir sollten uns beeilen«, sagte Aiyla. »Ich muss doch Ty fotografieren.«

»Na los.« Jillian nahm Aiylas und Charlottes Hand und rannte mit den beiden los.

Nick lief neben Beau her. »Du reist doch Ende nächster Woche ab, oder nicht? Ist Charlotte dann wieder verfügbar, wenn du weg bist? Denn mir ist irgendwie nach einem Urlaub auf dem Berg.«

Beau starrte seinen Bruder wütend an.

»Beeilt euch, Leute!«, drängte Aiyla sie, als sie mit der Kamera in der Hand in Richtung Hügel rannte. Sie war mit ihrer Prothese schneller als Jillian und Charlotte, die beide Sandalen trugen.

»Lauf nur vor! Wir holen dich schon wieder ein!«, erwiderte Jillian, die Charlottes Hand noch immer festhielt, als wären sie die besten Freundinnen. »Und mach auch ein paar Fotos von Graham!«

Aiyla warf ihnen eine Kusshand zu und rannte noch schneller.

»Ist sie nicht wunderbar?«, fragte Jillian, als Aiyla in der Menge verschwand. »Ty und sie lieben sich so sehr.«

»Du hättest nach dem Rennen im letzten Jahr hier sein sollen. Ty hat sich so gut um sie gekümmert.« Charlotte musste lächeln, weil sie an Beau dachte, der auch immer auf sie aufpasste.

Jillian warf Nick und Beau über die Schulter einen Blick zu und zog Charlotte ein Stück zur Seite. »Okay, jetzt musst du mir aber verraten, was du mit meinem Bruder angestellt hast.

Der Mann hat ja Herzchen in den Augen, wenn er dich ansieht, und dreht beinahe durch, wenn Nick dir nachschaut.«

»Tut er das?« Sie sah zu Beau hinüber, der sie beobachtete und mit dem Kiefer mahlte, während Nick ihm etwas erzählte. Dann hob Beau das Kinn und zog die Mundwinkel hoch, und Charlotte spürte, wie sie rot wurde. *Durch einen Blick!* Sie drehte sich wieder zu Jillian, die nur breit grinste.

»Siehst du, was ich meine?« Jillian umarmte sie. »Danke! Beau hatte immer nur Zeit für die Arbeit, solange ich denken kann. Normalerweise würdigt er keine Frau eines zweiten Blickes, aber sieh ihn dir jetzt an! Der Mann kann den Blick nicht von dir abwenden und das scheint auf Gegenseitigkeit zu beruhen.«

Charlotte merkte, dass sie Beau noch immer anstarrte. Aber wieso auch nicht? Er war alles, was sie sich je erträumt hatte, und noch viel mehr. »Da hast du allerdings recht.« *Und ich mag mir gar nicht ausmalen, wie traurig ich sein werde, wenn er abreist.*

»Ich weiß nicht, wie ernst die Sache mit euch beiden ist, aber tu ihm bitte nicht weh. Er hat eine Menge durchgemacht.«

Charlotte war gerührt, dass sich Jillian so um ihren Bruder sorgte. »Ich werde ihm auf keinen Fall wehtun. Er hat mir von Tory erzählt.«

»Er hat mit dir über sie gesprochen? Okay, dann muss es was Ernstes zwischen euch sein. Sonst redet er mit niemandem über sie.«

»Ich weiß«, sagte sie, als Aiyla an ihnen vorbeirannte.

»Wo willst du denn hin?«, rief Jillian ihr hinterher.

Aiyla hielt die Kamera hoch und antwortete: »Zur Ziellinie!«

»Komm mit!« Jillian nahm Charlottes Arm und lief auf das Ziel zu. »Sie hat recht. Wir müssen sehen, wie die beiden ins

Ziel kommen!«

»Was ist denn los?«, fragte Beau, als sie näher kamen.

Charlotte nahm im Vorbeilaufen einfach seine Hand und zog ihn mit sich. »Wir warten an der Ziellinie. Lauf!«

Nick passte sich ihrem Tempo an und warf Beau einen herausfordernden Blick zu, der ihn wie einen angriffsbereiten Bullen aussehen ließ. Beau blähte die Nasenflügel auf.

»Ihr beide seid echt lächerlich«, stellte Jillian fest.

Charlotte war vollkommen verwirrt. »Was …«

Beau ließ ihre Hand los und rannte auf die Ziellinie zu. Nick hielt mit ihm mit und es war ein regelrechtes Kopf-an-Kopf-Rennen. Mit ihren langen, kraftvollen Beinen hatten sie die Strecke so schnell zurückgelegt, dass Charlotte ihren Augen kaum trauen wollte, als sie den beiden mit Jillian folgte.

»Ich dachte, Beau würde ein langsameres Tempo bevorzugen«, meinte sie, als Beau noch schneller wurde und Nick hinter sich zurückließ.

»Beau war in der Highschool im Laufteam. Er hat ziemlich viele Wettbewerbe gewonnen. Nick rennt eigentlich nie. Ihm geht es eher um Muskeln.« Jillian fasste sich an die Seite und krümmte sich keuchend.

»Alles in Ordnung?«, erkundigte sich Charlotte.

»Ja. Ich bin nur das Laufen nicht gewohnt.«

Beau überquerte die Ziellinie und Charlotte sprang kreischend auf und ab und fiel Jillian in die Arme. Beau und Nick klatschten sich ab und Beau hielt mit zufriedener Miene auf Charlotte zu. Sie wollte schon zu ihm laufen, konnte Jillian aber nicht einfach so stehen lassen.

»Jetzt geh schon, bevor du noch platzt!« Jillian schob sie auf Beau zu.

Charlotte lief so schnell, wie sie nur konnte. Beau hatte sie innerhalb von Sekunden erreicht und nahm sie in die Arme, während Ty und ein anderer Mann dicht gefolgt von mehreren Läufern auf die Ziellinie zurannten.

»Du warst im Laufteam!«, stieß sie zwischen den Küssen hervor.

»Das ist lange her. Dieser Sieg war nur für dich, Baby.« Er küsste sie leidenschaftlich und setzte sie dann so auf dem Boden ab, dass sie den Läufern nicht im Weg war. »Das sind Ty und Graham, die die Führung innehaben. Komm mit.« Er warf Jillian über die Schulter einen Blick zu. »Soll ich dich tragen, Kleines?«

Sie winkte ab. »Nur, wenn du ein heißer Single bist!«

Beau knurrte leise. Charlotte amüsierte sich köstlich darüber, wie Jillian seinen Beschützerinstinkt spielerisch herausforderte. Sie bahnten sich einen Weg durch die Menge. Ty und Graham rannten Schulter an Schulter.

Aiyla feuerte Ty an und schoss ein Bild nach dem anderen.

»Gib Gas, Graham!«, brüllte Nick.

Beau jubelte für Ty und Graham und hielt die ganze Zeit Charlottes Hand.

Plötzlich brach Ty zur Seite aus, schnappte sich Aiyla und trug sie zur Ziellinie. Die Menge johlte, schwenkte Fahnen und jubelte, als Ty drei Läufer passierte, aber noch immer hinter Graham und einigen anderen war. Nick pfiff, Beau und Jillian lachten sich schlapp, und Charlotte war völlig begeistert von ihnen allen.

»Das kommt in ein Buch!«, erklärte sie.

Graham überquerte die Ziellinie und wurde lautstark bejubelt. Charlotte und die anderen kreischten und fielen einander freudig in die Arme, während es immer mehr Läufer ins Ziel schafften. Ty und Aiyla kamen auf den sechzehnten Platz, aber das schien Ty nicht das Geringste auszumachen. Er war viel zu sehr damit beschäftigt, seine Frau zu küssen.

»Komm mit, Baby. Ich möchte dir Graham vorstellen.« Beau führte sie durch die Menge.

Sie stießen zu den anderen, und Beau hielt sich zurück, bis alle Graham gratuliert hatten. Graham sah seinem Bruder so ähnlich, dass er als sein schlankerer, jüngerer Doppelgänger durchgegangen wäre, und hatte dieselben kurzen braunen Haare und dunklen Augen wie fast alle Bradens. Sein Lächeln war ansteckend, und als Beau ihn umarmte und sie einander etwas länger drückten, als es die anderen getan hatten, sagte Beau etwas, und Graham rückte von ihm ab und sah ihm fragend in die Augen.

»Wirklich?«, fragte Graham.

Beau nickte knapp. Er nahm Charlottes Hand und sagte: »Charlotte, das ist mein kleiner Bruder Graham.«

»Klein, dass ich nicht lache.« Graham breitete die Arme aus. »Ich bin total durchgeschwitzt, freue mich aber sehr, dich kennenzulernen.«

»Schweiß macht mir nichts aus.« Charlotte umarmte ihn. »Herzlichen Glückwunsch. Das war unglaublich!«

»Ty und du, ihr seid beide unglaublich.« Beau legte Charlotte einen Arm um die Schultern.

»Ich bin mir nicht sicher, ob ich gewonnen hätte, wäre mein liebeskranker Cousin nicht so besessen von seiner Frau«, spottete Graham.

»Du hast fair gewonnen.« Ty nahm einem freiwilligen Helfer zwei Getränkeflaschen ab und reichte Graham eine davon. »Du hast das Gold, aber ich habe das Mädchen.« Er zog Aiyla an sich und küsste sie.

»Nehmt euch ein Zimmer«, neckte Nick sie. »Und geht

unter die Dusche.«

»Die Preisverleihung findet erst um vier statt«, rief Charlotte ihnen in Erinnerung. »Das Essen und der Tanz fangen um sieben an, ihr habt also genug Zeit für eine Dusche und vielleicht auch eine Massage, wenn ihr wollt.«

Jillian musterte Ty und Graham mit gerümpfter Nase. »Ihr seid wirklich ganz schön schmutzig.«

»Hey, ich mag meinen Mann schmutzig.« Aiyla beugte sich vor und spitzte die Lippen und Ty küsste sie überaus bereitwillig.

»Wo wir gerade von schmutzig sprechen: Wo steckt denn Butterscotch?«, fragte Nick. »Normalerweise ist er doch immer in eurer Nähe.«

»Jon?«, fragte Charlotte. Jon Butterscotch war Arzt und hatte eine Gemeinschaftspraxis mit Tys Bruder.

»Du kennst Jon?«, hakte Beau nach.

»Ach, bitte«, erwiderte Charlotte. »Es gibt auf der ganzen Welt keine Frau, die in die Nähe von Mr. Fifty-Shades-of-Süßholzgeraspel kommt, ohne ihn kennenzulernen.«

Beau verzog das Gesicht.

»Er ist harmlos«, versicherte Ty ihm. »Er hat Aiyla damals nach dem Rennen geholfen und ihr nach der Diagnose beigestanden. Er war immer für sie da. Er ist ein guter Mensch und ist letztes Jahr während des Rennens zurückgeblieben, um einer Freundin mit verletztem Knöchel zu helfen.«

Nick kniff die Augen zusammen. »Ja, Trixie Jericho. Sie ist auch eine Freundin von mir und Jon sollte besser die Finger von ihr lassen.«

»Du kennst Trixie?« Charlotte staunte. »Ich *liebe* sie!«

Beau musste kichern. »Ich dachte, du hättest kein Interesse an ihr, Nick? Aber ich wusste doch gleich, dass da mehr dahintersteckt.«

»Sie ist eine *Freundin*«, fauchte Nick. »Und Butterscotch denkt, er wäre Gottes Geschenk an die Frauen. Aber er ist nicht der Richtige für sie.«

Jillian verschränkte die Arme und warf das Haar nach hinten. »Und du bist der Richtige für sie? Denn sie ist ein Cowgirl und du bist ein hundertprozentiger Cowboy.«

»Wo wir gerade davon reden«, warf Ty mit schelmischem Flackern in den Augen ein, »ich glaube, Jon war vorhin bei Trixie.«

Während Jillian und Ty Nick ärgerten, flüsterte Beau Charlotte ins Ohr: »Wie gefällt es meiner Süßen?«

»Gut. Ich liebe deine Familie. Du kannst von Glück reden, dass du so viele Verwandte hast.«

Er ließ den Blick über die anderen schweifen, die sich unterhielten und den Läufern applaudierten, die gerade ins Ziel kamen. »Ich bin ein ziemlicher Glückspilz, aber am meisten Glück hatte ich, weil ich dich gefunden habe.« Er küsste sie zärtlich.

»Wo wir gerade beim Thema Frauen sind«, sagte Graham, was ihm beifällige Kommentare und einen bösen Blick von Beau einbrachte, »ich dachte, du wärst nur wegen der Reparaturen hier.«

»Das bin ich auch«, erwiderte Beau. »Charlotte ist richtig gut darin, kaputte Dreißigjährige wieder hinzukriegen.«

Er küsste sie erneut und sie spürte die zufriedenen Blicke seiner Familienmitglieder auf sich.

»Wer in aller Welt bist du und was hast du mit meinem Bruder gemacht?«, fragte Nick.

Beau starrte ihn einfach nur an.

»Das, was Beau gesagt hat, stimmt nicht ganz.« Charlotte

blickte verträumt zu ihm auf. »Du warst nicht kaputt. Du hast nur geschlafen, wie Dornröschen, und auf den richtigen Kuss gewartet.«

»Dornröschen.« Nicks donnerndes Lachen übertönte den Lärm der Menge um sie herum. »Das muss ich mir merken.«

»Grundgütiger, Shortcake. Hättest du nicht Thor sagen können?«

»Hmm, Thor«, murmelte Jillian, was ihr einen weiteren ermahnenden Blick von Beau einbrachte.

»Ich habe den Film nicht gesehen, bezweifle jedoch, dass die Analogie funktioniert«, überlegte Charlotte laut. »Außerdem kann ich dich doch nicht mit Chris Hemsworth vergleichen. Ich meine, sieh dich doch nur an.« Sie deutete auf ihn.

»Wow«, murmelte Graham. »Der war hart.«

»Hab ich nicht recht?« Charlotte legte Beau einen Arm um die Taille. »Beau ist eine Million Mal heißer als Chris.« Sie warf Nick einen vielsagenden Blick zu. »Und mein Mann hat einen viel größeren *Hammer*.«

Sechzehn

Charlotte und Beau hatten sich den Großteil des Rennens angesehen und beobachtet, wie Trixie und Jon ins Ziel gekommen waren, getrennt voneinander, was Nick sehr zu freuen schien. Sie hielten sich während der Siegerehrung bei den anderen auf und waren in zehn Minuten mit ihnen zum Abendessen verabredet. Beau zog sein Sportsakko an und ging zu Charlottes Suite. Als er die Tür öffnete, kam sie gerade aus dem Schlafzimmer. Sie sahen einander in die Augen und für einen Moment konnte er nicht mehr klar denken. Wie angewurzelt standen sie da und nahmen den Anblick des anderen in sich auf. Charlotte sah in ihrem kurzen schwarzen Kleid, das in der Taille eng anlag und an den Knien weit ausfächerte, sehr elegant aus. Spitze bedeckte ihre zarten Schultern, und sie hatte ihr Haar geschickt hochgesteckt, sodass ihr Gesicht nur noch von einigen aparten Strähnen umgeben war. Sie trug nie Make-up und hatte das auch gar nicht nötig, aber heute waren ihre Augen dunkel geschminkt und ihre Lippen in einem zarten Rotton gefärbt.

»Wow«, murmelte Beau und trat auf sie zu.

Charlotte drehte sich in ihren High Heels langsam um und zeigte ihm die langen Schlitze auf der Rückseite ihres Kleides.

»Gefällt es dir?«

»Ja, Baby. Es ist der Hammer.« Er nahm sie in die Arme und strich mit einer Hand über ihren Rücken. Ihre Haut glich warmem Samt und ein süßes Lächeln umspielte ihre Lippen. Er erinnerte sich daran, wie er sie zum ersten Mal in den Armen gehalten und nicht nur als Herausforderung umarmt hatte. An das erste Mal, dass sie sein Gesicht, seinen Körper berührt hatte. Wie es passiert war, konnte er selbst nicht sagen, aber irgendwann im Laufe der letzten Wochen hatte er sich Hals über Kopf in sie verliebt. Und diese Liebe war so tief und echt und so anders als alles, was er je gekannt hatte, doch er sah sie schon sein ganzes Leben lang bei seinen Eltern. Wäre diese wundervolle Frau in seinen Armen nicht in sein Leben getreten, hätte er sie möglicherweise niemals erlebt.

»Warum siehst du mich so an?«, fragte sie scheu.

Er zog sie an sich. »Weil du umwerfend bist. Du siehst immer wunderschön aus, aber, wow, Baby. Du raubst mir den Atem.«

»Du mir auch.« Sie strich ihm über den Arm. »Ich komme mir beinahe so vor, als würden wir auf eine Abschlussfeier gehen.«

Er drückte ihr einen Kuss auf den Hals, damit er ihren Lippenstift nicht verschmierte. »Ich bin mir nicht sicher, ob ich dieses Zimmer überhaupt verlassen möchte.« Während sie sich in seine Arme schmiegte, küsste er ihre Schulter.

»Hm. Ich mag es, wenn du mich küsst.«

»Ich mag es, wenn du dein Haar so trägst.« Er fuhr mit den Liebkosungen fort. »Du fliegst morgen nach New York und ich muss mir dich genau einprägen.« Ihre Haut wurde sogar noch wärmer. Er hielt den Mund an ihr Ohr, atmete ihren betörenden Duft ein und wisperte: »Zwei Tage ohne dich werden mir wie eine Ewigkeit vorkommen.«

»Mir auch«, hauchte sie atemlos und er küsste sanft ihren Unterkiefer.

Er hatte seine Gefühle so lange zurückgehalten, aber jetzt musste er die Wahrheit einfach aussprechen. »Ich bin in dich verliebt, Shortcake. Ich weiß nicht, was du mit mir gemacht hast, aber hör bitte nicht damit auf.«

»Du bist …«

Er rückte ein Stück von ihr ab und sah ihr in die glasigen Augen. »In dich verliebt.«

Eine einzelne Träne lief ihr über die Wange und er küsste sie weg.

»Aber du hast doch gesagt, du kannst keine Wurzeln schlagen.«

Er hörte die Sorge in ihrer Stimme und hätte ihr so gern den Himmel auf Erden versprochen, doch er blieb bei der Wahrheit, denn wenn es um Charlotte ging, wollte er immer das Richtige tun. »Ich weiß nicht, ob ich jemals dazu in der Lage sein werde, aber ich liebe dich. Ich liebe uns als Paar, und ich möchte, dass du das weißt, bevor du aufbrichst.«

Sanft legte er ihr eine Hand in den Nacken und wollte sie küssen.

Die Tür flog auf, und sie stoben auseinander, als Jillian hereingestürmt kam. Sie ging in einem engen, funkelnden grauen Minikleid mit Fransen am Saum auf sie zu und reckte ihnen ihr Handy entgegen.

»Siehst du, Mom?«, fragte Jillian ihre Eltern aufgeregt, mit denen sie per FaceTime telefonierte. »Ich sagte doch, dass er eine Freundin hat!«

»Himmel noch mal, Jillian. Klopfst du denn nie an?« Beau legte einen Arm um Charlotte, die jedoch lächelnd ins Handy winkte.

»Ihr hättet mich doch sowieso nicht gehört«, protestierte Jillian. »Weil ihr rumgemacht habt.« Sie ging um Charlotte herum und richtete das Handy auf sie. »Scharfes Kleid!«

»Danke! Deins ist auch toll«, erwiderte Charlotte. Ihr Blick zuckte zu Beau, und sie hatte gerötete Wangen, was, wie er wusste, an seinem Geständnis lag, und dafür liebte er sie gleich noch mehr.

»Das ist eins meiner ersten Designs. Ist es nicht super?« Jillian wackelte mit den Hüften und die Fransen rutschten über ihre Oberschenkel.

»Hi, Beau, Schätzchen«, sagte seine Mutter. »Entschuldigt, dass wir euch zwei unterbrochen haben. Jillian meinte, das macht euch nichts aus.«

Beau warf seiner Schwester einen zornigen Blick zu, setzte dann eine sanftere Miene auf und sah seine Eltern an. Als sein Schreck langsam nachließ, machten sich seine Aufregung und seine Nervosität bemerkbar, weil er seinen Eltern nun seine *Freundin* vorstellen würde. »Das ist schon okay. Mom, Dad, das ist Charlotte Sterling. Charlotte, das sind meine Mom Lily und mein Vater Clint.«

Bandit bellte im Hintergrund und dann stützte sein großer, wundervoller Hund die Pfoten auf den Schoß seines Vaters und schnüffelte am Bildschirm.

»Ach, ist der niedlich!« Charlotte drückte Beaus Hand. »Hi, Bandit. Hallo, Süßer.« Sie beugte sich zu Beau herüber und raunte ihm ins Ohr: »Ich würde ihn am liebsten streicheln.«

»Er ist ein Kleptomane«, warf Jillian ein. »Er klaut alles.«

»Hey, Kumpel. Du fehlst mir«, sagte Beau und bedauerte ebenfalls, seinen Hund nicht streicheln zu können. Bandit winselte leise. »Sieh ja zu, dass du Jillian alle Sachen klaust, wenn sie nach Hause kommt.«

Jillian gab ihm einen Klaps auf den Arm. »Blödmann.«

Bandit bellte. Er war ein toller Hund. Wäre er bei ihnen gewesen, hätte er sich zwischen Jillian und Beau gedrängt, um Beau zu beschützen.

»Okay, Bandit, runter mit dir.« Sein Vater bückte sich, um den Hund zu streicheln, und das Gesicht seiner Mutter erfüllte das Display.

»Er vermisst dich, Beau. Aber ich bin froh, dass du ihn bei uns gelassen hast«, sagte sie. »Ich werde den diebischen Racker vermissen, wenn du weggezogen bist. Charlotte, es freut mich sehr, dich kennenzulernen. Ich habe all deine Bücher gelesen und wir haben von Ty und Aiyla so viel über dich gehört. Es ist so lieb von dir, dass du den Gasthof für das Event öffnest. Und du siehst umwerfend aus. Beau, dich habe ich seit Jahren nicht mehr so schick gesehen.«

»Ist er nicht ein Hingucker?«, fragte Charlotte. »Ich freue mich sehr, euch kennenzulernen. Ich habe alles über euer Kennenlernen auf dem Weingut gehört. Das ist eine wirklich romantische Geschichte.«

»Eher eine romantische Jagd«, erwiderte sein Vater. »Hal hat uns einander vorgestellt, genau wie euch. Er ist ein richtiger Kuppler. Aber meine Frau ließ sich nicht gerade leicht überzeugen.«

»Ich musste nur sicherstellen, dass du keiner dieser wankelmütigen Kerle warst, die hinter jedem Rock her sind«, erklärte seine Mutter. »Aber ich habe bald erkannt, dass die Bradens durch und durch treu sind.«

Charlotte sah Beau mit so viel Liebe an, dass seine Eltern es garantiert ebenfalls sehen konnten, als sie sagte: »Der Apfel fällt nicht weit vom Stamm.«

Sie unterhielten sich noch einige Minuten, und als Jillian ihren Eltern vom Rennen erzählte, flüsterte Charlotte Beau ins Ohr: »Ich liebe dich auch.«

Beau besiegelte ihr Geständnis mit einem Kuss.

»Oh«, machten Jillian und ihre Mutter gleichzeitig.

»Okay, das reicht jetzt«, entschied Beau. »Mom, Dad, wir müssen zum Essen. Lass uns gehen, Jillian.«

Das Erdgeschoss des Gasthofs war in einen luxuriösen Bankettsaal umgestaltet worden und auf den runden Tischen funkelte auf weißen Tischdecken feines Porzellan und gutes Silberbesteck. In der Tischmitte standen Blumengestecke und weiße Lichterketten waren entlang der freiliegenden Deckenbalken gespannt. Beau saß nach dem Essen zwischen Graham und Charlotte inmitten seiner Verwandten und Freunde und genoss das Beisammensein, wünschte sich aber gleichzeitig, er könnte sich mit Charlotte rausschleichen. Die Musik der Band drang durch die offenen Terrassentüren herein, und draußen tanzten, tranken und feierten die Menschen und erinnerten Beau an den Abend, an dem er mit Charlotte im Restaurant getanzt hatte, und an ihre erste gemeinsame Nacht, die er nie vergessen würde.

Wem wollte er denn etwas vormachen? Er würde keinen Augenblick ihrer gemeinsamen Zeit vergessen.

Charlotte unterhielt sich gerade mit Aiyla und Jillian über Kleider. Die drei und Trixie hatten sich vom ersten Moment an wie Schwestern verstanden. Er genoss es, diese verspielte, mädchenhafte Seite von ihr zu erleben. Sie mit seiner Familie und seinen Freunden zusammen zu sehen, hatte ihn überraschenderweise erleichtert. Anscheinend hatte er sich unbewusst Sorgen gemacht, wie es sich anfühlen würde, den Menschen, die wussten, wie sehr er Tory geliebt hatte, eine andere Frau vorzustellen. Doch es war offensichtlich, dass diese Sorge unbegründet war. Er war nie glücklicher darüber gewesen, dass seine Familie einen Menschen mit offenen Armen empfing.

Graham stieß ihn am Arm an und deutete auf Nick, der aussah, als hätte er in eine Zitrone gebissen. Beau folgte dem Blick seines Bruders und sah, dass Trixie mit Jon tanzte.

»Lös ihn ab«, forderte er Nick auf, der auf Grahams anderer Seite saß.

Nick schnaufte. »Ich jage doch keiner Frau hinterher.«

»Wie du meinst«, erwiderte Beau.

Das Lied war zu Ende und Trixie und Jon kehrten an den Tisch zurück. Sie waren alle daran gewöhnt, Trixie in Shorts oder Jeans und Cowboystiefeln zu sehen und nicht in einem Minikleid und High Heels. Jon sah mit seinem blonden Haar, den hellblauen Augen und der tiefdunklen Bräune eher wie ein Surfer als wie ein Arzt aus und trug einen schwarzen Anzug und ein etwas zu weit aufgeknöpftes Hemd. Da war es kein Wunder, dass Nick ein solches Gesicht machte.

»Kommt mit.« Trixie warf ihr langes dunkles Haar über die Schulter. »Tequila für alle.« Sie zog Nick auf die Beine. »Du musst mich davon abhalten, Dummheiten zu machen. Beispielsweise Body Shots.«

»Ich bin dabei!« Jillian sprang auf.

»Oh ja.« Jon nahm Tys Arm und zerrte ihn hoch. »Body Shots mit zwei heißen Frauen. Du musst auf mich aufpassen.«

Ty warf Nick einen Blick zu, der Jon nicht aus den Augen ließ, und meinte: »Ich glaube, darum kümmert sich schon ein anderer.«

Graham stand auf und zog Beau mit sich. »Komm mit. Wir haben schon seit einer Ewigkeit nichts mehr zusammen getrunken. Ich werde dafür sorgen, dass du ordentlich einen sitzen hast, damit Char dich anständig ausnutzen kann.«

»Wenn du glaubst, dass ich dafür betrunken sein muss, dann hast du dich geirrt.« Beau berührte Charlotte an der Schulter. »Babe? Möchtest du mittrinken?«

»Nur, wenn der Tequila süß ist.« Sie stand ebenfalls auf.

»Cherry Cheesecake Shooter«, rief Aiyla und sie gingen alle zusammen zur Bar. »Etwas anderes trinken meine Freunde nicht.«

»Glaubst du, du kannst mich unter den Tisch trinken, Nicky?«, fragte Jon.

Nick schnaufte. »Ich bin in allem besser als du.«

»Das werden wir ja sehen.« Jon legte einen Arm um Jillian. »Dann kann die Party ja losgehen.«

Charlottes Herz raste seit dem Augenblick, in dem Beau ihr seine Liebe gestanden hatte. Ihre Gefühle wurden noch dadurch gesteigert, dass sie seine Familie so sehr mochte. Das waren die Momente, von denen sie immer geträumt hatte. Die Dinge, von denen sie geglaubt hatte, sie nie zu bekommen – ein Mann, der sie so anhimmelte, dass sie es in jedem seiner Atemzüge spüren konnte, und Freunde, die sie wie ein Mitglied ihrer Familie behandelten und nicht wie die Frau, die keine eigene hatte. Aber während sich alle am Tresen versammelten und Graham und Ty Beau je einen Arm um die Schultern legten, machte sich

Sorge in ihr breit, was diese Liebe bedeutete. Seine Familie liebte ihn so sehr, und sie wusste nicht, ob er ihr den ganzen Sommer oder nur für ein paar Wochen aus dem Weg gegangen war. Galt das nur für seine Heimatstadt oder jeden Ort? Gab es noch andere Dinge, denen er sich aufgrund seiner Schuldgefühle nicht stellte, oder Orte, die er nicht aufsuchte?

Sie spürte eine Hand auf ihrem Arm und Aiyla führte sie einige Schritte von den anderen weg. »Ist alles in Ordnung?«

»Ja, alles bestens«, log sie.

»Du warst auf einmal ganz blass um die Nase. Möchtest du dich setzen?«

»Nein danke. Ich brauche nur eine Anleitung für Beziehungen.« Sie versuchte, ihre Mimik unter Kontrolle zu bekommen. »Es geht mir wirklich gut.«

Aiyla warf Beau einen verstohlenen Blick zu. »Ty hat mir erzählt, was mit dir und Beau ist.«

Charlotte war sehr erleichtert. Sie wollte ihre Freundin nicht wieder anlügen, wusste aber auch nicht, was sie sonst sagen sollte.

»Du solltest auch wissen, was Ty noch gesagt hat. Er hat mit Graham und mir einen Spaziergang um den See gemacht und konnte die ganze Zeit nur über Beau reden. Wie anders er bei dir ist und wie glücklich er aussieht. Sie haben gesagt, sie hätten ihn noch nie so gesehen, Char. Noch nie!«

Sie wusste, was Aiyla damit andeuten wollte: dass er mit ihr glücklicher war als damals mit Tory. Charlotte wusste nicht, ob sie das glauben sollte, aber das war auch nicht nötig. Sie war nicht besorgt, dass sie Tory ersetzen oder ihr Konkurrenz machen musste. Beau war ein aufrichtiger Mann, und er hatte ihr bereits gesagt, dass ihre Beziehung anders war als die zu Tory, und Charlotte wollte ihm das auch gar nicht nehmen, was damals zwischen ihnen gewesen war. Schließlich war das Vergangenheit und sie lebten in der Gegenwart. Sie glaubte an Beau und an das, was sie miteinander verband. Aber sie wollte auch die Gewissheit haben, dass sie eines Tages ein unbeschwertes Leben führen würden.

»Wir sind beide sehr glücklich«, bestätigte sie. »Aber er muss noch einiges überwinden.«

Aiyla hob den Saum ihres langen Kleides hoch und zeigte Charlotte ihre Prothese. »Müssen wir das nicht alle?«

Charlotte wusste, was Aiyla und Ty alles durchgemacht hatten, und es gab zwar Unterschiede, aber auch viele Gemeinsamkeiten. Aiylas Prothese hatte ihr Leben drastisch verändert. Sie war ebenso wie Ty vom Sport besessen und hatte eine lange Therapie über sich ergehen lassen müssen, um das Gehen und das Leben mit der Prothese zu erlernen. Er war die ganze Zeit an ihrer Seite gewesen und genauso wollte Charlotte für Beau da sein.

Sie sah zu ihm hinüber, wie er mit glatt rasierten Wangen und einem zufriedenen Funkeln in den Augen dastand, das seit seinem Liebesgeständnis nicht schwächer geworden war, und spürte deutlich ihre Liebe zu ihm. »Ich möchte ihm helfen, will ihn aber nicht drängen. Sieh nur, wie sehr ihn alle lieben. Wie kann er so auf Distanz gehen? Ich würde sie am liebsten alle umarmen.«

»Manchmal braucht es nur den richtigen Menschen, der einem den Weg zeigt.« Aiyla nahm ihre Hand. »Komm, wir testen mal aus, ob wir ihn in die richtige Richtung stupsen können.«

Gestupst worden war er bereits, aber der Mann brauchte einen anständigen Schubs. Dieser musste jedoch aus seinem Inneren kommen und nicht von Charlotte oder jemand anderem.

»Da ist ja mein Mädchen.« Beau streckte die Hand nach ihr aus.

Als er die Nase an ihren Hals drückte, wurde Charlotte bewusst, dass sie zu weit dachte. Sie waren verliebt und hofften darauf, eine Fernbeziehung aufbauen zu können, sprachen aber noch lange nicht von der Ehe.

»Alles in Ordnung?«, erkundigte er sich.

Sie sah ihm in die Augen, in denen Aufrichtigkeit schimmerte. Er hatte sie nie im Stich gelassen, und sie vermutete, dass das auch niemals geschehen würde. »Besser als in Ordnung. Ich habe nur einen Moment gebraucht, um alles zu verdauen.«

»Ich würde dich am liebsten auf der Stelle mit Haut und Haaren verschlingen.« Er zog sie an sich und küsste sie leidenschaftlich.

»Da haben wir ja Junggeselle Nummer eins«, kommentierte Jon.

»Gib's auf, Butterscotch. Wir machen da nicht mit.« Nick reichte Charlotte ein Shotglas. »Cherry Cheesecake Shooter, nur für dich. Dein Freund hat gesagt, wir sollen dich damit abfüllen.«

»Danke. Was meint er mit Junggeselle Nummer eins?«

»Unser Onkel macht jedes Jahr für wohltätige Zwecke eine Junggesellenauktion«, erklärte Nick. »Jon versucht immer, uns zum Mitmachen zu überreden.«

»Du solltest es tun, Nicky!«, schaltete sich Jillian ein. »Nun, wo Ty und all seine Geschwister vergeben sind, wäre das doch sinnvoll. Führ die Familientradition fort.«

»Augenblick mal!« Trixie drängte sich zwischen Jillian und Nick und in ihren Augen funkelte der Schalk. »Warum machen sie keine Junggesellinnenauktion? Ich wäre dabei. Du nicht auch, Jilly?«

»Auf jeden Fall«, sagte Jillian, während Beau und Nick im Gleichklang »Nein« riefen und alle schallend loslachten.

»Ich würde ja mitmachen, solange Beau genug Geld hat, um mich zu ersteigern«, sagte Charlotte. »Das hört sich witzig an.«

»Ich würde ihn glatt überbieten«, meinte Jon schmunzelnd.

Beau warf ihm einen durchbohrenden Blick zu. »Ich würde notfalls mein Haus verkaufen.«

»Trinken wir darauf, dass Beau endlich ein Leben hat.« Graham hob sein Glas und alle stießen an.

Daraufhin entspann sich eine wilde Diskussion über Junggesellen- und Junggesellinnenauktionen, bei der sie einander noch zweimal zuprosteten. Jillian und Trixie bestellten fleißig Runden und verteilten die Gläser, während die Männer einander aufs Korn nahmen. Beau lachte lauter, als Charlotte ihn je lachen gehört hatte. Alles verlief entspannt und sorglos, und sie wusste, dass diese Menschen entscheidend dafür verantwortlich waren, dass er diese Seite von sich wiederentdeckte.

»Wo wir gerade vom Heimkehren sprechen«, sagte Beau und alle verstummten.

Auch Charlotte. Hoffnung keimte in ihr auf, aber sie kämpfte sofort dagegen an. Sie wusste doch besser als alle anderen, dass sein Heilungsprozess gerade erst eingesetzt hatte und dass er dafür schon sehr weit gekommen war. Er hatte ihr Dinge anvertraut, die seit Jahren in ihm aufgestaut gewesen waren, und er liebte sie. Er liebte sie so aufrichtig und tief, wie es viele andere Menschen, die nie jemanden verloren hatten, überhaupt nicht vermochten. Sie wusste, dass er nicht sagen würde, was sie alle hören wollten – dass er bald nach Pleasant

Hill zurückkommen würde –, und das war in Ordnung. Für die Liebe gab es keine Deadline.

»Char fliegt nach New York, und ich könnte ein paar helfende Hände gebrauchen, während sie weg ist. Kann einer von euch bleiben?«

Alle antworteten gleichzeitig. Die meisten mussten zurück an die Arbeit, aber Nick und Graham boten an, etwas länger zu bleiben und ihm unter die Arme zu greifen. Sie wusste nicht, warum seine Brüder derart dankbar aussahen, aber sie freute sich für sie, dass sie mehr Zeit miteinander verbringen konnten.

»Wie viele Bradens braucht man, um einen Gasthof zu renovieren?« Jon hob seinen Drink und alle taten es ihm nach. »Wer weiß das schon?«

Alle jubelten und tranken.

So ging es die nächste Stunde weiter. Die Männer saßen lachend, Witze reißend und einander aufziehend beisammen, während Charlotte mit den Frauen mögliche Plots für ihre nächsten Bücher durchging.

»Ich bin für eine Heldin namens Daphne.« Trixie konnte nur noch schwankend auf ihren hohen Absätzen stehen. »Und ich möchte, dass mein Held einen richtig männlichen Namen bekommt wie Rock oder Stone.«

»Nein!« Jillian starrte sie entsetzt an. »Du brauchst einen besseren Namen. Daphne ist so … nichtssagend. Du bist wild und frei, und du überlegst, dich mit Miniponys selbstständig zu machen, was deine kreative Ader wecken wird. Du musst eine Esmeralda sein oder …«

»Nenn mich einfach Trixie«, verlangte Trixie. »Gib mir einen muskulösen Kerl, der kein Arsch ist …«

»Aber einen knackigen hat«, warf Aiyla ein.

»Hey, hey.« Ty nahm Aiylas Hand. »Es wird Zeit, meine Frau ins Bett zu bringen, bevor sie noch Blödsinn redet.«

»Ach, komm schon«, bettelte Jillian. »Sie amüsiert sich doch nur.«

Charlotte drehte sich der Kopf, als Beau sie hochhob und von den anderen wegtrug. Er roch himmlisch, als er sich ihre Arme um den Hals legte und sie sich langsam im Takt der Musik bewegten.

»Ich liebe dich«, sagte sie, jedenfalls glaubte sie das. Sie war sich nicht sicher. Ihre Lippen fühlten sich leicht taub an, und Beau lächelte, als hätte sie etwas Witziges gesagt. *Ich liebe dich* war aber nicht witzig. Was wäre, wenn sie nur glaubte, es ausgesprochen zu haben, ihr aber etwas anderes über die Lippen gekommen war?

»Ich liebe dich, meine Schöne«, sagte er und besänftigte ihre Sorge. »Hast du Spaß?«

»Ja! Ich liebe deine Familie und dieser Abend ist wunderschön. Ich liebe dich, wenn du dich so schick machst, aber auch, wenn du nackt bist.«

Er schmunzelte. »Das ist lustig, denn ich liebe dich auch, wenn du nackt bist. Aber ich kann dich nicht verführen, wenn du betrunken bist. Bist du betrunken?«

»Ein bisschen«, flüsterte sie. »Und du?«

»Nein«, antwortete er glucksend.

»Gut. Dann kann ich dich ja verführen.« Sie zog ihn zu sich herunter.

Seine Lippen waren fest und beharrlich, sein Mund süß und köstlich. Während sie sich küssten und dabei weitertanzten, fragte sie sich in einem fernen Winkel ihres Verstands, was seine Verwandten und die Gäste, die ihre Familie gekannt hatten, wohl jetzt dachten. Aber sie war glücklich und sie waren verliebt. Der heutige Abend war alles, was sie hatten, bevor sie für zwei Tage weg sein würde, daher verdrängte sie ihre Sorge und genoss es, mit ihrem Mann zu tanzen und ihn zu küssen.

Siebzehn

Charlotte schlug stöhnend und widerstrebend die Augen auf und stellte fest, dass Beau längst wach war. Sein nackter Körper wärmte ihre Seite, als er sich vorbeugte, um sie zu küssen.

»Jetzt weiß ich wieder, warum ich so gut wie nie trinke«, jammerte sie.

»Keine Sorge, Baby. Ich hab was für dich.« Er half ihr, sich aufzusetzen, und reichte ihr eine Ibuprofen und ein Glas Wasser. »Fang damit an.«

»Du bist mein Lebensretter.« Sie nahm die Tablette und stellte das Glas neben ihre Nachttischlampe. »Der gestrige Abend hat großen Spaß gemacht. Hoffentlich habe ich mich nicht blamiert.«

»Nicht mehr als alle anderen.«

»Oh Gott.«

Sie ließ sich auf den Rücken fallen und legte sich die Arme über die Augen. Dabei rutschte die Bettdecke herunter und gab sie der kühleren Luft und vor allem Beaus gierigem Mund preis. Er küsste ihre Brust und trotz ihrer dumpfen Kopfschmerzen reagierte ihr ganzer Körper.

»Du warst sexy, Baby.« Er fuhr mit der Zunge über die Brustwarze, und Charlotte stöhnte auf, als ein Kribbeln durch ihren ganzen Körper lief. »Und hinreißend.«

Er legte die lüsternen Lippen um ihren steifen Nippel und saugte daran. Dabei drückte er seine Erektion gegen ihr Bein und setzte auch die Hände ein, um sie zu liebkosen und an den Rand des Wahnsinns zu treiben.

»Und köstlich«, fügte er hinzu, bewegte sich an ihrem Körper nach unten und rief ihr in Erinnerung, dass sie sich auf der Tanzfläche leidenschaftlich geküsst hatten.

Er küsste ihren Bauch und knabberte an der zarten Haut, hob ihre Beine an und legte sie sich über die Schultern. Sein Blick fiel begierig auf ihre Mitte und ihr ganzer Körper schien schon jetzt in Flammen zu stehen. Zärtlich küsste er zuerst die Innenseiten ihrer Oberschenkel und dann ihre weichen Falten und brachte sie mit seiner Zunge in äußerste Ekstase, bis sie sich auf dem Bett aufbäumte und es kaum noch erwarten konnte, ihn in sich zu spüren. Er schob ihr die Hände unter den Hintern und hielt sie so fest. Genüsslich saugte, küsste und biss er sie und drang mit der Zunge in sie ein. Prickelnde Hitze schoss durch ihre Gliedmaßen, die Lust ballte sich in ihrem Unterbauch und sie krallte sich keuchend ins Laken.

»Ich muss mich öfter betrinken.«

Er hob den Kopf und lächelte sie an.

»Hör nicht auf! Nein! Ich wollte das nicht laut aussprechen, aber ich glaube, das ist nicht nur das Heilmittel gegen einen Kater, sondern gegen alles!«

»Himmel, ich liebe dich so sehr, Charlotte Sterling.«

Sie deutete zwischen ihre Beine. »Dann mach weiter. Und wenn du es schaffst, mir meinen Kater auszutreiben, könnte ich den Gefallen sogar erwidern.«

Das ließ er sich nicht zweimal sagen. Erst, als sie zitternd und ausgelaugt die Nachwehen des zweiten Höhepunkts auskostete, ließ er von ihr ab und griff nach einem Kondom. Sie schüttelte den Kopf. »Jetzt bin ich an der Reihe.«

»Nein, Baby. Ich will in dir sein, und wenn du mich mit deinen heißen Lippen berührst, komme ich sofort.«

»Dann muss ich das irgendwie verhindern.« Dank seiner Liebkosungen von neuer Kraft erfüllt drehte sie ihn auf den Rücken und ließ den Blick lustvoll über seine breite Brust und seine Erektion wandern. »Wo soll ich anfangen?«, murmelte sie mit Unschuldsmiene und drückte die Lippen auf seinen muskulösen Bauch.

Sie wollte sich Zeit lassen, seine Lust in die Länge ziehen, aber kaum hatte sie die Lippen auf seine heiße Haut gepresst, sehnte sie sich nach *mehr*. Lüstern saugte sie an seiner Brustwarze, so wie er es bei ihr getan hatte, legte die Finger um seine steife Länge und streichelte ihn. Er ruckte bei jeder ihrer Bewegungen mit dem Becken und stieß sich in ihre Faust, während sie mit dem Mund seinen Körper erkundete. Küssend und leckend bewegte sie sich immer weiter nach unten. Als sie zwischen seinen Beinen angekommen war, ließ sie ihn zappeln, so wie er es oft mit ihr machte, leckte und saugte an der Innenseite seiner Oberschenkel und der empfindlichen Haut rings um seine Lenden. Sie hob seine Hoden an, saugte daran und nahm sie in den Mund.

»*Großer Gott ...*« Er umklammerte seine Erektion und rieb sie, während sie seine Hoden leckte und daran saugte.

Der Anblick seiner kräftigen Hand um seine Härte erregte sie nur noch mehr.

»Hör nicht auf«, verlangte sie, legte den Mund auf seine dralle Erektion und bewegte ihn über seiner Hand auf und ab.

Er stöhnte laut und wurde immer schneller.

»Komm noch nicht«, flehte sie ihn an und er stöhnte

frustriert auf. »Warte noch ein bisschen.«

Sie hockte sich zwischen seine Beine, liebkoste seine Hoden weiter und legte eine Hand um seine, um seine Kraft und Männlichkeit zu spüren. Nie zuvor hatte sie sich so ausgelebt, aber als er verlangte, dass sie sich streichelte, kam sie der Aufforderung ohne zu zögern nach.

Er sah ihr gebannt zu und streichelte sich weiter, während sie eine Hand auf ihre feuchte Spalte legte und die andere auf seiner liegen ließ, um ihn zu berühren.

»Saug dran, Baby. Und dreh dich um, damit ich dich lecken kann.«

Allein seine Worte brachten sie schon fast zum Höhepunkt. Es war so verrucht und so *heiß*. Der Anblick seiner dunklen Augen, die sie durchdringlich ansahen, erregte sie nur noch mehr.

»Okay, aber du darfst nicht kommen. Ich will dich in mir spüren, wenn du kommst.«

»Wie wäre es, wenn ich in deinem Mund komme und du in meinem und danach machst du mich wieder hart?«

Wow, diese Option gefiel ihr noch viel besser. »Kannst du …«

»Habe ich dich schon mal enttäuscht?«

Sie kroch über ihn. Er legte ihr eine Hand um das Becken, während er ihre Scham leckte und sich hart und fest in ihren Mund stieß. Ihr ganzer Körper vibrierte, Hitze und Eis zuckten durch ihre Adern, als sie einander um den Verstand brachten. Ihre Lust war so groß, dass sie keinen klaren Gedanken mehr fassen konnte; es gab für sie nichts mehr außer die immer größer werdende Lust und das Gefühl seiner prallen Männlichkeit, die immer wieder in ihren Mund eindrang. Sie spürte, wie er sich unter ihr verspannte, und in diesem Augenblick machte er etwas Unglaubliches mit der Zunge, und schon erlagen sie gleichzeitig ihrer Leidenschaft und kamen beide heftig. Die Lust explodierte in ihr, als sein Saft ihre Kehle herunterrann, und sie sackte neben ihn auf die Matratze.

Er legte sich auf sie und eroberte ihren Mund mit wilden Küssen. Dabei rieb er seine halb erschlaffte Härte an ihrer Mitte und brachte sie dazu, ihn gleich wieder zu begehren. Es dauerte nur eine Minute, dann fuhr er mit praller Erektion über ihre feuchte Spalte, und sie konnten es beide kaum erwarten, endlich vereinigt zu sein. Rasch streifte er sich ein Kondom über und drang mit einem festen Stoß in sie ein.

Sie schrie auf, als der erotische Schmerz und die Lust sie zu verschlingen drohten. »Noch mal!«

Beau hielt sie fest und nahm sie fester und tiefer. Er küsste sie, wie er sie nie zuvor geküsst hatte. Wogen der Lust brachen bei jeder Bewegung seiner Zunge und jedem Stoß seiner Hüften über sie herein. Ihre Körper prallten aufeinander, als sie sich ihrem wilden Verlangen hingaben, und sie erklommen gemeinsam den Gipfel der Lust, um zusammen zu zerspringen und zu vergehen.

Sehr viel später gingen Beau und Charlotte unter die Dusche, liebten sich dort noch einmal und zogen sich schließlich an, um zu den anderen zu stoßen. Alle warteten schon auf sie, und sie hatten das Frühstück vermutlich verpasst, doch das war Charlotte egal. Zwar wollte sie die anderen sehen, doch sie hatte es nicht eilig, ihre Suite zu verlassen. Sie packte ihre Tasche und wusste, dass sie bald aufbrechen musste, aber sie wollte jede

Minute der Zweisamkeit mit Beau auskosten.

Beau nahm sie in die Arme und sah ihr liebevoll in die Augen. Das tat er oft, er sah sie an, als hätte er ihr so viel zu sagen, und doch kamen ihm nur wenige oder gar keine Worte über die Lippen. Sie mochte diese nachdenkliche Seite an ihm.

»Zwei Tage?« Er presste die Lippen auf ihre.

»Zwei Tage. Danach bleibt uns Zeit, bis du nach Los Angeles musst. Bis Donnerstag.«

Sein gerade noch befriedigter Blick wurde ernst. »Ich würde dich gern zum Flughafen fahren.«

Damit hatte sie gerechnet. Sie wollte seine Besorgnis ebenso wenig steigern wie abtun, aber schon bald würde sie eine große Entfernung trennen, und sie wollte nicht, dass er sich jedes Mal, wenn sie irgendwo hinreiste, Sorgen machte, er könnte sie wie einst Tory verlieren.

Sie bedachte ihre Wortwahl genau. »Jilly, Aiyla und die anderen fahren alle zusammen und deine Brüder bleiben hier bei dir. Du solltest die Zeit mit ihnen verbringen.«

Er legte die Arme fester um sie und verspannte die Kiefermuskeln. »Char …«

Sie brachte ihn mit einem Kuss zum Schweigen. »Ich weiß, dass du dir Sorgen machst, aber Ty würde nie zulassen, dass Aiyla etwas zustößt, und er würde auch dafür sorgen, dass mir nichts passiert. Dein Fehler war nicht, dass du den Unfall verursacht hast. Du warst mit deinem Bruder beschäftigt und hast die Nachrichten nicht gesehen. Aber bei mir wirst du nie etwas übersehen, Beau. Niemals. Und du holst mich am Dienstag ab, nicht wahr?«

Er nickte, hatte sich aber noch lange nicht entspannt. »Meine Brüder können warten.«

»Ich weiß, aber das ist nicht notwendig.«

Beau stieß die Luft aus und stützte die Stirn gegen ihre. »Muss das so schwer sein?«

»Ja, das muss es. Nachdem meine Eltern bei dem Flugzeugabsturz ums Leben gekommen waren, hatte ich schreckliche Angst vor dem Fliegen. Mein Großvater musste mich praktisch dazu zwingen, mit dem Flieger herzukommen. Einen Fahrer konnte er sich nicht leisten, sonst hätte er mir jemanden geschickt, aber er wusste auch, dass er meine Flugangst damit nur noch verschlimmert hätte.«

»Wie konnte mir das nur entgehen? Meine tapfere Frau ist sogar noch mutiger, als ich dachte. Dann bin ich wohl das Weichei.« Er musterte sie schmunzelnd. »Du hast ja recht. Meldest du dich, wenn du beim Flughafen angekommen bist?«

»Ja, und nach meiner Landung in New York und wenn ich im Hotel bin, und bis dahin sind deine Brüder meine Nachrichten bestimmt schon leid und wünschen sich nur noch, dass es aufhört.«

»Niemals.« Er gab ihr einen sanften, zärtlichen Kuss. »Du bist gut darin, Dreißigjährige wieder hinzukriegen.«

»Ich muss nur gut darin sein, dich zu lieben.«

Seine Miene wurde liebevoller. »Ich muss dich noch was fragen: Wo steht dein Wagen?«

»Mein Wagen?«

Er zog die Augenbrauen hoch. »Hast du etwa keinen? Was machst du denn in einem Notfall?«

Sie zuckte mit den Achseln. »Ich hatte ein Auto, aber das ist vor ein paar Monaten kaputtgegangen. Ich bin noch nicht dazu gekommen, mir ein neues zu kaufen.«

Er fluchte leise. »Dann wissen wir ja, was wir am Mittwoch machen. Du kannst doch nicht ohne Auto hier leben.«

»Pst. Hör jetzt auf, dir Sorgen zu machen.«

»Wir besorgen dir ein Auto. Ein gutes. Mit Vierradantrieb.«

»Vielleicht überlege ich es mir, wenn du mich noch mal küsst.« Sie schürzte die Lippen und er drückte einen festen Kuss darauf.

Es klopfte an der Tür, und bevor sie etwas sagen konnten, steckte Jillian den Kopf herein, hatte die Augen allerdings geschlossen. »Habt ihr etwas an? Wir müssen langsam los und dann habt ihr Jungs Zeit für den Schwanzvergleich.«

Charlotte lachte laut los.

Beau schüttelte den Kopf. »Seit wann hat meine Schwester so ein versautes Mundwerk?«

Nick tauchte hinter Jillian auf. »Das hatte sie schon immer. Du warst nur nie da, um es mitzukriegen.«

Beau nahm Charlottes Gepäck und Jillian hakte sich bei ihr unter und ging mit ihr vor den beiden Männern durch die Tür.

»Du siehst überglücklich aus und ich will die Details gar nicht hören. Aber auf dem Weg zum Flughafen musst du mir erzählen, wie du auf die unglaublichen Sexszenen kommst. Ich bin ja der Ansicht, du solltest deine Bücher als Gebrauchsanweisungen verkaufen.«

Ohne Charlotte neben sich aufzuwachen, machte keinen Spaß. Das Duschen ohne sie war sogar noch schlimmer. Das lag nicht etwa daran, dass Beau der Sex fehlte, wenngleich dieser ein netter Bonus war, aber sie beim Aufwachen in den Armen zu halten, mit ihr zu duschen und den Vormittag mit ihr zu verbringen, war ihm inzwischen ebenso ins Blut übergegangen wie das Atmen. Er hätte sie am liebsten angerufen, aber sie war mit ihrer PR-Agentin zum Frühstück verabredet, daher schickte er ihr nur eine Nachricht. *Wie geht's meinem Shortcake? Ich wünsche dir für heute viel Glück und heute Abend viel Spaß mit deinen Freundinnen. Du fehlst mir.* Er starrte den Text einige Sekunden lang an und tat dann etwas, was er nie von sich erwartet hätte: Er fügte ein Herz-Emoji und ein Kuss-Emoji hinzu. Nachdem er es abgeschickt hatte, ging er nach oben, um seine Brüder zu suchen, und stellte sich dabei Charlottes Rosenknospenlippen vor.

Sie hatten den gestrigen Nachmittag in der Stadt verbracht und Material besorgt. Danach waren sie kurz bei Hals Ranch vorbeigefahren, da sie sich so selten sahen. Letzten Endes waren sie doch zum Abendessen geblieben und hatten sich mit ihren Cousins Treat, Rex und Josh und deren Frauen und Kindern unterhalten. Nach ihrer Rückkehr zum Gasthof hatten sie alles ausgeladen und Werkzeug aus dem Schuppen geholt. Für heute stand sehr viel Arbeit an, aber es würde sich lohnen.

Von der Veranstaltung war ein voller Kühlschrank zurückgeblieben. Als würde er Brotkrumen folgen, die den Weg seiner Brüder kennzeichneten, entdeckte er zwei Kaffeetassen und Teller, die auf einem Geschirrhandtuch neben dem Spülbecken trockneten.

»Hey«, sagte Graham, der von der Terrasse hereinkam und seine graue Lieblingsbaseballkappe mit dem MIT-Aufdruck trug. »Nick ist draußen und telefoniert. Er sagte, er würde sich gern das Grundstück ansehen.«

Beau schenkte sich eine Tasse Kaffee ein. »Ich muss sowieso Eier holen gehen. Kommt doch einfach mit.«

»Eier? Der ganze Kühlschrank ist voll.«

»Aber wir haben auch Gehege voller Hühner.«

»Wir?«, wiederholte Graham, als sie hinausgingen.

Beau wusste nicht, was er darauf erwidern sollte. Im Grunde genommen war er selbst überrascht. Als sie um die Ecke bogen, entdeckten sie Nick am Waldrand. »Ist bei ihm alles in Ordnung?«

»So, wie ich Nick kenne, zwingt er jemanden, einem Pferd das Handy ans Ohr zu halten, damit er mit ihm sprechen kann.«

Beau musste lachen. »Er liebt seine Pferde wirklich sehr. Ich bin euch sehr dankbar, dass ihr geblieben seid, um mir zu helfen. Ich kann Charlottes Kronleuchter nicht allein aufhängen und zu dritt können wir sowohl das Studier- als auch das Schlafzimmer fertig kriegen.«

»Wann hast du das letzte Mal jemanden um Hilfe gebeten? Das hat uns schon gezeigt, wie wichtig dir das ist.«

»Ach, ist Dornröschen ohne Kuss aufgewacht?«, spottete Nick, als sie zu ihm traten, und steckte das Handy ein. »Oder hat Graham dich wachgeknuddelt?«

»Ach, halt doch den Mund.« Beau deutete auf den Weg. »Kommt mit. Wir besuchen die Chickendales.«

Graham und Nick tauschten einen Blick.

»Was …?« Nick schnaufte. »Was zum Geier ist ein *Chickendale*?«

Das war nur die erste von vielen Fragen rund um Charlottes Eigenarten. Sie sammelten die Eier ein, und während Beau ihnen das restliche Gelände zeigte, erklärte er ihnen, was er alles reparieren wollte, angefangen mit dem Scheunendach bis hin zu den Böden, Treppenstufen, Wänden, Decken und Öfen in Schneewittchens Hütte. Auch die Werkstatt stand auf seiner Liste. Er hatte den Großteil der morschen Balken ausgetauscht, aber das Dach musste ebenfalls erneuert werden.

»Du hast eben Arbeit für mehrere Wochen und nicht nur zwei Tage aufgezählt«, stellte Nick fest, als sie von der Scheune zurück zum Gasthof gingen.

»Das ist mir klar. Es soll ja nicht alles sofort gemacht werden. Ich brauche nur bei den beiden Zimmern eure Hilfe.«

»Diese Hütte ist einfach unglaublich«, sagte Graham, als sie wieder ins Haus gingen. »Ich hätte ihren Urgroßvater gern kennengelernt. Was für ein grandioser Handwerker und Visionär. Da ist es kein Wunder, dass sie nicht von hier wegziehen will.«

»Das ist alles, was ihr von ihrer Familie noch geblieben ist. Darum möchte ich zumindest diese beiden Zimmer renovieren, bevor ich nach Los Angeles fliege. Ich komme ja wieder und kann den Rest nach und nach erledigen.«

»Bist du dir sicher, dass du das tun willst?«, fragte Graham.

»Nach L. A. ziehen, meine ich. Und an einer Realityshow arbeiten. Das ist eine gute Gelegenheit für jemanden, der ein Leben im Licht der Öffentlichkeit führen möchte, aber ...«

Beau hatte schon von Anfang an Schwierigkeiten gehabt, sich mit diesem Aspekt des Jobangebots anzufreunden. Doch nun, wo er mit Charlotte zusammen war, gefiel ihm die Herumreiserei immer weniger. Bevor Charlotte in sein Leben getreten war, hatte er bis zur Erschöpfung gearbeitet, nur um nachts schlafen zu können. Aber sie hatte diese Dämonen besänftigt. Er konnte den Gedanken jedoch nicht abschütteln, dass die Beziehung zu Charlotte nur so gut lief, weil sie weit von den Geistern und Erinnerungen seiner Heimatstadt entfernt waren. Würde ihm all das erneut zu schaffen machen, wenn er sich nicht mehr von einem Projekt zum nächsten hangelte? War es fair, Charlotte in diese Lage zu bringen? Und selbst wenn, hatte er seine Termine für die nächsten beiden Jahre allein auf diesen Job abgestimmt.

Nick beobachtete ihn. Sein Bruder hatte während des Spaziergangs nicht viel gesagt und Beau nur angesehen, als würde ihm etwas auf der Zunge liegen. Beau war schon angespannt genug, weil er Charlotte vermisste. Dass er Ende der Woche für weiß Gott wie lange weg sein würde, machte die Sache auch nicht besser, daher stand ihm absolut nicht der Sinn danach, sich nun auch noch mit Nick zu streiten.

»Es wurde bereits alles in die Wege geleitet«, sagte Beau und wechselte das Thema, um sich auf etwas anderes konzentrieren zu können. »Wir müssen damit fertig sein, bevor Charlotte nach Hause kommt.« Er führte sie ins Studierzimmer. »Ich dachte, wir fangen damit an, die Regale und anderen Möbelstücke in die Suite im ersten Stock zu bringen, die sie als Lager nutzt. Danach können wir die Wände streichen. Die neuen Möbel werden heute Nachmittag geliefert, und wenn alles steht, können wir mit dem Schlafzimmer weitermachen.«

»Du hast ihr *Möbel* bestellt?« Nick warf Graham einen besorgten Blick zu.

Beau verschränkte die Arme und bedachte Nick mit einem eiskalten Blick. »Ja. Ich habe ihr Möbel bestellt. Hast du ein Problem damit?«

»Nein«, antwortete Nick angespannt. »Lass uns anfangen.«

Nick und er machten sich daran, den Inhalt der Regale in Kisten zu verstauen, während Graham die Schreibtischschubladen leerte.

»Wie viele Bradens braucht man, um ein Studier- und ein Schlafzimmer zu renovieren?«, fragte Nick und grinste zum ersten Mal an diesem Tag.

Beau war erleichtert, dass die Stimmung etwas besser wurde. »Ich weiß eure Hilfe wirklich zu schätzen. Sechs Hände schaffen die Arbeit sehr viel schneller.«

»Hey, Beau? Wie lange wohnt sie schon hier? Hier sind mehrere Jahre alte Bankunterlagen und lauter anderer Papierkram.« Graham drückte Beau eine Geburtstagskarte in die Hand. »Lies mal.«

»Als ich sagte, dass sie ihr Arbeitszimmer nie verlässt, hab ich das auch so gemeint. Ich bezweifle, dass sie je in diese Schubladen gesehen hat.« Er klappte die Karte auf und las den mit kindlicher Handschrift geschriebenen Text: *Lieber Grandpa, herzlichen Glückwunsch zum Geburtstag. Ich hab dich lieb. Charlotte* »Wie wäre es, wenn ich mich um die Schubladen kümmere und du hilfst Nick?«

»Denkst du, das ist für sie okay?«, wollte Graham wissen. »Dass du ihre Sachen einfach wegräumst? Vielleicht war das nur ein beiläufiger Kommentar, dass sie gern im Studierzimmer schreiben würde?«

»Sie sagt vieles einfach nur beiläufig. Das gehört zu den Dingen, die sie ausmachen.« *Und zu den Dingen, die ich an ihr liebe.* »Wir gehen die Unterlagen ja nicht durch, sondern verstauen sie nur vorübergehend in Kisten. Es kommt nichts weg. Und wenn ich sie erst gefragt hätte, wäre es ja keine Überraschung mehr.«

Beim Leeren der Schubladen entdeckte er auch Charlottes Schulfotos, auf denen sie mit Zahnlücke und Zöpfen in die Kamera grinste. Er fand Glückwunschkarten von ihrer Großmutter an ihren Großvater und noch mehrere Geburtstagskarten. Die Karten ihrer Großeltern las er nicht, aber in die von Charlotte schaute er und freute sich über diesen Blick in ihre Vergangenheit.

Die unterste Schublade war verschlossen. »Habt ihr irgendwo einen Schlüssel gefunden?«

»Nein«, antwortete Nick. »Aber ich habe mehrere alte Twix in einem Glas im untersten Fach entdeckt. Ihr Großvater hat offenbar gern genascht.«

»Hast du mal unten drunter nachgesehen?«, schlug Graham vor.

Beau fuhr mit der Hand unter dem Tisch entlang und zuckte zusammen, als seine Finger einen Schlüssel berührten, der mit Klebeband unter der Schublade befestigt war. »Ist nicht wahr.« Er hielt den altmodischen Schlüssel hoch, um ihn seinen Brüdern zu zeigen.

»Im Zweifelsfall helfen die einfachsten Methoden.« Graham wandte sich erneut dem Packen zu.

Beau konnte sich an keine Zeit erinnern, in der alles einfach gewesen war.

Er schloss die Schublade auf und entdeckte darin ein dickes, in Leder gebundenes Buch mit den Worten *Es war einmal* in goldenen Lettern auf dem Titel. Augenblicklich sah er das Bild vor Augen, wie Charlotte als junges Mädchen auf dem Schoß ihres Großvaters gesessen hatte, während er ihr Märchen vorlas. Als er das Buch herausnahm, rutschten mehrere lose Blätter heraus. Er griff danach und wusste sofort, was er gefunden hatte. Zwischen den abgenutzten Seiten lagen Charlottes Zeichnungen von den im Märchenstil gehaltenen Zimmern. Er ließ sich auf den Lederstuhl sinken, ging sie durch und bestaunte die mit dicken Buntstiften angefertigten krakeligen Zeichnungen, die sie ihm beschrieben hatte, die detaillierten, leicht ausgeblichenen Bleistiftskizzen eines Teenagers und die sorgfältigen, ausgeklügelten Entwürfe einer jungen Frau, die ihrem Traum Leben einhauchte und versuchte, ihren Großvater glücklich zu machen. Sie hatte mit Rüschen besetzte Baldachine, Wandgemälde mit bunten Gärten, Himmelbetten und Dutzende anderer Dinge gemalt. Jede Seite war beschriftet mit *Däumelinchen-Zimmer*, *Froschkönig-Zimmer*, *Cinderella-Zimmer* und den Namen vieler anderer Märchen, darunter auch einige, die er nicht kannte, wie *Bremer-Stadtmusikanten-Zimmer* oder *Prinzessin-auf-der-Erbse-Zimmer*.

»Ich kann die Sachen jetzt nach oben bringen.« Nick schaute Beau über die Schulter. »Was ist das?«

»Das hier?« *Das Wichtigste überhaupt.* Vorsichtig legte er die Seiten zurück ins Buch. »Das Herz und die Seele meiner Liebsten.«

Charlotte stürmte aus dem Büro ihrer Lektorin und machte sich auf den Weg in den siebten Stock von LWW Enterprises. Es war 18.30 Uhr und in den Büros waren noch viele Angestellte bei der Arbeit. *Siehst du? Es ist normal, so lange zu arbeiten,* dachte sie grimmig, als sie aus dem Fahrstuhl in Aubreys Abteilung marschierte. Ihre Lektorin war der Ansicht, ihr Schreibstil hätte sich verändert. *Er ist nicht erotisch und heiß genug und könnte deine Fans enttäuschen.* Sie fand, Charlotte würde zu hart arbeiten und hätte deshalb ihren Biss verloren. *Ha!* Wenn sie nur wüsste, wie viel Spaß Charlotte in letzter Zeit gehabt hatte.

Becca sprang auf die Beine, als Charlotte näher kam, und ihr zu voluminösen Locken frisiertes, seitlich gescheiteltes blondes Haar schwang um ihre Schultern. Sie trug einen engen Rock, eine tief ausgeschnittene Bluse mit Leopardenmuster und verzog die kirschrot geschminkten Lippen zu einem Lächeln, wie Charlotte kein herzlicheres und einladenderes kannte. Charlotte hatte Becca sehr gern und nahm sich bei jeder Begegnung vor, nun endlich mal eine Geschichte mit Becca in der Hauptrolle zu schreiben.

»Charlotte. Schön, dich zu sehen.«

Charlotte umarmte sie. »Ich freue mich auch. Wie sieht es aus?«

»Zuerst einmal warten all deine Fans begierig auf Romans Geschichte! Hast du in letzter Zeit mal einen Blick auf deine Instagram-Seite geworfen? Dort werden schon Wetten abgeschlossen, wer ein besserer Liebhaber ist, Roman oder Daryl.« Sie wackelte mit den Augenbrauen. »Ich hätte ja nichts dagegen, mich mit beiden gleichzeitig zu beschäftigen. Wie kommst du mit Roman voran? Ist er so, wie du es dir erhofft hast, oder sogar noch besser?«

Wenn sie an Roman dachte, hatte sie sofort Beaus Bild vor

Augen. »Ja, aber dummerweise sieht Chelsea das anders.«

Becca zuckte zusammen. »Das tut mir leid. Sie kann da knallhart sein, aber sie weiß, was sie tut, daher ...«

»Mir ist durchaus bewusst, dass ihre Kritik berechtigt ist, aber das ändert nichts an der Tatsache, dass sie dennoch wehtut.«

»Aubrey und Presley warten in Aubreys Büro auf dich.« Becca beugte sich zu ihr herüber und flüsterte: »Aber du kommst gerade aus der Höhle des Löwen. Warte kurz. Ich habe etwas, um dich aufzumuntern.« Sie schlenderte durch den Raum und konnte den Pin-up-Stil der 1940er-Jahre sogar noch besser tragen als Gwen Stefani. Kurz darauf kam sie mit einer Weinschorle und einem Twix wieder zurück.

»Du bist ein Engel!«

»Ich weiß, ich weiß.« Becca zuckte mit einer Schulter und reichte Charlotte alles. »Soll ich noch etwas für dich erledigen, bevor ich gehe? Brauchst du einen Wagen für später oder ...?«

Charlotte hob ihre Weinschorle hoch. »Du hast mir bereits den Tag gerettet. Jetzt habe ich alles. Danke. Ich gehe mit den Mädels nachher noch was trinken. Möchtest du nicht mitkommen?«

»Das ist lieb von dir, aber ich kann nicht. Ich bin in zwanzig Minuten mit meinem Trainer verabredet. Ich stehe drauf, ihn fertigzumachen.« Becca griff nach ihrer Handtasche. »Gib Aubrey heute bitte einen Drink extra aus. Sie ist völlig aus dem Häuschen, seitdem sie weiß, dass dein Lover das neue Gesicht von *Shack to Chic – Aus Alt mach Neu* sein wird.«

»Was? Sie weiß davon?« Charlotte hatte noch keine Gelegenheit gehabt, es Aubrey zu erzählen.

»Süße, in der Entertainmentwelt gibt es keine Geheimnisse. Ciao.«

Charlotte spähte in Aubreys Büro. Aubrey und Presley saßen mit dem Rücken zur Tür so dicht beisammen, dass sich ihre Nasenspitzen beinahe berührten, und flüsterten miteinander. Aubreys Haar sah neben Presleys dunkelroten Locken noch blonder aus. Charlotte bemerkte, dass Presley und Jillian dieselbe Haarfarbe hatten, was ihrer Meinung nach gut passte, da die beiden gleichermaßen keck waren.

»Wer flüstert, der lügt«, sagte sie und trat ein.

Die beiden kreischten auf und sie fielen sich alle drei in die Arme.

»Passt auf, sonst verschütte ich noch meine Weinschorle«, rief Charlotte lachend. »Ihr habt mir so gefehlt. Wo ist Libby?«

»Sie konnte nicht kommen, aber keine Sorge: Ich habe ihr zu verstehen gegeben, dass sie dringend mehr Spaß im Leben braucht. Manchmal ist sie viel zu unentspannt. Ich mache mir Sorgen um sie«, gestand Aubrey. »So, wie ich mir auch Sorgen um dich mache, weil du die ganze Zeit allein auf diesem Berg hockst.«

»Sie braucht einfach jemanden, der sie dazu bewegt, über ihren Schatten zu springen. Beau ist manchmal auch so in sich gekehrt, aber wenn er mit mir zusammen ist, wird er lockerer. Und ob ihr es glaubt oder nicht, ich verlasse wirklich jeden Tag das Haus, und das nicht nur, um Eier zu holen.«

Ihre Freundinnen verschränkten die Arme und bemühten sich um einen ernsten Gesichtsausdruck, indem sie die Augen leicht zusammenkniffen und die Lippen aufeinanderpressten.

»Oh, oh.« Charlotte blickte an ihrem grünen Bleistiftrock und der weißen Bluse herunter. Der Rock war etwas eng, aber noch nicht zu aufreizend.

»Es liegt nicht an deiner Kleidung«, stellte Presley fest. »Du siehst umwerfend aus und in der Bluse kommen deine Brüste gut zur Geltung.« Das war ein riesiges Kompliment von ihrer modebewussten Freundin.

»Danke. Was habe ich dann getan? Wartet. Sagt es mir noch nicht.« Charlotte stürzte ihre Weinschorle herunter. »Okay, jetzt bin ich bereit.«

»Du hast kein Wort davon gesagt, dass deine *große Ablenkung* das neue Gesicht von *Shack to Chic – Aus Alt mach Neu* ist«, beschwerte sich Aubrey.

»Er hat den Job offiziell noch gar nicht übernommen, aber woher wisst ihr das überhaupt? Ich habe noch mit niemandem darüber geredet. Ich war viel zu beschäftigt, um überhaupt einen klaren Gedanken zu fassen.«

»Wir planen eine ähnliche Realityshow, und die Produzenten von *Shack to Chic – Aus Alt mach Neu* haben die ganze Zeit versucht, ihren Host geheim zu halten«, erklärte Aubrey, schnappte sich ihre Handtasche und reichte Presley ihre Tasche. »Aber heute Nachmittag hat meine Quelle beim Sender den Namen des Mannes in Erfahrung gebracht. Es ist der einzig wahre Beau Braden, erfolgreicher Bauunternehmer aus dem idyllischen Pleasant Hill in Maryland.«

»Becca hat sich über ihn erkundigt.« Presley nahm Charlottes Arm und sie gingen gemeinsam zum Fahrstuhl. »Er hat einen beachtlichen Lebenslauf, verdient gut, und nach allem, was Becca rausgefunden hat, arbeitet er in einer Tour. Wenn du mit ›beschäftigt‹ also meinst, dass du auf dem Rücken unter dem heißen Beau gelegen hast, dann sei dir vergeben.«

»Oder du warst auf den Knien«, warf Aubrey ein, »und hattest den Mund voll.«

»Habe ich euch in letzter Zeit gesagt, wie sehr ich euer versautes Mundwerk mag?« Charlotte seufzte und legte die Arme um ihre Freundinnen. »Ich vermisse meinen erfolgreichen

Bauunternehmer. Die Besprechung mit Chelsea verlief katastrophal, und Becca sagte, Aubrey wäre gestresst, also sollten wir unseren Kummer in Alkohol ertränken.«

»Ich bin immer gestresst«, erklärte Aubrey.

»Ja, aber auf nette Weise«, fügte Charlotte hinzu.

»Und was ist mit mir?«, beschwerte sich Presley. »Ich brauche auch einen Grund zum Trinken, aber mein Leben war in letzter Zeit ziemlich schön.«

»Du musst uns unterstützen«, sagte Charlotte, während sie mit dem Fahrstuhl in die Lobby fuhren. »Außerdem wirst du den Drink brauchen, wenn ich dir erst mal von der Besprechung mit Chelsea erzählt habe.« Beim Verlassen des Gebäudes bat Charlotte: »Können wir bitte ins Quarters gehen? Ich brauche dringend eine Portion Käsepommes.«

Auf dem Weg zum Quarters, einem klassischen Pub an der Ecke High Street und Mighty Avenue, in dem man hervorragend essen konnte und der nur fünf Blocks entfernt lag, schwelgten sie in Erinnerungen an ihre Collegezeit. Port Hudson war eine kleine Collegestadt etwa achtzig Kilometer nördlich von Manhattan am Hudson River und voller wogender Hügel, plätschernder Bäche, Cafés und wundervoller Erinnerungen. Das Haus, das sie während der Collegezeit gemietet hatten, lag ganz in der Nähe des Quarters und war heute im Besitz von LWW Enterprises.

»Carter Banks hat diese Bar gekauft«, merkte Aubrey an, als sie eintraten. »Erinnert ihr euch an ihn? Er war im Jahrgang über uns, immer wettkampflustig und total heiß.«

»Wie könnte ich ihn vergessen? Mit ihm hattest du deinen ersten Kuss«, erwiderte Charlotte.

Presley ging voraus, um ihnen einen Tisch zu suchen. Sie setzten sich und bestellten etwas zu essen und zu trinken.

Nachdem der Kellner die Getränke gebracht hatte, streifte Charlotte die High Heels ab.

»Was machst du denn da?« Presley warf einen Blick unter den Tisch.

»Ich ziehe die Schuhe aus. Wie schafft ihr es nur, den ganzen Tag auf so hohen Absätzen rumzulaufen?«

»Charlotte«, sagte Presley leise und entschieden. »Du hast keine Ahnung, wie sauber der Boden hier ist. Wie kannst du da die Schuhe ausziehen?«

Aubrey unterdrückte ein Kichern.

Charlotte griff ungerührt nach ihrem Drink. »Ich habe es einfach getan, Mama.«

»Setz ihr nicht zu sehr zu, Pres, sonst verlässt sie diesen Gasthof überhaupt nicht mehr.« Aubrey zwinkerte ihr zu. »Und jetzt erzähl uns alles über Beau und warum er diesen Vertrag noch nicht unterschrieben hat.«

»Wie wäre es, wenn ich mit der Realityshow anfange, denn wenn ich euch von ihm erzähle, komme ich aus dem Schwärmen gar nicht mehr raus.« Charlotte erklärte, dass er am Donnerstagnachmittag nach Los Angeles fliegen und am Freitag den Vertrag unterschreiben wollte.

»Dir ist schon klar, dass er während der Vertragslaufzeit viel unterwegs sein wird?«, fragte Aubrey.

»Das weiß ich. Aber wenn er das tun möchte, kann ich mich ihm da nicht in den Weg stellen. Er reist gern, und ihr wisst ja, wie gut er in seinem Job ist. Ihr solltet sehen, was er bereits alles im Gasthof gemacht hat. Es gab unzählige Kleinigkeiten zu reparieren, und er hat sich nicht nur darum gekümmert, sondern auch Stellen gefunden, die mir gar nicht aufgefallen waren, und die Probleme gleich mit beseitigt.«

»Ich mag Männer, die geschickte Hände haben.« Presley zog

ihren Designerblazer aus und hängte ihn über die Stuhllehne.

»Ich kann euch versichern, dass er in jeder Hinsicht geschickt ist.« Charlotte wackelte mit den Augenbrauen. »Und er ist so fürsorglich, klug und liebevoll. Er sorgt sich um mich, wie es seit langer Zeit keiner mehr getan hat. Ihr wisst doch bestimmt, dass ich manchmal die Tür offen lasse?«

»Manchmal?« Aubrey schnaufte. »Wann schließt du schon mal ab?«

Charlotte bedachte sie mit einem finsteren Blick. »Jedenfalls hat er mir die allerschönsten Sicherheitstüren im Schlafzimmer eingebaut und die Verzierungen pink angemalt. Er ist der aufmerksamste Mann, den man sich nur wünschen kann. Es macht ihm überhaupt nichts aus, dass ich nie koche, und er wird nicht eifersüchtig, wenn ich schreiben muss, was schon verrückt ist, wenn man bedenkt, wie viele Stunden ich gearbeitet habe, um die Kapitel für Chelsea fertigzustellen, über die wir auch noch reden müssen.«

»Zuerst Beau, dann die Arbeit«, entschied Aubrey.

Der Kellner brachte ihnen das Essen, und Charlotte wartete, bis er gegangen war, bevor sie weitersprach. »Er ist einfach …« Sie rang nach den richtigen Worten, aber fand keine, die bedeutsam genug waren, um ihre Gefühle zu beschreiben. »Wir passen einfach perfekt zusammen. Er hilft mir sogar bei der Ideensuche und dem Ausarbeiten von Szenen.«

»Gott sei Dank. Ich hatte schon befürchtet, deine Gummipuppen könnten zu einem Fetisch werden«, neckte Presley sie.

»Ha, ha.« Charlotte aß ein paar Pommes frites. »Wenn ich über ihn rede, vermisse ich ihn noch mehr, als ich es ohnehin schon tue.« Sie hatten sich im Laufe des Tages schon mehrere Nachrichten geschrieben und zwischendurch telefoniert. Er war ihr gestresst vorgekommen, und sie fragte sich, ob seine Brüder ihn drängten, nach Hause zu kommen, hakte jedoch nicht nach. Sie wollte das Thema nicht ansprechen. Vielleicht vermisste er sie auch einfach nur so wie sie ihn.

»Du bist ja wirklich in ihn verliebt.« Aubrey staunte. »So habe ich dich noch nie erlebt.«

»Ja, das bin ich«, gab sie fröhlich zu. »Er macht mich glücklich. Voll und ganz glücklich. Und das liegt nicht nur an dem, was er tut, auch an seinen Worten und der Art, wie er mich ansieht. Das hört sich jetzt bestimmt dumm an, aber auch das, was er nicht sagt, spielt eine Rolle. Er redet keinen Blödsinn, versteht ihr? Ich kann spüren, dass er jedes Wort aufrichtig so meint. Er ist auf eine grüblerische Art romantisch, und er hat diese große, liebevolle, witzige Familie, die mich mit offenen Armen aufgenommen hat.« Lächelnd aß sie noch eine Pommes. »Habe ich euch schon erzählt, dass er die Scheune repariert und sich Pferde ausgeliehen hat, damit wir an einem Wochenende ausreiten konnten? Es war wie im ...«

»Märchen«, sagten sie alle gleichzeitig.

Aubrey und Presley warfen sich einen besorgten Blick zu.

»Das ist ja alles unglaublich, Char. Genau so einen Mann hast du verdient.«

»Allerdings, aber was verschweigst du uns?«, verlangte Aubrey zu erfahren. »Kein Mensch ist so perfekt. Erzähl uns von seinen Schattenseiten oder wir lassen Becca weitere Nachforschungen anstellen.«

»Eine Sache wäre da«, gab Charlotte leicht verunsichert zu. »Mit den richtigen Mitteln könnte ich da vielleicht etwas unternehmen, aber die habe ich nicht, daher brauche ich wahrscheinlich eure Hilfe.« Sie hatte nie aufgehört, über Beaus Schuldgefühle wegen Torys Tod nachzudenken, und sie war sich noch immer nicht sicher, wie sie damit umgehen sollte. Aber sie wusste, wenn ihre Beziehung Bestand haben sollte, musste dieses Problem aus der Welt geschafft werden. Als sie ihre Freundinnen jetzt ansah, konnte sie nur hoffen, von ihnen einen guten Rat zu bekommen.

»Er hatte lange eine Freundin, die er wirklich geliebt hat und die vor etwa zehn Jahren bei einem Autounfall ums Leben gekommen ist. Das Schlimmste scheint er überstanden zu haben, aber er macht sich noch immer Vorwürfe, und ich weiß, dass sie ihn innerlich zerfressen.«

»Warum?«, fragte Presley. »Wieso fühlt er sich schuldig? War es seine Schuld?«

Charlotte schüttelte den Kopf und vertraute ihnen an, was Beau ihr über die verpassten Nachrichten erzählt hatte. Sie berichtete auch, wie er sich seitdem verändert hatte. »Er ist in einer Kleinstadt aufgewachsen und glaubt, alle würden ihm die Schuld geben. Diesen Samstag jährt sich ihr Todestag, und er hat wie jedes Jahr dafür gesorgt, dass er nicht zu Hause sein wird. Er fliegt Donnerstag nach L. A.«

»Wie praktisch«, kommentierte Presley.

»Tu das bitte nicht, Pres. Ich weiß ja, dass du recht hast, und er leugnet es auch gar nicht. In dieser Sache war er immer ehrlich zu mir, daher gibt es keinen Grund, sarkastisch zu werden. Ich bin mir ziemlich sicher, dass er aus diesem Grund den Job in L. A. angenommen hat, damit er nicht mehr darüber nachdenken muss, wann er wohin reisen muss. Ab jetzt wird alles für ihn geplant. Aber diese ganze Realityshow ist einfach nicht sein Ding. Er ist immer auf seine Privatsphäre bedacht gewesen, und dieser Job wäre in etwa so, als würde er sich nackt an eine Straßenecke stellen.«

»Oh, Char.« Aubrey sah sie mitfühlend an. »Ich leide mit

euch beiden.«

»Danke. Aus diesem Grund brauche ich auch einen Rat.« Sie schluckte schwer. »Ich weiß selbst, dass das Leben kein Märchen ist, also macht euch keine Sorgen. Ich male mir nicht in den schönsten Tönen aus, was passieren wird. Wenn jemand weiß, wie hart das Leben sein kann, dann ja wohl ich. Aber ich liebe ihn. Alles ist so schön und fühlt sich so richtig an, aber für mich sind seine Schuldgefühle wie ein Berg, der zwischen ihm und dem wahren Glück steht. Er will ja glücklich sein und ist es auch, wenn wir zusammen sind, aber ich kann die Wahrheit nicht ignorieren. Seine Schuldgefühle beeinflussen auch andere Bereiche seines Lebens. Er war auf ihrer Beerdigung, hat seinen Worten zufolge seitdem aber nicht darüber gesprochen, außer mit mir natürlich. Ich frage mich die ganze Zeit, wie sich das angefühlt haben muss. Sie sind zusammen in einer Kleinstadt aufgewachsen, haben die Familie des anderen jeden Tag gesehen, und nach der Beerdigung hat er kein Wort mehr mit ihren Verwandten gesprochen. Er hat nicht nur sie verloren, sondern einen ganzen Teil seiner Welt. Darum ist er auch die ganze Zeit auf Reisen und arbeitet wie ein Verrückter.«

»Weil er vor seinen Dämonen davonläuft«, erkannte Aubrey. »Es ist schon seltsam, dass du dich mit Erinnerungen umgeben wolltest, während er seine nicht ertragen kann.«

»Ja.« Sie spürte, wie ihr die Tränen kamen, und trank schnell einen Schluck, um sie zu vertreiben. »Was soll ich nur tun? Ich kann mir gut vorstellen, was er durchmacht. Ich würde ihm so gern dabei helfen, das zu überwinden, aber ich weiß nicht, wie.«

Presley berührte mitfühlend Charlottes Arm. »Du kannst nicht im Schatten eines Geistes stehen. Das ist dir gegenüber nicht fair.«

»Das weiß ich, und das tue ich auch gar nicht«, versicherte sie ihren Freundinnen. »Ich hatte nie das Gefühl, dass Tory ihm im Hinterkopf herumschwirrt oder dass sie zwischen uns steht. Hierbei geht es nicht um sie, sondern um die Schuldgefühle, die ihn seit jener Nacht nicht mehr loslassen. Ich glaube ihm, wenn er mir versichert, dass er sie nicht länger vermisst. Na ja, jedenfalls soweit das eben möglich ist. Wenn ihr sehen würdet, wie er mich ansieht, spüren würdet, wie er mich berührt, dann würdet ihr es auch glauben.«

»Aber das wäre irgendwie pervers, also stelle ich mir das lieber gar nicht erst vor«, sagte Aubrey.

Charlotte lachte leise. »Danke. Das habe ich gebraucht. Und jetzt helft mir bitte dabei, herauszufinden, wie er die Sache überwinden kann.«

»Er muss sich mit seinen Schuldgefühlen auseinandersetzen. Das ist der einzige Weg.« Aubrey schob ihren Salat auf dem Teller hin und her und legte die Gabel dann beiseite. »Als du die Geschichte deiner Großeltern aufgeschrieben hast, war das wie eine Läuterung für dich. Es hat dir geholfen.«

»Sehr sogar«, bestätigte Charlotte.

»Er braucht einen ähnlichen Abschluss. Vielleicht sollte er mit ihren Verwandten sprechen«, schlug Presley vor. »Was kannst du sonst tun? Wie willst du seine ›große, liebevolle, witzige Familie‹, die dich ›mit offenen Armen aufgenommen hat‹, sonst besuchen? Wollt ihr eure Besuche immer so planen, dass ihr ja nicht zu dieser Jahreszeit dort aufkreuzt? Das wäre auf Dauer ziemlich anstrengend.«

Charlotte ließ den Blick durch die volle Bar schweifen. Das, was ihre Freundinnen ihr da sagten, wusste sie längst selbst. »Danke. Mir wird schon etwas einfallen.«

»Habt ihr schon Zukunftspläne geschmiedet?«, erkundigte

sich Aubrey zaghaft.

Charlotte nickte. »Wir wünschen uns beide, dass diese Beziehung funktioniert. Wir werden uns sehen, so oft es uns möglich ist. Und ich kann überall schreiben und ihn daher auch mal besuchen, wenn er irgendwo dreht.« Sie wusste, dass sie mit Beau noch einmal darüber sprechen musste.

Sie leerten ihre Gläser und bestellten noch eine Runde, die Charlotte jedoch aussetzte, weil Beau nicht da war, um am nächsten Morgen ihren Kater zu vertreiben.

»Möchtest du uns von der Besprechung mit Chelsea erzählen?«, fragte Presley dann.

»Nein, aber ich tue es trotzdem«, antwortete Charlotte. »Du bist die Vorgesetzte ihrer Vorgesetzten und weißt bestimmt längst, was sie gesagt hat, nicht wahr? Dass ich vermutlich zu viel arbeite, bla, bla, bla.«

»Noch viel wichtiger ist, dass ich deine Freundin bin«, erklärte Presley. »Sie hat mit mir darüber gesprochen, und ich habe die Kapitel gelesen, die du ihr geschickt hast. Du willst das garantiert nicht hören, aber ich muss Chelsea zustimmen. Die Liebesgeschichte ist unglaublich und der Sex ist richtig heiß. Vor allem diese Szene in ihrem Arbeitszimmer. Wenn es solche Männer im wirklichen Leben gäbe, wären wir alle sehr glückliche Frauen.«

Charlotte riss sich zusammen. Ihre Freundinnen mussten ja nicht wissen, dass sie diese Szene mit Beau zuvor ganz genau so durchgespielt hatte.

Der Kellner brachte ihre Drinks und Aubrey hob ihr Glas. »Auf gut bestückte Männer und glückliche Frauen.« Sie senkte die Stimme und fügte hinzu: »Ich habe es auch gelesen und möglicherweise sogar mit ins Bett genommen.«

Charlotte stieß grinsend mit ihr an. »So genau will ich das

gar nicht wissen.«

»Ich und Mr. Summ.« Aubrey schnaubte vor Lachen.

»Ah!« Charlotte rümpfte die Nase. »Wie soll ich dieses Bild je wieder loswerden?«

»Du schreibst doch so was«, rief Aubrey ihr in Erinnerung.

»Aber nicht über meine Freundinnen. Jedenfalls hat Chelsea gesagt, die Story wäre nicht *gewagt* genug. Sie denkt, ich hätte es nicht mehr drauf, weil ich so viel arbeite. Aber ich liebe diese Geschichte so sehr. Meiner Meinung nach ist sie genau richtig für die Charaktere und jede Figur ist unterschiedlich. Sie wollen nicht alle in Handschellen gelegt werden, Analsex haben oder es im Stehen treiben.«

Aubrey hob eine Hand. »Ich übernehme das. Und zwar alles. Mit wem kann ich die Szenen proben?«

Presley starrte sie erbost an. Dann wandte sie ihre Aufmerksamkeit Charlotte zu, senkte das Kinn und sah sehr seriös und ganz wie die mächtige Verlagsfrau aus. »Nur fürs Protokoll: Ich stimme Chelsea nicht zu, was weniger Geschichte angeht. Ich bin nicht der Ansicht, du hättest es nicht mehr drauf. Aber ich habe so etwas schon oft miterlebt. Eine Autorin heiratet und schreibt auf einmal über die Wonnen des Eheglücks. Sie lässt sich scheiden und plötzlich sind alle Männer Abschaum. Sie hat eine Midlife-Crisis und ihre Figuren fangen etwas mit jüngeren Männern an. Das ist vollkommen normal, Char. Vor heute Nachmittag wusste ich nicht, dass du mit Beau zusammen bist. Mein Kenntnisstand war, dass du einen heißen Handwerker mit riesigem Schwanz und einigen Komplexen im Haus hast.«

»Danke, Aub«, meinte Charlotte.

Aubrey zwinkerte ihr zu. »Immer gern.«

Presley beugte sich zu Charlotte herüber, so, wie sie es immer tat, wenn sie wollte, dass man ihr zuhörte. »Der Grund dafür, dass du anders schreibst als in deinen früheren Büchern, ist, dass sich damals einiges in dir aufgestaut hatte – sexuelle Bedürfnisse, Fantasien, Wut darüber, dass du allein warst, auch wenn du freiwillig in der Abgeschiedenheit gelebt hast. Wenn ich deinen Blick richtig deute, willst du das gar nicht hören. Aber ich bin der Ansicht, dass es etwas ausgemacht hat. Du hast dein Herz und deine Seele in jedes einzelne Wort investiert. Und das tust du immer noch. Das ist die gute Nachricht. Aber dieses Buch schreibst du, während du dich gerade verliebst. Du empfindest etwas völlig anderes. In deinem Inneren ist es ganz warm und gemütlich und das überträgt sich auf die Geschichte.«

»Na super!« Charlotte warf die Hände in die Luft. »Dann ruiniert meine Beziehung zu Beau also meine Schreibe?«

»Nein, Char. Deine Schreibe ist einwandfrei«, versicherte Presley ihr. »Aber das Buch ist eher ein Liebes- als ein Erotikroman.«

»Und es gefällt mir so. Es sind meine Charaktere, meine Stimmen. Ich kann ihnen nicht einfach sagen, dass sie sich anders verhalten sollen. Das geht einfach nicht.«

»Da hat sie recht«, stimmte Aubrey ihr zu. »Aber wenn du eine Trilogie daraus machst – mit einer Hochzeit und Babys – und den heißen Sex etwas zurückschraubst, dann wäre das ein perfektes Drehbuch für unseren neuen *Me Time*-Kanal.« Sie setzte sich etwas aufrechter hin. »Hey …«

»Nein«, fiel Presley ihr ins Wort. »Sie hat einen Verlagsvertrag über Erotikromane.«

»Augenblick mal.« Charlotte sah zwischen ihren Freundinnen hin und her und versuchte, der seltsamen Unterhaltung zu folgen.

»Na und? Schreib den Vertrag um«, schlug Aubrey vor.

»Aubrey«, ermahnte Presley sie. »So einfach ist das nicht.«

»Worauf wollt ihr hinaus?«, fragte Charlotte.

»Und ob das einfach ist«, schimpfte Aubrey. »Uns gehört das Unternehmen. Du leitest die Verlagsabteilung. Du hast die Kontrolle, Presley. Das Buch wurde noch nicht einmal angekündigt.«

Charlotte war sich nicht sicher, ob sie den beiden folgen konnte, aber das, was sie daraus *schloss*, machte sie ganz aufgeregt.

Presley starrte Aubrey erzürnt an. »Der Vertrag ist rechtskräftig. Kannst du dir vorstellen, was passiert, wenn andere Autoren Wind davon bekommen und glauben, sie könnten trotz ihrer Verträge einfach schreiben, wonach ihnen der Sinn steht?«

»Ich hoffe, du weißt, dass ich das nicht getan habe, Pres«, beharrte Charlotte.

»Das weiß ich«, versicherte Presley ihr etwas besänftigt. »So war das auch nicht gemeint. Der Vertrag ist rechtskräftig. Wenn wir in der Richtung wirklich etwas unternehmen wollen, muss ich die Sache vorsichtig angehen. Damit will ich nicht sagen, dass prinzipiell etwas dagegenspricht. Aubrey hat recht und sie leitet die Medienabteilung; wenn sie nicht davon überzeugt wäre, dass das eine gute Gelegenheit ist, hätte sie das nie vorgeschlagen. Aber hierbei geht es nicht nur darum, dass Freundinnen einander Zugeständnisse machen.«

»Da hast du recht«, stimmte Aubrey ihr zu. »Wir brauchen mehr Informationen. Kannst du noch zwei weitere Bücher dieser Reihe schreiben, Charlotte? Keine Erotik-, sondern Liebesromane?«

»Ja! Natürlich kann ich das. Ich habe schon eine ganze Menge im Kopf. Roman und Shayna, meine Charaktere, werden eine wunderschöne Hochzeit im Grünen feiern. Sie bekommen Zwillinge und schaffen sich vielleicht einen Hund an …« Erst jetzt merkte sie, wie weit sie bereits in die Zukunft geplant hatte. Allerdings war sie sich nicht ganz sicher, ob das für Roman und Shayna galt oder doch eher für sie und Beau.

Aubrey grinste Presley an und meinte dann zu Charlotte: »Und du gehst davon aus, dass du mit dem neuen Hengst in deinem Leben, oder auch ohne ihn, falls es nicht von Dauer ist, weiterhin heiße Erotikromane schreiben kannst? So, wie es deine Fans von dir erwarten?«

»Mit ihm in meinem Leben und anderen Charakteren auf jeden Fall. Davon gehe ich aus. Mir ist klar, dass du gleich sagen wirst, es könnte mir schwerer fallen, wenn ich in einer festen Beziehung bin, und auf einer gewissen Ebene hast du vermutlich recht. Aber es macht mir großen Spaß, diese erotischen Geschichten zu schreiben, und ich genieße auch die Verruchtheit des Ganzen.« Und nach dem unglaublichen Sex am gestrigen Morgen wusste sie, dass sie mit Beau in Zukunft noch weitere Grenzen ausloten würde. »Ich habe bereits eine BDSM-Story im Kopf, die richtig heiß und sexy ist, und mir eine Menge Notizen gemacht. Romans und Shaynas Geschichte kam mir bloß dazwischen, weil sie sich so persönlich anfühlt, genau wie die meiner Großeltern damals.«

»Großer Gott.« Aubrey stürzte ihren Drink herunter. »Jetzt stelle ich mir gerade vor, wie du mit Beau Sex am Schreibtisch hast.«

Charlotte spürte, wie sie puterrot anlief, als sie an diesen heißen Nachmittag dachte. Sie zeigte mit dem Finger auf Aubrey. »Hör sofort damit auf!«

»Es ist genau so passiert! Du bist Shayna! Du bist ja ganz rot.« Aubrey beugte sich vor und sah Charlotte tief in die Augen. »Der Sex war so heiß.«

»Okay, ihr beiden Sexungeheuer«, schaltete sich Presley mit ernster Stimme ein. »Könnten wir wieder zum Thema kommen, bitte? Was passiert, wenn ihr euch trennt, Char? Glaubst du, du kannst dann trotzdem noch Erotikromane schreiben?«

Charlotte wurde das Herz schwer, als sie sich klarmachte, dass das durchaus passieren konnte. Was würde passieren, wenn Beau seine Schuldgefühle nicht überwand? Konnten sie glücklich werden, wenn sie zu einer bestimmten Zeit nicht in seine Heimatstadt fahren durften? Wenn sie den Menschen aus dem Weg gingen, die Beau und Tory als Paar gekannt hatten? Seine Familie würde garantiert nicht wollen, dass er sein Leben fern von ihr verbrachte. Auch die andere Sache, über die sie eigentlich gar nicht nachdenken wollte, kochte wieder hoch. Sie wollte seine neue Karriere ja unterstützen, aber was würde passieren, wenn er nach Los Angeles zog und sich zwischen ihnen einiges veränderte?

Ihr Magen zog sich zusammen. Sie sah ihre Freundinnen an und wünschte sich, ihnen nicht die Wahrheit sagen zu müssen, aber sie hätte sie niemals anlügen können. »Falls wir uns irgendwann trennen sollten, könnte es durchaus sein, dass ich wieder Erotikromane schreibe, aber nicht sofort. Das wäre für mich, als würde ich meine Familie ein weiteres Mal verlieren, nur auf andere Weise. Solange ich traure, würde ich eher etwas Finsteres und Depressives zu Papier bringen.«

Presley schüttelte den Kopf. »Ich hab dich wirklich lieb, aber Schriftsteller treiben mich in den Wahnsinn. Ich kann dich nicht aus deinem Vertrag entlassen. Das würde zu viele Probleme mit sich bringen und zudem einen Präzedenzfall schaffen.«

»Darum bitte ich dich ja auch gar nicht. Ich kann nach Hause fahren und eine neue Erotikgeschichte schreiben, wenn du das willst. Diese hier bringe ich jedoch auf jeden Fall zu Ende, selbst wenn sie nicht veröffentlicht wird. Aber ich kann meine Dom/Sub-Geschichte schreiben, wenn du mir etwas mehr Zeit gibst.«

»*Charlotte* bittet dich um gar nichts, Pres«, warf Aubrey ein. »Ich tue das. Und wo ich jetzt angefangen habe, an den *Me Time*-Kanal zu denken, kann ich gar nicht mehr damit aufhören. Wir wollen dort romantische, aber auch heiße Geschichten erzählen. Diese wäre perfekt. Sie ist süß und voller Liebe und Leidenschaft. Die Fans lieben die Atmosphäre unabhängig davon, wie heiß die Sexszenen sind.«

»Das weiß ich doch.« Presley seufzte, und ihrer ernsten Miene war zu entnehmen, dass ihr das Gespräch ziemlich zusetzte. »Charlotte, du bist eine hervorragende Schriftstellerin, und deine Stimme macht dich zu etwas ganz Besonderem. Ich möchte dich nicht zwingen, etwas zu schreiben, was du nicht schreiben möchtest. Aber du musst diesen Vertrag über einen Erotikroman auf die eine oder andere Weise erfüllen. Wie wäre es, wenn Aubrey und ich das durchdenken und versuchen, eine Lösung zu finden? Du kannst dir ein paar Tage Zeit nehmen, dir auch Gedanken machen und mit Beau sprechen. In rechtlicher Hinsicht muss ich gucken, was sich machen lässt, aber für mich kommst du an erster Stelle. Ich kann dir doch ansehen, wie verliebt du bist. Und du sagst ja selbst, dass sich dein Schreibstil für eine Weile verändern könnte, falls das mit euch doch nicht klappen sollte. Daher wäre es wohl am klügsten, wenn wir alle mal einen Schritt zurücktreten, diesen gemeinsamen Abend genießen und in einer Woche noch mal über dieses Thema sprechen.«

Aubrey beugte sich vor und machte Presleys ernste Miene nach. »Du bist unsere Schwester und wir werden immer zu dir stehen. Wenn du Hilfe brauchst, um Beaus Hintern in seine Heimatstadt zu schleifen, dann sag einfach Bescheid.«

Neunzehn

Beau stand am späten Montagnachmittag auf der Leiter und strich das Regal, das er an der Wand angebracht hatte, um einige der Schätze daraufzustellen, die er in einer Kiste in Charlottes Schrank gefunden hatte. Kurz zuvor hatte er zusammen mit seinen Brüdern eine Pause gemacht, Steaks gegrillt und gequatscht, und wie er es erwartet hatte, waren sie den ganzen Tag fleißig gewesen, ohne sich auch nur einmal zu beschweren. Das Studierzimmer war fertig, die Möbel standen, und wenn er morgen zum Flughafen fuhr, um Charlotte abzuholen, würde auch das Schlafzimmer fertig sein.

»Soll ich ein paar leere Twix-Packungen aufs Sofa werfen, damit sie sich wie zu Hause fühlt?«, spottete Nick.

»Vergiss die Wasserflaschen nicht«, meinte Graham und ließ sich auf einen von Charlottes pinken Stühlen fallen. »Wie ist Mr. Sauber-und-Ordentlich nur an eine Frau geraten, die völlig andere Prioritäten hat?«

»Die Frage ist wohl eher, wie du überhaupt zu einer Frau gekommen bist. Du bist ja noch miesepetriger als ich«, sagte Nick, als Beau von der Leiter herunterstieg.

»Nicht, wenn Charlotte in der Nähe ist«, merkte Graham an.

So gern Beau Grahams Worte bestätigt hätte, hielt er doch lieber den Mund. Er hatte sich zwar in Bezug auf Nick geirrt, der ihn gar nicht drangsalieren wollte, aber er hatte dennoch nicht vor, ein gefährliches Thema anzuschneiden. Nick hatte einige Kommentare über Beaus Umzug gemacht und angedeutet, dass er dem Offensichtlichen aus dem Weg gehen wollte, das jedoch nicht vertieft. Allerdings hatte Nick auch eine Art, gerade genug zu sagen, um Beau unter die Haut zu gehen, was ihm die Unsicherheit in Bezug auf den bevorstehenden Umzug nur umso deutlicher bewusst machte.

Beau legte den Pinsel auf den Farbeimer. »Seid ihr noch für einen weiteren Job bereit?«

Seine Brüder tauschten einen fassungslosen Blick.

»Ihr müsst euch dafür nicht bewegen«, versicherte er ihnen. »Ich habe eine Alarmanlage für die Auffahrt eingebaut und hatte bisher noch nicht die Gelegenheit, sie zu testen.«

»Was machst du hier eigentlich?«, fragte Nick, doch da klingelte Beaus Handy.

Er zog es sofort aus der Tasche und strahlte, als er Charlottes Namen auf dem Display sah. »Ich sorge dafür, dass sie gut geschützt ist. Bin gleich zurück.« Er nahm den Anruf an und trat durch die Terrassentür ins Freie. »Hey, Babe. Wie läuft es bei dir?«

»Na ja, es ist schon nach elf, und du bist viel zu weit weg. Und bei dir?«

Sie hörte sich müde und niedlich an. Er wäre am liebsten ins Telefon gekrochen und hätte sie in den Arm genommen. »Genauso. Du fehlst mir.« Er warf einen Blick ins Haus, merkte, dass seine Brüder ihn beobachteten, und ging unruhig auf und ab. »Wie war das Treffen mit deiner Lektorin?«

»Sie war wie immer brutal ehrlich. Meine Story ist nicht

erotisch genug und zu sehr auf die Liebe fokussiert. Der Sex ist gut, aber Erotikromane müssen mehr bieten. Im Grunde genommen will sie, dass ich alles umschreibe und mehr Sex und weniger Liebe einbaue.«

Beau grinste. »Dann müssen wir wohl daran arbeiten, was? Wenn jemand eine Szene auf den Punkt bringen kann, dann bist du das.«

Ein müdes Seufzen drang aus dem Telefon. »Ich befürchte, *wir* sind das Problem. Erinnerst du dich, dass ich dir erzählt habe, wie mich vor deiner Ankunft eine Schreibblockade geplagt hat? Und du hast mich gewissermaßen gerettet und ich konnte wieder schreiben. Sei bitte nicht sauer, aber ich glaube, Roman und Shayna erleben eher unsere Geschichte als die, die ich schreiben sollte.«

Beau starrte in die Dunkelheit und wusste nicht, ob das nun gut oder schlecht war, dass ihre Lektorin ihre Geschichte so nicht wollte. Er konnte jedoch nicht leugnen, wie sehr er sich darüber freute, dass ihre Beziehung sie genauso beeinflusst hatte wie ihn. »Ich möchte nicht dafür verantwortlich sein, dass sich deine Bücher verändern, Char. Sag mir, wie ich dir helfen kann.«

»Hm. Lass mich überlegen.« Ihre Stimme klang so frech, dass er grinsen musste. »Sehr viel wilder Sex wäre ein guter Anfang.«

Ihm wurde ganz heiß, als er sich vorstellte, wie sie nackt im Bett lag, das Haar auf dem Kissen ausgebreitet, und ihn mit ihren wunderschönen Augen in eine ganz spezifische Trance versetzte. *Verdammt.* Jetzt bekam er auch noch eine Erektion. Er rückte seine Hose zurecht. »Den kannst du haben, Babe, und wenn meine Brüder nicht mit Adleraugen über mich wachen würden, könnten wir den Videochat einschalten und loslegen.«

»Beau«, flüsterte sie kichernd. »So etwas habe ich noch nie gemacht.«

»Ich freue mich schon darauf, das mit dir zu erleben, und bevor du fragst, es wäre auch für mich das erste Mal.« Er hörte Nick etwas sagen und fuhr schnell fort. »Aber nicht heute. Nicht, solange meine Brüder in der Nähe sind.«

»Ich kann es kaum erwarten. Möchtest du auch die gute Neuigkeit hören?«

»Auf jeden Fall. Irgendwie muss ich doch deinen nackten Körper wieder aus dem Kopf bekommen.«

»Denkst du etwa …?«

»Fang bloß nicht damit an. Ich habe schon einen Ständer, wenn ich nur daran denke, was ich gern mit dir anstellen würde. Erzähl mir deine gute Neuigkeit, aber bitte in züchtigen Worten.«

Sie kicherte erneut. »Aubrey leitet die Medienabteilung von LWW Enterprises, und sie überlegt, die Geschichte, die ich gerade schreibe, für ihren neuen *Me Time*-Kanal zu verwenden.«

»Wirklich? Das ist ja super.«

»Falls es so weit kommt. Irgendwie ist mir das fast schon zu privat, um es überhaupt zu veröffentlichen.«

»Aber du hast es deiner Lektorin zu lesen gegeben, und wenn es ihr gefallen hätte, wäre es so oder so veröffentlicht worden, oder nicht? Außerdem bleibt dir doch keine andere Wahl, schließlich hast du ja einen Vertrag über dieses Manuskript abgeschlossen.«

»Das stimmt, aber es wäre vielleicht möglich, dass ich stattdessen ein anderes Buch schreibe. Und du solltest wissen, dass ich es meiner Lektorin geschickt habe, bevor mir bewusst wurde, dass so viel von uns in diese Geschichte eingeflossen ist.«

»Ach, Shortcake. Ich unterstütze deine Entscheidung auf

jeden Fall, ob du das Manuskript nun in einer Schublade versauern lassen, veröffentlichen oder verfilmen lassen willst. Tu, was immer dich glücklich macht. Aber vergiss nicht, dass vielleicht etwas von uns darin steckt, aber noch lange nicht alles. Meine Liebe zu dir wächst von Tag zu Tag, und falls du dich für das Filmprojekt entscheidest, werden wir dann längst eine andere Phase erreicht haben. Überleg dir nur, wie du all deine Fans inspirieren wirst, die darauf hoffen, auch die Liebe zu finden.«

»So habe ich das noch gar nicht gesehen.«

»Ich ehrlich gesagt auch nicht.« Er warf einen Blick in ihr Schlafzimmer, das Nick und Graham gerade aufräumten.

»Hast du dich mit deinen Brüdern gut amüsiert?«

Er wollte ihr nichts von den Überraschungen verraten, daher antwortete er nur: »Ja, wir hatten eine schöne Zeit. Wie war es bei dir und deinen Freundinnen?«

»Es war schön, sie zu sehen. Zu schade, dass du nicht mitkommen konntest, um sie kennenzulernen.«

»Eines Tages fliegen wir zusammen hin. Ich möchte sehen, wo du aufgewachsen bist, und die Freundinnen kennenlernen, die immer für dich da gewesen sind.«

»Das wäre schön. Ich habe mit Aubrey über die Realityshow gesprochen. Sie sagte, du wirst auf jeden Fall in der Öffentlichkeit stehen, ob du es nun willst oder nicht. Und sie hat mir eine Liste mit Punkten gegeben, auf die du bei deinem Vertrag achten sollst, damit man dich nicht übers Ohr haut. Du hast garantiert einen Anwalt, aber ich habe mich trotzdem über ihre Vorschläge gefreut.«

»Meine Cousine Savannah hat den Vertrag ausgehandelt, aber ich sehe mir Aubreys Liste trotzdem gern an. Bitte richte ihr meinen Dank aus.« Savannah war Hals Tochter und eine gefragte Anwältin für Medienrecht.

»Das mache ich. Wir treffen uns morgen früh um sieben zum Frühstück.«

»Genieß die Zeit mit ihnen. Schlaf gut, Baby. Und, Char?«

»Ja?«

»Ich glaube, deine Eltern und deine Großeltern wären sehr stolz auf dich.«

Sie schwieg so lange, dass er sich schon fragte, ob er etwas Falsches gesagt hatte. »Babe? Ist alles in Ordnung?«

»Ja«, antwortete sie mit zittriger Stimme. »Lieb von dir, dass du das sagst. Ich habe eigentlich immer irgendwie gehofft, dass sie stolz auf mich wären. Woher wusstest du, dass ich das jetzt hören musste?«

Er konnte ihr kaum verraten, dass er an diesem Tag so viel Zeit mit Dingen verbracht hatte, die ihr oder ihrer Familie gehörten, dass er einfach wusste, was sie hören musste, daher erwiderte er: »Weil sie immer in deinen Gedanken sind, so, wie du in meinen bist.«

Sie unterhielten sich noch kurz, bevor sie sich Gute Nacht sagten und er zurück zum Haus ging. Nick lehnte am Türrahmen und versperrte ihm den Weg. Beau spannte die Muskeln an.

»Lass uns eben noch fertig aufräumen, dann teste ich schnell die Alarmanlage in der Auffahrt.«

»Was treibst du hier?«, fragte Nick.

Beau zwängte sich an ihm vorbei. »Spreche ich undeutlich?« Nach dem Telefonat mit Charlotte wollte er sich jetzt auf keinen Fall mit Nick streiten. Er warf Graham einen Blick zu, der jedoch nur die Hände hob und ihm zu verstehen gab, dass er sich da nicht einmischen wollte. Beau kniete sich auf den Boden, um den Farbeimer zu schließen und die Planen aufzurollen.

»Rede mit mir, Beau.« Nick nahm seinen Arm und hielt ihn fest.

Beau richtete sich zu voller Größe auf und sah seinem Bruder direkt ins Gesicht. »Was willst du wissen? Sag es mir einfach, weil ich keine Lust habe, hier Spielchen zu spielen.«

»Das weiß ich. Es gab mal eine Zeit, da warst du für jeden Spaß zu haben, aber das ist lange her.«

Beau stellte den Farbeimer lautstark ab. »Ich wusste, dass es zu viel erhofft war, diesmal nicht mit dir aneinanderzugeraten.«

»Jetzt kommt das wieder«, sagte Graham verzweifelt. Er trat neben sie, sodass er notfalls eingreifen konnte.

»Was willst du von Charlotte?«, fragte Nick. »Weißt du das überhaupt? Tut sie es?«

»Wie meinst du das?« Beau machte eine Handbewegung, die das Schlafzimmer einschloss. »Was denkst du denn, dass ich mit ihr mache?«

»Entscheidend ist, was *du* denkst«, forderte Nick ihn heraus.

»Dann haben wir kein Problem, denn ich weiß, was ich empfinde. Ich liebe sie, Mann. Ich liebe verdammt noch mal alles an ihr. Ich liebe es, dass sie Süßigkeiten zum Frühstück isst und sich so in ihre Arbeit vertieft, dass sie nichts anderes mehr mitbekommt. Ich liebe es, dass sie die Erinnerungen an die Menschen, die sie sehr geliebt hat, in ihrem Herzen bewahrt, dass sie den Traum von einem märchenhaften Leben nicht aufgegeben hat, sondern fest daran glaubt, dass er wahr werden kann. Und weißt du, was ich noch liebe? Das ist es doch, was du hören willst, also spitz die Ohren.« Beau trat näher an Nick heran und konnte nicht verhindern, dass er die Stimme hob. »Ich liebe es, dass sie mich liebt. Ganz und gar, auch die nicht so schönen Dinge. Ich liebe es, dass wir so gut zueinanderpassen, und ich kann mir keinen Tag mehr ohne sie vorstellen. Hast du ein Problem damit?«

»Nein. Genau das ist es, was ich mir für dich wünsche«, erwiderte Nick ernst. »Als ich herkam, hatte ich erwartet, den sauertöpfischen Bruder anzutreffen, den ich seit Jahren erlebe. Stattdessen tritt mir ein Kerl gegenüber, der wegen einer Frau völlig aus dem Häuschen ist. Das ist einfach großartig.«

Beau stieß den Atem aus. »Was soll der Scheiß dann, Nick? Treibst du mich einfach gern auf die Palme?«

»Ja«, sagte Graham.

Nick grinste. »Nein. Aber ich mache mir Sorgen, dass du es wieder vermasselst. Dass du denkst, du hättest es nicht verdient, wirklich glücklich zu sein. Ich habe dich vorgestern Abend beobachtet. Du warst so verdammt glücklich und auf einmal hast du dich umgesehen und warst von Schuldgefühlen zerfressen.«

Beau hatte das sogar mehr als einmal getan, jedoch geglaubt, es hätte keiner mitbekommen.

»Dann hast du Charlotte angesehen und es wurde noch schlimmer. Verdammt noch mal, Beau, ich wollte dich doch nur aus diesem elenden Loch voller Schuldgefühle rausholen, in dem du dich versteckst.«

»Denkst du, das würde ich nicht auch wollen?«, fauchte Beau. »Glaubst du, mir macht das Spaß, wo ich auch hingehe und was ich auch tue ständig von Torys Tod verfolgt zu werden?«

Graham legte Beau eine Hand auf die Schulter, damit er sich beruhigte und einen Gang zurückschaltete.

»Wir machen uns Sorgen um dich, Beau«, sagte Graham ruhig. »Uns ist klar, dass du nur aus diesem Grund den Job in L. A. angenommen hast, weil du so vor allem weglaufen kannst.«

»Aber du musst dich der Sache stellen, Beau. Indem du wegziehst, wirst du die Geister nicht los.« Nick sprach immer lauter. »Was ist, wenn Mom oder Dad mal zu dieser Jahreszeit krank werden? Was ist, wenn Charlotte ein richtiges Leben führen will, das nicht davon bestimmt wird, wann du sie besuchen kommen kannst?«

»Charlotte versteht mich«, knurrte er wütend.

Nick ließ die Schultern hängen und schüttelte den Kopf. »Natürlich tut sie das«, sagte er mitfühlend. »Sie liebt dich. Das würde sogar ein Blinder erkennen. Wir haben einen großen Teil von dir verloren, als Tory gestorben ist, Beau, aber du lässt dich wenigstens manchmal sehen. Wir wollen nicht noch mehr von dir verlieren. Wenn du diesen Job wirklich willst, dann mach ihn und wir stehen hinter dir, aber stell dir vorher bitte eine Frage: *Warum* willst du das tun? Du kannst es nicht leiden, im Mittelpunkt zu stehen, und du verdienst auch so schon mehr als genug Geld. Wir wissen beide, dass es nicht darum geht.« Er hielt Beaus Blick stand. »Wann hörst du endlich auf, davor wegzulaufen? Du bist kein dummes Kind, das einen Fehler gemacht hat. Du musst diese Schuldgefühle loswerden und dich ein für alle Mal damit abfinden.«

»Warum?« Beau schäumte. Er ballte die Fäuste, mahlte mit dem Kiefer und sein Herz drohte zu zerbrechen. »Damit Torys Familie und alle in dieser verdammten Stadt denken, ich hätte sie vergessen? Damit sie sich das Maul darüber zerreißen können, wie unfair es ist, dass ich lebe, während sie tot ist?« Ihm kamen die Tränen und er wandte sich ab.

Doch Nick baute sich sofort wieder vor ihm auf. »Du verstehst es einfach nicht. Niemand gibt dir die Schuld. Das würdest du wissen, wenn du dich nicht weigern würdest, über diese Sache zu sprechen. Aber du gibst uns ja nicht mal die Gelegenheit dazu, es dir zu sagen, Beau. Du warst zu verletzt und zu dickköpfig, und seitdem schmorst du in der Hölle, die du dir selbst geschaffen hast.«

Beau machte einige Schritte und alle Emotionen der letzten Wochen kochten in ihm hoch.

Nick nahm seinen Arm und trat ihm in den Weg, sodass ihm keine andere Wahl blieb, als seinem Bruder in die Augen zu blicken. »Du hast die Chance, erneut glücklich zu werden. Vermassele es nicht, indem du Charlotte zwingst, innerhalb deiner bescheuerten Grenzen zu leben.«

»Willst du, dass ich mich von ihr trenne?« Beau war gleichzeitig wütend und verwirrt.

»Nein.« Graham trat zwischen sie. »Er – *wir alle* möchten, dass du nach Hause kommst und dich deinen Problemen stellst. Lebe dein Leben da, wo du hingehörst. Lass dir von uns helfen, Beau. Du bist nicht allein, auch wenn du dir das viel zu lange eingeredet hast.«

Zwanzig

»Wisst ihr noch, wie wir vor den Weihnachtsferien in die Stadt gegangen sind und sich Pres im Tattoostudio übergeben musste?«, fragte Aubrey am Dienstagmorgen im Pit Stop Café, in dem sie schon so oft gefrühstückt hatten.

Charlotte war wegen des Wiedersehens mit Beau so aufgeregt, dass sie keinen Bissen herunterbekam, aber Aubrey und Presley stürzten sich auf die Muffins, die sie gekauft hatten. »Und du hast dir den Bauchnabel piercen lassen, während sie alles vollgekotzt hat!« Ihr Handy vibrierte, und sie sah, dass Beau ihr eine Nachricht geschickt hatte. »Ich habe noch immer die Fotos von uns mit Tom Selleck«, sagte sie geistesabwesend und öffnete die Nachricht. Beau hatte ihr ein Foto von sich mit einem Hammer in der Hand geschickt und geschrieben: *Wie geht's meiner Süßen? Dein großer Hammer vermisst dich. Xox*

»Oh ja, wir waren so betrunken!«, erinnerte sich Presley gerade. »Wisst ihr noch, wie Aubrey die ganze Zeit gekreischt hat: ›Nur ein Foto für meine Mom! Sie steht total auf dich!‹«

»Und wir haben die Fotos, oder nicht?« Aubrey beugte sich zu Charlotte herüber und las die Nachricht, während sie einen Schluck trank. Prompt verschluckte sie sich und fing an zu kichern. »Ich muss diesen Mann unbedingt kennenlernen.«

»Wieso?« Presley beugte sich über den Tisch und Charlotte hielt ihr das Handy hin. »Grundgütiger. Ich bin schon ganz hin und weg!«

»Schick ihm ein Bild deines Dekolletés«, schlug Aubrey vor. »Und schreib ihm, er kann jederzeit mit deinen Glocken spielen.«

Presley verdrehte die Augen. »Das wird ja immer besser.«

»Ich weiß schon was.« Charlotte suchte ein Foto von einem Kätzchen raus und tippte: *Nicht so sehr, wie meine ... dich vermisst!* Sie zeigte ihren Freundinnen den Text.

»Das ist doch Mist!« Aubrey nahm ihr das Handy aus der Hand und ersetzte die drei Punkte durch das Wort *Muschi*.

»Nein!« Charlotte löschte es wieder. »So rede ich nicht!«

Aubrey sah sie verwirrt an. »In deinen Büchern schreibst du aber so. Und es ist nicht anders als das, was er geschrieben hat.«

»Das ist eklig, wenn man es zu jemandem sagt, den man liebt, wenn man nicht gerade beim Dirty Talk ist. Das hier gefällt mir viel besser.« Charlotte schickte die Nachricht ab.

»Außerdem ist es deine Wortwahl und nicht Aubreys.« Presley gab Aubrey einen Luftkuss.

»Wie ihr meint«, gab Aubrey nach. »Meine Art ist jedenfalls direkter.«

Schon vibrierte das Handy wieder, und sie starrten alle auf das Handy, während Charlotte die Nachricht öffnete. Das GIF eines Cartoon-Wolfs erschien auf dem Display. Er hatte große dunkle Augen und hechelte mit heraushängender Zunge. Sie mussten alle lachen. Charlotte seufzte sehnsüchtig. Sie konnte es kaum erwarten, wieder in seinen Armen zu liegen.

»Hast du eben verträumt geseufzt?« Presley musterte sie skeptisch.

»Kann schon sein«, antwortete Charlotte, die nach einem

niedlichen GIF suchte, das sie zurückschicken konnte.

»Du hast dich verändert. Das ist mir gestern Abend schon aufgefallen.« Aubrey machte ein nachdenkliches Gesicht. »Aber wir haben über so ernste Themen gesprochen, dass es nicht so offensichtlich war. Du bist nicht nur glücklicher, und das soll jetzt nicht schmalzig klingen …«

»Bitte lass es schmalzig klingen«, ermutigte Charlotte sie. »Wenn du mir ansehen kannst, was ich empfinde, dann ist das schmalzig, traumhaft und himmlisch, weil mich allein der Gedanke an ihn schon ganz kribblig macht.« Sie entschied sich für das GIF einer Frau mit tief ausgeschnittener Bluse, die sich Luft zufächelte, und zeigte es den anderen.

»Das ist schmalzig«, stellte Presley fest. »Ich freue mich so für dich. Du weißt, dass wir uns Sorgen um dich machen. Und das ist auch der einzige Grund, aus dem wir wollen, dass er mit seinen Schuldgefühlen abschließen kann. Das weißt du hoffentlich auch?«

»Ja.« Charlotte löschte das GIF wieder.

»Wir möchten nur, dass du auf dein Herz hörst«, fügte Aubrey hinzu. »Du glaubst, du hast den Richtigen gefunden, und wir wünschen uns so sehr, dass er das auch ist.«

»Das verstehe ich, und ihr habt nichts gesagt, was mir nicht auch schon durch den Kopf gegangen ist. Es ist ja nicht so, als wollte ich ihm ein Ultimatum stellen. Ich liebe ihn und möchte mit ihm zusammen sein, selbst wenn das bedeutet, dass wir eine Zeit lang an diesem Thema zu knabbern haben. Es ist ja nicht so, als hätten wir irgendeine Frist einzuhalten oder als wollten wir morgen durchbrennen und heiraten.«

»Aber du würdest es gern tun«, säuselte Aubrey.

Von ganzem Herzen. »Halt die Klappe. Du musst ein Video von mir drehen.« Charlotte drückte ihr das Handy in die Hand.

»Ein Video?« Presley wackelte mit den Augenbrauen. »Sollten wir das nicht lieber an einem Ort machen, an dem wir ungestört sind?«

»Nicht so ein Video. Er hat mir das Wolfsbild geschickt, und ich wollte mit einem GIF antworten, aber das hier ist besser.« Sie zog sich den niedlichen grünen Cardigan aus, den sie über ihrem weißen T-Shirt mit U-Ausschnitt trug, und beugte sich zu Aubrey hinüber. Dann lehnte sie sich zurück und rückte den Ausschnitt ihres T-Shirts zurecht, sodass ihre Brüste gut zur Geltung kamen. Zu guter Letzt platzierte sie ihre Halsketten so, dass die längste genau zwischen ihren Brüsten ruhte. »Okay. Ich bin bereit.«

»Cool«, murmelte Aubrey und richtete das Handy auf Charlotte. »Sag Bescheid, wenn's losgehen soll.«

»Fang an.« Charlotte flatterte verführerisch mit den Lidern und fächelte sich betont langsam Luft zu. »Puh! Allein beim Gedanken an dich wird mir schon heiß wie ein Vulkan.« Sie warf sich das Haar über die Schulter und beugte sich vor. »Ich kann es kaum erwarten, mit meinem großen, starken Mann in der Lava zu versinken.« Sie warf ihm eine Kusshand zu und Aubrey drückte auf Stopp.

Alle drei kreischten los.

»Das war perfekt!«, erklärte Presley.

»Du hattest recht«, sagte Aubrey. »Du brauchst keine schmutzigen Wörter. Du bist so unglaublich bezaubernd!«

»Und spät dran!« Charlotte sprang auf und sammelte panisch ihre Sachen zusammen. »Ich muss los.«

Sie schickte Beau noch schnell das Video mit dem Text: *Bin auf dem Weg zum Flughafen! Liebe dich!* Und nach vielen Umarmungen, Zuneigungsbekundungen und dem Versprechen, oft anzurufen, rannte sie zu ihrem Mietwagen und konnte es kaum erwarten, ihren Mann wiederzusehen.

Nachdem Nick ihm am Vorabend die Meinung gegeigt hatte, war sich Beau nicht sicher gewesen, was er an diesem Morgen von seinem Bruder zu erwarten hatte. Aber Nick und Graham hatten in der Küche auf ihn gewartet. Als sich Beaus und Nicks Blicke begegneten, hatten sie beide erst kurz gezuckt, doch dann hatte Nick ihn gegen den Arm geboxt und gesagt: »Komm drüber weg. Wir lieben dich.« Sie hatten ihn beim Eierholen begleitet und bei ihrer Rückkehr zum Gasthof war die Stimmung entspannt gewesen. Die Stunden schienen wie in Zeitlupe zu verstreichen, während Beau letzte Hand in Charlottes Schlafzimmer anlegte und von seinen Brüdern geneckt wurde, weil er sesshaft wurde, und sie damit drohten, ihm einen Kinderwagen oder einen Minivan zu Weihnachten zu schenken.

Als sie endlich am Flughafen eintrafen, waren sie alle guter Laune, und Beau ließ seine Brüder zwar nur ungern gehen, freute sich jedoch darauf, Charlotte wiederzusehen.

Nick umarmte ihn herzlich. »Vergiss nicht, Char meine Nummer zu geben. Du weißt schon, falls sie mal einen richtigen Mann braucht.«

»Du bist ein richtiger Idiot, weißt du das?« Beau schlug seinem Bruder spielerisch auf den Rücken.

Nick zuckte mit den Achseln. »Ein Idiot, der dich lieb hat, Mann.«

Warum schnürte es ihm immer die Kehle zu, wenn Nick so etwas sagte? »Ich hab dich auch lieb.« Er umarmte Graham.

»Danke für die Hilfe.«

»Wäre schön, wenn wir deine hässliche Visage jetzt öfter sehen.« Graham zog sich seine MIT-Baseballmütze tiefer in die Stirn. »Denk an unsere Worte, ja?«

»Ich habe die ganze Nacht an nichts anderes gedacht.« Beau sah auf die Uhr. »Na ja, an fast nichts anderes.«

»Unser liebeskranker Bruder muss zum Gate seiner Frau und auf uns warten ein paar heiße Stewardessen.« Nick nickte Beau zu. »Melde dich, wenn du in L. A. gelandet bist.«

»Geht klar.« Aus irgendeinem Grund war Beau auf einmal nostalgisch zumute, und er musste daran denken, wie Nick ihm bei seiner Abreise zum College gesagt hatte, er solle sich keine Sorgen machen, weil er schon auf Tory aufpassen würde. Er hatte sein Wort gehalten und war in den ersten Wochen, in denen sie Beau schrecklich vermisst hatte, oft bei ihr vorbeigefahren. Und wann immer er davon gehört hatte, dass sie auf eine Party gehen würde, hatte er sich erkundigt, ob er sie fahren sollte.

Als Beau seinen Brüdern hinterherschaute, begriff er, dass Nick in den Wochen nach Torys Tod versucht hatte, sich auf ähnliche Weise um ihn zu kümmern. Aber Beau hatte weder ihn noch irgendjemand anderen an sich herangelassen.

Mit diesen Erinnerungen im Kopf betrat er den Souvenirshop. Er kaufte einen Strauß Rosen, ein Twix, einen Proteinriegel und eine Flasche Wasser, weil er davon ausging, dass Charlotte im Flieger geschrieben und darüber das Essen vergessen hatte. Auf dem Weg zum Gate stieg seine Vorfreude immer weiter, während die Minuten verstrichen. Er konnte es kaum noch erwarten, sie zu sehen, sie in den Armen zu halten und ihre wunderschönen Lippen zu küssen. Ihnen blieben nur noch zwei Tage, bis er nach Los Angeles fliegen würde, und er hatte vor, jede einzelne Minute voll auszukosten.

Nervös ließ er den Blick über die Passagiere schweifen und hielt Ausschau nach Charlotte.

»Entschuldigung! Entschuldigung!«

Er hörte ihre Stimme, bevor er sah, wie sie sich entschlossen einen Weg durch die Menge bahnte. Ihre Blicke trafen sich, und er lief los, während sie auf ihn zugerannt kam und sich in seine Arme stürzte. Im nächsten Augenblick küssten sie sich auch schon, als hätten sie sich Jahre nicht gesehen. Er war sich der Menschen um sie herum nur vage bewusst und das Chaos und der Stress der letzten beiden Tage fielen von ihm ab. Seine Welt kam zur Ruhe, und er genoss es, ihr nahe zu sein. Sie war der Balsam für seine Schuldgefühle, das Gegenmittel für alles, das sich falsch anfühlte.

Sie war alles, was er wollte.

»Zwei Tage waren viel zu lang«, sagte er zwischen den Küssen. In ihren Augen lag nichts als Liebe und er konnte gar nicht genug davon bekommen.

»Küss mich«, bat sie ihn.

Wieder drückte er die Lippen auf ihre und vermittelte ihr all die Sehnsucht, die er nach ihr verspürt hatte. Sie küssten sich immer weiter, aber er wusste, wenn sie nicht langsam aufhörten, würde er es niemals tun. Nach einer Reihe sanfterer, zärtlicherer Küsse zog er sich zurück. »Ich bin so froh, dass du wieder zu Hause bist.«

Zu Hause. Diese Worte hatten in den letzten Wochen eine völlig neue Bedeutung bekommen. Sie war zu seinem Zuhause geworden.

»Du nennst mich doch immer Shortcake, stimmt's?« Sie wartete nicht auf seine Antwort, sondern sprach gleich weiter. »Ich weiß jetzt, wie ich dich nennen werde.«

»Ach ja?«

»Der Meine.« Sie gab ihm einen Kuss.

Sein Herz schlug so schnell, dass er schon befürchtete, es könnte sich überschlagen. Als er sie endlich absetzte und an sich zog, reichte er ihr die Blumen.

»Die sind aber schön. Danke.«

»Ich würde dir die Welt zu Füßen legen, wenn du das möchtest.« Er steckte eine Hand in die Tasche und holte das Twix und den Proteinriegel heraus. »Hast du Hunger?«

Sie schnappte sich das Twix. »Ich bin am Verhungern. Und du?«

»Ich hab auch Hunger.« Er ließ den Blick gierig über ihren Körper wandern. »Aber nicht auf etwas zu essen.«

Sie errötete und bei dieser vertrauten, unfassbar hinreißenden Reaktion ging ihm das Herz noch mehr auf. »Ich habe alles an dir vermisst. Deine Stimme, dein süßes Gesicht, die Art, wie du mich jetzt ansiehst. Wir müssen schnell nach Hause, damit ich dir zeigen kann, wie sehr du mir gefehlt hast.«

Ihre Augen funkelten. »Ich würde ja vorschlagen, dass wir uns eine abgelegene Stelle auf dem Parkplatz suchen, aber hier scheint die Polizei es besonders auf fummelnde Paare abgesehen zu haben.«

Sie küssten sich noch einmal, holten schnell ihr Gepäck und fuhren nach Hause, wobei sie sich unterwegs ständig küssten, Händchen hielten und sich so viel mehr ersehnten. Als sie beim Gasthof ankamen, öffnete er ihr die Wagentür, um ihr beim Aussteigen zu helfen, doch dann war es um ihn geschehen. Er beugte sich vor, während sie ihm die Arme um den Hals schlang, und sie küssten sich gierig.

»Rein«, stieß er keuchend hervor. »Ich möchte dich lieben, bis die Sonne untergeht, und dann möchte ich zusehen, wie die

Sonne über den Hügeln aufgeht, und dich wieder und wieder lieben, bis es uns so vorkommt, als wären diese beiden Tage schon eine Ewigkeit her.«

»Ich bin schon immer gern nach Hause gekommen, aber *zu dir* nach Hause zu kommen ist noch viel schöner.«

Den ganzen Weg durch den Gasthof und die Treppe hinauf küssten sie sich und konnten nicht die Finger voneinander lassen. Auf dem Flur schlug Beau das Herz bis zum Hals, als er sie mit dem Rücken an die Wand drückte und ihr den grünen Cardigan herunterriss, während sie an seinem Hemd zerrte. Leidenschaftlich bedeckte er ihren Hals mit Küssen. Sie schmeckte nach Hoffnung und Verlangen. Sie war seine süße Rettung, sein Ein und Alles.

Charlotte bog den Rücken durch und rieb sich an ihm, weil sie genau wusste, wie verrückt sie ihn damit machte.

»Ich will mehr von dir, Baby.« Er hob sie hoch und sie legte die Beine um seine Taille.

»Beeil dich!«

Er stieß die Tür zu ihrer Suite auf und eroberte ihren Mund, während er sie ins Schlafzimmer trug. Sie schob die Hände in sein Haar und erwiderte seine Küsse voller Begierde, während er sich mit ihr aufs Bett sinken ließ. Er küsste ihre Wangen und ihren Hals und sie legte den Kopf zur Seite und bot sich ihm dar.

»Beau«, stieß sie keuchend aus.

Er zog ihr T-Shirt hoch und küsste ihren wundervoll weichen und zarten Bauch. Dabei stellte er sich vor, wie er sich rundete, wenn ihre Babys darin heranwuchsen, und merkte erstaunt, dass ihm das keine Angst mehr einjagte. Er wollte das mit ihr zusammen erleben – ein Leben haben, eine Familie gründen.

»Beau?«, frage sie und stemmte sich auf die Ellbogen.

Er blickte auf und merkte, dass sie sich im Zimmer umsah. Himmel, ihre Überraschung hatte er ja ganz vergessen. Ihr kamen die Tränen und ihm wurde das Herz schwer. *Verdammt.* Er war zu weit gegangen und hatte sie verärgert. Sie stand auf und betrachtete den neuen weißen Nachttisch und die bronzene Feenlampe, die er im Antiquitätengeschäft in der Stadt entdeckt hatte.

»Eine Feenlampe«, hauchte sie. Ihr Blick wanderte über die Stoffrosen, die er um die Bettpfosten geschlungen hatte und hinauf zum Kronleuchter und dem sternförmigen Deckenkranz, den er für sie angefertigt, weiß gestrichen und mit goldenem Glitter besprenkelt hatte. Sie keuchte auf, als sie die winzigen silbernen und goldenen Sterne entdeckte, die vom Kranz abgingen, als würden sie über den Himmel fliegen.

»Sterne«, murmelte sie staunend. »Du hast mir glitzernde Sterne gemacht.«

Er berührte ihre Fingerspitzen mit den seinen und spürte, wie sie zitterte. »Ich wollte dich überraschen und hoffe, du nimmst mir das nicht übel.«

»Was soll ich dir daran übel nehmen? Das alles ist schöner, als ich es mir je erträumt hatte.« Sie lief schweigend durchs Zimmer und schlug eine Hand vor den Mund, als sie sich in dem hohen Spiegel mit dem reich verzierten Rahmen betrachtete, der neben der Terrassentür stand. Dann bemerkte sie das hohe Regal mit den *Hoffnungen und Träume*-Gläsern, die er in einer Kiste in ihrem Schrank gefunden hatte und die alle randvoll mit Zetteln waren.

»Sie sind alle da«, versicherte er ihr. »Alle zwanzig. Ich habe sie nicht geöffnet. Aber ich fand, deine Träume gehören nicht in eine Kiste.«

»Das fand ich auch, aber ich wusste nicht, wo ich sie hinstellen soll. Es gibt eins aus jedem Jahr, seitdem mir meine Familie zum ersten Mal die Traumlandschaft gebaut hat. Ich kann es nicht fassen, dass du all das für mich gemacht hast.« Ihr Blick fiel auf sein Glas, das neben ihren Gläsern stand.

»Ich hoffe, es macht dir nichts aus, dass ich meins dazugestellt habe.«

»Wieso sollte es mir etwa ausmachen? Da gehört es hin.« Als sich Charlotte zu ihm umdrehte, liefen ihr die Tränen über die Wangen. Ihr Blick fiel auf das in Leder gebundene Märchenbuch, das auf ihrer Truhe lag.

»Ich habe es im Schreibtisch deines Großvaters gefunden, als wir das Studierzimmer für dich renoviert haben.«

»Das Studierzimmer?« Sie keuchte auf. »Du hast es für mich renoviert?«

»Ja. Es ist jetzt ganz in Weiß und Pink gehalten und sogar noch heller als dein Arbeitszimmer hier unten. Ich habe dir auch weiße Möbel gekauft. Aber keine Sorge, der Schreibtisch deines Großvaters und die Regale stehen oben, bis du weißt, was du damit machen willst.«

»Oh mein Gott.« Abermals kamen ihr die Tränen. Sie griff nach dem Märchenbuch.

»Darin liegen lauter Zeichnungen, die du für deinen Großvater gemacht haben musst. So viele Seiten mit Buntstiften, Bleistiften und Tinte bemalt, und auch Briefe, die du ihm geschrieben hast. Ich glaube fast, er hat einfach alles aufgehoben.«

Ein gequältes Schluchzen entrang sich ihrer Kehle und sie ließ sich auf die Bettkante sinken und drückte sich das Buch an die Brust. »Ich dachte, ich hätte sie für immer verloren.«

Beau nahm sie in die Arme und hielt sie fest, bis ihre

Tränen versiegten. Er wusste jetzt, was er wollte, und er würde das Risiko nicht eingehen, sie zu verlieren. »Ich hatte mir überlegt, ich könnte ja hierbleiben und dir helfen, deine Träume für den Gasthof wahr werden zu lassen, wenn das nicht zu vermessen ist.«

»Was … was ist mit L. A.?«

Er legte ihr die Hände an die Wangen, wischte ihre Tränen mit den Daumen weg und sah seinem Engel, seiner Prinzessin, seiner Seelenverwandten in die Augen. »Ich werde die Reise und den Job absagen. Ich will und brauche diese Realityshow nicht. Viel lieber möchte ich mir hier mit dir ein märchenhaftes Leben schaffen.«

Sie lächelte ihn an, während neue Tränen ihre Wangen herunterrannen. »Aber was ist mit deiner Familie? Ich mag sie wirklich sehr, und wenn wir zusammen sind, würde ich sie gern öfter sehen …«

»Aber du machst dir Sorgen, weil ich sie zu dieser Zeit nicht besuchen möchte oder dort das Haus nicht verlassen könnte.«

Sie nickte ernst.

»Ich würde dich nie in eine solche Lage bringen. Es wird anfangs bestimmt sehr schwer für mich, aber bei Weitem nicht so schwer wie ein Leben ohne dich. Ich will nicht länger weglaufen, Baby. Ich möchte Wurzeln schlagen, und ich hatte gehofft, wir könnten nach Pleasant Hill fahren, damit du den Rest meiner Familie kennenlernst, sobald du dein Buch fertig hast.«

Sie konnte gar nicht mehr aufhören zu weinen und er trocknete ihre Tränen. »Ich hatte mir auch überlegt, dass wir halb hier und halb dort leben könnten. Mir ist klar, dass du die Chickendales nicht zurücklassen kannst, also werde ich einen Hühnerstall bauen, damit wir Channing und die anderen einfach mitnehmen können.« Sie lachte leise auf. »Ich baue dir ein wunderschönes, sonniges Arbeitszimmer, damit du immer einen Platz zum Schreiben hast, aber ich denke, wir sollten beide in der Nähe der Familie sein.«

Sie legte das Buch aufs Bett, kletterte auf seinen Schoß und drückte sich noch immer weinend an ihn. »Das wäre schön. Ich wünsche mir das alles so sehr. Ich liebe dich!«

»Ich hätte nie gedacht, dass ich noch einmal träumen, geschweige denn lieben würde. Du hast nicht nur meine Welt verändert, du bist zu meiner ganzen Welt geworden. Ich liebe dich, Shortcake, und ich möchte nicht eine Nacht mehr ohne dich verbringen.«

Einundzwanzig

»Ich bin gleich wieder da«, rief Charlotte aus dem Nebenzimmer, während Beau im Schlafzimmer in seinem Haus in Pleasant Hill gerade seinen Koffer auspackte. Es war der vierte Juli und sie waren zum Abendessen mit seiner Familie im Haus seiner Eltern eingeladen. Danach würden sie sich alle zusammen das Feuerwerk ansehen, was eine Braden-Familientradition war, der er sich viel zu lange entzogen hatte. Selbst Zev wollte zu diesem Anlass nach Hause kommen.

Er hörte, wie die Seitentür geöffnet wurde, und sah aus dem Fenster. Charlotte huschte die Stufen hinunter in den Garten. Es war inzwischen einige Wochen her, dass er den Job in Los Angeles abgelehnt hatte, und vor einer Woche hatte Charlotte ihr Manuskript beendet und abgegeben, das sie in ihrem frisch renovierten Studierzimmer im Gasthof zu Ende geschrieben hatte. Aubrey und Presley hatten einen neuen Vertrag aufgesetzt, der es Charlotte erlaubte, ihr Buch für den neuen *Me Time*-Kanal von LWW zu schreiben, und sie hatten ihm den Titel *Alles für die Liebe* gegeben. Das war seiner Meinung nach perfekt, weil er auch alles für sie getan hätte. Als Gegenleistung für dieses Zugeständnis hatte Charlotte ihren Vertrag für ihre Reihe *Nice Girls After Dark* um ein fünftes Buch erweitert und mehr Zeit bekommen, um den ersten Band fertigzustellen, der laut Vertrag längst fällig gewesen wäre. Derweil war er mit Charlotte fleißig dabei, schärfere, erotischere Szenen auszuarbeiten, wobei sie begeistert mitmachte. Die Gummipuppen brauchten sie längst nicht mehr, doch sie stellten noch immer ein gutes Gesprächsthema dar, wenn Freunde zu Besuch kamen. Bisher waren das zwar meist seine Cousins und ihre Frauen gewesen und natürlich Cutter, aber es war immerhin ein Anfang. Nach und nach entstand ihr gemeinsames Leben.

Beau stellte seinen Koffer in den Schrank und freute sich über Charlottes Kleider, die neben seinen Hemden hingen. Sie waren erst vor drei Stunden in seinem Haus angekommen, aber es fühlte sich schon jetzt mehr wie ein Zuhause an als jemals zuvor. Charlotte hatte als Erstes in jedes Zimmer Notizbücher und Stifte gelegt. Ihre pinken Cowboystiefel standen neben der Seitentür. Nick hatte ihnen angeboten, dass sie sich jederzeit seine Pferde ausleihen durften, und Charlotte hatte bereits einen Ausritt zum Sonnenuntergang verabredet. Sie war eine völlig andere Frau, wenn sie nicht auf einen Abgabetermin hinarbeitete. Abends saßen sie stundenlang auf der Terrasse und redeten über alles, was ihnen lieb und teuer war. Seine Twixsüchtige Freundin hatte nichts an sich, was er nicht liebte, und je mehr er über sie erfuhr, desto tiefer wurde seine Liebe.

Beau folgte dem Duft von Charlottes Parfüm zur Tür, die sie offen gelassen hatte. Sie war noch immer nicht gut darin, Türen zu schließen oder gar zu verriegeln, aber immerhin wusste er jetzt, dass sie in Sicherheit war. Er hatte die Reparaturen an Schneewittchens Hütte beendet und das Scheunendach geflickt. Sobald Charlotte bereit war, konnten sie umziehen. Es bestand jedoch keine Eile und sie konnten ihr Leben genießen und in Ruhe den Gasthof renovieren. Er würde nirgendwo hingehen.

Er schloss die Tür hinter sich und sah ihr vom Treppenabsatz aus zu, wie sie in ihrer hübschen schulterfreien blauen Bluse und der Skinnyjeans herumwirbelte und Wildblumen pflückte. Dabei nahm er sich vor, einen schöneren Garten anzulegen. Charlottes Freundschaft zu Jillian ließ vermuten, dass sie demnächst sehr viel mehr Zeit in Pleasant Hill verbringen würden. Jillian rief Charlotte beinahe jeden Tag an und sie standen sich fast so nah wie Schwestern. Sogar seine Mutter meldete sich inzwischen einmal die Woche und sprach nicht nur mit ihm, sondern auch mit Charlotte. Beau nahm die Anrufe seiner Verwandten inzwischen an. Seine Brüder hatten recht. Er war lange genug allein gewesen und hatte nur etwas gebraucht, das ihm wichtiger war als das Festhalten an seinen Schuldgefühlen.

Charlotte kam mit dem Arm voller Blumen zum Haus zurück. Sie schenkte ihm ein strahlendes Lächeln, als er ihr entgegenging.

»Wie geht es meiner Schönen?« Er küsste sie, nahm ihr die Blumen ab und brachte sie ins Haus.

»Ich bin nervös wie eine Jungfrau in der Hochzeitsnacht.« Sie gab ihm einen Klaps auf den Hintern und lief an ihm vorbei. »Ich hole eine Vase.«

Lachend folgte er ihr in die Küche.

Sie riss eine Schranktür nach der anderen auf. »Wo sind denn deine Blumenvasen?«

»Ich bin ein Mann, Char. Ich besitze keine Vasen.« Er legte die Blumen auf die Arbeitsplatte.

Im Laufe der letzten Woche hatte er herausgefunden, dass sie keine Blumen pflückte, wenn sie schrieb, weil sie sie dann nicht genießen konnte, aber an dem Tag, an dem sie das

Manuskript abgegeben hatte, waren auf einmal Vasen voller Blumen überall in der Suite aufgetaucht.

»Das müssen wir ändern. In der Zwischenzeit«, sie holte jedes Glas, das er besaß, aus dem Schrank, »nehmen wir die hier.« Sie füllte alle Gläser mit Wasser und steckte in jedes einige Blumen.

Er trat hinter sie und gab ihr einen Kuss auf die Schulter. »Du hast meine Eltern schon per FaceTime kennengelernt. Sie lieben dich. Warum bist du nervös?«

»Keine Ahnung. Es ist etwas anderes, ihnen gegenüberzutreten. Und ich kenne auch Jax und Zev noch nicht. Hoffentlich mögen sie mich.«

Manchmal war sie wirklich albern. Jeder liebte sie. Er nahm sie in die Arme. »Sie werden dich lieben, aber ich wüsste eine Methode, wie ich dich auf andere Gedanken bringen kann.«

Sie drehte sich in seinen Armen um und gab ihm einen Kuss. »Wir sollen in zwanzig Minuten dort sein, und ich werde garantiert nicht dort auftauchen, nachdem mich mein Mann vollkommen um den Verstand gebracht hat. Sonst müsste ich den ganzen Abend mit weichen Knien rumlaufen und mir Sorgen machen, dass sie den Grund dafür erraten.« Sie drückte ihm einen Kuss mitten auf die Brust. »Können wir unterwegs irgendwo anhalten und eine Karte kaufen?«

»Eine Karte?«

»Ich habe ein Geschenk für deine Eltern, aber keine Karte besorgt. Es geht auch ganz schnell.«

»Natürlich, allerdings würde ein Ausflug ins Schlafzimmer größeren Spaß machen. Für eine Frau, die öfter mal das Essen vergisst, ist es erstaunlich, wie häufig du an andere denkst. Was hast du meinen Eltern denn mitgebracht?«

»Sie haben dich großgezogen und müssen wissen, dass ich

deiner würdig bin. Ich kann nicht kochen und bin auch im Putzen nicht besonders gut, aber es gibt andere Dinge, in denen ich brilliere, und dieses Geschenk wird es ihnen beweisen.«

Er hob sie hoch, setzte sie auf die Arbeitsplatte und zwängte sich zwischen ihre Beine, was ihm ein breites Lächeln einbrachte. »Ich dachte, du möchtest nicht, dass sie von unseren Aktivitäten im Schlafzimmer erfahren.«

»Das Geschenk hat nichts mit Sex zu tun.« Sie legte ihm die Arme um den Hals und drückte die Lippen an sein rechtes Ohr. »Wir sollten aufbrechen, aber ich verspreche dir, dass ich es nach unserer Rückkehr wiedergutmache.«

Er stieß ein tiefes Knurren aus und sie biss ihm sanft ins Ohrläppchen. »Du weißt, wie sehr ich dieses Knurren liebe.«

»Und du weißt, wie sehr ich es liebe, wenn du mich beißt.« Was sie bei ihren noch gewagteren sexuellen Abenteuern herausgefunden hatten. Er umklammerte ihre Pobacken und drückte sie an sich.

Ihre Augen funkelten verführerisch. »Was glaubst du denn, warum ich das getan habe?«

»Du kleine Hexe.«

Gierig küsste er Charlotte, als sein Handy klingelte. Er seufzte genervt, hörte aber nicht auf, sie zu küssen. Bald würden sie von seinen Verwandten umringt sein und er wollte Charlotte jetzt noch nicht teilen. Er vertiefte den Kuss und sie stöhnte sinnlich. Genüsslich rieb er sich an ihr und freute sich über ihre sündigen Geräusche und die Art, wie sie sich gegen ihn presste und ihn ebenso begehrte, wie es ihn nach ihr verzehrte. Sein Handy vibrierte abermals und sie kicherte.

Widerstrebend löste er sich von ihr und fluchte leise.

»Das ist bestimmt Jilly, die will, dass wir uns beeilen. Ich muss sowieso noch meine Handtasche holen.« Sie drückte kurz die Lippen auf seinen Mund und eine Hand in seinen Schritt, um seine Erektion zu tätscheln, bevor sie von der Arbeitsplatte heruntersprang. »Darum kümmere ich mich, wenn wir wieder zu Hause sind. Versprochen.« Mit übertrieben kreisenden Hüften verschwand sie im Schlafzimmer.

Die Nachricht kam von Jax, nicht von Jillian. *Kleine Vorwarnung: Mom und Jilly drehen bald durch und planen fast schon eure Hochzeit. Kommt nicht zu spät.*

Beau grinste, als Charlotte mit einer großen blauen Ledertasche über der Schulter aus dem Schlafzimmer kam.

»Was grinst du denn so?«

Er nahm seine Schlüssel vom Haken neben der Tür und gab ihr einen Kuss. »Ich habe die heißeste, süßeste Freundin der Welt. Wie könnte ich da nicht grinsen?«

Sie fuhren in die Stadt, um eine Karte zu besorgen. Charlotte blickte aus dem Fenster zu den Ziegelsteingebäuden, den schicken Geschäften und den blühenden Sträuchern hinaus, die die gepflasterten Gehwege entlang der Hauptstraßen säumten.

»Wir sind erst seit ein paar Stunden hier und ich fühle mich schon sehr wohl. Die Stadt erinnert mich an Port Hudson, auch dank der wogenden Hügel und Wiesen ringsherum.«

»Hier findet man eine angenehme Mischung aus Stadt- und Landleben«, sagte er und fuhr um den prächtig gestalteten Kreisverkehr in der Stadtmitte herum. Dabei drückte er Charlotte an sich und war froh, wieder in seinem eigenen Wagen zu sitzen, der keine Mittelkonsole hatte.

»Sieh nur!« Sie deutete auf Emmaline's Café. »Wie reizend. Können wir da mal Kaffee trinken gehen?«

»Selbstverständlich. Das Kartengeschäft ist ganz in der Nähe. Wie wäre es, wenn wir hier parken, dann kannst du im

Vorbeigehen einen Blick hineinwerfen?« Er suchte sich einen Parkplatz.

»Emmaline's. Der Name gefällt mir.« Sie stieg nach ihm aus dem Wagen und hüpfte auf und ab. »Ich habe ein gutes Gefühl, was diesen Ort angeht.«

»Hat es etwas mit einer Story zu tun?« Er küsste sie auf die zu einem Lächeln verzogenen Lippen. Sie fand überall Inspiration, von Menschen, Schildern, Geschäften. Ihr Verstand glich einem kreativen Spielplatz.

»Durchaus möglich«, antwortete sie. »Man weiß nie, wann eine Figur oder ein Schauplatz zum Leben erwacht.«

»Beau? Bist du das?«

Beau drehte sich um, und beim Anblick von Duncan Raznick und Carly Dylan, Torys bester Freundin und Zevs großer Liebe, lief es ihm kalt den Rücken herunter. Carly hatte ihr blondes Haar zu einem Pferdeschwanz gebunden und strahlte ihn an, als würde sie sich wirklich freuen, ihn zu sehen, während Duncan ebenso verkniffen wirkte wie Beau.

Duncans und Carlys Blicke wanderten zwischen ihm und Charlotte hin und her – wobei Duncans ernst und Carlys freudig wirkte –, und die Schuldgefühle legten sich wie eine Schlinge um Beaus Hals. Charlotte schob ihre Hand in seine und umklammerte sie. Wenn sie je ein normales Leben führen wollten, bei dem er nicht ständig kurz vor einem Herzinfarkt stand, sobald er jemandem begegnete, der Tory gekannt hatte, musste er sich jetzt zusammenreißen und sich der Situation stellen.

»Es ist ja so schön, dich zu sehen«, sagte Carly und umarmte Beau. »Und wer ist das? Hi. Ich bin Carly.«

»Charlotte, das sind Carly Dylan und Duncan Raznick. Carly, Duncan, das ist …«

»Charlotte. Schon verstanden.« Duncan nickte und setzte ein falsches, gequältes Lächeln auf. »Freut mich.«

»Mich auch«, erwiderte Charlotte freundlich, aber Beau konnte die Anspannung in ihrer Stimme hören.

»Wie schön, dich kennenzulernen. Ich muss dich umarmen.« Carly beugte sich vor und ließ ihren Worten Taten folgen. »Wir kennen uns alle schon ewig. Du weißt ja, eine Kleinstadt, da wächst man halt zusammen auf. Beaus Bruder war der Erste, den ich … geküsst habe. Und, Beau, wie ist es dir ergangen?«

»Gut.« Beau warf Charlotte einen Blick zu. »Eigentlich sogar großartig.«

»Ich hatte nicht erwartet, dich zu sehen«, sagte Duncan kalt.

Beau hatte Duncan in Filmen und Zeitschriften gesehen, aber als er leibhaftig vor ihm stand, war er nicht der kantige Schauspieler mit den markanten Zügen, sondern der braunhaarige, blauäugige Junge, mit dem er aufgewachsen war und der seine kleine Schwester verloren hatte. Der Junge, den er respektiert, wie einen Bruder geliebt und um Erlaubnis gefragt hatte, bevor er das erste Mal mit Tory ausgegangen war. *Hör mal, Kumpel. Ich will mit deiner Schwester ausgehen.* Er würde nie Duncans Gesicht vergessen, als dieser geantwortet hatte: *Das wurde aber auch Zeit. Du bist doch schon seit Jahren in sie verliebt.*

Charlotte blickte zu Beau auf und bot ihm stillschweigend eine Fluchtmöglichkeit. »Wir werden gleich bei deinen Eltern erwartet. Soll ich eben die Karte holen oder …?«

»Das wäre super, wenn es dir nichts ausmacht. Wir wollen doch nicht zu spät kommen.« Er gab ihr einen Kuss und zückte seine Brieftasche.

»Das ist nicht nötig«, erwiderte sie.

»Carly, wieso gehst du nicht …?«, setzte Duncan an.

»Sehr subtil.« Carly hakte sich bei Charlotte unter. »Komm. Dann lernen wir einander besser kennen und du erzählst mir alle schmutzigen Details über dich und Beau. Mir fehlt der Kerl.«

Als die beiden Frauen weggingen, zog sich Beaus Magen zusammen. Er hatte keine Ahnung, wo er anfangen sollte, daher wandte er sich dem nächstbesten und offensichtlichsten Thema zu. »Dann bist du mit Carly …?«

Duncan schnaubte. »Nein. Du weißt doch, dass sie schon immer wie eine nervige kleine Schwester für mich war. Sie ist nur übers Wochenende hier und wir haben uns getroffen.«

Sie sahen einander mit versteinerten Mienen an, und Beau fragte sich, wieso er so viele Jahre hatte verstreichen lassen, wo Duncan und er doch früher unzertrennlich gewesen waren. »Hör mal, Mann. Es tut mir wirklich leid, dass …«

»Dass du mich im Stich gelassen hast?«, beendete Duncan den Satz mit eisiger Stimme. »Dass ich um meine Schwester *und* um meinen besten Freund trauern musste? Hast du eine Ahnung, wie das war, euch beide gleichzeitig zu verlieren? Was hast du dir dabei gedacht, Beau? Ich habe dich so oft angerufen. Was sollte der Scheiß?«

»Was hattest du denn von mir erwartet?«, schoss Beau zurück und ballte die Fäuste. »Ihr Tod war meine Schuld. Ich konnte dir nicht ins Gesicht sehen, auch nicht deiner Familie oder Carly. Jeder, der sie kannte, hat mir die Schuld gegeben, und das aus gutem Grund, denn nur meinetwegen ist sie nicht mehr am Leben.«

Duncan runzelte die Stirn. »Was redest du denn da? Sie kam bei einem Autounfall um und du warst nicht einmal in der Nähe.«

»Aber ich hätte da sein sollen! Sie hat mir eine Nachricht

geschickt und mich gebeten, sie vom Flughafen abzuholen. Sie kam früher zurück, um mich zu überraschen, Duncan. Wenn sie das nicht getan hätte … Wenn ich ihre Nachrichten gesehen hätte …«

Duncan starrte ihn fassungslos an und schüttelte den Kopf. »Beau, wir reden hier über Tory. Weißt du denn nicht mehr, wie sie war? Sie hat auf niemanden gewartet. Ich weiß nicht, ob sie dir zuerst geschrieben hat, aber ich habe auch eine Nachricht bekommen, und sie hat unsere Eltern angerufen, die auf einer Dinnerparty anderthalb Stunden weit weg waren. Sie hat mit Carly telefoniert, die zu betrunken war, um sie abzuholen. Keiner von uns konnte wissen, was passieren würde, als sie in dieses Taxi gestiegen ist.«

Beau versuchte, einen Sinn in seine Worte zu bringen. »Nur, weil sie kein anderer abholen konnte, bedeutet das noch lange nicht, dass es nicht meine Schuld war.«

Duncans Gesichtszüge wurden sanfter. »Dann sind wir alle gleich schuldig. Niemand macht dich dafür verantwortlich, Beau, und so war es auch nie.« Er warf einen Blick ins Café und seine Augen schimmerten. Dann knirschte er mit den Zähnen und blinzelte mehrmals. »Sie würde sich für dich freuen, weißt du? Sie wäre zwar stinksauer, weil du mich im Stich gelassen hast, aber sie würde wollen, dass du glücklich bist. Ich hoffe, das weißt du?«

Es schnürte Beau die Kehle zu und er bekam keinen Ton heraus.

»Tory hat dich geliebt, und ich weiß, wie sehr du sie geliebt hast«, fuhr Duncan fort. »Ich hatte nie die Gelegenheit, dir dafür zu danken. Du hast dafür gesorgt, dass sie ein schönes Leben hatte, Beau, und meine Familie wird dir deswegen immer dankbar sein. Meine Mom spricht ständig von dir. Sie macht sich Sorgen um dich. Ihren *anderen* Sohn.«

Beau spürte, wie seine Mundwinkel unerwarteterweise zuckten, und der Knoten in seinem Bauch lockerte sich ein wenig. »Ich vermisse deine Mom.«

»Sie wird sich mit uns das Feuerwerk ansehen und bestimmt freuen, wenn du auch da bist.«

Wie viel konnte das Herz eines Mannes verkraften? *Sie geben mir keine Schuld.* »Wir sind zum Essen bei meinen Eltern eingeladen und wollen danach zum Feuerwerk. Wollt ihr nicht vorbeikommen?«

»Carly will noch bei einer Freundin vorbei, aber ich überlege es mir.«

Sie starrten sich einen langen Augenblick an. Ohne nachzudenken, breitete Beau die Arme aus, und als sie einander umarmten, murmelte er: »Es tut mir leid, Mann. Es tut mir so leid.«

»Mir auch. Lass mich ja nie wieder im Stich.« Sie lösten sich voneinander. Duncan deutete in Richtung Café. »Charlotte heißt sie? Ist es was Ernstes?«

»Ja, es ist was Ernstes. Übrigens hat sie ein Huhn nach dir benannt«, sagte Beau, als die Frauen gerade wieder um die Ecke kamen. Charlotte sah ihm in die Augen und auf einmal war der Knoten in seinem Bauch verschwunden.

»Im Ernst? Das musst du doch lieben.«

»Ich liebe *sie*, Mann. Und das ist alles, was zählt.«

Auf dem Weg zum Haus seiner Eltern berichtete Beau Charlotte von seiner Unterhaltung mit Duncan. Sie hatte ihm sofort angehört, dass sich etwas verändert hatte. Seine Stimme klang leichter, als wäre ihm ein Stein vom Herzen gefallen.

»Wie fühlst du dich jetzt?«, erkundigte sie sich, als er vor dem riesigen Haus seiner Eltern parkte.

»Merkwürdig, aber gut. Es wird noch einige Zeit dauern, bis ich nicht mehr so angespannt bin, wenn ich bestimmten Menschen begegne, aber ich bin froh, dass ich jetzt von den Nachrichten weiß, die sie ihm und anderen geschrieben hat. Meine Schuldgefühle sind zwar noch nicht verschwunden, aber nach dem Gespräch mit Duncan nicht mehr so schlimm. Magst du Carly?«

»Ja. Sie ist witzig und clever und du scheinst ihr wirklich zu fehlen. Wusstest du, dass sie in Allure, Colorado, lebt, also gar nicht weit vom Gasthof entfernt? Wir können uns mal mit ihr treffen, wenn wir dort sind.« Sie schrieb schnell die Karte für seine Eltern und steckte sie zum Geschenk in die Tasche.

»Netter Themenwechsel übrigens«, fuhr sie fort. »Ich weiß, dass du nicht mehr darüber reden willst, aber du sollst wissen, dass mir bewusst ist, wie schwer das für dich war, und dass ich mich für dich freue, weil du es hinter dich gebracht hast.«

»Danke, Babe.« Er gab ihr einen Kuss und hörte Bandit bellen. »Gleich geht's los, aber einen Kuss brauche ich noch.« Es wurden dann allerdings mehrere.

Bandit kam angerannt, kaum dass sie aus dem Wagen ausgestiegen waren, und sie hockten sich hin, um ihn zu streicheln. Er hatte dichtes schwarzes Fell mit einem weißen Streifen auf der Schnauze und ein rotes Tuch um den Hals. Ein niedlicheres Energiebündel hatte Charlotte noch nie gesehen, und als sie sah, wie Beau die Nase in sein Fell drückte und wie Bandit mit dem Schwanz wedelte, winselte und Beau das Gesicht leckte, wusste sie, wie sehr die beiden einander liebten.

»Hallo, mein Hübscher. Danke, dass du dein Herrchen mit mir geteilt hast. Es ist so schön, dass wir uns endlich kennenlernen«, sagte Charlotte, als Bandit zwischen ihnen hin- und herlief und vor Freude kaum zu bändigen war. »Er hat so weiches Fell.«

Beau gab Charlotte einen Kuss und Bandit drängte sich zwischen sie und leckte ihnen das Gesicht. »Hey, Kumpel. Charlotte ist ziemlich super, was?« Beau zwinkerte ihr zu. »Ich glaube, er mag dich.«

Sie hatten die Chickendales bei Cutter gelassen, würden jedoch bald nach Colorado zurückkehren und freuten sich schon darauf, Bandit seine neuen Freunde vorzustellen.

»Na endlich!«, rief Jillian und fiel Charlotte in die Arme. »Du siehst umwerfend aus! Du hast mir so gefehlt!«

Beau drückte Bandit einen Kuss auf den Kopf und stand auf. »Ihr telefoniert doch jeden Tag.«

»Sagt der Bruder, der laut Nick und Graham beinahe den Verstand verloren hat, weil seine Freundin zwei Nächte nicht da war.« Jillian nahm Charlottes Arm und führte sie in den Garten. »Ich werde dir Jax und Zev vorstellen.«

»Ich habe nicht den Verstand verloren, sondern bin zu Verstand gekommen«, rief Beau ihnen hinterher.

Charlotte warf ihm eine Kusshand zu. »Ich liebe dich.«

Seine Eltern hielten Händchen, als Charlotte in den Garten kam. Sie hatte sie zwar über FaceTime gesprochen, aber in natura sah Lilys schulterlanges glattes Haar sogar noch blonder aus und ihre haselnussbraunen Augen wirkten warm und herzlich. Clints Haar war fast vollständig grau und so kurz wie Jax' und Beaus und seine Augen hätte Charlottes Vater als weise bezeichnet. Charlotte und Lily waren sich in den letzten Wochen nähergekommen. Lily rief häufig an und gab Charlotte das Gefühl, Teil dieser eng verbundenen Familie zu sein, indem sie sie über das Leben von Beaus Geschwistern auf dem Laufenden hielt und sich erkundigte, was es bei Charlotte und Beau Neues gab. Charlottes Mutter war schon so lange tot, dass sie Lilys Nähe sehr genoss. Sein Vater hatte auch mehrmals mit Charlotte telefoniert und zum Abschied sagten Clint und Lily immer: *Wir haben euch beide lieb. Bis bald.*

»Hallo, meine Liebe«, sagte Lily herzlich. »Es ist so schön, dass wir uns endlich treffen.«

Lily umarmte sie so lange, dass Charlotte daran denken musste, wie ihre Mutter sie früher oft aus heiterem Himmel in den Arm genommen hatte. *Komm her, ma chérie*, hatte sie dann immer gesagt und ihre Tochter umarmt, um ihr zu zeigen, wie sehr sie sie liebte.

Bandit drückte seine Nase zwischen sie und Charlotte streichelte ihn.

Clint nahm erst Beau und dann Charlotte in den Arm. »Endlich kann ich die Frau umarmen, die meinen Jungen ins Leben zurückgeholt hat. Danke. Am liebsten würde ich dich nie mehr loslassen.«

»Ich würde auch meinen Vater zur Seite drängen, um an meine Frau ranzukommen«, witzelte Beau. Er wollte gerade ihre Hand nehmen, als ein Pfiff ertönte und Bandit losrannte. »Das muss Nick sein. Nur er kann so pfeifen.«

Als sie weiter in den Garten gingen, sah Charlotte, wie Nick ein Stück Fleisch hochhielt, während Bandit mit nervös zuckendem Schwanz vor ihm saß. Nick warf das Fleisch in die Luft und Bandit sprang hoch und fing es auf.

Am anderen Ende des Rasens spielte Graham mit zwei jungen Männern Basketball, die Charlotte anhand der Fotos, die Beau ihr gezeigt hatte, erkannte: Jillians Zwillingsbruder Jax, der Hochzeitskleider entwarf, und Zev, der Schatzsucher, der seit Torys Tod nur noch durch die Weltgeschichte reiste. Jax war glattrasiert und hatte kurzes braunes Haar und das klassische Aussehen eines Filmstars, während Zevs Haare bis fast auf die Schultern reichten und sein Bart dicht und zerzaust aussah.

Zev blickte auf und nickte, was Charlotte inzwischen als den typischen Braden-Gruß erkannte. »Wurde auch Zeit«, sagte er mit seiner tiefen Stimme.

»Wie siehst du denn aus?« Beau umarmte Zev herzlich. »Schön, dich zu sehen, Bruderherz. Es ist viel zu lange her.«

»Ich weiß nicht, was deine Frau dir da eingeredet hat, aber so etwas wie *zu lange* gibt es nicht.« Zev zwinkerte Charlotte zu. »Hey, Süße. Ich bin Zev, der gut aussehende Bruder.«

Charlotte mochte ihn auf Anhieb. »Ich habe schon viel über dich gehört.«

»Ich rasiere ihm morgen den Kopf«, versprach Jillian.

Zev schnaubte. »Träum weiter.«

Während sich Zev und Jillian wegen seiner Frisur zankten, trat Graham neben Charlotte. »Schön, dich wiederzusehen, Charlotte. Hast du Jax schon kennengelernt?«

»Ich bin der einzig Vernünftige in diesem Haufen«, meinte Jax augenzwinkernd. Er hatte die weisen Augen seines Vaters. »Meine Schwester hört seit ihrer Rückkehr aus Colorado gar nicht mehr auf, von dir zu reden.«

»Ich treibe Beau mit meinem Geplapper garantiert auch schon fast in den Wahnsinn«, erwiderte Charlotte. »Aber ich bin so froh, dass wir endlich hier sind und ich euch alle kennenlernen kann.«

»Und ich freue mich, dass wir uns noch sehen, bevor ich nach Oak Falls aufbreche«, sagte Graham. »Mein Freund Reed heiratet, und ich will mir ein altes Theater ansehen, das er gekauft hat. Es dürfte dir gefallen, Beau. Der Baustil ist echt beeindruckend.«

Charlotte merkte auf. »Oak Falls in Virginia?«

»Ganz genau«, bestätigte Graham.

»Eine meiner LWW-Schwestern lebt dort! Amber Montgomery. Ihr gehört ein Buchladen.«

»Ihre Schwester Grace heiratet meinen Collegekumpel Reed Cross.«

Charlotte keuchte überrascht auf. »Grace heiratet? Wie aufregend! Ich muss Amber unbedingt anrufen.«

Nick kam mit einem Teller voller Steaks zu ihnen herüber. »Wer hat Hunger?«

Alle meldeten sich, und sie gingen zum Tisch, der schon für sie gedeckt war.

Zev legte Charlotte einen Arm um die Schultern und geleitete sie zum Tisch. Darauf standen frische Blumen in großen getöpferten Vasen, umgeben von Tellern mit Gemüse, Brot und mehreren Beilagen. An jedem Tischende stand eine Flasche Wein. Charlotte erkannte anhand des Etiketts, dass er von Hilltop Vineyards, dem Weingut von Lilys Eltern, stammte. Beau hatte ihr die Website gezeigt und auch Fotos des Weinguts, auf dem sein Vater um die Hand seiner Mutter angehalten hatte.

»So«, meinte Zev gelassen. »Erotikromane, ja? Ich hab gehört, du hast einen Handschellenfetisch.«

Charlotte musste lachen. »Dann weißt du also von Beaus erster Nacht im Gasthof und der Gummipuppe?«

Alle Augen richteten sich auf Beau, der leise fluchte.

»Wieso kenne ich diese Geschichte noch nicht?«, wollte Nick wissen und stellte den Teller mit den Steaks auf den Tisch.

»Wo wir gerade von Erotikromanen sprechen«, schaltete sich Lily ein. »Würde es dir etwas ausmachen, mir meine Bücher zu signieren? Ich habe deine *Wicked Boys After Dark*-Reihe geliebt und bin schon sehr gespannt auf den ersten Band der neuen Reihe.«

»Grundgütiger, Mom«, protestierte Nick. »So was will ich gar nicht über dich wissen.«

»Ach, bitte.« Lily winkte ab und sie setzten sich alle an den Tisch. »Was denkst du denn, wo ihr alle herkommt?«

»Mom!«, riefen die Männer gleichzeitig.

Jillian brach in schallendes Gelächter aus. »Das sind doch nur Bücher, Jungs!«

»Es gibt nicht genug Tequila auf der Welt, um diese Unterhaltung aus meinem Gedächtnis zu tilgen«, erklärte Beau, legte einen Arm um Charlotte und küsste sie.

Das Essen war köstlich und begleitet von Gesprächen und liebevollen Neckereien. Bandit saß neben Nick, der ihm immer wieder einen Happen zusteckte, was ihm erboste Blicke von seiner Mutter und Gelächter von den anderen einbrachte. Beau hielt die ganze Zeit Charlottes Hand, küsste sie hin und wieder, erklärte ihr leise Insiderwitze und teilte ebenso gut aus, wie er einstecken musste. Aber es war offensichtlich, wie sehr sich alle liebten. Man merkte es in jedem Blick, jedem Witz und jeder Stichelei. Charlotte ertappte Lily und Clint mehrmals bei einem Kuss und wusste jetzt, dass Beau recht gehabt hatte: Die Liebe seiner Eltern war ebenso tief und aufrichtig, wie es bei ihren Eltern der Fall gewesen war.

So tief und aufrichtig wie bei uns.

Als die Sonne langsam unterging, rückte Beau näher an sie heran und raunte ihr ins Ohr: »Und, erträgst du uns noch?«

Sie flüsterte zurück: »Ich habe deine Familie längst ins Herz geschlossen und mag gar nicht mehr gehen!«

Er gab ihr einen Kuss. Sie hatte geglaubt, Beau hätte ihr Herz bereits bis oben hin mit Liebe angefüllt, aber wie ihre Mutter immer so schön gesagt hatte, war das Herz ein erstaunliches Organ, und als sie sich am Tisch umsah, empfand sie so viel Liebe, Freude und Frieden, wie sie es nie für möglich gehalten hatte.

»Wir sollten lieber mal abräumen, damit wir noch rechtzeitig zum Feuerwerk kommen«, meinte Beau und stand auf.

Da alle mithalfen, war der Tisch im Nullkommanichts leer. Charlotte wollte schon mit dem Abwasch anfangen, aber Beau schob sie vom Spülbecken weg. »Vergiss es, Baby. Das übernehmen wir. Das ist unsere Tradition, nachdem Mom so viele Jahre lang alles für uns gemacht hat.«

Er war so ein toller Mann und erinnerte sie an all das Gute, das sie an ihrem Vater und ihrem Großvater bewundert hatte. *Und an so viel mehr!* »Ich liebe dich. Weißt du das? Hast du überhaupt eine Ahnung, wie sehr ich dich liebe?«

»Ich kann es mir in etwa denken.« Er gab ihr noch einen Kuss.

»Okay, genug geknutscht.« Jillian zog sie auseinander und schleifte Charlotte zur Terrassentür. »Den Abwasch übernehmen die Männer. Jetzt ist Mädelszeit!«

»Ich hab den Wein!«, rief Lily und schnappte sich die Flasche von der Arbeitsplatte.

Sie setzten sich an den Tisch und Lily schenkte ihnen ein.

»Das hätte ich ja fast vergessen! Ich habe noch etwas für dich und Clint. Mir ist bewusst, dass ich ein ungewöhnliches Leben führe, und ihr habt bestimmt schon gehört, dass ich nicht gerade die beste Hausfrau bin. Aber eine Sache kann ich wirklich gut.« Charlotte holte das Geschenk und die Karte aus der Tasche und reichte sie Lily.

»Das wäre doch nicht nötig gewesen«, sagte Lily und klappte die Karte auf.

Charlotte beobachtete, wie Lily las, was sie geschrieben hatte. *Danke, dass ihr euren wundervollen Sohn mit mir teilt. In Liebe, Charlotte*

»Oh, Charlotte.« Lily umarmte sie und packte das Foto aus, das Aiyla von Beau gemacht hatte und auf dem er eine Hand nach Charlotte ausstreckte und so breit lächelte, dass seine Augen strahlten. Lily drückte sich eine Hand an die Brust. »Mein Junge sieht so glücklich aus. Vielen Dank.«

»Lass mich mal sehen.« Jillian beugte sich vor. »Oh. Ich weiß noch genau, wie Aiyla das Foto gemacht hat. Er liebt dich so sehr.«

Lily hob ihr Glas. »Auf die Frau, die mir meinen Sohn wiedergegeben hat.«

Sie stießen an.

Clint kam auf die Terrasse. »Hey, Lil, könntest du kurz reinkommen? Entschuldigt, Mädels. Aber ihr wisst ja, dass wir Männer nicht immer ohne euch klarkommen.«

»Das kannst du laut sagen!«, spottete Jillian.

»Sieh dir das an, Schatz.« Lily zeigte Clint das Foto.

Er legte einen Arm um sie, betrachtete das Bild und sah dann Charlotte an. »Danke, Liebes. Ich könnte mir nichts Schöneres vorstellen, als dass ihr beide so glücklich seid.«

Als ihre Eltern im Haus verschwunden waren, rückte Jillian näher an Charlotte heran. »Hoffentlich habe ich eines Tages auch so etwas wie du und Beau.«

»Möchtest du wissen, was das Geheimnis ist?«

»Na klar.«

»Ich glaube, dafür musst du zu einer Einsiedlerin werden, die sich nur mit fiktiven Personen umgibt.«

Sie mussten beide lachen.

»Jilly?«, rief Jax aus der Tür. »Entschuldige, Char, aber darf ich sie dir mal kurz entführen?«

»Sicher.«

Jillian stand auf. »Ich bin gleich wieder da. Du kannst gern meinen Wein austrinken.«

Kaum war Jillian im Haus verschwunden, kam Bandit rausgelaufen und stützte die Vorderpfoten auf Charlottes Oberschenkel. Er hatte ein paar funkelnde rote Slipper in der Schnauze. Charlotte nahm sie ihm ab und streichelte ihn. »Wem hast du die denn geklaut, du Frechdachs? Hast du sie Grandma stibitzt?« Sie stand auf. »Komm, du Hübscher, wir geben sie Grandma Lily zurück.«

Als sie ins Haus kamen, lief Bandit ins Esszimmer und sie folgte ihm. »Beau? Lily?«

Bandit bellte und kam angelaufen, um dann wieder im Flur zu verschwinden und zurückzukommen. Charlotte war bisher nur in der Küche gewesen und hatte keine Ahnung, wohin sie gehen sollte. Ein lauter Pfiff ertönte und Bandit rannte wieder weg. Sie folgte ihm in ein wunderschönes Wohnzimmer, in dem unzählige Blumenvasen mit roten Rosen standen. Beau kam durch einen Bogengang herein und trat vor sie. Seine Familie tauchte hinter ihm auf und Nick hielt Bandit am Halsband fest.

Charlotte wusste nicht, was sie davon halten sollte. »Beau? Was geht hier vor sich?«

Er nahm ihre Hand und ging auf ein Knie.

»Beau«, wisperte sie und ihr kamen die Tränen.

»Baby, bevor du in mein Leben getreten bist, wusste ich nicht, was eine *Traumlandschaft* ist oder ein *Hoffnungen und*

Träume-Glas. Ich hatte keine Ahnung, dass ich mir meine Fehler verzeihen kann oder dass andere das ebenfalls tun würden. Ich hätte mir nie träumen lassen, dass ich mal in einem Märchen leben möchte, aber ich will all das an deiner Seite erleben, Charlotte, und das sind deine roten Schuhe.«

Er erhob sich und sie bekam kaum noch Luft und hatte weiche Knie.

»Ich habe im Laufe der Jahre sehr viel Geld angespart, ohne überhaupt zu wissen, wofür. Aber jetzt weiß ich es. Ich habe die nächsten beiden Jahre keine Termine und schätze, das ist in etwa die Zeit, die ich brauchen werde, um die Märchenzimmer im Gasthof fertigzustellen und jemanden zu finden, der ihn leitet. Ich liebe dich so sehr, Charlotte. Ich möchte mit dir in Schneewittchens Hütte leben, mit dir ausreiten und eine Familie mit lauter kleinen Mädchen mit deinen Augen und kleinen Jungen mit deinem Lächeln gründen. Ich möchte das Vermächtnis deiner Familie ehren und wünsche mir, dass du Teil der meinen wirst, wann immer du herkommen magst. Willst du mich heiraten, Baby? Willst du meine Frau werden und für immer bei mir sein?«

»Ja!« Sie konnte ihn durch den Tränenschleier nur noch verschwommen erkennen, als sie sich ihm in die Arme warf. »Ich liebe dich!«

Sie küssten sich und seine Verwandten klatschten und jubelten. Und dann steckte er ihr den schönsten Diamantring, den sie je gesehen hatte, an den Finger. Darauf prangte in der Mitte ein großer, runder Diamant, umgeben von mehreren kleinen, und das schmale Band war mit Rubinen besetzt.

»Ich liebe dich, Baby«, sagte er. »Und ich werde dafür sorgen, dass all deine Träume in Erfüllung gehen.«

»Das hast du längst getan.« Sie küsste ihn gleich noch

einmal.

Seine Verwandten gratulierten ihnen, umarmten sie und hießen sie in der Familie willkommen. Bandit taperte durch das Zimmer, schnüffelte an den Rosen und bellte. Charlotte konnte vor lauter Glück kaum noch atmen.

»Es wäre mir eine Ehre, dein Hochzeitskleid zu schneidern«, bot Jax an.

»Wir machen das zusammen!«, rief Jillian.

»Wäre es sehr unhöflich, wenn ich euch bitte, das Kleid meiner Mutter umzunähen?«, bat Charlotte.

»Das gefällt mir sogar noch besser!«, erwiderte Jax.

Die beiden umarmten sie, als wären sie zwei Seiten derselben Person, und sagten gleichzeitig: »Es wäre uns eine Ehre.«

»Ich hole den Champagner!« Zev verschwand in der Küche.

Beau nahm Charlotte abermals in die Arme. »Du hast all das mit deiner Familie für mich gemacht? Die Rosen? Bandit?«

»Das ist erst der Anfang, Baby. Es gibt nichts, das ich nicht für dich tun würde.«

Es klopfte an der Tür, und Lily ging hin, um den Besucher hereinzulassen. Eine Minute später kam sie mit Duncan wieder herein. »Seht mal, wer da ist.«

Nick trat neben Beau. »Verdammt. Ich wimmle ihn ab.«

»Das musst du nicht«, sagte Beau. »Ich habe ihn eingeladen.«

Nick starrte ihn fassungslos an.

Beau sah Charlotte tief in die Augen. »Es war Zeit.«

»Champagner!«, rief Zev und kam mit der Flasche in der Hand hereingestürmt. Sobald er Duncan sah, erstarrte er. »Was zum Teufel machst du denn hier?«

Duncan hielt seinem Blick stand. »Deinen Champagner

trinken. Schenkst du ein oder soll ich das übernehmen?«

»Ich bin schon weg.«

Graham hielt Zev am Arm fest. »Vergiss es. Lass uns in den Garten gehen. Es wird Zeit, reinen Tisch zu machen.«

»Ich hab's lieber schmutzig.« Zev entzog ihm seinen Arm und trank einen Schluck aus der Flasche.

»Oh Mann«, flüsterte Beau Charlotte ins Ohr.

»Er braucht eine kleine Lektion im Verzeihen von meinem großen, bulligen Beau.«

Als die anderen in den Garten gingen, wirkte Beau geknickt. »Vielleicht war das doch keine so gute Idee.«

»Hast du Grahams Miene gesehen? Er wird die beiden erst gehen lassen, wenn sie sich ausgesprochen haben.« Charlotte schlang ihm die Arme um den Hals. »Außerdem bin ich nach diesem unglaublich romantischen Antrag davon überzeugt, dass du immer die besten Ideen hast.«

Danksagung

Ich hoffe, Sie hatten Freude an Beaus und Charlottes Geschichte und möchten bald mehr über Beaus Geschwister erfahren. In *Pfade der Liebe*, dem nächsten Band aus der Serie *Die Bradens & Montgomerys*, werden die beiden Familien in ihrer großen, neuen, eng verwobenen Welt vereint.

Daher freue ich mich umso mehr, eine besondere Überraschung für alle Fans ankündigen zu können! Falls Sie es noch nicht wussten: Ich gehöre jetzt einer großartigen Gruppe von Liebesromanautorinnen an, die sich »Ladies Who Write« (LWW) nennt, und wir haben eine witzige, heiße Welt nur für Sie erschaffen! In *Alles für die Liebe* sind Ihnen bereits einige fiktive Mitglieder der LWW begegnet, die alle ein eigenes Buch bekommen werden, verfasst von mir und den anderen LWW-Autorinnen. Weitere Informationen über unsere Gruppe und die Erscheinungstermine der LWW-Bücher finden Sie unter www.LadiesWhoWrite.com, wo Sie sich auch für unseren Newsletter anmelden können (in englischer Sprache).

Ein besonderer Dank gilt Brittani Jolley, die einen Wettbewerb auf Facebook gewonnen und den Namen der Realityshow *Shack to Chic* erfunden hat. Falls Sie mir noch nicht auf Facebook folgen, sollten Sie das unbedingt nachholen! Wir unterhalten uns dort angeregt über unsere liebenswerten Helden und frechen Heldinnen. Und wer weiß, vielleicht bekomme ich von Ihnen die Inspiration zu einer Geschichte oder einer Figur und Sie landen in einem meiner Bücher, wie es mehreren Mitgliedern meines Fanklubs bereits passiert ist. facebook.com/groups/MelissaFosterFans

Wenn Sie meine Facebook-Fanseite abonnieren, bleiben Sie immer auf dem Laufenden über unsere fiktionalen Boyfriends (in englischer Sprache).
facebook.com/MelissaFosterAuthor

Am besten informiert über Neuerscheinungen, Aktionen und exklusive Neuigkeiten bleiben Sie, wenn Sie meinen Newsletter abonnieren.
www.MelissaFoster.com/Newsletter_German

Wenn Sie sich für den Familienstammbaum, Erscheinungstermine, Serienübersichten etc. interessieren, sollten Sie unbedingt meine »Reader Goodies«-Seite (in englischer Sprache) besuchen!
www.MelissaFoster.com/Reader-Goodies

Wie immer gilt mein besonderer Dank meinem wunderbaren Team von Lektorinnen und Korrektorinnen: Kristen Weber, Penina Lopez, Elaini Caruso, Juliette Hill, Marlene Engel, Lynn Mullan und Justinn Harrison, genauso wie meinem deutschen Team: Anna Wichmann, Cathérine Fischer, Rabea Güttler und Judith Zimmer. Und natürlich werde ich meinem Herzallerliebsten Les und dem Rest meiner Familie auf ewig dankbar sein, denn mit ihnen kann ich über meine fiktiven Welten sprechen, als wären sie real.

Lust auf mehr von den Bradens & Montgomerys?

Verlieben Sie sich mit Graham und Morgyn in *Pfade der Liebe*!

Lesen Sie hier einen Auszug aus dem nächsten Band.

Eins

Musik schallte von der riesigen Open-Air-Bühne am äußersten Ende des Festivalgeländes herüber. Trotz des Regens und des Windes, die den kleinen Ort – und Morgyn Montgomerys improvisiertes Zelt – übel zugerichtet hatten, waren die verschiedenen Bands den ganzen Nachmittag über in Aktion gewesen. Das Sommermusikfestival war ein Lieblingsevent von Morgyn und fand nur eine Stunde entfernt von ihrer Heimatstadt Oak Falls, Virginia, statt. Unter ihren fünf Schwestern und ihrem Bruder gab es normalerweise immer jemanden, der mit ihr hier zeltete. Aber ihre älteste Schwester Grace heiratete in zwei Tagen und war mit Schleiern und Blumen beschäftigt, und ihre Schwester Sable spielte ebenso wie ihr jüngerer Bruder Axsel mit ihrer Band hier auf dem Festival. Daher verbrachten die beiden die Zeit eher mit ihren Bandkollegen. Zwei ihrer Schwestern konnten laute Musik nicht ausstehen, daher blieb ihr nur Brindle, die Schwester, der sie am nächsten stand. Brindle war immer für Spaß zu haben. Leider war sie jedoch in etwa so zuverlässig wie eine Kerze im Wind, und im Moment lugte ihr Hintern aus ihrer Daisy-Dukes-Shorts hervor, während sie ihre Sachen zusammensammelte.

»Ich fasse es nicht, dass du mich für Trace hängenlässt. *Wieder einmal.*«

Brindle warf sich die nassen blonden Haare über die Schulter und stemmte die Hand mit amüsiertem Blick in die Hüfte. »Morgyn, wir sind hier in *Romance*, Virginia. Findest du nicht, dass ich ein wenig Romantik verdient habe?«

»Ach, das mit dir und Trace ist also jetzt etwas Romantisches?« Morgyn lachte. »Für so einen Mist brauchst du ja schon eine Heugabel.«

Brindle schaute über das Meer von Zelten auf dem Schlammfeld hinweg zu ihrem großen, dunkelhaarigen und arroganten Immer-mal-wieder-Freund der letzten gefühlt zig Jahre und seufzte. »Ich weiß, aber sieh ihn dir doch mal an! Dieser Cowboy ist ein Orgasmus auf Beinen, und nachdem ich meine Reise nach Paris verschoben habe, steht mir eine Menge weltbewegender Sex zu, finde ich.«

Mist. Jetzt hatte Morgyn ein schlechtes Gewissen.

Brindle hätte eigentlich vor zwei Wochen zu ihrem wohlverdienten Urlaub nach Paris abreisen sollen, doch Grace und ihr Verlobter Reed hatten ihre Hochzeit verschoben, weil Axsels Plan durcheinandergeraten war. »Dann sag das auch, Brin. Erzähl mir nicht irgendeinen Mist von wegen Romantik,

wenn wir doch beide genau wissen, dass du und Trace nie über
heißen Sex hinaus zu irgendetwas Bedeutungsvollerem gelangt.
Du bist so viel mehr wert, als nur Traces Sexgespielin zu sein.«

Eine Flut von Gefühlen huschte zu schnell über Brindles
Gesicht, als dass Morgyn sie hätte deuten können, aber genauso
schnell machte sich dann auch ein Grinsen breit. »Er ist mein
Sexgespiele, und glaub mir, ein Mann wie Trace Jericho braucht
keine Romantik …«

Sie warf sich gerade ihren Rucksack über die Schulter, als
»Surge«, die Band ihrer Schwester Sable, auf die Bühne kam
und zu einem von Brindles und Morgyns Lieblingsliedern
ansetzte. Brindle packte Morgyn an der Hand und rannte aus
dem Zelt. Der Himmel öffnete sich, sie streckten die Gesichter
und die Hände in die Höhe und fingen den Regen mit dem
Mund auf, während sie tanzten. Sie drehten sich im Kreis und
wirbelten ausgelassen herum, wobei sie alle Pfützen mitnahmen
und wie verrückt lachten. Morgyn würde Brindle wahnsinnig
vermissen, wenn sie fort war.

»Du weißt, dass du mich lieb hast!«, rief Brindle, als der
Schauer zu strömendem Regen wurde.

Ein tiefes, ansteckendes Lachen erregte Morgyns
Aufmerksamkeit. Schnell entdeckte sie, woher es kam: von
einem Typen, der mit freiem Oberkörper und den Arm um
einen langhaarigen Kerl gelegt über das Feld marschierte. Eine
Baseballkappe mit der Aufschrift MIT vom Massachusetts
Institute of Technology warf einen Schatten auf seine dunklen
Augen und sein breites, beherztes Lächeln stellte seltsame Dinge
mit ihren Eingeweiden an. Er wandte dieses hinreißende
Lächeln dem Typen an seiner Seite zu und zwinkerte. Okay,
dann war er vielleicht schwul, ja und? Gucken war doch wohl
noch erlaubt. Nicht, dass sie hätte wegschauen können, selbst

wenn sie es gewollt hätte. Ihr Herz hämmerte, während sie seinen durchtrainierten Körper begierig in sich aufnahm. Gebräunte Haut, V-Leisten, die hinter nassem Jeansstoff verschwanden, kräftige Oberschenkel … Oh, wie sehr sie doch Männer mit kräftigen Oberschenkeln liebte! Er hatte sich einen olivgrünen Seesack quer über seinen breiten Oberkörper gehängt und um ein Handgelenk trug er Leder- und Perlenarmbänder. Morgyn hatte eine Schwäche für Männer, die Schmuck trugen, für selbstbewusste Männer, die sich wohl in ihrer Haut fühlten.

»Hey! Wohin –« Brindle folgte ihrem Blick. »Heiliger Bimbam, schau dir diese Arme an.«

»Schau dir seine *Beine* an.« Sie packte Brindle am Arm und sagte: »Und dieses Lächeln …«

Der heiße MIT-Typ drehte sich um. Den Bruchteil einer Sekunde trafen sich ihre Blicke und hielten einander wie Magnete fest. Er hob die Augenbrauen, dieses atemberaubende Lächeln wurde noch breiter, erhellte den grauen Nachmittag und verursachte einen Schmetterlingsaufstand in Morgyns Magen.

»Wow, du bekommst ja ganz weiche Knie beim Anblick dieses Fremden«, sagte Brindle, während er von der Menge verschluckt wurde und Morgyn ihn aus den Augen verlor.

»Eines möglicherweise schwulen Fremden«, murmelte sie, als Trace zu ihnen herüberschlenderte.

Mit Schalk in den Augen sah ihre Schwester sie an und flüsterte: »Gucken kannst du ja trotzdem.«

Brindle schlang Trace die Arme um den Hals und küsste ihn.

»Hallo, Kleines.« Er schaute Morgyn an und sagte: »Hübscher Hut.«

Abwesend fasste sie sich an den Regenschirmhut, den sie vorhin einem Mädchen abgekauft hatte. Kein Wunder, dass der heiße MIT-Typ gelacht hatte. Heiße Typen trugen keine Regenschirmhüte. Dafür waren sie zu cool. *Cool* konnte sie irgendwie nicht ausstehen. Sie hatte unglaubliches Pech mit Männern. Brindle hatte mit Trace vielleicht nicht den Mann fürs Leben, aber zumindest hatte sie jemanden gefunden, der sie mochte und so akzeptierte, wie sie war. Ihre Mutter sagte immer, Morgyn bräuchte einen wahren Mann. *Einen Mann, der nicht eifersüchtig ist, der ordentlich, organisiert und konventionell nicht braucht und der deinen wunderbaren Freigeist zu würdigen weiß.* Morgyn war sich ziemlich sicher, dass es ein solches Exemplar von Mann nicht gab.

»Hi, Trace. Ich dachte, du kommst nicht«, sagte Morgyn, als er Brindle besitzergreifend an sich riss.

»JJ und Beckett haben mich gegen meinen Willen mitgeschleift«, sagte Trace.

Morgyn und Brindle waren mit JJ, einem von Traces Brüdern, und Beckett Wheeler aufgewachsen. Morgyn und Beckett waren eine Zeit lang zusammen gewesen, aber letztendlich gaben sie bessere Freunde als ein Liebespaar ab.

»Doch dann hab ich den netten Hintern deiner Schwester in dieser sexy Shorts gesehen und …« Trace drückte seine Lippen auf Brindles. »Sie ist es einfach wert.«

Brindle schaute liebevoll zu ihm auf.

Ihre Schwester machte sich etwas vor, wenn sie dachte, nicht mehr als Sex von diesem großspurigen Cowboy zu wollen. Aber Morgyn wusste, dass sie diesen Gedanken besser nicht aussprach. Ihre Schwester würde es vehement leugnen. Brindle tat gern, was sie wollte und mit wem sie es wollte, und wenn jemand versuchte, ihr etwas anderes zu sagen, dann rebellierte sie allein aus dem Bedürfnis heraus, dem anderen seinen Irrtum unter die Nase zu reiben. Sie und Sable waren sich in der Hinsicht ähnlich. Morgyn dagegen erledigte zwar gern alles auf ihre Art, aber nicht um zu rebellieren. Sie tat einfach, was sie glücklich machte, und das wiederum führte seltsamerweise meistens dazu, dass die Männer verärgert waren.

»Wir sehen uns morgen zu Hause.« Brindle schaute über die Schulter zurück und rief im Davongehen: »Such dir ein romantisches Date! Oder zumindest guten Se–«

Trace bereitete ihren guten Ratschlägen mit einem weiteren Kuss ein Ende, und dann stolperten sie knutschend wie Frischverliebte davon, obwohl sie doch schon seit einem Jahrzehnt immer wieder übereinander herfielen. Die beiden küssten sich ständig und ein Anflug von Eifersucht überkam Morgyn. Heißer, unverbindlicher Sex war nicht unbedingt das, wonach ihr jemals der Sinn gestanden hatte, aber im Moment erschien ihr das gar nicht einmal so verkehrt.

Sie beugte sich unter die Zeltplane und nahm ein Bier aus ihrer Kühltasche, um sich dann auf die Suche nach ihren Freunden bei der Bühne zu machen. Sie ging einen Umweg und hoffte, noch mal einen Blick auf diesen heißen schwulen Typen zu erhaschen, denn solche Männer liefen in ihrem kleinen Ort nicht herum. Sie schlängelte sich durch die Menge von Poncho tragenden Festivalbesuchern und hielt Ausschau nach einer grauen Baseballmütze.

»Hey, Morgyn!«

Sie drehte sich um und entdeckte Gavin Wheeler, Becketts Bruder. Das Letzte, was sie über ihn gehört hatte, war, dass er aus der großen Designfirma, bei der er in Boston angestellt gewesen war, ausgestiegen und nach Cape Cod gezogen war, um dort in eine kleinere Firma als Partner einzusteigen. Im

Moment tanzte er gerade anzüglich mit einer Blondine, die Morgyn nicht erkannte. Er hingegen schien sie sehr gut zu kennen. Oder hatte es zumindest vor.

»Hey, Gav! Wusste gar nicht, dass du kommst!«

»Tja, ich bin hier.« Mit einem verführerischen Blick zog er die Blondine an sich und fügte hinzu: »Und ich hoffe, dass ich später noch *komme*.«

Hatten heute Abend etwa alle Sex und nur sie nicht? Morgyn zwängte sich weiter durch die Menge, wich tanzenden Körpern aus und stapfte um Zelte und Pfützen herum. Der Regen sammelte sich in ihren Stiefeln, die mittlerweile bei jedem Schritt schmatzende Geräusche von sich gaben. Sie hatte sich keine Wettervorhersage angesehen, bevor sie zum Festival aufgebrochen war. Zum Glück hatte sie im Auto ein Paar knallrote Regenstiefel gehabt. Sie hatte die Stiefel mit den leichten Gebrauchspuren durch bunte Steine, silberne Ringe und Glöckchen aufgehübscht, um sie in ihrem ausgefallenen Upcycling-Laden zu verkaufen. Sie waren ihr zwei Nummern zu groß, aber sie waren besser als die Sandalen, die sie vorher getragen hatte, auch wenn ihre Füße gerade tief in Wasser standen.

Sie quetschte sich zwischen einer elendig dürren Frau und zwei korpulenten Kerlen durch, machte Halt, um einen Welpen mit schwarzen Locken zu streicheln, der sie mit matschigen Pfotenabdrücken versah und ihr gleichzeitig nasse Küsse verabreichte, und gesellte sich zu einer Gruppe von Leuten, die zu Countrymusik tanzte, bevor sie einen Lagercontainer erreichte, der vor einem Zaun stand. Sie stellte ihr Bier auf dem Container ab und kletterte hinauf, um das Wasser aus ihren Stiefeln zu schütten. Sie setzte sich und beobachtete ihre Schwester, die auf der Bühne performte. Trotz ihres allgegenwärtigen Cowboyhuts fielen Sables dunkle Haare in großen Wellen über ihre Schultern, während sie Gitarre spielte und lauthals sang. Morgyn bewegte sich im Takt hin und her, während die Leute an ihr vorbeigingen. Sie zog sich einen Stiefel aus und goss das Wasser hinter sich über den Zaun.

»Ey, was soll denn der Mist?«

Morgyn krabbelte auf die Knie und lugte über den Zaun, wo sie in die wütenden – und irre aufregenden – Augen des heißen MIT-Typen blickte, der mit aufgeknöpfter Hose und seinem besten Stück in der Hand dastand. »Du meine Güte! Tut mir echt leid!« Sie versuchte wegzuschauen, aber ihr Blick klebte an ihm fest – beziehungsweise an seiner beeindruckenden Männlichkeit.

»Sunshine …« Er lachte, aber nicht dieses laute, ansteckende Lachen, das vorhin ihre Aufmerksamkeit erregt hatte. Dies war ein tiefes Poltern, das ihr Innerstes an den Siedepunkt brachte.

»Äh …« *Guck weg. Meine Güte, jetzt guck schon weg! Sunshine?* Sie zwang sich, ihren Blick auf sein Gesicht zu richten, und sah, dass er eine Augenbraue anhob und nun eher amüsiert als verärgert wirkte. »Es tut mir leid! Ich wollte nicht …«

»Ich kann ihn so lange halten, wie du möchtest, Blondie.«

Mit offenem Mund starrte sie ihn an und er verfiel wieder in dieses ansteckende Lachen. Sein langhaariger Freund, der auch ziemlich ansehnlich war, tauchte aus dem Nichts auf und sah ihn neugierig an.

»Tut mir leid!«, sagte sie zu dem langhaarigen Typen, während der heiße MIT-Typ alles wieder in seiner Jeans verstaute. »Ich habe gerade Wasser über deinem Liebsten ausgeschüttet.«

Schweigend sahen die beiden sich an und brachen dann in

hysterisches Lachen aus.

»Hab keine Ahnung, wie das den riesigen Schwanz in seiner Hand erklärt«, meinte der langhaarige Typ, als er den Arm um den heißen MIT-Typ legte und ihn mit einem Augenzwinkern näher an sich zog. »Aber jetzt muss ich dich wohl leider aus dieser nassen Hose befreien, Kumpel, oder?«

»Glückspilz«, rutschte es ihr heraus. Sie schlug sich die Hand vor den Mund, drehte sich eilig um und zog sich hektisch den Stiefel wieder an. Mit aller Gewalt versuchte sie, nicht dem gedämpften Flüstern zu lauschen, schaffte es aber nicht. *Von hinten … hart … nass … Stell den Fuß da hin.*

Sex war auf dem Festivalgelände allgegenwärtig, aber sie wollte wirklich nicht hören, wie diese zwei heißen Typen rummachten! Sie hielt inne. *Oder vielleicht doch …*

Nein! Herrschaftszeiten! Brindle färbt anscheinend auf mich ab.

Sie goss das Wasser aus ihrem anderen Stiefel sorgfältig *neben* dem Lagercontainer aus und hörte ein Stöhnen. Der Zaun wackelte und ihr Puls raste. Sie kniff die Augen zu, als würde das Geräusch so verschwinden, und zog sich den Stiefel wieder an. Im nächsten Moment kletterte der heiße MIT-Typ schon über den Zaun. Sie griff nach ihrem Bier, als er sich neben sie setzte. *Meine Güte, ist der umwerfend! Und schnell!* Sein Freund landete mit einem Wumms auf ihrer anderen Seite.

»Warum so schüchtern, Sunshine?« Mann, aus der Nähe war sie nicht nur hübsch, sie strahlte geradezu. Graham hätte sich gern schon mit der hübschen Blondine unterhalten, als er sie das erste Mal gesehen hatte. Da tanzte sie gerade mit diesen flippigen Stiefeln und dem albernen Hut, als wäre es ihr vollkommen egal, was die anderen dachten. Sie war atemberaubend schön. Aber sein dämlicher Bruder war auf der Suche nach einem Freund gewesen, der – wie sich herausgestellt hatte – das Festivalgelände schon verlassen hatte.

»Ich bin nicht schüchtern, aber ich wollte eure …« Ihre blauen Augen huschten neugierig zwischen Graham und Zev hin und her. »… Zweisamkeit nicht stören.«

Zev legte den Arm um ihre Schulter und versuchte, die laute Musik der Band zu übertönen. »Quatsch, zu dritt ist es immer besser als zu zweit.«

Graham blickte ihn wütend an und schubste seinen Arm von ihrer Schulter. »Ich hab gepinkelt«, erklärte er. »Ich bin Graham und der Idiot hier ist mein Bruder Zev. Beide hetero, und *falls* ich schwul wäre, hätte ich bestimmt einen besseren Geschmack.«

»Brüder?« Wieder ging ihr Blick von einem zum anderen und dann lachte sie. Der melodische Klang ihrer Stimme hing in der Luft. »Okay, das ist jetzt echt saukomisch, denn es hörte sich so an, als ob ihr beide … ähm … Na ja, ich hab ein Stöhnen gehört und dachte …«

»Du dachtest, ich würde ihm zeigen, wo der Hammer hängt?« Zev hob vielsagend eine Augenbraue.

»Wer sagt denn, dass du mir irgendwas zeigen würdest?« Graham räusperte sich und sagte: »Ich wäre ja wohl der dominante –«

»Streitet ihr beide jetzt tatsächlich darüber? Dann seid ihr eindeutig Brüder. Ich habe einen Haufen Schwestern, und ihr klingt genauso wie wir.«

Zev hatte diesen gewissen Blick. »Irgendeine von denen solo

und heiß?«

»Meine Güte.« Graham schüttelte den Kopf. »Richtig galant, Zev.«

Sie lachte. »Schon gut. Ihr habt keine Ahnung, wie oft ich das gefragt werde. Ja, ich habe einige Schwestern, die solo und heiß sind, und du würdest alle ziemlich verschrecken – außer Sable, die gerade da hinten die Bühne rockt. Sie ist die Leadgitarristin und Sängerin der Band Surge.«

»Echt jetzt?« Zev schaute zur Bühne. »Mann, die ist nicht nur heiß, die hat auch starke, talentierte Hände«, meinte er lüstern. Dann sah er Morgyn an, die lachen musste, und sagte: »Nein, im Ernst, mir gefällt die Musik total. Deine Schwester ist toll.«

»Das ist sie«, sagte sie. »Und mein Bruder Axsel ist der Leadgitarrist der Band Inferno. Zu schade, dass du nicht schwul bist. Axsel würde voll auf deine langen Haare abfahren.«

Der Nein-Danke-Blick in Zevs Gesicht war fast comedyreif.

Dann beäugte sie Graham eindringlicher und sagte: »Und Sable würde sich auf dich stürzen.«

»Hey, was hat er, das ich nicht habe?«, warf Zev ein.

Graham sah ihn selbstbewusst an und sagte: »*Klasse*, mein Bruder.«

»Ich habe auch Klasse«, sagte Zev. »Die Mädels fahren auf mich ab.«

»Das tun sie mit Sicherheit. Du bist witzig und eindeutig heiß«, sagte sie. »Und du hast diesen Playboy-Vibe, bei dem meine Schwester Brindle abgehen würde.«

Zev hob das Kinn stolz in Grahams Richtung. Dann nahm er der blonden Schönheit das Bier aus der Hand und fragte: »Was dagegen?«

»Nur zu«, sagte sie und er hob die Flasche an seine Lippen.

»Du bist das, was meine Schwestern und ich *Vorspiel* nennen.«

Zev spuckte prustend das Bier aus und Graham schmiss sich weg vor Lachen. *Diese Frau ist der Hammer.*

»Vorspiel? Geht's noch? Allein dafür trink ich jetzt dein Bier aus.« Er kippte den Rest hinunter und fragte dann: »Was soll das überhaupt heißen?«

»Na, du weißt schon, die Art von Männern, auf die Frauen sich kurzfristig einlassen, mit denen sie aber nichts Langfristiges wollen. Vorspiel für einen richtigen Partner.«

Graham konnte sein Lachen nicht unterdrücken. »*Vorspiel.* Toller Spitzname für dich, Bruder.«

»So'n Quatsch. Und was ist *er* dann?« Zev zeigte mit der Flasche auf Graham. »Er hat auch keine längeren Beziehungen gehabt als ich.«

Sie betrachtete Graham so lange, dass er sich fragte, was in ihrem schönen Kopf vor sich ging. Sie stand auf und sagte: »Ich bin mir nicht sicher, aber vielleicht *Meiner für diese Nacht.*«

Er hatte eigentlich nichts für One-Night-Stands übrig. Aber diese sorglose Schönheit, die nach süßem Sommerregen roch und keine Angst hatte, seinen Bruder zu hochzunehmen, könnte das möglicherweise ändern.

Sie zog beide an der Hand hoch, sodass sie alle drei auf dem Container standen. »Tanzt mit mir.«

»Das ist nicht mein Ding, Süße.« Zev sprang auf den Boden.

Sie schaute Graham an und sagte: »Scheint, als wärst du tatsächlich der Dominante.«

»Und ob ich das bin.« *Schön und frech.* Das gefiel ihm. Die Frauen waren normalerweise verrückt nach Zev mit seinen langen Haaren und seiner raffinierten Art. *Sie* war zum Glück keine von diesen Frauen.

»Viel Glück dabei, diesen Kerl auf dem Ding zum Tanzen zu kriegen, ohne dass er vorher eine komplette Risikoanalyse vornimmt«, spottete Zev.

Graham knirschte mit den Zähnen. *Blödmann.* »Wohin gehst du?«

»Zur Bühne, um meine sexuelle Ausstrahlung unter Beweis zu stellen.« Augenzwinkernd fügte er hinzu: »War nett, dich kennenzulernen, Sunshine. Ich bin sicher, deine Schwester wird dir morgen erzählen, wie unglaublich ich war.«

»Viel Glück«, sagte sie.

»Zeig dich noch mal, bevor du zum Flughafen fährst«, rief Graham ihm hinterher. Zev winkte und machte sich schnurstracks in Richtung Bühne davon.

»Er reist ab?«, fragte sie.

»Ja, er ist viel unterwegs. Aber mal im Ernst, er ist ein toller Typ. Hat zwar eine große Klappe und ist wahnsinnig eingebildet, aber im Grunde ist er wirklich in Ordnung. Und du, Sunshine, bist etwas ganz Besonderes.«

»*Schwer zu definieren.* Ich weiß, höre ich ständig. Aber ich bin, wie ich bin und dafür entschuldige ich mich auch nicht.«

»Entschuldigen?« Machte sie Witze? Sie hatte eine großartige Persönlichkeit und sie war bezaubernd: von ihren goldenen Haaren und den gebräunten Schultern – die danach schrien, geküsst zu werden – bis hin zu ihrer sexy Figur, den abgefahrenen Stiefeln und dem verrückten Hut. »Ich finde, du bist fantastisch.«

Neugier funkelte in ihren Augen auf. Sie kräuselte die Nase, wodurch sie noch süßer wurde. »Du versucht nur, mich abzulenken, weil du nicht tanzen willst, oder? Nur fürs Protokoll: Ich bin nicht einfach zu haben. Das habe ich nur gesagt, weil mir kein besserer Spruch einfiel.«

»Du willst tanzen?« Er legte einen Arm um ihre Taille, zog sie näher an sich und sagte: »Ich mache alles, *nachdem* du mir deinen Namen verraten hast.«

Sie lächelte und erhellte damit alles um sie herum, bevor sie sagte: »Morgyn.«

»Morgyn. *Schön.*« Es gefiel ihm, wie angenehm ihr Name ihm über die Zunge kam. »Wie wär's, wenn wir auf dem Rasen tanzen, damit du nicht ausrutschst und dir wehtust?«

Sie befreite sich aus seinem Griff und drehte sich im Kreis, womit sie ihm einen herrlichen Blick auf all ihre Kurven verschaffte, und grinste dann, als hätte sie ihr Argument überzeugend vorgetragen.

Er schaute nicht allzu überzeugt auf ihre Stiefel.

»Zev hatte recht. Du analysierst das Risiko, hier oben zu tanzen, ziemlich gründlich, oder?«

»Vielleicht«, gab er zu, denn er war ein miserabler Lügner. »Aber nur, weil mir die Vorstellung missfällt, dass du dich verletzten könntest und wir die nächsten Stunden dann nicht miteinander verbringen könnten. Und weil diese Stiefel aussehen, als wären sie dir mindestens drei Nummern zu groß.«

»Zwei Nummern.« Sie hielt sich an seinem Arm fest, um die Stiefel auszuziehen. »Ich habe vergessen, mir die Wettervorhersage anzusehen, also bin ich in Sandalen gekommen.« Sie stellte die Stiefel am Rande des Containers ab.

»Du hast dir die Wettervorhersage nicht angesehen? Bleibst du über Nacht? Hast du ein Zelt?«

»Klar! Und nein, Mr. Vorbereitet, ich habe mir die Wettervorhersage nicht angesehen. Wo bleibt denn da der Spaß? Ich hatte diese Stiefel in meinem Van, und sie tun hervorragend ihren Dienst – abgesehen von dem Wasser, das sich bei dem Regenguss vorhin darin gesammelt hat.« Sie nahm ihren Regenschirmhut ab und schüttelte ihre Haare aus. Lange blonde Locken fielen um ihr Gesicht und ließen ihre blauen Augen noch mehr hervorstechen. Sie rief einer Frau, die gerade vorbeiging, zu: »Hey! Brauchst du einen Regenhut?«

Die Frau zuckte mit den Schultern. »Klar!«

Morgyn umklammerte Grahams Hand und lehnte sich vor, um ihr den Hut zu geben. Dabei rutschte ihr das Kleid so weit hoch, dass es kaum noch ihren Hintern bedeckte. Sie schien es nicht zu merken oder es störte sie nicht. Sie richtete sich einfach wieder auf, sündhaft sexy und sorglos wie der Wind.

»Den Hut brauchst du vielleicht später noch«, bemerkte er.

»Und du denkst zu viel.« Sie winkte ab. »Dann leihe ich mir einfach deinen.«

»Ich würde dir eher einen Unterschlupf bauen, als dass ich meinen Glückshut aus der Hand gebe, Sunshine.«

Sie machte einen Schmollmund, was unglaublich hinreißend aussah, und dann betrachtete sie ihn mit zusammengekniffenen Augen und verschränkten Armen. »Was ist an dem Hut so besonders?«

»Du willst meine Geheimnisse erfahren? Dann musst du mir welche von deinen verraten.« Der Hut hatte seinem Vater gehört und er hatte Graham immer Glück gebracht. Er würde ihr nicht erzählen, dass er noch nie eine Frau getroffen hatte, mit der er eine langfristige Beziehung eingehen wollte, und dass sein Glückshut, bis das nicht geschah, einzig und allein bei ihm bleiben würde.

»Ich habe keine Geheimnisse, also kannst du deine für dich behalten.« Sie beugte sich vor, hob den Gurt seines grünen Seesacks über seine Schulter und sagte: »Bereit, gefährlich zu leben, Mr. Risikoanalyst?«

Er warf den Seesack auf den Boden, und sie fing an, sich im

Takt des Countrysongs zu bewegen – ohne den Blick auch nur eine Sekunde lang von ihm abzuwenden. In diesem Moment war ihm sein Hut vollkommen egal. Als das Lied schneller wurde, hielt sie mit, tanzte mit verführerischer Selbstsicherheit, als wäre sie mit dem Rhythmus im Blut zur Welt gekommen. Ihr Zauber war zu stark, als dass er sich ihm hätte widersetzen können, und so begann auch er zu tanzen, ohne nachzudenken. Als Ingenieur und Investor war er es gewohnt, alles was er tat, sorgfältig zu recherchieren, zu planen und durchzuführen, und das färbte auch auf die Extremsportarten ab, denen er in seiner Freizeit nachging. Etwas ohne Nachdenken zu tun war neu für ihn, aber er würde nicht dagegen ankämpfen, denn »Sunshine« beobachtete ihn, als wollte sie in ihm verschwinden, und er wollte verdammt noch mal in ihr verschwinden.

Er legte einen Arm um sie, zog sie an sich, und ihre Augen sprühten Funken, aber ihre Wangen waren überhaupt nicht gerötet. Hitze schoss ihm durch den Körper. Es gab nichts Verführerischeres als eine selbstbewusste Frau.

Mit dem Mund ganz nah an ihrem Ohr sagte er: »Nur zu deiner Information: Gefahr beflügelt mich.«

Ende des Auszugs

Wenn Ihnen die Vorschau gefallen hat, können Sie *Pfade der Liebe* gleich bei Ihrem Online-Buchhändler bestellen!

Kennen Sie schon *Happy End für die Liebe*,

den Kurzroman, in dem Charlotte Sterling das erste
Mal auftaucht?

Hochzeit bei den Bradens!

Familie und Babys wirbeln bunt durcheinander an diesem Wochenende voller Spaß, Liebe, Lachen und dem Versprechen auf ein Leben zu zweit. Begleiten Sie Josh und Riley in dieser süßen und sinnlichen Liebesgeschichte an ihrem großen Tag und verlieben Sie sich aufs Neue in die Bradens aus Weston und ihre Kinder.

Wie schaffen es zwei berühmte Modedesigner zu heiraten, ohne dass die Paparazzi davon Wind bekommen? Bei den Bradens kennt die Familie keine Grenzen und so setzen sie alle Hebel in Bewegung, um Josh und Riley ihren magischen Moment vor dem Altar zu ermöglichen. Aber keine Hochzeit ist perfekt und so sehen sich die Bradens ständig neuen Hindernissen gegenüber.

Für die treuen Fans der Bradens hält dieses Buch eine besondere Überraschung parat, und die kommt direkt von Ihrem Lieblings-Familienoberhaupt Hal Braden! Außerdem lernen Sie Charlotte Sterling kennen: Autorin von Liebesromanen und nicht auf den Mund gefallen. Ihr gehört der Gasthof, in dem sich Josh und Riley das Jawort geben werden, und sie wird uns in der Serie *Die Bradens & Montgomerys* zusammen mit Beau Braden wiederbegegnen.

**Lust auf mehr Geschichten aus der Reihe »Love in Bloom –
Herzen im Aufbruch«?**

Verlieben Sie sich mit Truman und Gemma in *Tru Blue – Im
Herzen stark*, dem ersten Band der Serie *Die Whiskeys: Dark
Knights aus Peaceful Harbor*

Eine fesselnde Liebesgeschichte für alle, die brandheiße loyale
Helden, selbstbewusste sexy Heldinnen, Familienbande, Biker,
Babys und mehr lieben!

Unter der Haut eines Killers verbirgt sich das Herz eines
Liebenden …

Truman Gritt würde alles tun, um seine Familie zu
beschützen – und so verbringt er Jahre im Gefängnis für ein
Verbrechen, das er nicht begangen hat. Nach seiner Entlassung
stellt der Drogentod seiner Mutter sein Leben erneut auf den
Kopf, und so übernimmt er die Verantwortung für die Kinder,
die sie zurückgelassen hat. Truman ist hart, er ist verschlossen,
und er versucht, einen Bruder zu retten, der mit noch mehr
Problemen zu kämpfen hat als er selbst. Sein Leben lang hat
Truman keine Hilfe gebraucht, und als die schöne Gemma
Wright versucht, ihm unter die Arme zu greifen, reagiert er

nicht gerade charmant. Aber Gemma hat ihre ganz eigene Art und schafft es schließlich, den Panzer um sein Herz zu durchdringen. Als Trumans dunkle Vergangenheit seine Zukunft in Gefahr bringt, steht seine Loyalität auf dem Prüfstand und er muss die schwerste aller Entscheidungen treffen.

Neu bei »Love in Bloom – Herzen im Aufbruch«?

Ich hoffe, Ihnen hat es genauso viel Vergnügen bereitet, die Bradens aus Pleasant Hill kennenzulernen, wie mir, sie zu schreiben. Falls dieser Band Ihr erstes Buch aus der Reihe »Love in Bloom – Herzen im Aufbruch« ist, warten noch jede Menge Geschichten über unsere sexy, selbstbewussten und loyalen Heldinnen und Helden auf Sie.

Die Bradens & Montgomerys (Pleasant Hill – Oak Falls) ist nur eine der Serien in der Reihe »Love in Bloom – Herzen im Aufbruch«. In allen Büchern der Reihe finden Sie eine abgeschlossene Geschichte, die auch für sich allein gelesen werden kann. Figuren aus den einzelnen Serien und Büchern der weitverzweigten »Love in Bloom – Herzen im Aufbruch«-Familien tauchen immer wieder auch in den anderen Bänden auf. So verpassen Sie nie eine Verlobung, eine Hochzeit oder eine Geburt. Wenn Sie mögen, lernen Sie doch auch die anderen Serien der Reihe kennen! Sie können zum Beispiel ganz am Anfang mit *Schwestern im Aufbruch – Die Snow-Schwestern* beginnen. Oder Sie starten mit einer weiteren unterhaltsamen, sehr gefühlvollen Serie wie *Die Remingtons*, die mit dem Band *Spiel der Herzen* anfängt. Eine vollständige Liste aller auf Deutsch erschienenen und geplanten Bücher gibt es am Ende des Buches und unter dem folgenden Link finden Sie weitere Informationen:
www.MelissaFoster.com/Herzen-im-Aufbruch

DIE VOLLSTÄNDIGE REIHE

Love in Bloom – Herzen im Aufbruch

Für noch mehr Vergnügen lesen Sie die Bücher der Reihe nach.
Sie werden in jedem Band bekannte Figuren wiederfinden!

Die Snow-Schwestern

Schwestern im Aufbruch
Schwestern im Glück
Schwestern in Weiß

Die Bradens (Weston, Colorado)

Im Herzen eins – neu erzählt
Für die Liebe bestimmt
Freundschaft in Flammen
Wogen der Liebe
Liebe voller Abenteuer
Verspielte Herzen
Ein Fest für die Liebe (Hochzeits-Geschichte)
Nachwuchs für die Liebe (Savannahs & Jacks Baby)
Happy End für die Liebe (Hochzeits-Geschichte)

Die Bradens (Trusty, Colorado)

Bei Heimkehr Liebe
Bei Ankunft Liebe
Im Zweifel Liebe
Bei Rückkehr Liebe
Trotz allem Liebe
Bei Aufprall Liebe

Die Bradens (Peaceful Harbor)

Geheilte Herzen
Voller Einsatz für die Liebe
Liebe gegen den Strom
Vereinte Herzen
Melodie der Liebe
Sieg für die Liebe
Endlich Liebe – ein Braden-Flirt

Die Remingtons

Spiel der Herzen
Im Dschungel der Liebe
Herzen in Flammen
Herzen im Schnee
Liebe zwischen den Zeilen

Die Bradens & Montgomerys (Pleasant Hill – Oak Falls)

Von der Liebe umarmt
Alles für die Liebe
Pfade der Liebe
Wilde Herzen
Schenk mir dein Herz
Der Liebe auf der Spur

…

Die Whiskeys: Dark Knights in Peaceful Harbor

Tru Blue – Im Herzen stark
Truly, Madly, Whiskey – Für immer und ganz
Driving Whiskey Wild – Herz über Kopf

Entdecken Sie Melissa Fosters Bücher auch auf:
www.MelissaFoster.com/Herzen-im-Aufbruch

www.ingramcontent.com/pod-product-compliance
Lightning Source LLC
Chambersburg PA
CBHW031613180726
48284CB00005B/1522